**탐험가, 외교관, 선교사**
서구 한국학의 형성 주체와 문화적 토양

**글쓴이**

**홍옥숙**(洪玉淑, Hong Ok-sook)
한국해양대학교 글로벌해양인문학부 교수

**김낙현**(金洛賢, Kim Nak-hyeon)
한국해양대학교 세계해양발전연구소 학술연구교수

**이영미**(李映美, Lee Yeong-mi)
인하대학교 한국학연구소 연구교수

**이고은**(李高恩, Lee Go-eun)
한국학중앙연구원

**이상현**(李祥賢, Lee Sang-hyun)
부산대학교 교양교육원 부교수

**홍미숙**(洪美淑, Hong misuk)
전남대학교 강사

**김서연**(金瑞淵, Kim Seo-yeon)
이화여자대학교 박사과정(박사수료)

동아시아한국학 연구총서 32
**탐험가, 외교관, 선교사**―서구 한국학의 형성 주체와 문화적 토양
**초판 인쇄** 2022년 6월 5일 **초판 발행** 2022년 6월 20일
**엮은이** 인하대학교 한국학연구소 **펴낸이** 박성모 **펴낸곳** 소명출판 **출판등록** 제1998-000017호
**주소** 서울시 서초구 사임당로14길 15 서광빌딩 2층
**전화** 02-585-7840 **팩스** 02-585-7848 **전자우편** somyungbooks@daum.net **홈페이지** www.somyong.co.kr

값 24,000원 ⓒ 인하대학교 한국학연구소, 2022
ISBN 979-11-5905-706-9 94810
ISBN 978-89-5626-835-4 (세트)

이 저서는 2019년 대한민국 교육부와 한국연구재단의 지원을 받아 수행된 연구임(NRF-2019S1A5C2A02081047).

동아시아한국학 연구총서 32

# 탐험가, 외교관, 선교사
## 서구 한국학의 형성 주체와 문화적 토양

*Explorers, Diplomats, and Missionaries:*
*Builders and Cultural Soils of Korean Studies in the West*

인하대학교 한국학연구소 엮음

인하대학교 한국학연구소는 2007년부터 10년간 '동아시아 상생과 소통의 한국학'을 주제로 인문한국HK 사업을 수행하였다. 상생과 소통을 위한 동아시아한국학이란, 우선 동아시아 각 지역과 국가의 연구자들이 자국의 고유한 환경 속에서 축적해 온 한국학을 각기 독자적인 한국학으로 재인식하게 하고, 다음으로 그렇게 재인식된 복수의 한국학이 서로 생산적으로 소통할 수 있는 방법을 구성해 내는 한국학으로 정의할 수 있다.

본 연구소에서는 한국학 연구에 뿌리 깊이 각인된 민족주의 이념과 서구중심적 방법론을 극복하고자 '동아시아한국학'이라는 연구방법론을 창안하고 세계 각지의 한국학 연구가 화성和聲을 창출하는 복수의 한국학 연구를 10년간의 인문한국 사업을 통해 수행하였다. 그러나 연구 대상의 시간적 범위가 전통 및 식민지 시대에 한정되고 공간적 범위도 동아시아를 넘지 못하였으며, 담론 중심의 연구로 인한 추상성과 국외 학술 무대와의 소통 부족이라는 한계점이 발견되었다.

이러한 문제점을 해결하고 동아시아한국학을 심화 및 확산시키기 위해서 공간적으로는 동아시아 너머의 세계를 포함하고 시간적으로는 냉전 시대 전후를 포괄할 필요가 있었다. 이에 본 연구소는 해외 각 지역의 한국학 자료와 연구자 정보를 수집하여 구체성을 확보하고, 나아가 해외 한국학 연구자들과 소통함으로써 동아시아한국학에 대한 학문적 관심을 국외 학술 무대로 확산시키는 일을 향후 과제로 삼았다.

한국학의 형성 무대와 주체는 한국과 한국인들만이 아니다. 중국과 일본을 포함하여 중앙아시아, 유럽과 미국에서도 다양한 방식으로 한국학

연구가 이루어졌다. 그럼에도 불구하고 해외 한국학은 지금까지 국내 한국학의 주변부로만 인식되어 연구의 의의와 가치가 평가절하되어 왔다. 해외 각 지역의 한국학은 그 지역의 일정한 문화적, 사상적 배경 아래 형성된 것인 만큼, 그 의의와 가치가 온전히 밝혀지고 그 결과가 각 지역의 한국학과 소통될 필요가 있다. 바로 여기에 상생과 소통을 통한 복수의 한국학을 표방하는 동아시아한국학 연구의 의의가 있다.

그동안 해외 한국학 연구에서는 각 지역 한국학이 지닌 해당 지역에서의 의의와 가치가 분명하게 드러났다고 보기 어렵다. 한국학의 일국주의를 지양하는 동아시아한국학 연구를 통해 각 지역 한국학과 소통하여 상생할 수 있는 복수의 한국학을 연구하고 이들과의 소통을 추구하는 연구가 필요하다. 본 연구소는 이러한 연구의 필요성을 인식하고 해외 한국학에 대하여 집단전기학적 분석을 통해 본격적으로 현지 한국학 연구를 수행하고자, 2019년부터 '동아시아한국학의 심화와 확산을 위한 해외 한국학의 집단전기학'을 의제로 한국연구재단의 지원을 받아 '인문사회연구소지원사업'을 수행해 오고 있다. 이 과제는 지난 10년간 수행해 온 인문한국 사업을 보다 발전시켜 계승한 것이다.

이러한 연구 사업의 일환으로 본 연구소에서는 2020년 5월 국내학술회의 '탐험가, 편집자, 체류자-서구 한국학 형성에 기여한 사람들', 2021년 1월 국제학술회의 '해외 한국학 집단의 형성과 발전', 2021년 7월 국제학술회의 분과 발표 '일제 강점기 재한 서양인들의 활동과 한국 연구'를 개최하였다. 이 책에 수록된 7편의 글은 이 회의들에서 발표된 원고를 정리한 것들이다. 귀한 연구를 수행하고 원고 수록을 승낙해 주신 일곱 분의 연구자들께 감사의 말씀을 드린다.

본 연구소에서는 해외 한국학의 집단전기학 연구를 통해 동아시아한국학의 심화를 이룸과 동시에 그 성과들을 시민들과 공유함으로써 연구 결과의 확산도 도모하고 있다. 본 연구총서의 발행은 이러한 목적 하에서 이루어진 것이다. 모쪼록 이 총서가 동아시아한국학의 심화와 확산이라는 큰 목표를 이루는 데 일조할 수 있기를 기대한다.

인하대학교 한국학연구소

간
행
사

1787년 5월 프랑스 탐험대가 동해 연안을 탐사하고 울릉도를 다즐레 Dagelet 섬으로 명명한 이래, 브로튼William R. Broughton, 1762~1821의 팀을 위시한 여러 영국 탐험대가 한반도를 방문하였다. 탐험대라고 하면 모험심 넘치는 민간인들을 먼저 떠올릴 수도 있겠다. 그러나 실상 이들은 모두 국가의 파견을 받은 해군 탐험대로, 국책에 따라 미지의 지역을 조사하여 세계 지도를 완성하는 임무를 수행하였다. 외교 관계를 수립하고 통상을 개시하는 데 관심이 없었던 것은 아니지만, 그들의 기본적인 목표는 한반도와 인근 해안에 대한 지리적 탐사와 한국 및 한국인들에 대한 정보 습득이었다. 그들은 '지식의 추구'라는 차원에서 한국에 접근한 최초의 서양인들이라고 할 수 있다.

한편 1830년대부터 약 30년간 한반도에서는 소수의 파리외방전교회 선교사들이 한국을 주제로 상당한 양의 기록을 생산하였다. 1874년 『한국교회사Histoire de l'Église de Corée』로 편찬된 그들의 글은 탐험대장들이 남긴 한국 관련 기술과 뚜렷한 대조를 이룬다. 탐험대장들의 그것은 조사 기간이 짧았던 탓에 분량이 얼마 되지 않고, 내용 면에서는 자연과학적 지식이 많았다. 반면 한국인들과 함께 길게는 10년 이상 한국에서 산 선교사들의 그것은 객관성과 정확성의 층위가 다양한 민족지학적 정보의 보고로, 한국을 깊이 알고자 하는 외부인들에게 오랫동안 필수적인 자료로 인정되었다. 그들이 탐험가들처럼 '지식의 추구'라는 차원에서 한국에 접근하였다고 말하기는 어려우나, 한국에 대한 서구 세계의 지식과 정보가 그들에 의하여 양적으로나 질적으로 현저히 증가한 것은 사실이다.

조선 왕조가 일본 및 서양 국가들과 근대적 외교 관계를 수립한 이후 한국에 대한 학문적 관심을 계승한 사람들은 외교관과 선교사였다. 그러나 전자는 직업 특성상 한국에 오래 머물며 연구를 수행하기가 어려웠으므로, 개항기와 일제 강점기 내내 한국 연구를 주도한 것은 선교사들이었다. 그들은 한국인 교사의 도움을 받아 한국의 언어, 문화, 역사를 배우고 자신이 공부한 내용을 잡지에 발표하거나 단행본으로 출간하면서 성장하였으며, 나중에는 왕립아시아학회 한국지부를 창립하여 연구발표회를 개최하고 학술지를 발행 및 보급하는 데까지 나아갔다. 1930년 전후 독일과 미국에서 한국을 연구하여 박사학위를 받고 대학에 재직하면서 강의와 연구에 종사하는 사람들이 나타나기 시작하였다. 서구 제도권 한국학의 발판을 마련한 이 사람들은 거의 다 선교사 출신이었으며 왕립아시아학회 한국지부로부터 크고 작은 영향을 받았다.

본서는 18세기 말부터 해방 직후에 이르기까지 한국에 대한 지식과 정보를 집적하고 한국의 언어, 문화, 역사를 배우고 한국을 서구 학계의 연구 영역에 포함시킨 이 서양인들—탐험가, 외교관, 선교사—에 대한 연구 결과 7편을 모은 것이다. 첫 번째 글은 영문학 전공자인 홍옥숙과 김낙현의 「유럽인들의 조선 탐사 항해와 항해기─18세기 말에서 19세기 전반까지」이다. 이 글은 1797년 10월 부산 용당포에 정박한 브로튼 탐험대의 탐사 항해를 집중적으로 다루는 가운데, 1816년 사절단을 수행하여 중국에 왔다가 한국의 서해안과 류큐 등을 돌아보고 간 홀Bail Hall, 1788~1844, 1845년 군함 사마랑호H. M. S. Samarang를 이끌고 제주도와 남해안을 탐사하고 간 벨처Edward Belcher, 1799~1877 등을 차례로 다루었다.

18세기 후반부터 19세기 후반까지 한국에 출몰한 이양선들이 모두 통상 또는 선교를 목표로 하였다는 생각은 잘못된 통념이다. 선교사 귀츨라프Karl F. A. Gützlaff, 1803~1851를 통역관으로 내세운 영국 선박 로드 애머스트Lord Amherst호가 통상을 요구하고 곁들여 선교까지 시도한 것은 당시로서는 예외적인 사건이었다. 홍옥숙과 김낙현은 이 시기 한국의 해안 및 육지에 접근한 서양 선박들의 상당수가 탐사 항해를 통하여 세계에 대한 지식을 확대하려던 영국 군함이었음을 잘 보여 주었다. 시간이 지남에 따라 한국이 더 이상 미답 지역이 아니게 되고 탐사의 의미도 점점 퇴색되기는 했지만, 그렇다고 해서 군함이 갑자기 상선으로 변하지는 않았다. 이러한 사실은 대부분의 이양선 출몰 사건이 무력 충돌로 비화되지 않고 평화로운 수준에서 마무리될 수 있었던 원인을 설명할 수도 있을 것이다. 또한 두 연구자는 한국에 대한 탐험가들의 지식과 정보가 축적되고 계승되는 과정을 효과적으로 제시하였다. '라 페루즈La Pérouse'라는 이름으로 더 유명한 프랑스 탐험대장 드 갈로Jean-François de Galaup, 1741~1788가 한국 땅에 발을 들이지 않고 바다만 돌다 간 것은 자신보다 130여 년 먼저 한국에 왔던 하멜Hendrik Hamel, 1630~1692의 기록을 읽었기 때문이다.

한국에서의 개신교 선교는 1880년대 중엽 미국에서 온 북장로교 및 북감리교 선교사들에 의하여 시작되었다. 선교사들은 한국인들에게 서양 종교를 가르치기 위해서 그들을 이해할 필요가 있었기 때문에 전반적으로 한국의 언어, 문화, 역사에 대한 관심이 많았고, 남녀를 불문하고 고학력자였기 때문에 원한다면 한국인들의 도움을 받아 연구를 시도할 수도 있었다. 이와 같은 관심이 모두 연구로 이어진 것은 물론 아니다. 대다수의 선교사들에게 한국의 언어, 문화, 역사에 대한 이해는 선교에 도움을 주는 수단으로서 의미를 지녔다. 그들은 한국에 관한 이해를 바탕으로 전도 활동, 교회 개척, 신자 양성 등 직접 선교에 뛰어들었으며, 한국의 언어, 문화, 역사를 공부하여 글을 발표하기도 했지만 눈에 띌 만큼은 아니었다. 많은 시간과 노력이 요구되는 일이었기 때문에 우선 순위에서 밀려난 것인데, 그들이 "한 사람이라도 더 구원하기 위하여" 일상적으로 과로하였던 점을 고려하면 그리 이상한 일이 아니다.

연구 역량을 갖추고 있었으나 직접 선교에 집중하였던 대표적인 인물로 1885년 내한하여 한국 개신교 역사에 큰 획을 그은 북장로교 선교사 언더우드Horace G. Underwood, 1859~1916가 있다. 이 사람과 관련하여, 그리고 한국에서 초보적인 수준의 한국 연구가 시작되던 때의 상황을 제시하기 위하여, 본서는 문화학 전공자이자 번역가인 이고은의 「번역과 선교─H. G. 언더우드의 중문 기독교 문헌 번역(1886~1896)」을 수록하였다. 이고은은 그가 내한 이듬해부터 10여 년간 번역한 한문 기독교 문헌 15종의 종류와 성격, 번역 동기, 실제 번역 주체 등을 상세히 검토하였다. 그에 따르면 언더우드는 흥미로운 기독교 소설류 대신 실제 선교 현장에서 사용할 수 있는 논리정연한 교리서를 주로 번역하였으며, 한문을 몰랐기 때문에 자신은 감독만 하고 실제 번역 작업은 한국인들에게 맡겼다. 이는 그의 초점이 번역 작업 자체에 있지 않았음을 보여 준다. 번역 작업은 그의 선교 사업을 돕는 방편에 지나지 않았다.

언더우드의 예는 번역으로 이름을 날린 또 다른 북장로교 선교사 게일James S. Gale, 1863~1937의 그것과 뚜렷한 대비를 이룬다. 게일은 한국인 교사의 도움을 받았지만 번역가로서 자신이 전면에 나섰고, 1895년 영국 기독교 소설 『천로역정The Pilgrim's Progress』을 원문과 한문본을 참고하여 번역하더니 나중에는 『구운몽』을 영문으로 번역하는 데 이르렀다. 이는 단순히 재능의 문제가 아니다. 언더우드는 한국어를 대단히 빨리 습득하였고 실제로 사전까지 편찬하였으나, 자신의 어학적 재능을 직접 선교에 필요한 만큼만 계발 및 활용하였다. 그리고 대부분의 한국 선교사들은 게일의 길보다는 언더우드의 길을 걸었다.

「한국을 연구한 초기 개신교 '선교사 겸 학자missionary and scholar'들」은 언더우드와 달리 한국 연구에 푹 빠진 선교사 4명 즉, 헐버트Homer B. Hulbert, 1863~1949, 존스Heber G. Jones, 1867~1919, 앞에서 언급한 게일, 그리고 랜디스Eli B. Landis, 1865~1898의 집단 전기이다. 이영미는 1890년대에 한국 연구를 시작한 네 사람의 삶을 분석하여 출신 국가, 교육 수준, 소속 교단 등은 일치하지 않았으나 모두 평신도였다는 점에 주목하였다. 존스와 게일은 평신도 선교사로 왔다가 나중에 목사 안수를 받았고, 랜디스는 의사로서 의료 및 교육 분야에서만 활동하였다. 헐버트는 처음 내한할 때 선교사가 아니라 육영공원 교사 즉, 조선 정부의 피고용인이었으며, 4명 중 유일하게 신학교를 졸업하였으나 목사 안수를 받지 않은 상태였다. 신학교를 졸업하고 목사 안수를 받은 후 내한한 목회 선교사들과 달리, 그들은 평신도로서 학교와 병원 등지에서 일하면서 자연스럽게 학문적 관심을 발전시킬 수 있었던 것으로 보인다.

「1900~1940년 왕립아시아학회 한국지부와 서양인들의 한국 연구」는 '선교사 겸 학자' 3인이 주축이 되어 창립한 왕립아시아학회 한국지부를 연구 대상으로 삼았다. 이 학술 단체는 실질적인 연구 활동을 수행할 수 있는 인력의 부족으로 인하여 몇 년간 고전하기도 했으나, 1910년대 초 게일을 중심으로 활동을 재개하였을 뿐 아니라 한국 밖의 서양인 전문가들도 참여하는 어엿한 연구 공간으로 발전하였다. 그러나 이 시기에도 한국 연구에 가장 앞장선 것은 선교사들이었으며, '선교사 겸 학자'들과 마찬가지로 대다수가 평신도였다는 점이 특징이다. 학술지에 논문을 게재한 이들의 경우 대부분이 교육 선교에 종사하였다.

외교관으로서 한국의 언어, 문화, 역사를 연구한 인물로는 '프랑스 한국학의 선구자'로 불리는 쿠랑Maurice Courant, 1865~1935이 가장 유명하다. 시기적으로는 1886~1892년 제물포에서 부영사로 일한 스콧James Scott, 1850~1920과 1884~1885년 총영사였던 애스턴William G. Aston, 1841~1911 등 영국인들이 앞서지만, 다른 면에서는 쿠랑에 비할 수 없다. 스콧은 이후 중국으로 가서 평생을 외교관으로 살았고, 애스턴은 1890년대 이후 연구자로 살았으나 한국학자라기보다는 일본학자였기 때문이다. 쿠랑과 관련해서는 이상현의 「프랑스 외교관이 남긴 한국학의 흔적—『한국서지』 1894~1896·1901의 출간과 그 이후」를 실었다. 이 글은 20세기 전후 서양인들의 한국 관련 학술 활동을 쿠랑을 중심에 놓고 검토한 것으로, 그의 한국 연구를 가능케 한 기반—앞선 서양인들의 한국 관계 저술과 공동 기획자 플랑시V. Collin de Plancy, 1853~1924의 선구적인 노력—부터 그가 동시대 개신교 선교사들에게 끼친 영향까지를 두루 다루었다.

쿠랑은 한국을 연구하여 학자로서의 명성을 얻었지만 결국은 중국 연구로 박사학위를 받았으며, 1913년 리옹대학 중국어과에 자리를 잡은 후에는 한국에 대한 관심을 계속해서 키워 나가지 못했다. 이는 그가 한국에 대한 관심을 접었기 때문이 아니라 당시 서구 학계가 한국에 별로 관심이 없었기 때문이다. 그러나 한국에 체류하던 서양인들은 제도권 학문의 바깥에서 한국 연구를 계속하였을 뿐 아니라, 개인적 친분은 거의 없었지만 그의 연구를 번역하고 계승하고 자신의 연구로 발전시켰다는 것이 이상현의 지적이다. 이러한 점을 볼 때 그는 프랑스 뿐 아니라 서구 한국학 전체를 통틀어 대단히 중요한 인물임에 분명하다.

1920년대 후반은 서구 한국학의 발전 단계에서 중요한 전환기이다. 그동안의 한국 연구가 저서를 출간하거나 학술지에 논문을 게재하는 정도였다면, 이제는 한국이 박사학위 논문의 주제가 된 것이다. 1926년 언더우드Horace H. Underwood, 1890~1951, 이고은의 글에서 다룬 언더우드의 아들가 뉴욕대학, 1928년 피셔James E. Fisher, 1886~1989가 컬럼비아대학, 1929년 클라크Charles A. Clark, 1878~1961가 시카고대학에서 한국의 교육 또는 종교를 연구하여 박사학위를 받았다. 세 사람은 모두 개신교 선교사였다. 이들은 미국에서 학위를 받은 후 한국의 교육 현장에 복귀하였다.

언더우드, 피셔, 클라크 이후 또 다른 한국 '박사'들이 배출되어 학계에 안착하고 서구 한국학의 밑거름이 되었다. 미술사 연구자 홍미숙은 「안드레아스 에카르트의 한국학 연구와 성과」에서 독일 한국학의 첫 번째 주자라고 할 수 있는 에카르트Andreas Eckardt, 1884~1974에 주목하였다. 에카르트는 1909년부터 1928년까지 한국에서 상트오틸리엔연합회(일명 분도회) 선교사로 활동하다가 귀국 후 한국학자가 된 사람으로, 한국을 연구하여 박사학위를 받고 대학에서 한국 연구 및 교육에 종사한 첫 번째 서양인이라고 설명할 수 있다. 한편 역사학 전공자인 김서연은 「미국 '제1세대 한국학자'의 해방 전후 한국인식 – 조지 맥아피 맥큔의 *Korea Today*를 중심으로」에서 맥큔George M. McCune, 1908~1948을 살펴보았다. 맥큔은 북장로교 선교사 2세로 태어나 대학원생 시절에 저 유명한 맥큔라이샤위표기법을 고안하였으며, 캘리포니아대학 버클리 캠퍼스에서 세도정치기 조선의 외교 관계를 연구하여 박사학위를 받았다. 다만 그는 미국의 첫 번째 한국학

자는 아니다. 이영미의 두 번째 글에서 언급된 노블Harold J. Noble, 1903~
1953이 미국 학계에서 활동한 최초의 한국한미관계사 전공자인데, 그 역시 선
교사의 아들로 태어났다.

　지금까지 살펴본 것처럼 서구 한국학의 토대는 18세기 말부터 19세기
후반까지 한국에 대한 지식과 정보를 축적한 영국 해군 탐험대들과 프랑
스 선교사들, 19세기 말부터 20세기 전반까지 한국에 학문적 관심을 쏟
은 소수의 외교관들과 다수의 선교사들에 의하여 만들어졌다. 특히 영어
권의 개신교 선교사들은 왕립아시아학회 한국지부를 통하여 한반도를 서
구 한국학의 무대로 만드는 데 엄청난 기여를 했다. 한편 서구 한국학의
형성에 기여하였으나 본서에서 미처 다루지 못한 사람들이 있다. 그들은
원래 전공은 한국이 아니지만 전공 분야와의 관련성 때문에 한국에 관심을
갖게 된 경우로, 프랑스의 로니Léon de Rosny, 1837~1914를 비롯한 동양학 연구
자들, 알타이어족 연구로 유명한 핀란드 언어학자 람스테트Gustaf J. Ramstedt,
1873~1950, 상트페테르부르크대학 한국어문학과의 홀로도비치Aleksandr A.
Kholodovich, 1906~1977 등등이다. 이들에 관해서는 본 연구소에서 이미 연
구 성과를 낸 것도 있고 앞으로 연구해야 할 것도 있으며, 후자에 해당하
는 성과물들을 향후 다른 연구총서로 묶어 발표할 계획이다.

2022년 6월

필진을 대표하여 이영미

| 차례 |

**김서연 | 미국 '제1세대 한국학자'의 해방 전후 한국인식**
— 조지 맥아피 맥큔의 *Korea Today*

# 유럽인들의 조선 탐사 항해와 항해기*
## 18세기 말에서 19세기 전반까지

홍옥숙** · 김낙현***

.........................................

## 1. 유럽인들의 조선 탐사 항해와 선행연구

제주도에 표류하여 억류되었다가 탈출한 네덜란드인 하멜의 기록이 1668년 유럽에서 출판되면서 중국과 일본에 비해 유럽에 비교적 알려지지 않았던 조선의 상황이 공개되었지만, 그 이후로도 외국인에게 적대적인 나라로 묘사된 조선을 찾아오는 유럽인들은 없었다.[1] 바다를 통한 유럽인의 조선 방문은 18세기 말에야 이루어졌다. 1787년 세계 일주 항해

*　이 글은 김낙현·홍옥숙, 「19세기를 전후한 유럽인들의 조선 탐사항해와 항해기」(『한국학연구』 58집, 인하대학교 한국학연구소, 2020, 9~40쪽)를 수정, 증보한 것이다. 이 논문은 2021년 대한민국 교육부와 한국연구재단의 지원을 받아 수행된 연구임 (NRF-2021S1A5B5A 16078468).
**　제1저자, 교신저자, 한국해양대학교 글로벌해양인문학부 교수.
***　제2저자, 한국해양대학교 학술연구교수.
1　중국인 신부 주문모가 1795년에 조선을 찾았지만 파리 외방선교회 소속의 모방 신부는 1836년에 처음 조선에 입국했다.

중이던 프랑스의 라 페루즈La Pérouse, 1741~1788(?)[2] 일행이 동해안을 탐사하였고, 1797년 윌리엄 로버트 브로튼William Robert Broughton, 1762~1821 함장이 용당포를 방문하여 조선인과 접촉한 최초의 영국인이 되었다. 이 글에서는 18세기 말에서 19세기 전반에 이루어진 유럽인들의 바다를 통한 조선 방문의 내용과 기록을 살펴보고 이들의 항해에서 공통점이라 할 '탐사'의 내용을 살펴보려 한다. 19세기 전반까지 조선을 찾은 항해자들을 일람하고 이들의 방문이 어떤 함의를 지니는지를 알아보는 일은 조선의 문호개방이 이루어지는 19세기 후반의 상황을 더 잘 이해할 수 있는 바탕이 될 것이다.

　조선의 동해와 남해안을 탐사하면서 용당포를 방문했던 브로튼 함장이 남긴 『브로튼 항해기』[3]를 중심으로 하여, 이 글에는 라 페루즈의 항해기와 1816년에 황해안 지역을 방문했던 바질 홀Basil Hall, 1788~1844, 1832년 영국의 상선 로드 애머스트Lord Amherst호를 타고 황해도를 방문하여 조선을 찾은 최초의 개신교 선교사로 알려진 카를 귀츨라프Karl Gützlaff, 1803~1851의 기록 및 1845년 제주도와 남해안 일대를 찾은 에드워드 벨처Edward Belcher, 1799~1877의 항해기가 포함될 것이다. 이렇게 18세기 말에서 19세기 전반기까지 조선을 방문한 유럽인들의 항해기를 시대순으로 배열하여, 항해자들의 개별적 특징과 함께 연대순으로도 조금씩 방문의 목적과 항해

---

2　본명이 장-프랑수아 갈로(Jean-François Galaup)인 라 페루즈 백작은 프랑스의 해군에 복무하며 미국 독립전쟁에서 영국 해군과 싸웠다. 쿡 함장의 세계 일주 항해에 자극받은 루이 16세의 명으로 라 페루즈는 1785년 탐사대를 이끌고 세계 일주 항해에 나섰다. 조선의 동해를 따라 러시아의 캄차카 반도까지 북상했다가 남하하여 오스트레일리아의 보타니만에 들른 이후 탐사대는 남태평양에서 행방불명되었다.

3　William Robert Broughton, *A Voyage of Discovery to the North Pacific Ocean*, London, 1804(https://iiif.lib.harvard.edu/manifests/view/drs:12329001$1i). 글에서는 『브로튼 항해기』로 약술한다.

의 내용에 차이가 있음을 드러내려고 한다. 특히 북동아시아에서 중국과 영국의 전쟁의 결과로 유럽국가들이 전통적 교역지인 인도와 인도차이나를 넘어서 동북아시아로 진출하고 중국이 주변국에 행사하는 영향력이 약화된 상황에서 유럽인들이 더 빈번하고 강압적인 개방 압력을 조선 방문에서도 행사하게 된 것을 확인할 수 있다.

이들이 조선 근해를 항해하거나 해안에 상륙하여 주민들을 만난 정황을 기록한 항해기는 유럽에서 출판되면서 조선을 서양에 알리는데 기여했지만, 정작 이들의 기록이 한국에는 최근까지도 제대로 소개되지 못했다. 유럽권에서 출판된 동해안과 독도 관련 기록과 해도들이 영유권 분쟁과 맞물려 국내 학자들의 관심을 끌고 연구가 되어온 것과는 대조적이다.[4] 일례로 브로튼의 조선 해역 항해와 용당포 방문에 관한 선행연구를 살펴보면『조선왕조실록』을 비롯한 조선의 기록에 근거하여 서양인과 이양선의 도래와 조정의 대응책을 논의하거나, 그리피스William Elliot Griffis, 1843~1928의 『은둔의 나라 한국』에 기록된 프로비던스Providence호의 용당포 기착 사건을 검증 없이 복제, 기록한 글이 양산되어 왔음을 알 수 있다. 브로튼이 용당포에 기착했을 때 타고 온 배는 그리피스가 기록한 것처럼 프로비던스호가 아니라 종선從船으로 구입한 프린스 윌리엄 헨리Prince William Henry호였지만, 브로튼의 용당포 기착을 한국인으로는 최초로 언급한 김원모나 이후 브로튼을 집중 조명한 김재승도 처음에는 브로튼이 프로비

---

4    몇 가지 관련 연구를 소개하면 다음과 같다. 한상복, 「라 뻬루즈의 세계 일주 탐사항해와 우리나라 근해에서의 해양조사활동」, 『한국과학사학회지』2(1), 한국과학사학회, 1980, 48~59쪽; 정인철, 『한반도, 서양 고지도로 만나다』, 푸른길, 2015; 안옥청・이상균, 「프랑스 군함 카프리시으즈호의 동해탐사와 지도제작」, 『한국지도학회지』18(2), 한국지도학회, 2018, 107~123쪽; 이상균・김종근, 「영국 상선 아르고노트호의 동해 항해와 '의문의 섬' 발견」, 『한국지도학회지』18(3), 한국지도학회, 2018, 22~32쪽.

던스호로 용당포에 도착했다고 적었다.[5] 이후 김재승은 원본이 소장되어 있던 영국 그리니치 국립해양박물관에서 『브로튼 항해기』의 조선 관련 부분만을 복사본으로 어렵게 입수하여 번역, 소개하면서 배의 이름을 바로잡았다.[6] 그는 『브로튼 항해기』의 영인본이 출판된 것이 1967년이었지만 이 사실을 알지 못했기 때문에 힘들게 복사본을 구했던 것이다. 박천홍은 1967년의 영인본과 함께 한상복, 김재승의 기록을 참고하였고, 아울러 조선 측의 기록을 같이 실어 균형을 맞추었다.[7] 그러나 프린스 윌리엄 헨리호가 좌초한 프로비던스호를 대신하여 새로운 이름을 갖게 된 것이 일본과 조선 근해 탐사를 마치고 브로튼이 마카오를 거쳐 도착한 실론의 트린코말리에서 군사재판을 받고 난 이후인 1798년[8]이었다는 사실은 간과하였다.[9] 『브로튼 항해기』의 사례만 놓고 보더라도 국내의 많은 자료들이 원본을 정확하게 검토하지 않은 상태에서 오류를 반복하고 있어 『브로튼 항해기』 원본에 대한 철저한 연구가 필요함을 알 수 있고, 다른 방문자들의 항해기도 조선 관련 부분만이 아니라 전체적인 검토가 필요한 시점이다.

필자는 『브로튼 항해기』의 완역을 추진하는 과정에서 브로튼을 비롯하여 18세기 말에서 19세기에 추진된 유럽인들의 동해안을 비롯한 조선 근

---

5    김원모, 『한미수교백년사 KBS TV 공개대학시리즈』⑧, 한국방송사업단, 1982, 25쪽; 김재승, 「조선해역에 이양선의 출현과 그 영향(1)」, 『月刊 海技』, 1987, 29쪽.

6    김재승, 『근대한영해양교류사』, 인제대 출판부, 1997, 160쪽. 김재승은 「William Robert Broughton 함장의 항해기에서 한국관계(原文)」이라는 제목의 글에서 항해기 복사본의 입수 경위와 원문 복사본, 한글 번역본을 실었다(159~191쪽).

7    박천홍, 『악령이 출몰하던 조선의 바다 – 서양과 조선의 만남』, 현실문화연구, 2008, 746쪽.

8    Barry Gough, "Introduction", Andrew David, ed., *William Robert Broughton's Voyage of Discovery to the North, Pacific 1795-1798*, London : Ashgate, 2010, p.li.

9    박천홍, 앞의 책, 61쪽.

해의 항해기를 비교하게 되었다. 이 글에서 비교 대상으로 사용할 항해기 중에서 『라 페루즈의 세계 일주 항해기』만이 전문이 번역되어 있을 뿐, 다른 항해자의 기록은 조선 관련 부분만이 번역, 소개되어 있는 실정이다.[10] 조선인과의 접촉을 다룬 교류 내용도 중요하지만, 다른 책에서 이미 번역하고 해설을 하고 있는 내용을 여기서 반복할 필요는 없으며, 이 글의 목적도 아니다. 오히려 항해기의 서문이나 전체적인 얼개가 항해가 이루어진 시대적 상황과 항해자들이 추구한 목적을 비롯하여 의미 있는 정보를 담고 있기 때문에 눈여겨봐야 할 부분이다. 그런 까닭에 이 글에서는 조선인과의 접촉과 소통의 기록에 초점을 맞추기보다는 서문이나 항해기의 부록 등을 참고하여 조선을 찾은 항해자들과 그 뒤에 자리한 큰 그림이라 할 역사적 배경의 추이에 비중을 둘 것이다. 박천홍은 유럽의 배가 처음에는 표류하거나 식량이나 땔감을 찾아 조선에 상륙했지만 "탐험과 측량, 통상요구, 기독교 선교를 위한 밀입국 시도, 보복 원정 등으로 옮겨갔다"고 하면서 19세기에 조선에 왔던 "영국 선박이 측량과 통상을 바랐다면, 프랑스 선박은 기독교 선교의 자유를 앞세웠다"고 조선을 찾은 이유를 구분하였다.[11] 하지만 이 글은 19세기 전반까지의 유럽인들의 항해에 초점을 맞추고 있기 때문에 선박의 국적보다는 시대적 상황이 더 의

---

10    김재승이 『근대한영해양교류사』에 브로튼의 조선방문 관련 내용을 번역하였고(각주 3 참조), 김석중의 『10일간의 조선항해기』에도 바질 홀 항해기의 조선 관련 부분이 번역되었다. 마찬가지로 신복룡·정성자 역주, 『조선 서해탐사기』(집문당, 1999)의 번역과, 박천홍의 책 4장 「호기심과 공포가 엇갈리다―영국 장교 홀과 맥스웰의 조선 기행」이 바질 홀의 항해를 다루고 있다(박천홍, 앞의 책, 167~211쪽). 에드워드 벨처의 항해와 제주 방문의 기록은 박천홍의 책 2장 「태양과 별을 관찰하러 왔다―영국 측량선 사마랑호」(박천홍, 앞의 책, 296~358쪽)에서 다루어졌고, 김석중의 『10일간의 조선항해기』의 별책 1(187~246쪽)에 벨처의 항해기 중 조선 관련 내용이 번역되어 있다.
11    박천홍, 앞의 책, 28쪽.

미가 있을 것으로 본다. 19세기 후반 개항과 통상을 요구했던 이양선과는 달리 이들 항해자들이 새로운 시장 개척을 위한 사전 답사의 성격을 띠고 주민과 물산, 풍속, 해역의 측량에 관한 상세한 정보를 문서화하는 데 더 비중을 두었다는 것이다. 그럼에도 불구하고 중국과 영국의 제1차 아편전쟁1839~1842을 앞두고 조선을 방문한 귀츨라프나 전쟁이 끝나고 영국의 북동아시아 진출이 좀 더 본격화된 시기였던 1845년 제주와 남해안을 탐사한 벨처의 항해는 한양과 가까운 곳까지 진출하여 무력시위로 개방을 요구했던 1870년대의 이양선들과 더 유사한 양상을 띠고 있다. 그러므로 아편전쟁을 전후한 시기가 되면 조선을 방문한 유럽인들이 점차 탐사보다는 통상으로 그 관심이 옮겨가고 있음을 확인하게 된다.

## 2. 19세기를 전후한 유럽인 항해자들의 북태평양 진출과 조선 방문

대항해시대 이후 근대 유럽 국가들은 새로운 식민지 개척에 열을 올렸다. 신대륙 아메리카에서 채굴한 은을 기반으로 세계의 강국으로 군림했던 스페인의 경우에서 알 수 있듯이 새로운 식민지에서 자원과 주요 교역품을 확보하면서 근대 유럽 국가들은 발전을 거듭했다. 18세기로 접어들면서 기상 조건의 이해와 항해 기술의 진보가 이루어지면서 몇 년에 걸쳐 세계를 일주하는 장거리 대양항해가 더욱 빈번하게 이루어졌다. 많은 자원과 인력을 동원한 장기간의 세계 일주 항해는 국가 차원에서 추진되었고, 17세기 말부터 거의 한 세기에 걸친 전쟁에서 네덜란드를 제치고 대서양에서 주도권을 확보한 영국은 프랑스와 경쟁하면서 세계 일주 항해를 기획하였다.

『브로튼 항해기』 서문은 맨 첫머리에 18세기 후반에 이루어졌던 탐사 항해의 의미를 다음과 같이 기술한다.[12]

> 발견의 항해는 새로운 지식과 무역 자원을 개척하고 그 결과로 과학과 상업을 숭상하는 민족에게는 흥미가 있기 때문에, 마땅히 대중의 관심을 끌 가치가 있다. 그러나 그런 탐사 항해의 효용을 길게 설명하는 일은 이미 쿡 의 3차 항해기 서문에서 아주 정교하고도 설득력 있게 제시되었기 때문에 불필요할 것이다.[13]

지식의 확장에 기여하는 것이 탐사 항해의 첫 번째 목적으로, 항해자들 은 유럽인에게 알려지지 않은 새로운 땅의 발견과 함께 그곳의 동식물과 광물자원, 원주민의 삶과 풍속 등 모든 분야의 정보를 입수하고자 하였다. 탐사선에는 의사나 과학자가 동승하여 표본을 채집하거나 크로노미터나 기압계 등의 장치를 테스트하고 정확한 지도와 해도 제작을 위해 측량을 하고 데이터를 축적하는 것이 일반적이었다. 18세기 유럽인의 세계 일주 항해에서 가장 중요한 인물이라 할 제임스 쿡Captain James Cook, 1728~1779 의 1차 항해도 타히티에서 금성을 관측할 수 있도록 항해를 후원해줄 것을 왕립학회가 국왕 조지 3세에게 요청한 데서 비롯되었다. 라 페루즈가 세

---

12  『브로튼 항해기』의 서문의 저자가 누구인지는 밝혀져 있지 않다. 일반적으로 항해기가 출판될 때 서문은 항해기의 저자가 직접 쓰기도 하지만, 독자들에게 책을 추천하는 소 개의 글로 덧붙여지는 경우도 많기 때문에, 당시 유럽 각국이 추진했던 탐사 항해의 전 모와 항해자들을 잘 알고 있는 사람이 썼을 가능성이 높은 것으로 보인다.
13  Broughton, op. cit., p.iv.

계 일주를 위해 건조했던 배 이름은 나침반을 뜻하는 '부쏠boussole'과 천체의 위치로 배의 위치를 측정하는 천문관측의인 '아스트롤라브astrolobe'로서, 탐사 항해를 표방한 프랑스탐사대에게 적절한 이름이었다.

물론 탐사 항해의 두 번째 목적인 '무역 자원의 개척'이 더 중요한 실질적 목적이었음은 말할 필요도 없다. 이 글에서 마지막으로 다루게 될 에드워드 벨처도 1848년에 간행된 항해기 서문에서 자신이 행한 동양의 섬과 주민에 대한 관찰의 기록은 일반 독자뿐만 아니라 "정치적 관점에서 이 지역과의 앞으로의 교류에 있어 고려해야 할 자료를 제공"하기 때문에 관심을 끈다고 밝혔다.[14] 그러므로 지식의 축적과 무역 자원의 확보라는 탐사 항해의 두 가지 목적은 변함이 없지만, 유럽과 북동 아시아 국가와의 관계 변화에 따라 어느 쪽에 더 비중이 주어지는지가 달라진다고 할 수 있다. 적어도 18세기 아시아의 북태평양 지역에서 유럽인, 특히 영국인들의 탐사 항해는 서세동점의 19세기를 준비하는 단계로 이해할 필요가 있다. 19세기를 전후하여 이 지역으로 처음 진출하기 시작한 유럽인들의 항해와 항해기는 19세기 후반에 있었던 더 적극적인 조선에 대한 문호개방 요구와 대척점에 서 있으면서도 그 전초단계로 보아야 한다는 것이다.

### 1) 북태평양의 아시아 지역에 대한 유럽인의 관심

그레이슨James Huntley Grayson은 19세기 초만 하더라도 영국이 우리가 알고 있는 산업혁명의 결과로 이룩된 경제 강국도, 식민지를 거느린 대영제국도 아니었다고 지적한다.[15] 식민지 개척의 후발주자였던 영국은 유럽

---

14  Edward Belcher, *Narrative of the Voyage of H.M.S. Samarang, during the Years 1843-46*, London : Reeve, Benham, and Reeve, 1948, p.v.

의 다른 국가와 경쟁하거나 이들을 견제하면서 국가적 차원의 항해를 추진
하였고, 해군력을 동원하여 유럽인들의 발길이 닿지 않았던 세계의 각 해
역과 지역을 탐사하였다. 해외영토의 확장을 위한 경쟁뿐만 아니라, 원자
재 공급과 판매를 위한 제품의 수송을 담당하는 상선을 보호하는 일도 해
군의 주요 임무였다. 3차에 걸친1768~71, 1772~75, 1776~79 항해로 유명했던
쿡 함장[16]이나 태평양과 북미 연안을 탐사한 밴쿠버 함장Captain George
Vancouver, 1757~1798 등 지리상의 발견에 큰 공헌을 한 인물들이 모두 영국
해군 소속이었다.

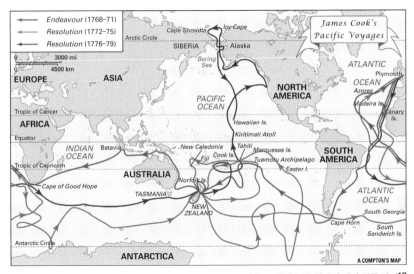

〈그림 1〉 제임스 쿡 함장의 세계 일주 항해[17]

15    James Huntley Grayson, "Basil Hall's Account of a Voyage of Discovery", *Sungkyun
      Journal of East Asian Studies* Vol.7, No.1, 2007, p.1.
16    '선장'이라는 용어가 익숙하게 쓰이지만 영국 해군에서 'captain'은 'commodore(해군
      준장)'와 'commander' 사이에 위치한 계급으로 육군의 'colonel(대령)'에 해당한다.
17    "James Cook's three Pacific voyages", *Encyclopædia Britannica*, https://www.brita
      nnica.com/biography/James-Cook

그런데 태평양 지역에서도 동북아시아가 위치한 북태평양 지역은 오랫동안 유럽인들에게 미지의 영역으로 남아있었다. 더 구체적으로 "홋카이도와 사할린, 쿠릴열도로 이어지는 이 지역은 포르투갈, 스페인, 네덜란드, 프랑스, 영국, 러시아, 미국 등 서양 열강이 영토 확장과 무역 거점 확보를 위한 탐사와 지도 제작에 힘쓴 곳"이었다.[18] 쿡 함장은 북극권에서 대서양과 태평양을 연결하는 북서항로Northwest Passage를 찾기 위해 세 번째 세계 일주 항해에 나섰다. 1777년 6월 하와이제도에서 출발하여 북아메리카와 알래스카를 따라 베링해협까지 이르렀으나 얼음에 가로막혀 탐사를 중단했고, 쿡이 사망한 이후, 그를 이은 제임스 킹의 지휘 하에 선원들이 그해 10월 다시 북태평양으로 올라갔지만 베링해협에서 멈추어야 했다. 쿡 선장의 3차 항해 이래로 변호사이자 박물학자였던 데인즈 배링턴Daines Barrington, 1728~1784 같은 영국인들은 "일본의 북부와 류큐제도the Lieuchieux[19]의 북부에 있는 코레아의 해안은 반드시 탐사되어야 한다"[20]는 견해를 밝혔으며, 밴쿠버 함장도 "북위 35°에서부터 북위 52°까지의 아시아 해안"과 "남위 약 44°에서부터 테라 델 푸에고Terra del Fuego 남단까지의 아메리카 해안"을 조사가 필요한 두 지역으로 꼽았다.[21] 이런 영국인들의 열망은 쿡 함장의 2차, 3차 항해에 동반했던 조지 밴쿠버 함장에게 이어졌다. 1792년에서 1794년 사이에 밴쿠버는 주로 북아메리카의 태평양 연안을 탐사했고, 쿡 함장이 실패한 북서항로를 찾기 위해 알래스카까

18  정인철, 「16세기와 17세기 서양고지도에 나타난 홋카이도와 주변 지역의 표현」, 『한국지도학회지』 10권 1호, 2010, 14쪽.
19  현재의 오키나와를 말한다. 글에서는 '류큐'로 통일하여 적기로 한다.
20  Broughton, op.cit., p.iii.
21  Ibid.

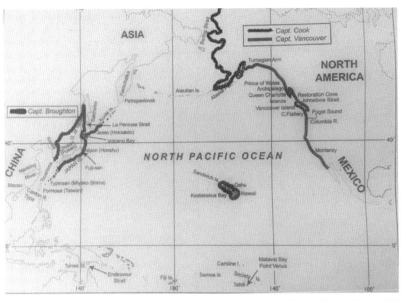

〈그림 2〉 쿡, 밴쿠버, 브로튼의 북태평양 탐사(지도 : 김낙현)

지 북상했으나 거기서 연결항로는 발견하지 못했다. 밴쿠버와 함께 북미 태평양 해역을 탐사했던 브로튼이 단독으로 아시아의 북태평양을 항해하여 일본과 사할린 근해를 탐사하면서 북서항로를 찾으려 한 것은 그의 독단적인 결정이라기보다는 영국인들의 생각을 실천에 옮겼다고 볼 수 있다.

우선 18세기 말에서 19세기 초의 유럽인 항해자들은 이전에 조선에 표류해왔던 벨테브레나 하멜 일행과는 달리 미답未踏의 지역 탐사라는 뚜렷한 목적을 가지고 조선을 방문하거나 조선의 근해를 항행했다는 특징을 공유한다. 일본이 쇄국정책을 편 이래로 유일하게 교역을 허락했던 나라가 네덜란드였다는 점을 감안하면, 북태평양 지역에서 펼쳐진 영국과 프랑스의 경쟁적 항해는 이해할 만하다. 미국의 독립전쟁으로부터 시작하여 프랑스대혁명과 나폴레옹전쟁으로 이어진 18세기 말부터 19세기 초

동안 영국과 프랑스는 세계 해양의 곳곳에서 충돌하거나 유럽인의 발길이 닿지 않은 곳을 찾기 위해 서로 경쟁을 벌이고 있었다. 쿡이 해결하지 못했던 문제인 대서양과 태평양의 연결통로를 찾는 일은 라 페루즈의 항해에서도 주요한 일정 중의 하나로 들어있다. 항해에 앞서 프랑스 국왕이 내린 훈령은 라 페루즈에게 북태평양의 아메리카 근해를 항해할 때는 "쿡 선장이 발견하지 못한 지역들을 탐험"[22]한 후에, 알류샨 열도 지역과 캄차카, "쿠릴열도, 일본의 북동해안, 동해안과 서해안을 모두 돌아보고" "일본과 대만 사이의 류큐열도까지 탐사지역을 확장"[23]하도록 지시하였다.

라 페루즈는 유럽인으로서는 최초로 아시아의 북태평양과 조선의 동해안을 탐사한 후 1788년경 솔로몬 제도에서 좌초하여 실종되었다. 그가 본국으로 보낸 기록에 근거하여 밀레-뮈로Millet-Mureau가 편집한 『라 페루즈의 세계 일주 항해기』가 1797년에 출간되었고, 영역본이 바로 다음 해인 1798년에 나왔다는 사실은 라 페루즈의 항해가 영국인들에게도 큰 관심사였음을 보여준다. 라 페루즈 원정대의 실종은 유럽에서 큰 화젯거리였고, 대혁명의 혼란기였음에도 불구하고 프랑스 제헌의회는 그의 자취를 찾기 위해 1792년 또 다른 원정대를 조직하여 남태평양으로 파견할 정도였다. 라 페루즈가 동해안을 항해하고 얼마 되지 않아 1791년에 마카오를 거쳐 동해안으로 진출했던 영국인 제임스 콜넷James Colnett, 1753~1806[24]이

---

22  장-프랑수아 갈로 드 라 페루즈, 『라 페루즈의 세계 일주 항해기』 제1권, 국립해양박물관, 2016, 67쪽.

23  위의 책, 67쪽.

24  제임스 콜넷은 쿡 함장의 2차 항해에 함께 했으며, 이후 아르고노트(Argonaut)호를 지휘하여 프린세스 로열(Princess Royal)호를 지휘한 토머스 허드슨(Thomas Hudson) 일행과 함께 북아메리카의 서해안에서 얻은 해달 모피를 중국에 팔려는 목적으로 마카오로 갔다. 중국에서의 모피 판매가 금지되자 조선과 일본을 판매지로 설정하고 동해안을 항해하던 중에 '아르고노트'섬을 발견했다고 그의 항해기에 기록하였다. 이후의

있었다. 과학탐사보다는 북태평양의 양안을 연결하는 해달 모피 무역을
위한 여정이었지만 콜넷 역시 항해기를 남겼다.

『브로튼 항해기』1804는 조선인과의 대화와 부산 앞바다를 비롯한 남해
안 탐사 결과를 수록한 귀중한 자료로서 이후의 조선을 찾아온 영국인 항
해자들에게 하나의 지침이 되었다. 흥미로운 것은 1804년에 출판된 『브
로튼 항해기』의 서문이 라 페루즈의 항해를 언급하고 있다는 사실이다.

> 라 페루즈의 실종은 언제나 유감의 원천이 될 것이며, 그의 노력에 대해
> 서는 모든 문명국이 그를 기념해야만 할 것이다. 그의 명예로운 활동 중에
> 우리의 불멸의 쿡 함장과 그를 선행했던 다른 항해자들에게 보여준 존경심
> 은 민족적 편견을 뛰어넘은 그의 공평무사함과 우월함을 드러내기에 충분
> 하다. 그의 관대함에 이런 정당한 찬사를 보내면서도, 우리 영국인들은 프
> 랑스 정부가 쿡 함장의 항해 성공에 보여주었던 관심도 잊지 말아야 할 것
> 이다.[25]

서문의 저자는 전쟁의 와중에도 두 나라가 지구에 관한 지식을 얻기 위
한 상대 국가의 탐사 항해를 예외적으로 인정했던 사실과, 일본이 쇄국정
책을 추진한 이래 유일하게 네덜란드만이 교역을 허가받았고 다른 외국

지도에 아르고노트섬이 기재되었으나 실제 존재하지 않는 섬이라는 것이 항해자들에
의해 밝혀졌다(James Colnett, *The Journal of Captain James Colnett, aboard the Argonau
t from April 26, 1789 to Nov. 3, 1791*, Toronto : The Chaplain Society, 1940, pp.23
0~282). (https://open.library.ubc.ca/collections/bcbooks/items/1.0386782#p
0z-5r0f:); 이상균 · 김종균, 「영국 상선 아르고노트호의 동해 항해와 '의문의 섬' 발견」,
『한국지도학회지』 18권 3호, 2018, 24~29쪽; 안옥청 · 이상균, 「프랑스 군함 카프리시
으즈호의 동해탐사와 지도제작」, 『한국지도학회지』 18권 2호, 2018, 112~114쪽).
**25** Broughton, op.cit., p.viii.

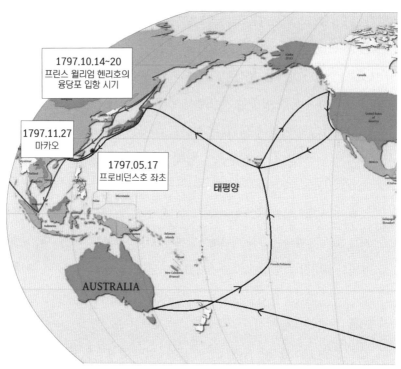

1797.10.14~20
프린스 윌리엄 헨리호의
융당포 입항 시기

1797.11.27
마카오

1797.05.17
프로비던스호 좌초

태평양

AUSTRALIA

〈그림 3〉 브로튼 함장의 탐사항로(1795~1798)[26]

인에게는 문호가 개방되어 있지 않다는 사실을 언급하면서 아시아 지역
북태평양에서 양국의 항해자들이 이 지역에 관한 정보를 얻기 위해 함께
노력해야 할 당위성을 피력한다.[27] 또한 지구에 관한 지식을 얻고자 하는
항해의 배경에는 "미몽의 상태에 있는" 사람들의 흉포함을 완화시켜 "인
류의 교류를 확대하고 통상으로 가장 먼 나라들을 같이 묶는다"[28]고 한 것

---

26  김낙현 · 홍옥숙, 「브로튼 함장의 북태평양 탐사항해(1795~1798)와 그 의의」, 『해항
    도시문화교섭학』 18, 한국해양대학교 국제해양문제연구소, 2018, 18쪽.
27  Broughton, op.cit., p.ix.
28  Idid.

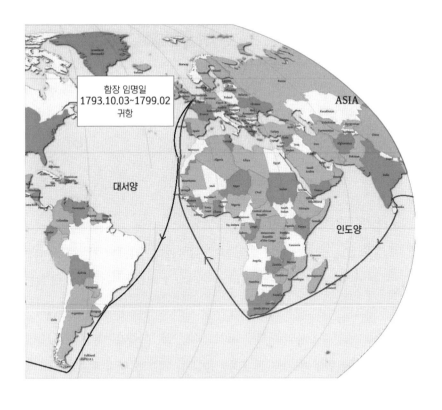

에서 궁극적인 유럽인의 탐사의 목적이 교역지의 확보임을 확인할 수 있고, 동시에 유럽 이외 지역에 대한 유럽인의 우월적 시선을 엿보게 된다.

쿡이나 라 페루즈를 위시하여 이전에 이루어진 항해의 기록이 저자의 국적과 상관없이 두루 지침으로 활용되었다는 점도 주목할 만하다.[29] 즉 라 페루즈와 브로튼이 쿡의 항해기를 참조했듯이, 바질 홀 역시 브로튼의

---

29  예를 들어, 라 페루즈의 항해기의 편집자인 밀레-뮈로는 『마젤란의 항해기』(1519)로부터 시작하여 18세기 말의 쿡의 항해기까지 다양한 항해기를 토대로 하여 라 페루즈의 항해가 기획되었음을 서두에서 밝히고 있다(장-프랑수아 갈로 드 라 페루즈, 앞의 책, 제1권, 26~27쪽).

여정을 알고 있었기 때문에 그가 가지 않은 황해안의 탐사를 추진하기로 결정하였다. 해군 소속이었던 항해자들은 일종의 사명감을 가지고 자신의 항해를 기록으로 남겼고, 항해일지의 측량 자료를 바탕으로 해도가 제작된다는 사실을 숙지했다. 자신의 항해기가 앞으로 그 해역을 찾아오게 될 본국 출신뿐만 아니라 다른 나라 출신의 항해자들에게 지침이 될 것임을 당연시하였다.

### 2) 브로튼의 북태평양 탐사 항해와 조선 방문

『브로튼 항해기』의 서문은 라 페루즈의 업적을 기리면서도 두 항해를 비교하여 브로튼의 항해가 더 의미가 있다고 주장한다. 시기상으로 본다면 브로튼보다 10년 정도 앞서 제주도를 거쳐 조선의 동해 연안을 탐사했고, 동승했던 천문학자의 이름을 따서 울릉도를 '다즐레Dagelet'란 이름으로 최초로 유럽인들의 지도에 올려놓았던 라 페루즈 원정대는 조선에 상륙은 하지 않았다. 라 페루즈는 국왕의 명령을 받고 두 척의 무장한 프리깃 함―부쏠호와 아스트롤라브호―과 과학자와 예술가를 포함한 200명 이상의 인원으로 항해에 나섰다. 그럼에도 불구하고 국왕의 훈령은 조선과 중국, 타르타리[30] 해안에 대한 탐사를 조심스럽게 수행할 것을 지시하였다. "함선 깃발을 게양하거나 탐험대의 존재"를 드러내어 중국을 자극하지 않도록 하고, 일본 해적의 기습에 대비하도록 했다. "조선의 서해안과 중국 황해만에서는 육지로 가까이 다가가지 않고 조심스럽게 탐사"할 것을 지시하고 있다.[31] 특히 네덜란드인에 의해 켈파트 또는 켈패르

---

30  라 페루즈가 작성한 해도에는 프랑스어로 'Tartarie Chinoise(중국령 타르타리)'로 기록되어 있다(장-프랑수아 갈로 드 라 페루즈, 앞의 책, 제2권, 34~35쪽).

Quelpaert란 이름으로 알려졌던 제주도 근해를 지나갈 때 라 페루즈는 하멜의 표류기를 펼쳐놓고 그의 18년간의 포로 생활을 떠올리면서 해안에 보트를 보낼 수 없었다고 적었다.[32] 일본뿐만 아니라 쇄국정책을 고수하던 조선이 외국인들에게는 쉽게 접근이 허용되지 않는 곳임을 알고 있던 라 페루즈에게는 배와 승무원의 안전이 가장 우선적인 고려사항이었다. 마닐라를 출발하여 류큐, 대한해협, 일본을 거쳐 그가 '타타르'라고 부른 현재의 연해주 지역에 도착할 때까지 75일 동안 라 페루즈 일행은 한 번도 섬이나 해안에 상륙하지 않았다.[33] 이 바다를 지나면서 조우한 배와 선원들에 대한 기록만 남겼을 뿐이었다.

배와 선원의 안전을 우선시했던 페루즈와는 달리 『브로튼 항해기』 서문은 브로튼이 이루어낸 성과를 자랑스럽게 기술한다. 서문의 많은 부분을 같은 지역을 탐사한 라 페루즈와의 비교에 할애하는데, 예를 들어 일본의 엄격한 쇄국정책으로 인해 네덜란드인을 제외한 유럽인들에게는 접근이 쉽지 않았음을 인정하면서도, 무장한 두 척의 프리깃함과 많은 선원들이 있었던 라 페루즈와 비교하면, "일본인들이 해적으로 오인할 정도로 작은 배와 35명의 선원들"을 데리고 브로튼은 "내륙을 탐험하여 정부, 농작물, 풍속에 대한 더 완벽한 지식을 얻었다"[34]고 하였다. 또한 라 페루즈 원정대가 날씨가 가장 좋은 여름철을 택하여 항해를 했던 반면, 브로튼은 기상이 좋지 않은 시기에 작은 배로 항해를 감행했다고 적었다.[35]

---

31   장-프랑수아 갈로 드 라 페루즈, 앞의 책, 1권, 68쪽.
32   위의 책, 1권, 523쪽. 라 페루즈는 '18년간'이라 기록하였으나 실제 하멜이 조선에 억류되었던 기간은 13년이다.
33   위의 책, 2권, 28쪽.
34   Broughton, op.cit., p.ix.
35   Broughton, op.cit., p.x.

**〈표 1〉 브로튼 북태평양 탐사 항해의 주요 일지**

| 1793.10 | 해군성으로부터 프로비던스(Providence)호 함장으로 임명됨 |
|---|---|
| 1793.10~1795.2 | 배를 수리함(406톤급 슬루프, 115명 승선) |
| 1795.2 | 서인도행 상선의 호송대로 영국 출발 |
| 1796.4.20 | 누트카(Nootka)[37] 근처에서 왼쪽 뱃전의 누수를 수리함 |
| 1796.7.31 | 샌드위치제도(현재의 하와이제도)를 출항하여 아시아 인근의 북태평양 탐사 시작 |
| 1796.10.18 | 쿠릴열도 근처를 황천 항해 중에 오른팔 골절상 입음 |
| 1796.11.27 | 겨울을 지낼 계획으로 마카오에 입항 |
| 1796.12.29 | 87톤급 프린스 윌리엄 헨리호의 구입 사실을 해군성에 보고 |
| 1797.4.10 | 마카오 출항(프로비던스호와 프린스 윌리엄 헨리호) |
| 1797.5 | 류큐(현재의 오키나와) 미야코 섬 근처에서 프로비던스호 난파, 프린스 윌리엄 헨리호로 옮겨 타고 마카오 귀항 |
| 1797.6.27~9.15 | 프린스 윌리엄 헨리호로 마카오-일본-홋카이도-사할린까지 북상 |
| 1797.10.14~10.21 | 부산 용당포 기착 |
| 1797.10.21~11.27 | 남해안, 제주도를 거쳐 류큐-대만-마카오로 귀항 |
| 1798.5.19~5.22 | 실론의 트린코말리에서 프로비던스호의 좌초 관련 군사재판 |
| 1799.2.6 | 마드라스를 경유하여 영국 도착 |
| 1804 | 『브로튼 항해기』 출판 |

브로튼이 아시아 지역 북태평양을 탐사한 경위를 살펴보면, 밴쿠버 함장 아래에서 보조선 채텀Chatham호 지휘관으로 근무하면서 북미 연안의 해역을 탐사하며 측량 기술을 익혔던 경험을 바탕으로 그는 1793년 프로비던스호의 함장으로 승진하면서 밴쿠버 함장을 지원하라는 명령을 받았다.[36] 그는 오랜 기간 동안 배를 수리한 후인 1795년 2월에야 항해에 나설 수 있었다. 브로튼은 1796년 3월 북미의 서해안 누트카Nootka섬에 입항했으나 밴쿠버가 이미 본국으로 출발했음을 알게 되었다. 〈표 1〉에서 알 수 있듯이, 브로튼은 영국을 출항할 당시에는 다른 상선단을 호위하는 해군선들과 같이 출발하였지만, 밴쿠버를 만나기 위한 항해는 나중에 밴

---

36　Broughton, op.cit., p.2.

쿠버의 디스커버리호와 합류할 예정이었으므로 프로비던스호 한 척으로 진행하였다. 브로튼은 단독으로 측량작업을 계속할 것을 결심하고 하와이를 거쳐 북태평양의 아시아지역으로 탐사를 나섰다. 일본의 홋카이도, 사할린, 러시아의 연해주 지역까지의 측량조사는 쿡 일행이 완수하지 못한 북태평양의 아시아 지역을 조사해야 한다는 영국인들의 열망을 반영한 것이다. 프로비던스호만으로 단독 항해를 했으나, 겨울이 가까워진 연해주의 악천후라는 기상조건에서 브로튼은 골절상까지 입게 되었다. 마카오에서 겨울을 지내기로 한 그는 하와이에서 눈여겨 봐 두었던 87톤급의 작은 배를 구입하여 프린스 윌리엄 헨리호라 명명한 다음 해군성에 보고했다.[38] 이런 사실로 볼 때, 브로튼에게 항해 경로와 내용의 결정에 있어 상당한 재량권이 주어져 있었음을 확인할 수 있으며, 장거리 항해에서는 두 척의 배가 함께 움직이는 것이 여러 모로 유리했다는 것도 짐작할 수 있다.

브로튼은 두 척의 배로 다시 항해에 나섰지만, 프로비던스호가 류큐 근처에서 좌초하였고, 프린스 윌리엄 헨리호와 구명정에 선원과 항해일지를 비롯한 주요 물품을 싣고 마카오로 돌아오게 된다. 브로튼은 큰 배가 아닌, 35명의 선원과 소량의 식량만을 적재한 프린스 윌리엄 헨리호로 재차 항해에 나섰다. 일본을 거쳐 북태평양 북단까지의 항해를 다시 시도한 것이다. 라 페루즈가 사할린이 육지의 일부인지 섬인지를 확인할 수 없었

---

37 현재 캐나다의 밴쿠버섬 근처에 위치한다.
38 Broughton, op. cit., pp.165·215. 프린스 윌리엄 헨리호의 구매 경위와 프로비던스호의 좌초에 관해서는 김낙현·홍옥숙, 「브로튼 함장의 북태평양 탐사항해(1795~1798)와 그 의의」, 『해항도시문화교섭학』 18, 한국해양대 국제해양문제연구소, 2018, 190~195쪽 참조.

듯이, 브로튼도 쿠릴 열도Kuril Islands까지 탐사하려던 계획을 기후가 나빠지는 상황을 고려하여 러시아 지역의 탐사를 포기하고 일본과 조선 주변으로 방향을 바꾸었다. 그는 이번 기회가 아니면 조선은 계속 미답의 지역으로 남을 것임을 확신하고 있었다.[39] 그는 동해안을 따라 남하하였고, 상륙하기 위해 닻을 내릴 만한 항구를 계속 찾았다. 바람과 조류로 대마도까지 밀려 내려가 근처에 머물렀지만 상륙하지 않고 다시 조선으로 방향을 잡았다. 마침내 어선을 보고 용당포쪽으로 들어올 수 있게 되기까지

〈그림 4〉 브로튼 함장의 항해 경로 : 동해안과 남해안[40]

이틀의 기간이 걸린 점을 보면 용의주도하게 조선 본토 상륙을 시도한 것으로 보인다. 특히 항해기 2권의 마지막 두 장章을 동해안을 따라 용당포에 도착하기까지와 용당포 체류, 그리고 남해안과 제주도 근해를 끝으로 마카오로 향하기까지의 내용으로 구성하고 "일본과 조선의 선박에 관한 관찰Remarks on the Japanese and Corean Vessels"[41]을 본문의 마지막에 덧붙임으로써 조선 탐사가 자신의 항

39  Broughton, op. cit., p.310.
40  『브로튼 항해기』 부록에 실린 브로튼 일행이 측정한 좌표를 기반으로 경로를 실선으로 연결하였다. 대마도까지 내려갔다가 소선의 용당포로 향했음을 알 수 있다(지도 제작 : 이효웅).

해에서 가장 중요한 부분이었음을 강조하고 있다.

1797년 10월, 7박 8일간 부산의 용당포에 기항했을 때,[42] 브로튼은 주민들의 대답에 따라 그가 방문한 곳을 '초산Chosan 혹은 Thosan'이라 표기하였는데, '조선'이라고 한 대답을 착각하여 기록하였다. 그는 당시의 조선을 '코리아Corea'로 알고 있었기 때문에 '초산'은 그가 당도한 곳의 지명이라고 생각하였다. 용당포에서의 조선인 접촉과 부산 인근의 해안 탐사의 내역은 김재승의 『근대한영해양교류사』에 『브로튼 항해기』의 용당포 상륙 관련 내용이 번역되어 있고, 박천홍의 『악령이 출몰하던 조선의 바다』에도 자세히 소개되어 있으므로, 여기서 번역 자체를 반복할 필요는 없을 것이다.[43] 브로튼은 일기, 바람, 좌표, 수심 등을 매일 기록하였으며, 북태평양의 원주민에 대한 기록도 포함시켰다. 인수Insu[44]에 상륙하여 원주민인 아이누족과 일본인 관리를 만났고, 일본 지도를 얻었고 아이누족의 어휘를 채록하였다. 브로튼은 아이누족이 일본인에 종속되어 있는 상황까지도 정확하게 파악하였다. 프로비던스호가 좌초되었을 당시, 'Lieu-chieux'라 표기된 류큐에서 채록한 어휘와 부산 용당포에서 조선인과 만났을 때 채록한 1부터 10까지의 숫자를 포함한 조선어 어휘 38개와 현지의 식물을 조사한 기록이 항해기에 포함되었다. 그러므로 대규모의 인원

41  Broughton, op. cit., pp.378~380.
42  브로튼의 생애와 구체적 항해, 용당포에서의 활동에 대해서는 김낙현·홍옥숙, 앞의 글; 이학수·정문수, 「영국 범선의 용당포 표착 사건」, 『해항도시문화교섭학』 20, 한국해양대학교 국제해양문제연구소, 2019, 269~308쪽 참조; 이양선이 용당포에 기착한 사건은 부산진 첨사가 배를 방문한 후 경상도 관찰사 이형원과 삼도 통제사 윤득규가 장계를 올린 내용이 『정조실록』 47권, 정조 21년 임신(壬申) 9월 6일자에 기록되어 있다(http://sillok.history.go.kr/id/kva_12109006_001).
43  김재승, 앞의 책, 159~191쪽; 박천홍, 앞의 책, 49~82쪽 참조.
44  브로튼과 라 페루즈는 홋카이도를 제소(Jesso) 또는 인수(Insoo, Insu)로 부르고 있다.

과 두 척의 배로 탐사를 하면서도 상륙은 시도하지 않았던 라 페루즈에 견주어 브로튼이 더 괄목할 만한 성과를 올렸다고 항해기 서문의 저자가 평가를 할 수 있었던 것이다.

19세기를 전후하여 이루어진 프랑스와 영국의 북태평양 항해는 국가의 후원을 바탕으로 추진되었다. 특히 라 페루즈는 국왕의 훈령과 함께 많은 당대의 뛰어난 과학자들이 항해에 동참한 대규모의 프로젝트였고, 그의 실종 이후에도 탐사의 결과는 국고의 지원으로 항해기로 출간되었다. 프랑스 국왕은 탐사대의 출발에 앞서 훈령을 통해 탐사대가 항해 도중에 수행해야 할 과업의 내용을 상세하게 지시하였다. 예컨대 새로 확인해야 할 지역을 나열하고, 정치와 무역에 관련된 항해의 목적, 과학적 탐구의 내용, 원주민을 대할 때의 행동지침, 승조원들의 건강을 위한 주의사항 등이 『라 페루즈의 세계 일주 항해기』의 첫 번째 권에 들어있고, 과학아카데미나 의학학회에서도 상세한 의견서를 보내 연구와 실험을 의뢰하였다.[45]

브로튼은 밴쿠버 휘하에서 탐사항해를 수행하면서 훈련된 해군이었고, 당시의 주요 해군선들은 18세기 중반에야 완성된 정확한 크로노미터를 탑재하기 시작하여 항해지역의 정확한 시간, 위도와 경도를 기록하였다. 브로튼 역시 몇 대의 크로노미터를 배에 실었다. 『브로튼 항해기』의 부록에는 브로튼의 항로가 모두 좌표로 기록되어 있고 해도가 들어있다. 또한 1796년 샌드위치제도(현재의 하와이제도)를 출발할 때부터 1797년 마카오로 귀항할 때까지의 좌표, 기압, 온도를 측정하고, 해류의 방향, 간만의 차, 수심을 측정한 표 역시 부록으로 수록되었다. 현지인들과의 접촉을

---

45    장-프랑수아 갈로 드 라 페루즈, 앞의 책, 61~203쪽.

통해 습득한 어휘, 1부터 10까지의 숫자, 식물의 이름을 부록에 기록했는데, 인수어, 류큐어, 조선어의 세 가지 언어에 관한 정보가 들어있다. 1804년 『브로튼 항해기』가 출판되었을 때는 영국과 프랑스 간의 전쟁이 한창이었으나 1807년에 프랑스어 번역판이 출판될 정도로 그의 북태평양 항해의 기록은 파급력이 있었다고 보아야 할 것이고, 실제로 이후에 간행된 많은 지도에서 그의 탐사의 자취가 곳곳에 남겨진 '브로튼'이라는 지명으로 드러난다.[46]

라 페루즈는 하멜 표류사건을 떠올리고 아예 육지에 접근하지 않았지만, 브로튼은 용당포에 도착하여 식수와 식료품, 땔감을 구하기 위해 왔다는 의사표시를 했고, 일행의 요구사항은 받아들여졌다. 브로튼은 조선인들이 배와 선원들에게 호기심을 보였지만 떠나달라고 요구하는 데서, 프린스 윌리엄 헨리호가 조선인들의 눈길을 끌 만큼 크고 대단한 배가 아니었고 자신들이 어느 나라 사람인지 방문의 목적이 무엇인지 몰랐기 때문일 것으로 그 이유를 추측하였다.[47] 그러는 가운데 브로튼은 7박 8일의 체류 동안 해안에 상륙하고 산에 올라 관측을 하여 좌표를 기록하였고, 끊임없이 날씨와 바람, 수심 등을 기록하였다. 그뿐만 아니라 관리들의 감시를 피해 보트로 영도 근처의 해안까지 접근하는 모험을 하면서 탐사항해의 목적에 충실하게 관측을 시도하였다. 브로튼 일행과 조선인들이 의사소통이 제대로 되지 않는 가운데서도, 배에서 필요한 식수와 나무를 구할 수 있었고 조선인 관리들은 소금에 절인 생선과 쌀, 다시마를 선물

46  김낙현·홍옥숙, 앞의 글, 197쪽; 박경·장은미, 「1700년대 후반부터 1800년대 말까지 한국 수로조사에 미친 서양의 영향－해안가 지명과 해저지명을 중심으로」, 『한국지도학회지』 12(3), 2012, 20쪽.
47  Broughton, op.cit., p.342.

로 가져왔는데,[48] 표류해 온 일본 선박에 땔나무와 물을 지급하는 관례를 따른 것으로 보인다.[49] 그럼에도 불구하고 브로튼은 조선인들이 "우리와 소통을 최대한 거부함으로 인해 그들의 풍속과 관습을 알아볼 기회가 우리에게 얼마나 부족했는지"를 아쉬워하였다.[50]

### 3) 바질 홀의 황해안 탐사 항해

브로튼 이후에 조선을 찾은 영국인은 1816년의 바질 홀 일행이었다. 일찍이 영국은 1792년 외교관 조지 매카트니George Macartney를 필두로 한 사절단을 보내 청의 황제 건륭제를 만나 기존에 중국과의 교역이 허용되던 광동 이북의 지역에서 통상을 허락해줄 것을 요청했으나 중국은 이를 거부했다.[51] 1816년 영국은 재차 애머스트William Pitt Amherst 경 일행을 사절단으로 파견하여 동인도회사가 자유롭게 차의 거래를 할 수 있도록 황제에게 요청할 계획이었으나 황제 가경제를 만나지 못했고, 대신 중국 내륙의 운하를 통해 광동까지 이동하면서 중국의 정세를 파악할 기회를 얻었다.[52] 애머스트 사절단이 영국에서 타고 온 배인 알세스트Alceste호와 라이러Lyra호는 사절단이 황제를 만나기 위해 북경 근처에 상륙한 동안 황해를 건너 조선을 찾았다. 처음부터 세계 일주를 목표로 했던 라 페루즈나

---

48 Broughton, op. cit., p.334.
49 박천홍, 앞의 책, 54쪽.
50 Broughton, op. cit., p.342.
51 Lawrence Williams, "British Government under the Qianlong Emperor's Gaze-Satire, Imperialism, and the Macartney Embassy to China, 1792-1804", *Lumen : Selected Proceedings from the Canadian Society for Eighteenth-Century Studies* 32, 2013, pp.85~86.
52 Caroline M. Stevenson, *Britain's Second Embassy to China: Lord Amherst's 'Special Mission' to the Jiaqing Emperor in 1816*, ANU Press, 2021, pp.1~2.

Chief upon deck, rather than give him the trouble of going down to the cabin, which, indeed, we had reason to fear would prove too small for the party. Chairs were accordingly placed upon the deck; but the Chief made signs that he could not sit on a chair, nor would he consent for a time to use his mat, which was brought on board by one of his attendants. He seemed embarrassed and displeased, which we could not at the moment account for, though it has since occurred to us that he objected to the publicity of the conference. At length, however, he sat down on his mat, and began talking with great gravity and composure, without appearing in the smallest degree sensible that we did not understand a single word that he said. We of course could not think of interrupting him, and allowed him to talk on at his leisure; but when his discourse was concluded, he paused for our reply, which we made with equal gravity in English; upon this he betrayed great impatience at his harangue having been lost upon us, and supposing that we could, at all events, read, he called to his secretary, and began to dictate a letter. The secretary sat down before him with all due formality, and having rubbed his cake of ink upon a stone, drawn forth his pen, and arranged a long roll of paper upon his knee, began the writing, which was at length completed, partly from the

CORRAN CHIEF and his SECRETARY.

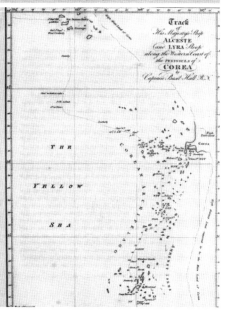

NOTICE TO ACCOMPANY THE CHART

OF

## THE WEST COAST OF COREA.

THIS chart extends from 34° to 38° north latitude, and from 124° to 127° east longitude. The time of our stay on the coast being only nine days, no great accuracy is to be expected, and this chart pretends to be little more than an eye-draught, checked by chronometers and meridian altitudes of the sun and stars. Under circumstances of such haste, much has unavoidably been left untouched, and what is now given is presented with no great confidence.

What follows is extracted from notes made at the time by Mr. Clifford and myself. The longitudes by chronometer have all been carefully recomputed, and the greatest care was taken in ascertaining the various latitudes. The true bearings are in every instance set down, the variation being allowed for at the moment. The variation of the compass recorded in this notice, was determined by two azimuth compasses, and the method recommended by Captain Flinders, of repeating the observations by turning the compass first one way and then the other, was invariably followed.

〈그림 5〉 바질 홀의 항해기에 삽입된 조선인 관리 일행의 삽화와 황해의 해도[53]

유럽인들의 조선·탐사 항해와 항해기

41

북태평양의 탐사를 목표로 했던 브로튼의 항해와는 그 성격이 달랐지만, 맥스웰 함장의 알세스트호와 바질 홀 함장이 지휘한 라이러호는 중국에 도착한 이후 중국과 가장 가까운 곳에 위치했지만 미답의 지역인 조선 서해안의 탐사를 추진했다. 당시 조선의 해안은 중국에 왔던 예수회원들의 지도에 그려져 있기는 하나 정확하지 않았고, 브로튼이 가지 못했던 서해 안을 탐사하는 일이 가치가 있다고 판단했던 것으로 보인다. 그러므로 1818년에 출판된 홀의 항해기인『조선 서해안과 류큐제도로의 발견의 항해기*Account of a Voyage of Discovery to the West Coast, of Corea, and the Great Loo-Choo Island*』는 발견의 항해의 목적지가 조선 서해안과 류큐임을 구체적으로 명시하였다.[54] 홀은 남해안을 항해했던 브로튼의 항해기에서 주민들을 묘사한 대목이 자신의 일행이 본 것과 일치하는 것이 많음을 확인하였고, 류큐 주민에 대한 브로튼의 기록은 아주 흥미롭다고 적고 있다.[55] 홀 일행은 1816년 9월 1일 대청군도[56]에 도착하여 소청도에 상륙했고, 계속 남하하여 9월 3일에는 비인만 근처의 외연도[57]에 상륙하였고, 9월 8일에는 진도

---

53 Basil Hall, op. cit., pp. 16~17, Appendix x.
https://archive.org/details/accountofvoyageo00hall/page/16/mode/2up

54 바질 홀 외에도 알세스트호에 승선했던 선의 존 맥레오드(John McLeod)도『HMS 알세스트호의 항해(*Voyage of His Majesty's Ship Alceste*)』(1818)를 출판했으며, 중국에 같이 온 일행인 헨리 엘리스(Henry Ellis)의 기록(*Journal of the Proceedings of the Late Embassy to China*(1817))에도 내용이 수록되었다.

55 Basil Hall, *Account of a Voyage of Discovery to the West Coast of Corea, and the Great Loo-Choo, Island, with an Appendix*, London : John Murray, 1818, "Preface", x(https://archive.org/details/accountofvoyageo00hall/page/n10/mode/2up).

56 바질 홀의 아버지인 제임스 홀(James Hall)의 이름을 따서 홀군도(Sir James Hall Group)로 명명되었다. 제임스 홀은 지질학자이자 에든버러 왕립학회의 회장을 지냈다(Grayson, op. cit., p.9).

57 제임스 홀의 친구이자 에든버러 왕립학회의 회원이던 저명한 지질희자 제임스 히튼의 이름을 따서 허튼섬(Hutten's Island)으로 명명되었다(Grayson, op. cit., p.10).

근처까지 내려가서 9월 10일 제주도 근해를 지나 조선을 떠났다.

바질 홀 일행은 브로튼과는 달리 두 척의 배로 조선의 서해안을 탐사하였고, 홀이 지휘한 라이러호는 훨씬 더 작은 규모였지만,[58] 알세스트호는 1,097톤급의 프리깃함으로 284명을 태울 수 있는 큰 배였다.[59] 그런 덕분에 조선의 주민들에게 접근했을 때에 좀 더 자신 있는 태도를 취할 수 있었던 것으로 보인다. 물론 언어가 통하지 않는 상황에서 적극적 소통은 불가능했지만, 호기심과 호의적인 태도로 조선인 관리와 주민들과 교류하고 이를 기록하였다.[60] 브로튼의 용당포 기항과 마찬가지로 홀 일행이 만난 조선인들도 줄곧 이양선과 외국인에 호기심을 가지면서도 공식적으로는 거부감과 두려움을 표명하였다. 브로튼의 배와 마찬가지로 바질 홀의 배를 방문한 조선 관리들도 제대로 소통이 되지 않자 계속 떠나달라는 요구를 하고 있다. 조선 측의 기록을 보면 『순조실록』 19권과 『일성록日省錄』 순조 16년 병자 7월 19일 자에서 바질 홀 일행이 남기고 간 편지에서 이들이 중국에 온 영국 사절단의 일원이었음을 뒤늦게 파악하였다는 것을 알 수 있다.[61] 홀은 주민들과 제대로 소통이 되지 않았기 때문에 충분

---

58   김석중은 바질 홀의 항해기와 알세스트호에 승선했던 선의 존 맥레오드(John McLeod)의 『알세스트호 항해기(*Narrative of a Voyage, in the His Majesty's Late Ship Alceste, to the Yellow Sea, along the Coast of Corea, and through its Numerous Undiscovered Islands, to the Island of, Lewchew; with an Account of her Shipwreck in the Straits of Gaspar*)』(1817)를 편역한 그의 책에서 라이러호가 235톤에 승선 인원이 75명이라 적고 있다(김석중 편역, 『10일간의 조선항해기』, 삶과 꿈, 2003, 7쪽).

59   https://en.wikipedia.org/wiki/HMS_Alceste_(1806). 김석중은 위의 책에서 알세스트호가 1,101톤이라 적었다.

60   바질 홀의 항해기에서 황해안 항해와 조선인들과의 접촉 내용은 김석중 편역, 『10일간의 조선항해기』에 번역되어 있다.

61   『순조실록』, 순조 16년 7월 19일(http://sillok.history.go.kr/id/kwa_11607019_002); 김석중 편역, 앞의 책, 153~154 · 162쪽.

한 정보를 기록하지 못했다고 시인하였다.[62] 또한 관리들이 배를 방문하거나 홀의 일행이 상륙을 했을 때 술을 나눠 마시면서 친해졌음에도 불구하고 공식적으로는 상부로부터의 문책을 두려워하면서 떠나주기를 간청하는 모습을 여러 차례 묘사하였다. 그레이슨은 바질 홀의 기록과 비교할 때, "측량에 좀 더 초점을 맞추었던 브로튼이 그가 본 사물들의 묘사에 있어서는 깊이가 덜하다"[63]고 평하였다. 그러나, 용당포에만 머물렀고, 이후 제주도 근해로 가기 전 남해안의 다도해에서 조선인 관리의 방문을 한 차례 받았으나 제대로 소통하지 못했던 사건이 조선인과의 접촉의 전부였던[64] 브로튼과 다섯 군데 이상의 장소에 닻을 내리고 그때마다 조선인과의 접촉을 시도했던 바질 홀이 기록의 양이나 질이 차이 나는 것은 당연하다고 할 수 있다.

홀의 항해기에서 조선 탐사의 10일의 기록은 60페이지가 채 되지 않는 반면, 류큐에서는 한 달 이상을 머무르며 환대를 받은 상세한 내용이 기록되었다. 과학자인 아버지의 영향으로 과학을 숭상하는 분위기에서 성장하였던 바질 홀은 외연도에 들렀을 때에는 섬의 암석과 지질에 대해 상세한 분석을 하고 기록하였다. 그의 항해기에도 항해 내내 좌표와 함께 관측한 기상 정보와 지질에 대한 상세한 정보가 수록되었다. 뿐만 아니라 부록에는 류큐의 언어[65] — 사전을 방불케 할 정도로 자세한 영어와 류큐어 단어 대조표, 영어와 류큐어 문장 대조표, 류큐어와 일본어의 비교, 류큐어와 일본어, 인수어의 비교 — 와 숫자, 관리의 복식, 류큐어로 된 시

---

62  Basil Hall, op. cit., pp.56~57.
63  Grayson, op. cit., p.3, note.4.
64  Broughton, op. cit., pp.350~353.
65  바질 홀은 '류큐' 대신에 '루추(Loo-Choo)'로 표기하였다.

간, 음력 날짜의 표기 등을 수록했다. 본문에서의 비중과 마찬가지로 일행이 채록한 조선어는 부록에서도 단 한 페이지에 그쳐 조선과 류큐에서 그들이 받은 환대의 차이가 드러난다.

조선에서 직면한 소통의 어려움에 대해 홀은 조선을 떠나면서 앞으로 조선을 방문할 "항해자들은 한자를 읽고 쓸 수 있는 사람을 대동하고, 비사교적인 조선인들이 이방인에게 보여주는 불신을 인내심으로 극복할 수 있는 여유를 가져야"[66] 한다고 결론을 내렸다. 실제로 홀 이후에 조선을 방문한 항해자들은 그의 의견에 귀를 기울였다. 귀츨라프는 아시아 선교를 위해 중국어를 비롯한 여러 언어를 배운 상태였고, 벨처 함장은 중국어 통역을 데려와 한자로 의사소통을 하였다. 이전 세기에 많은 항해자가 찾았던 동해는 19세기 중반으로 접어들면서 포경선을 제외한 군함과 상선에게는 점차 잊혀졌다. 대신 서울이 한반도 서쪽에 위치한 사실의 중요성과, 중국과 마주하고 있다는 점으로 인해 서해안이 서양인들에게 주목을 받기 시작했으며,[67] 이런 추세를 선도한 것이 바질 홀의 서해안 탐사라 할 수 있다.

### 4) 카를 귀츨라프의 조선 방문

1832년 로드 애머스트Lord Amherst호가 조선의 서해안을 찾았다.[68] 이

---

66　Basil Hall, op. cit., p.57. 홀 이후에 조선을 찾아온 유럽인들은 논문에 소개한 로드 애머스트호나 사마랑호처럼 중국인 역관을 대동하였다.

67　안옥청 · 이상균, 앞의 글, 111~112쪽.

68　귀츨라프 일행의 조선 방문은 김원모, 「19세기 한영 항해문화교류와 조선의 해금정책」에서 "영국 로드 애머스트호의 통상교역 강요와 조선의 해금(海禁)정책(1832)"장 (981~990쪽)에서 자세하게 소개하고 있으므로 여기서 같은 내용을 반복할 필요는 없어 보인다.

배는 1816년 사절단을 이끌고 중국에 파견되어 바질 홀 일행의 조선 방문의 계기를 만들었으며 이후 인도 총독을 지냈던 애머스트의 이름을 땄으며, 영국 동인도회사에 소속된 용선이었다. 1600년 설립 이후 동인도회사는 영국의 대아시아 무역을 주도했었지만, 대중국무역에서 독점권을 잃게 될 상황에서 중국 광동 이북 지역에서 새로운 무역 루트를 개발하기 위해 로드 애머스트호에게 중국 연안 탐사를 요청했다.[69] 처음에는 클라이브Clive호로 항해할 예정이었지만, 선장 해리스Harris가 배에 실은 화물이 중국 관리에게 주는 통상적 선물의 범위를 벗어난다고 거절하는 바람에 로드 애머스트호로 대체되었다. 로드 애머스트호는 화이트맨 앤 컴퍼니Messers. Whiteman & Company 소속으로 광동 지역 주강珠江 하류에 위치한 린틴Lintin섬에 머물고 있었다.[70] 린틴은 유럽의 무역선들이 중국의 세관 검사를 위해 기다리던 곳이었으나 아편의 수업이 금지된 이후 밀수선들이 드나들던 곳이었다.

3차에 걸친 중국 연안 항해의 두 번째 항해에서 로드 애머스트호는 "1832년 2월 하순 마카오를 출발하여, 홍콩을 지나 아모이(현재의 샤먼), 푸조우, 닝포, 상하이, 조선과 류큐를 방문"하여 영국과의 통상을 도모할 계획을 세웠다.[71] 중국을 떠나 조선으로 향한 선장 토머스 리스Thomas Reese와 동인도회사 소속의 화물관리인 휴 해밀튼 린제이Hugh Hamilton Lindsay, 개신교 선교사 귀츨라프를 위시한 일행은 1832년 7월 17일 황해도의 장산곶 근처에 도착했으며 남하하여 7월 25일 충청도의 불모도에 이어 7월

69 Immanuel C. Y. Hsü, "The Secret Mission of the Lord Amherst on the China Coast, 1832", *Harvard Journal of Asiatic Studies* 17, June 1954, p.231.
70 Ibid., pp.233~234.
71 Ibid., pp.231~232.

27일 고대도에 상륙하여 한 달 가까이 머무르며 조선인과 접촉했다.[72] 조정에서는 충청도 보령 근처의 고대도까지 역관을 파견하였고, 귀츨라프는 영국을 대신하여 교역을 요구하였으나 승낙을 받지는 못했다. 『순조실록』 32권, 순조 32년 7월 21일 기사에서는 영국의 교역요청 사실을 보고하면서 타국과 함부로 교류할 수 없음과 거리가 떨어진 영국이 교역을 요구하는 일이 타당치 않다고 하였다.

> 이번의 영길리국은 지리상으로 동떨어지게 멀어 소방과는 수로水路의 거리가 몇 만여 리가 되는지 모르는 처지에 망령되이 교린을 핑계하고 교역을 억지로 요구하였으니, 사리에 타당한 바가 전혀 아니고 실로 생각 밖의 일이었습니다.[73]

린제이는 자신을 "영길리국英吉利國 또는 대영국大英國 난돈蘭墩과 흔도사단忻都斯担이란 곳에 사는 호하미胡夏米"로 소개하였는데,[74] 그가 영국 런던 출신이지만 인도를 뜻하는 힌두스탄의 한자표기인 '흔도사단'에서 왔음을 밝힘으로써 동인도회사의 활동 지역이 자신의 주 활동 무대임을 시사하였다. 그러므로 라 페루즈와 브로튼이 유럽에서 출발하여 세계 일주 항해 도중에 조선을 찾은 것이나 바질 홀 일행이 영국에서 중국을 목적지로 삼

---

72  Karl Gützlaff, *Journal of Three Voyages along the Coast of China, in 1831, 1832 and, 1833 : With Notices of Siam, Corea, and the Loo-Choo Islands*(London : Frederick Westley and A. H. Davis, 1834), p.227・235・238.

73  http://sillok.history.go.kr/id/kwa_13207021_005

74  순조실록 32권, 순조 32년 7월 21일 을축 4번째 기사 "홍희근이 홍주의 고대도 뒷 바다에 정박한 영길리국의 배에 대해 보고하다"(http://sillok.history.go.kr/id/kwa_13207021_004).

아 항해한 다음 조선에 들르게 된 경위와는 달리, 이미 광동 지역에서 활동하던 로드 애머스트호가 중국 연해, 더 정확히는 개항장의 가능성을 탐색하는 항해 중에 조선까지 진출했다는 점에서 영국의 아시아, 특히 중국에서의 활동이 단순한 과학적 탐사의 단계를 지나 적극적인 통상 요구로 바뀌었음을 보여준다.

로드 애머스트호에 동승한 카를 귀츨라프의 조선 방문에 대한 평가는 엇갈린다. 많은 기독교권의 학자들이 그를 조선에 온 최초의 개신교 선교사로 성경을 전해주었고 의료선교를 펼쳤다고 그 업적을 진술하고 있다. 일례로 오현기는 귀츨라프의 관찰은 "선교적 관점"에서 이루어졌고 "객관적으로 설명되지 않는 종교적 상황을 직관과 통찰을 통해 심층적으로 파악"하려고 했다는 긍정적 평가를 한다.[75] 이보고는 『귀츨라프의 중국연안탐사기』를 통해 귀츨라프가 유럽의 제국주의적 팽창주의에 봉사하는 가운데 선교의 사명을 수행하는 복잡한 상황 속에 놓여있었음을 강조한다. 귀츨라프가 현지인과의 대화를 통해 이들을 이해하려고 한 시도에서 '문명적 대화의 단초'[76]를 볼 수 있다고 주장하는데, 이 상황은 귀츨라프가 조선을 방문한 맥락과도 관련이 있을 것이다. 반면에 류대영은 귀츨라프를 "아편 밀수상들을 위한 바다길잡이 및 통역이었고 영국의 중국 식민지 행정관이었으며, 중국인 첩자들을 고용하여 영국의 아편전쟁을 도운 정보책임자"로 규정하며,[77] 로드 애머스트호가 벌인 중국 근해에서의 '탐

---

75  오현기, 「조선과 서양 사이의 문화중개자들이 저작물에 나타난 조선인의 인상(印象)에 대한 연구―칼 귀츨라프 선교사의 기여를 중심으로」, 한국대학선교학회, 『대학과선교』 27, 2014, 209쪽.

76  이보고, 「귀츨라프의 중국연안탐사기로 본 문화 접촉지대의 횡단자들」, 『중국어문학논집』 110, 중국어문학회, 2018.6, 169쪽.

77  류대영, 「제국주의 침략과 아편밀수―귀츨라프 선교의 그림자」, 『한국기독교와역사』

사' 활동을 제대로 살펴볼 필요성을 강조한다. 중국무역의 새로운 루트를 개발하려던 동인도회사를 위해 로드 애머스트호는 중국의 항구와 해로에 관한 정보를 수집했고, 중국어에 능통했던 귀츨라프는 가장 적극적으로 이 '탐사'에 가담한 인물이었다. 1834년 동인도회사의 중국무역 독점이 끝나자 로드 애머스트호를 포함한 영국의 배들은 귀츨라프 일행이 수집한 정보를 바탕으로 중국으로 인도산 아편을 밀수, 유통시키면서 아편전쟁의 단초를 제공하였다. 그뿐만 아니라 귀츨라프는 아편전쟁 중과 그 이후 계속 영국을 위해 일했다. "샤먼, 닝포, 푸조우, 상하이가 모두 귀츨라프가 군사시설에 대한 정보를 수집하고 중국 관원들에게 평등한 대우를 요구했던 곳으로 전쟁이 끝난 후 영국이 난징조약을 통해 중국에 개항을 요구한 곳이었다."[78]

귀츨라프의 영국을 위한 정보수집 활동에도 불구하고 그의 항해기는 자신의 선교사로서의 사명을 강조한다. 항해기의 첫머리에 "중국과 시암에 관한 간략한 안내와 이 지역과 인접 국가에서 개신교 선교사들의 노력"이라는 글을 실었다. 하와이제도와 마다가스카르에서 선교활동을 한 영국인 선교사 윌리엄 엘리스William Ellis가 쓴 글로 인도의 동쪽에 위치한 주요 국가인 중국과 태국에 관한 정보와 이 지역에서 기독교 전교의 역사를 정리함으로써 항해기의 독자나 앞으로 이 지역을 방문할 사람들에게 정보를 제공한다. 항해기의 가장 많은 페이지를 차지하는 것이 1832년의 두 번째 중국 항해이며, 조선 방문의 내용은 두 번째 항해기의 6장에 배치되었다. 날짜에 따라 그날의 날씨, 항해하거나 방문한 곳의 지명, 장소, 만난 사람

---

45. 한국기독교역사연구소, 2016.9, 91쪽.
**78** Hsü, op. cit., p.252.

과 사건의 묘사 등 귀츨라프가 얻은 모든 정보가 세밀하게 기록되어 있다. 그뿐만 아니라 그는 자신이 마주친 모든 사건을 신의 섭리로 이해하고 기술하였다. 일례로 조선을 찾은 첫날의 기록은 다음과 같이 시작된다.

> 7월 17일 강한 바람이 우리를 조선이 보이는 곳으로 데려왔다. 자비로우신 신의 섭리가 중국 해안을 따라 있었던 많은 위험을 통과하도록 우리를 보호해주셨다. 그래서 아, 우리는 진정으로 감사했다![79]

항해기 곳곳에서 귀츨라프가 사명감에 불타는 선교사의 자세를 견지하고 이를 드러내기 때문에, 로드 애머스트호의 활동 내용을 제대로 파악하지 않는다면 그의 항해기와 조선 방문은 오해의 소지를 낳기에 충분하다. 개신교 선교사 귀츨라프는 조선을 새로운 선교의 대상으로 보았을 것이 분명하지만, 가톨릭이 조선에서 배척받던 상황에서 적극적으로 자신의 종교를 알리기에는 한계가 있었을 것이다. 또한 항해자의 입장에서 기록된 항해기가 객관적 관점에서 공평하게 기술되기에 어렵다는 문제점을 귀츨라프뿐만 아니라 에드워드 벨처의 항해기에서도 확인할 수 있다.

### 5) 에드워드 벨처의 제주도와 남해 탐사

결국 귀츨라프 일행의 조선 방문은 아편전쟁이 발발하기 전 긴박한 중국과 영국의 상황을 배경으로 이루어졌다는 점에서 이후 조선을 찾아올 유럽인 항해자들의 행보에 시사점을 제공한다. 전쟁이 끝난 후 영국의 아

---

[79]  Karl Gützlaff, op. cit., p.227.

시아 지배는 더 공고해졌으며 중국의 영향력이 줄어들면서 이들의 통상 요구는 그 수위가 더 높아지는 것이 당연했다. 헌종 6년1840 12월에도 영국 선박이 제주 가파도에 상륙하여 가축들을 약탈해 간 사건이 있었으나 배의 이름은 밝혀지지 않았고, 1845년 사마랑Samarang호의 에드워드 벨처Edward Belcher, 1799~1877 함장이 제주도와 남해를 탐사하고 간 사건이 있었다.[80]

벨처는 1825년부터 1828년까지 비치 함장Frederick William Beechey이 지휘한 블라썸Blossom호의 태평양과 베링해의 탐사 항해에서 측량을 담당했으며, 1830년부터 1831년까지 자신이 지휘한 에트나Aetna호로 아프리카 근해의 측량을 하며 탐사가로 훈련 받은 영국 해군이었다. 그는 설퍼Sulphur호를 타고 남북 아메리카 해안을 측량하다가 중국으로 가서 아편전쟁에 참여했고, 홍콩항을 측량하였다.[81] 이후 1843년부터 1847년까지 인도와 중국 남부, 필리핀, 류큐와 조선 등지를 탐사하였다. 벨처는 영국의 팰머스를 출발하여 싱가포르와 보르네오를 거쳐 홍콩에 도착하는 항로를 밟았다.[82] 아편전쟁 이후 새롭게 개항한 항구들은 로드 애머스트호의 탐사가 있었지만 충분하지 않았기 때문에, 중국 근해와 아시아 해역에 대한 철저한 조사가 필요하다는 의견이 대두되었다. 사마랑호의 주 관심사는 인도네시아와 필리핀 지역이었고 조선과 류큐는 홍콩이나 마카오를 찾는 과정에서 부수적인 방문지였다고 생각된다. 해군선에 그리스 로마

---

80 벨처는 『1843~1846년의 사마랑호 항해기(*Narrative of the Voyage of H. M. S. Samarang during, 1843-1846)*』(1848)를 출판하였다.

81 "Belcher, Sir Edward", *Dictionary of Canadian Biography*, http://www.biographi.ca /en/bio/belcher_edward_10E.html

82 벨처는 자신의 항해기 서문에서 기항지와 항로를 설명한다. Edward Belcher, *Narrative of the voyage of H. M. S. Samarang, during the Years 1843-46*, Vol.I, London : Reeve, Benham, and Reeve, 1848, pp.vii~ix(https://archive.org/details/narrativeofvoya g01belciala/page/354/mode/2up).

신화의 신이나 인물 혹은 영국 해군과 관련된 이름을 붙이던 전통에서 벗어나 인도네시아의 항구의 이름인 '사마랑'을 배의 이름으로 사용하고 이지역에 대한 추가 탐사를 하게 함으로써 영국은 동인도제도를 자국의 영토로 확실히 편입했다는 자신감을 드러냈다.

아편전쟁이 끝나고 일본의 개항이 이루어진 1853년 이후 중국과 일본을 거점으로 하여 많은 서양의 배들이 조선 근해를 오갔고, 조선과의 통상을 시도하려는 배들도 급속도로 늘어났다. 벨처에게 내려진 해군본부의 명령은 탐사였고, 그는 영국에서 출항할 준비를 하면서 항해의 목적을 염두에 두고 소형 보트를 여러 척 준비했다. 작은 수로나 강 유역을 조사하고 식수를 구하거나 육지에 상륙하는 임무는 큰 배에 적재하는 소형 보트가 수행하는 것이 일반적이다. 사마랑호에는 6파운드 포를 탑재할 수 있는 32피트의 바지선 두 척, 3파운드 포를 얹은 카벨 타입 25피트짜리 커터cutter 두 척, 32피트짜리 기그gig, 졸리 보트jolly boat 한 척을 실었다.[83] 수평선과 자기장 사이의 각도를 측정하는 장치인 복각계와 스무 대의 크로노미터도 준비했으며,[84] 선의 보조인 아서 애덤스가 동식물 표본의 채집을 전담하는 등, 탐사항해에 필요한 모든 장비와 인력을 갖추었다. 애덤스의 관찰은 벨처의 항해기 2권에 수록되었으며, 1850년 단독으로『사마랑호 항해의 동물지 The Zoology of the Voyage of HMS Samarang』라는 제목으로도 출판되었다. 벨처는 책의 말미에 자신의 일행이 방문한 곳의 어휘 일람표를 실었는데, 영어와 스페인어와 함께 말레이어, 필리핀의 비사야어Bisayan, 술루어Sooloo, 일로코에lloco, 바탕어Batang, 카가야어Cagayan, 타갈로그어Tagala

83  Edward Belcher, op. cit., p.3.
84  Edward Belcher, op. cit., p.vii.

등 각 섬 지역의 언어, 중국어, 일본어, 한국어 단어와 숫자를 수록하였다.[85] 하지만 이 다양한 언어의 어휘는 벨처 일행이 직접 수집한 것이 아니다. 벨처는 어휘집의 단어들을 이곳을 방문하는 사람들에게 도움을 주려는 생각으로 실었다고 하면서 각 언어의 어휘를 가져온 출처를 밝혔는데, 중국어, 한국어, 일본어는 중국에서 활약한 영국 선교사 메드허스트W. H. Medhurst의 1830년판 저서와 필로 시넨시스Philo Sinensis의 1835년 저서에서 가져왔다고 하였다.[86] 메드허스트의 저서는『원전에서 편찬한 영일, 일영 어휘*An English and Japanese, and Japanese and English Vocabulary Compiled from Native Work*』이며, 메드허스트의 저서로도 알려진『조선위국자휘』[1835]는 1832년 조선을 방문했던 카를 귀츨라프의 필명인 필로 시넨시스가 저자로 표기된 책이다.[87] 한국어의 경우 526단어와 30개의 숫자가 기록되어 있는데, 동사의 어미가 제대로 표기되지 않고, 한자 단어가 많으며, 숫자는 알고 있는 숫자에 대입하여 추정 표기[88]하는 등 오류가 많다. 초기의 항해자들이 실제 원주민들과 접촉하면서 수집한 단어가 아니라 그 지역에 거주하고 있는 영국인으로부터 얻은 정보를 활용하였다는 점에서 벨처가 항해한 시기에 아시아가 더 이상 미답의 지역이 아니었음을 시사한다. 그러므로 벨처의 항해는 이전의 브로튼이나 홀처럼 '탐사'의 원래 의미에 충실

85  Edward Belcher, *Narrative of the Voyage of H. M. S. Samarang, during the Years 1843~46*, Volume 2, pp. 540~571. https://books.google.co.kr/books?id=qwTjAAAAMAAJ&printsec=frontcover&hl=ko&source=gbs_ge_summary_r&cad=0#v=onepage&q&f=false

86  Edward Belcher, op. cit., p. 534.

87  허인영,「『朝鮮偉國字彙』의 서지와 자료적 성격」,『국어사연구』25, 2017.10, 180~ 182 쪽. 허인영은 메드허스트가 특히 한국어의 경우 귀츨라프의 도움을 많이 받았기 때문에 귀츨라프의 필명으로 출판이 되었다고 주장하였다.

88  일례로 숫자 '30'을 3과 10의 조합으로 'sŏk yŏr'로 표기하였다(Edward Belcher, *Narrative of the Voyage of H. M. S. Samarang, during the Years 1843~46*, Vol.II, p.569).

유럽인들의 조선 탐사 항해와 항해기

〈그림 6〉 에드워드 벨처의 항해기에 삽입된 제주도의 관리들[89]

할 필요가 없었고, 오히려 아시아에서 영국과 영국 해군의 위상을 확인하고 과시하는 차원에서 이루어졌을 가능성이 크다.

　벨처의 항해는 1859년에 이루어진 악테온Actaeon호의 부산항 탐사를 제외하면 탐사를 그 목적으로 표방한 거의 마지막 배였다. 벨처는 6월 24일에 제주도 근해에 도착했고 25일부터 제주도 일대의 해안을 항해하며 제주목과 우도 등을 방문하면서 그곳 관리들과 민간인들과의 접촉을 상세하게 기록했다. 관리에게는 "여왕의 명을 받아 우리 배들이 안전하게 항해할 수 있도록 해도를 수정하기 위해 각국을 방문하고 있다"는 목적을 밝혔고, 목적의 달성을 위해 "섬의 언덕에서 해와 별을 관측하고 여러 측량을 할 필요가 있다"고 하였다.[90] 7월 15일에 남해의 다도해로 향하여

89　Edward Belcher, op. cit. Vol.I., p.332.
90　Edward Belcher, "Group of Koreans", *Narrative of the Voyage of HMS Samarang during the Years 1843-1846* Vol.I.

탐사를 계속했고, 무엇보다 거문도를 해밀턴항Port Hamilton으로 명명하고 주변의 지형을 살피고 섬에 상륙하여 조사를 함으로써 1885년 영국 해군의 거문도 점령사건의 무대를 예비했다. 다시 제주로 돌아온 벨처 일행은 조선의 관리를 만났고, 이전에 설치했던 관측기구가 온전히 남아있는 것을 확인했고 제주인들이 그리 비우호적이지는 않았다고 결론지었다.[91]

벨처는 자신의 항해기에서 이전에 조선을 찾았던 항해자들의 기록과 자신의 경험을 대조한다. 예컨대 거문도에 이르러서는 브로튼이 '초산 Tcho-san'이라 명명한 곳이 근처에 있겠지만, 조선을 오해하여 그런 이름을 붙였을 수도 있다는 생각을 했으며,[92] 또한 바질 홀의 기록과 대조하여 제주도민들이 한자를 잘 알고 있다는 사실을 기록하고, 무엇보다도 1816년 홀의 방문 이후 조선인들의 법이나 습성이 달라진 것이 아닌지 의문을 갖는다. 벨처는 유능한 중국인 통역의 도움으로 조선인들과의 의사소통이 아주 정중하게 이루어졌다고 쓰고 있는데, 특히 자신이 조선의 성읍에 함부로 들어가기를 원치 않는다는 언약을 하고 자신의 책무는 해안선에 한정되어 있으며 자신의 접근을 동의하는 한에서 고위 관리들과 만날 수 있다고 확신을 시켰다.[93] 그럼에도 불구하고 벨처는 무례하게 접근하는 조선인들을 향하여 총을 겨누어 제지하거나 자신들의 통행을 확보하기 위해 조선인을 인질로 잡았고, 자신들에게 대포를 쏘는 해안의 요새에 포를 발사하는 등의 적극적인 대처도 취하면서 조선인들을 계속 의심하는 태도를 보였다.[94] 당시 전라감사의 장계에 "심지어 천막을 설치하고 순경巡更을 돌

---

91   Edward Belcher, op. cit., p.356.
92   Edward Belcher, op. cit., p.355.
93   Edward Belcher, op. cit., p.357.
94   Edward Belcher, op. cit., pp.342~343.

며 포를 쏘고 칼을 휘두른 것은 단지 흉하고 사나운 데 그치지 않습니다. 그 진정과 거짓 또한 극히 헤아리기 어렵사옵니다"[95]라고 기록되어 있거니와, 박천홍은 벨처가 제주도에서 조선인들에게 보인 대응으로 보아 그가 "꽤 호전적인 인물이라는 인상이 짙다"고 쓰고, 그 이유로 벨처가 아편전쟁에 참가했었고, "하멜이 붙잡혔던 제주도에 왔다는 점, 그리고 홀의 기록을 통해 조선인들이 이방인들에게 적대적이라는 선입견을 가진 점" 등을 들었다.[96] 필자의 생각을 덧붙이자면, 아편전쟁에서 영국이 승리를 거둔 이후 영국인들이 중국이나 주변 국가에 대해 자국의 군사적 우위를 확신하게 된 것이 가장 큰 이유가 아닐까 한다. 그뿐만 아니라 벨처가 과거에 지휘했던 배에서 승무원들을 잘못 대우했다는 이유로 여러 번 해군의 조사위원회에 회부된 적이 있다는 개인적 이력[97]도 일정 부분 벨처가 조선인에게 강경한 태도를 취한 것과 관련이 있어 보인다. 항해기에서 제주도에 머물렀던 20여 일 동안 벨처가 탐사의 실제 내용보다는 민간인이나 관리와의 접촉, 그중에서도 실랑이를 벌이거나 긴장을 자아내는 사건의 기술에 더 많은 내용을 할애하고 있다는 점은 이전에 조선을 방문한 탐사항해자들과 구분되는 지점이다. 또한 날씨나 풍속, 풍향, 측심 등 항해 전반에 대한 기록이 부족하여 항해일지로서의 정확성이 브로튼이나 홀, 귀츨라프의 기록에 비해 떨어진다고 할 수 있다. 날짜에 따라 구체적인 탐사 활동을 기록하는 항해기의 일반적인 관례를 지키지 않은 셈이다.

『헌종실록』의 헌종 11년1845년 6월 29일 기사에서는 영국 선박이 호남의 흥양과 제주에 나타났음을 기록하였고, 7월 5일에는 한 달 가까이 제주에 머무른 이양선 문제에 대해 좌의정이 중국에 이 사실을 알려 황제가 광동의 선박이 머무는 곳에 이런 일의 발생을 금하도록 칙서를 내려야 한다는 보고가 기록되었다.[98] 조선은 중국뿐만 아니라 일본에도 사마랑호 사건을 알렸지만,[99] 이들이 이양선의 조선 방문을 막거나 금하는 결과는 결코 얻지 못했다.

## 3. 19세기 후반의 유럽인 방문자들과 조선의 개항

19세기 후반의 유럽인 방문자들이 통상이나 선교의 자유를 요구했던 것과 달리, 이 글에서 살펴본 18세기 말에서 19세기 전반까지 조선을 찾은 항해자들은 모두 탐사를 그 목적으로 내세웠다. 브로튼과 홀은 항해기의 제목에 "발견의 항해Voyage of Discovery"라는 문구를 삽입함으로써 자신들의 항해목적이 탐사였음을 밝혔고, 후대의 항해자들에게 도움이 될 수 있는 정보를 확보하기 위해 부단한 노력을 했음을 확인할 수 있다. 결론적으로 말하자면, 라 페루즈와 브로튼, 홀의 탐사 항해는 지리학적 발견과 함께, 천문학, 항해술의 발전을 촉진하였고, 서구권에 잘 알려지지 않았던 새로운 아시아 지역에 대한 관심을 제고했다는 의의를 갖는다. 탐사 항해와 관련된 측량 자료는 물론, 다양한 계층의 사람들과 만나고 말이 통하지

---

98 『헌종실록』 12권, 헌종 11년 6월 29일(http://sillok.history.go.kr/id/kxa_11106029_002), 헌종 11년 7월 5일(http://sillok.history.go.kr/id/kxa_11107005_002).
99 박천홍, 앞의 책, 352~353쪽.

않는 가운데에도 이들로부터 최대한의 정보를 끌어내려고 하였다. 아직까지 유럽인의 발길이 미치지 않았거나 거의 알려지지 않았던 지역인 조선이나 일본, 사할린 이북의 지역의 원주민들에 대해서는 항해자들은 지대한 관심만큼이나 조심성을 가지고 행동하였다. 그런 가운데 브로튼이 조선어나 홋카이도의 원주민인 아이누족의 어휘, 류큐에서 채록한 어휘를 항해기에 기재했다는 사실은 이들이 원주민들과 접촉할 기회를 놓치지 않고 활용했고, 정보를 입수하는 능력을 발휘했음을 시사한다. 홀과 맥레오드 역시 채록한 조선어와 류큐어를 각자의 항해기에 수록하였다.

반면 『조선왕조실록』을 비롯한 조선의 기록은 접촉 당시의 상황 위주로 기술하고 있다. 무엇보다 이양선에 대한 조선측의 대부분의 기록은 제 때 보고를 하지 않았거나 제대로 문정問情을 하지 못한 현지의 관리에 대한 문책과 징계를 건의하는 내용과 추후 이양선이 나타날 경우 철저한 단속을 요구하는 내용이 많다. 관리를 보내어 문정을 하였지만 이들은 자국민과 외국인의 접촉을 막고자 하는 조정의 방침을 고수했으며, 특히 의사소통이 되지 않는 가운데 이루어진 항해자들과의 만남은 조선에 어떤 지속적인 영향력을 미치거나 정책의 변화를 가져오지는 못했다. 오히려 에드워드 벨처가 데리고 온 중국인 역관이 아편전쟁과 중국의 패배 소식을 알려주자 이를 거짓으로 생각하는 등, 중국의 소식을 간접적으로 접한 조선인들은 서양인들에 대한 불신과 두려움에 사로잡혔다. 외교는 중국에 의존하며 쇄국을 고집한 조선의 고착적인 상황은 항해자들의 조선 방문 목적이 달라지는 19세기 후반으로 접어들면서 갈등을 일으킬 소지를 담고 있었다.

1839~1842년의 아편전쟁과 1853년 미국의 페리 제독에 의한 일본의 개항에서 알 수 있듯이, 상황은 쇄국정책을 고수하던 아시아 국가들에게

유리하지 않았다. 지리상의 발견과 측량, 앞으로 오게 될 항해자들을 위한 자료의 축적이라는 목적이 우선했던 19세기를 전후한 항해자들의 탐사항해와는 달리, 아편전쟁 이후에는 상세한 아시아 근해의 지도를 들고 온 서양의 이양선들이 우월한 무력을 앞세워 당당하게 개항을 요구하면서 이전의 조심스러움과는 다른 양상을 띠게 된다. 그레이슨은 바질 홀의 황해안 탐사가 제국주의가 본격적인 위세를 떨치기 이전에 있었던 "유럽인의 '순진한' 탐사항해시대의 마지막 단계"였다고 거듭 언급한다.[100] 19세기 전반까지는 주로 해군에 소속되어 탐사의 목적으로 조선 근해에 온 배가 많았지만, 린제이와 귀츨라프의 황해안 탐사가 그러했듯이 중반으로 접어들면서 교역을 염두에 둔 상선이 나타나기 시작했다. 1845년 해군선으로 조선을 찾은 벨처는 탐사를 목적으로 내세웠지만, 조선인들에게 자신의 우세한 무력을 과시하는 듯한 태도를 견지했다.

18세기 말부터 19세기에 걸쳐 조선을 의도적으로 혹은 우연히 찾아오게 된 서양인들과 배를 정리한 아래의 〈표 2〉에서 이 사실을 확인할 수 있다. 특기할 것은 표에서 회색으로 표시된 미국 선적의 포경선의 선원들이 탈출하거나 기항한 사례이다. 벨처가 제주도와 남해안을 탐사한 지 겨우 3년이 지난 1848년, 『헌종실록』에는 이양선의 수가 급증했다는 기록을 볼 수 있다.

---

100 "the final phase of this age of 'innocent' European exploration"(Grayson, op. cit., p.2).
101 〈표 2〉에서 회색으로 된 부분은 표류 사례이다.
102 알세스트호에 승선했던 존 맥레오드(John McLeod)도 기록을 남겼으며, 중국에 같이

〈표 2〉 바다를 통한 유럽인과 미국인의 조선 방문[101]

| 연도 | 항해자와 선명 | 목적 탐사/방문지역 | | 항해기 | 조선측 기록 |
|---|---|---|---|---|---|
| 1787 | 라 페루즈(프랑스), 부쏠호와 아스트롤라브호 | 탐사 | | Voyage de La Pérouse autour du mond (『라 페루즈의 세계 일주 탐사항해』, 1797) | — |
| | | 동해안 | | | |
| 1791 | 제임스 콜넷(영국), 아르고노트(Argonaut)호 | 탐사 | | The Journal of Captain James Colnett aboard the Argonaut from April 26, 1789 to Nov. 3, 1791 | — |
| | | 동해안, 울릉도 | | | |
| 1797 | 브로튼(영국), 프린스 윌리엄 헨리호 | 탐사 | | A Voyage of Discovery to the North Pacific Ocean (1804) | 『정조실록』, 『일성록』, 정조 21년 9월 |
| | | 동해안, 부산, 남해안, 제주도 | | | |
| 1816 | 바질 홀(영국), 알세스트호와 라이러호 | 탐사 | | Hall, Account of a Voyage of Discovery to the West Coast of Corea, and the Great Loo-Choo(1818)[102] | 『순조실록』, 순조 16년 병자 7월 丙寅條 |
| | | 황해 (서해5도, 고군산열도, 마량진) | | | |
| 1832.7 | 린제이(영국)와 카를 귀츨라프(독일), 로드 애머스트호(영국) | 황해 보령 고대도 | | Journal of Three Voyages along the Coast of China, in 1831, 1832 & 1833(1834) | 『순조실록』, 순조 32년 7월 21일 을축조 |
| 1845 (1843 ~46) | 에드워드 벨처(영국), 사마랑호 | 제주도, 남해 | | Narrative of the Voyage of H.M.S. Samarang during 1843-1846 (『사마랑호항해기』, 1848) | 『헌종실록』, 헌종 11년 6월 29일, 7월 5일 |
| 1849 | 포경선 리앙쿠르(Liancourt)호 (프랑스) | 울릉도, 독도 (리앙쿠르암 명명) | | 〈태평양전도〉 (1851, 프랑스)에 독도 표기 | |
| 1852 | 사우스 어메리카호 (미국 포경선) | 부산 용당포 앞바다에 표착 | | | 『일성록』, 철종 3년 (12월 21일) |
| 1854 | 올리부차(Olivutsa)호 (러시아) | 독도 발견 (Menelai- Olivutsa로 명명) | | 〈조선동해안도〉(1857) | |
| 1855 | 찰스 포사이스 | 독도 발견 | | 해도 No.2347〈일본 및 | |

| 연도 | 항해자와 선명 | 목적<br>탐사/방문지역 | 항해기 | 조선측 기록 |
|---|---|---|---|---|
| | (Charles Forsyth) 제독,<br>호넷(Hornet)호(영국) | | 조선해안 일부〉(1855) | |
| 1855 | 투 브라더스<br>(Two Brothers)호<br>(미국 뉴베드퍼드<br>선적 포경선) | 선원 4명이<br>도망침<br>(강원도 통천) | | 『일성록』,<br>철종 6년<br>7월 2일 |
| 1859 | 존 위드(John Ward)(영국),<br>악테온(Actaeon)호 | 부산항<br>해도 작성 | 윌리엄<br>블레이크니(William<br>Blakeney), 『40년 전의<br>극동항해기(On the Coasts<br>of Cathay and Cipango Forty<br>Years Ago)』(1902) | |
| 1866<br>~1868 | 오페르트(독일)<br>1. 로나(Rona)호(영국)<br>2. 엠페러(Emperor)호(영국)<br>3. 차이나(China)호 | 남연군묘<br>도굴사건 | 『금단의 나라<br>조선』(1880) | |
| 1866 | 서프라이즈호(미국 상선) | 평안도 철산에<br>표착 | | 『일성록』,<br>5월 21일 |
| 1866 | 제너럴 셔먼호 | 평양 | | |
| 1866.<br>10~11 | 병인양요 | 강화도 | | |
| 1871.3 | 신미양요 | 강화도 | | |

이해 여름·가을 이래로 이양선異樣船이 경상·전라·황해·강원·함경 다
섯 도의 대양大洋 가운데에 출몰하는데, 혹 널리 퍼져서 추적할 수 없었다.
혹 뭍에 내려 물을 긷기도 하고 고래를 잡아 양식으로 삼기도 하는데, 거의
그 수를 셀 수 없이 많았다.[103]

실제로 1850년대에는 세계의 포경업을 주도하던 미국의 포경선들이

유럽인들의 조선 탐사 항해와 항해기

온 일행인 엘리스(Ellis)의 *Journal of the Proceedings of the Late Embassy to China*(1817)
에도 내용이 기록되었다.
103 『헌종실록』15권, 14년 12월 己巳 (http://sillok.history.go.kr/id/kxa_11412029_001).

북태평양이나 일본 근해에서 조업을 했다. 홋카이도와 혼슈 사이의 쓰가루해협은 고래가 흔한 지역이었고, 동해나 대한해협 역시 고래가 자주 출몰하는 곳이었으므로, 포경선이 조선 해역을 찾는 일도 많아졌을 것이다. 힘든 작업환경으로 인해 배에서 이탈하는 선원을 보충하고 식수를 구할 수 있는 기항지를 찾아서 미국이 일본에 개항을 요구하던 때도 1850년대 초였다.[104]

19세기 후반에는 전통적인 유럽 열강뿐만 아니라 미국도 조선에 개항의 압력을 넣기 시작했다. 특히 제너럴 셔먼호 사건에서 비롯된 신미양요와 천주교 박해와 관련된 병인양요 등, 19세기 후반 조선으로서는 감당하기 어려운 사건이 이어졌다. 조선은 척화비로 상징되는 강경한 쇄국정책을 고수하려 했지만, 1875년의 운요雲揚호 사건을 빌미로 개항을 요구했던 일본의 압박에 굴복하고 1876년 문호를 개방할 수밖에 없었다. 뒤를 이어 1882년에는 미국과, 1883년에는 독일과 영국에 불평등한 조약을 맺게 되었다. 그러므로 19세기를 전후하여 처음으로 조선과 그 근해를 찾았던 항해자들의 탐사기록은 1세기가 채 되기 전에 유럽 각국의 이익을 우선하는 제국주의적 목적에 봉사하게 되었다.

프랑스의 라 페루즈 원정대는 18세기 말 서양인으로서는 최초로 동해안을 탐사한 항해자가 되었다. 브로튼은 쿡이 항해했던 사할린 이북의 태평양에 관심이 있었고, 동해안을 따라 남하하던 중에 용당포에 들러 조선인들과 만난 다음, 남해안과 제주도를 거쳐 마카오로 귀환하였다. 1816

---

104 미국 포경선의 활동과 일본 개항의 관련성에 대해서는 김낙현 · 홍옥숙, 「허만 멜빌의 『모비딕』에 나타난 포경항로와 19세기 북태평양의 정치적 상황」, 『해항도시문화교섭학』 16, 한국해양대 국제해양문제연구소, 2017, 115~136쪽 참조.

년 외교사절을 태우고 중국으로 갔던 알세스트호와 라이러호 두 척의 배는 황해를 건너 조선을 방문했다. 라이러호의 함장 홀은 서해 5도와 충청도 인근의 섬들을 둘러보고 조선인들을 만났으며, 류큐까지 항해한 후에 중국의 일행에게로 귀환하였다. 19세기를 전후하여 일어난 이 세 건의 항해로 인해, 조선을 둘러싸고 있는 동해, 남해, 황해가 대략적이기는 하지만 유럽인들에 의해 모두 탐사되었고, 지도와 조선인에 관한 기록이 작성되었을 뿐만 아니라 출판되어 유럽인들의 관심을 끌게 되었다. 중국과의 무역 불균형을 시정하기 위한 노력의 일환으로 동인도회사는 귀츨라프를 고용하고 로드 애머스트호로 광동 이북의 무역항을 개척하기 위해 '탐사'를 시도했고, 이들은 조선의 서해안까지 찾아 무역의 가능성을 타진했다. 아편전쟁이 중국의 패배로 끝난 후에 아시아 탐사에 나선 벨처는 조선의 제주도와 남해안을 찾았지만, 이미 선배 항해자들이 마련해놓은 정보를 바탕으로 자신감에 찬 태도로 조선인들을 대할 수 있었다.

　18세기 말부터 19세기 전반까지는 주로 유럽인들의 발길이 닿지 않았던 북동 아시아 지역의 태평양에 대한 관심으로 인해 항해자들이 조선을 찾았으며, 이들이 남긴 항해기는 이 지역에 대한 정확한 정보를 제공하기 위한 목적으로 구성되었음을 확인하였다. 항해기에 수록된 해안과 도서를 포함한 해역의 측량 자료와 거주자들의 언어, 풍습을 포함한 다양한 정보는 다음에 올 항해자들에게 유용한 지침이 되었고, 나아가 19세기 후반 북동아시아의 정세 변화에 따라 타의에 의한 조선의 개항을 촉진하는 데 도움을 주었다.

# 참고문헌

## 1. 단행본

김석중, 『10일간의 조선항해기』, 삶과 꿈, 2003.

김원모, 『한미수교백년사 KBS TV 공개대학시리즈』 ⑧, 한국방송사업단, 1982.

김재승, 『근대한영해양교류사』, 인제대 출판부, 1997.

박천홍, 『악령이 출몰하던 조선의 바다-서양과 조선의 만남』, 현실문화연구, 2008.

장-프랑수아 갈로 드 라 페루즈, 『라 페루즈의 세계 일주 항해기』 1~2, 국립해양박물
관, 2016.

Belcher, Edward, *Narrative of the voyage of H. M. S. Samarang, during the years 1843-46*,
Vol.I & II, London : Reeve, Benham, and Reeve, 1848.

Broughton, William Robert, *A Voyage of Discovery to the North Pacific Ocean: in Which
the Coast of, Asia, from the lat. of 35° North to the lat. of 52° North, the Island of Insu,
(Commonly known, under the name of the land of Jesso,) the North, South, and East
Coasts of Japan, the, Lieuchieux and the Adjacent Isles, as well as the Coast of Corea,
Have Been Examined and, Surveyed. Performed in His Majesty's Sloop Providence
and her Tender, in the Years 1795, 1796, 1797, 1798*, London, 1804.
https://iiif.lib.harvard.edu/manifests/view/drs : 12329001$1i

Colnett, James, *The Journal of Captain James Colnett aboard the Argonaut from April 26,
1789 to, Nov. 3, 1791*, Toronto : The Chaplain Society, 1940.
https://open.library.ubc.ca/collections/bcbooks/items/1.038678#p0
z-7rOf:

David, Andrew ed., *William Robert Broughton's Voyage of Discovery to the North Pacific
1795-1798*, London : Ashgate, 2010.

Gützlaff, Karl Friedrich August, *Journal of Three Voyages along the Coast of China in
1831, 1832,&1833 : with Notices of Siam, Corea, and the Loo-choo Islands*,
London: Frederick Westley and A. H. Davis, 1834.
https://books.google.co.kr/books?id=wkYNAAAAYAAJ&printsec=fro
ntcover&hl=ko#v=onepage&q&f=false

Hall, Basil, *Account of a Voyage of Discovery to the West Coast of Corea, and the Great Loo-Choo Island, with an Appendix*, London : John Murray, 1818. https://archive.org/details/accountofvoyageo00hall/page/n10/mode/2up

Stevenson, Caroline M., *Britain's Second Embassy to China: Lord Amherst's 'Special Mission' to the Jiaqing Emperor in 1816*, ANU Press, 2021. https://doi.org/10.2307/j.ctv1h45mhm


2. 논문

김낙현·홍옥숙, 「브로튼 함장의 북태평양 탐사항해(1795~1798)와 그 의의」, 『해항도시문화교섭학』 18, 한국해양대 국제해양문제연구소, 2018.

김원모, 「19세기 韓英 航海文化交流와 朝鮮의 海禁政策」, 『문화사학』 21, 한국문화사학회, 2004.

류대영, 「제국주의 침략과 아편밀수－귀츨라프 선교의 그림자」, 『한국기독교와 역사』 45, 한국기독교역사연구소, 2016.

박경·장은미, 「1700년대 후반부터 1800년대 말까지 한국 수로조사에 미친 서양의 영향－해안가 지명과 해저지명을 중심으로」, 『한국지도학회지』 12(3), 한국지도학회, 2012.

안옥청·이상균, 「프랑스 군함 카프리시으즈호의 동해탐사와 지도제작」, 『한국지도학회지』 18(2), 한국지도학회, 2018.

오현기, 「조선과 서양 사이의 문화 중개자들의 저작물에 나타난 조선인의 인상(印象)에 대한 연구－칼 귀츨라프 선교사의 기여를 중심으로」, 『대학과 선교』 27, 한국대학선교학회, 2014.

이보고, 「귀츨라프의 중국연안탐사기로 본 문화 접촉지대의 횡단자들」, 『중국어문학논집』 110, 중국어문학회, 2018.

이상균·김종근, 「영국 상선 아르고노트호의 동해 항해와 '의문의 섬' 발견」, 『한국지도학회지』 18(3), 한국지도학회, 2018.

정인철, 「16세기와 17세기 서양고지도에 나타난 홋카이도와 주변 지역의 표현」, 『한국지도학회지』 10(1), 한국지도학회, 2010.

허인영, 「『朝鮮偉國字彙』의 서지와 자료적 성격」, 『국어사연구』 25, 국어사학회, 2017.10.

Grayson, James Huntley, "Basil Hall's Account of a Voyage of Discovery : The Value of a British Naval Officer's Account of Travels in the Seas of Eastern Asia in 1816", *Sungkyun Journal of East Asian Studies* 7(1), 2007.

Hsü, Immanuel C. Y., "The Secret Mission of The Lord Amherst on the China Coast, 1832", *Harvard Journal of Asiatic Studies* 17.1/2, 1954.

Williams, Lawrence, "British Government under the Qianlong Emperor's Gaze : Satire, Imperialism, and the Macartney Embassy to China, 1792~1804", *Lumen : Selected Proceedings from the Canadian Society for Eighteenth-Century Studies* 32, 2013.
https://doi.org/10.7202/1015486ar

탐험가 · 외교관 · 선교사

# 한국을 연구한 초기 개신교
## '선교사 겸 학자missionary and scholar'들*

이영미

..........................................

## 1. 개인에 대한 연구에서 집단에 대한 연구로

서양인들이 한국에 대한 지식과 정보를 기록하는 것을 뛰어넘어 한국의
언어, 문화, 역사를 '연구'하기 시작한 것은 1890년 전후이다. 직업적인 이
유로 한국에 일정 기간 체류하게 된 사람들의 일부가 이 일에 뛰어들었다.
그들 중 몇 명은 하위 외교관이었다. 1884~1892년 제물포주재영국부영
사로 복무하면서 한국어를 연구하고 사전과 문법서를 출간한 스콧James
Scott, 1850~1920, 1890~1892년 주한프랑스공사관 서기관으로 재직 중 한
국 문헌에 눈을 뜨고 『한국서지*Bibliographie coréenne*』1894~1896·1901와 다수
의 논문을 발표한 쿠랑Maurice Courant, 1865~1935이 대표적이다.

----

\*    이 글은 「한국을 연구한 초기 개신교 '선교사 겸 학자'들」(『한국기독교와 역사』 54호,
     2021)을 일부 수정한 것이다.

19세기 말 직업상 한국에 살면서 한국을 연구한 또 다른 서양인들은 개신교 선교사였다. 그들은 선교 사업을 수행하는 가운데 한국의 언어, 문화, 역사에 남다른 관심을 보였으며, 일부는 선교 대상에 대한 이해를 높여 선교 사업을 도우려는 차원이 아니라 문자 그대로 학문적인 차원에서 접근하기 시작하였다. 그들은 각자가 공부한 내용을 저서로 발표하거나 영문 잡지에 실었고, 1900년에는 왕립아시아학회 한국지부Korean Branch of the Royal Asiatic Society of Great Britain and Ireland(이하 '한국지부'로 줄임)를 창설함으로써 본격적인 한국학 연구의 장을 마련하였다. 그들이 남긴 연구 성과는 이후 한국을 연구하려는 선교사들과 기타 서양인들에게 중요한 참고 문헌이 되었으며, 한국지부는 세계 각국에 기관지를 발송하고 관련 학회들과 교류하면서 수십 년간 서구 한국학의 중심 기관으로 기능하였다.[1]

이 개신교 선교사들에 대한 우리 학계의 관심은 주로 특정 개인에 관한 집중 연구 — '○○○의 한국 ○○ 연구' — 의 형태로 나타났다.[2] 선교사

1　1940년 당시 한국지부는 왕립아시아학회 본부와 지부(도쿄/상하이/봄베이/실론), 왕립지리학회(영국), 아시아학회(프랑스), 지질학연구소(스웨덴), 동양연구소(체코슬로바키아), 예수회기록보관소(이탈리아), 미국의 스미소니언연구소, 미국동양학회, 미국철학학회, 미국지리학회에 기관지 『왕립아시아학회 한국지부 회보(Transactions of the Korea Branch of the Royal Asiatic Society)』(이후 『회보』로 줄임)를 발송하였다. 회원 수는 국내외를 합하여 211명이었다.

2　특정 개인에 관한 집중 연구 중 이 글에서 다룬 선교사 4명에 대한 최근의 연구 성과는 다음과 같다(연도순). 헐버트에 관해서는 김정우, 「헐버트의 한국어 계통론 연구」, 『인문논총』 12호, 1999; 김승우, 「구한말 선교사 호머 헐버트의 한국 시가 인식」, 『한국시가연구』 31호, 2011; 소요한, 「헐버트 선교사의 한국사 연구-새로 발굴된 『동사강요』를 중심으로」, 『대학과 선교』 30호, 2016. 존스에 관해서는 이덕주, 「존스의 한국 역사와 토착종교 이해」, 『신학과 세계』 60호, 2007; 이수호, 「존스 선교사의 한국 이해에 관한 연구」, 감리교신학대 석사논문, 2014; 허재영, 「조 헤버 존스 『국문독본』의 내용과 텍스트 출처 연구」, 『인문과학연구』 47호, 2015. 게일에 관해서는 이영희, 「게일의 『한영자뎐』 분석적 연구」, 『국어사연구』 5호, 2005; 이상현, 『한국 고전번역가의 초상, 게일의 고전학 담론과 고소설 번역의 지평』, 소명출판, 2013; 이진숙, 「J. S. 게일의 『구운몽』 영역본의 번역저본과 번역용례 연구」, 『국제어문』 81호, 2019. 마지막으

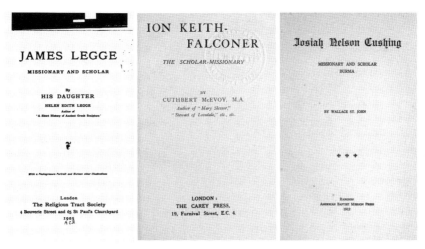

〈그림 1〉 '선교사 겸 학자' 개념이 사용된 예

개개인의 생애와 활동을 검토하는 이상의 방법론은 가장 기본적이고 그만
큼 필요한 것이지만, 그들이 고립된 개인이 아니라 함께 한국을 공부하고
연구의 기틀을 닦은 일종의 그룹이었다는 사실을 드러내기에는 충분하지
않다고 생각된다. 이 부분을 규명하기 위해서는 선학들의 연구 성과를 수용
하되 그들을 한데 묶어 살펴보는 편이 요긴하다. 또한 '선교사들의 **한국 연
구**'보다는 '한국을 연구한 **선교사들**'에 연구의 무게중심을 두어야 할 것이다.

　필자는 이 글에서 '선교사 겸 학자missionary and scholar'라는 말을 사용
하였다. 이는 그리스도교 선교사 중 자신이 활동한 나라의 언어, 문화, 역
사를 연구한 사람을 가리키는 말로, 새롭게 만든 개념이 아니라 영미권에
서 사용되고 있는 용어이다. 이때 '학자'란 유명 대학의 교수나 학문적 권

---

로 랜디스에 관해서는 김승우, 「19세기 말 의료 선교사 엘리 랜디스의 한국민속 연구
와 동요 채록」, 『한국민요학』 39호, 2013; 이영호, 「랜디스의 의료활동과 '한국학' 연
구」, 『한국학연구』 44호, 2017; 방원일, 「성공회 선교사 랜디스의 한국 종교 의례 연
구」, 『종교연구』 78호, 2018.

위가 매우 높은 사람이라기보다는 '학문을 연구하는 사람'이며, 같은 의미로 '학자 겸 선교사scholar and missionary'라는 말도 쓰인다. 〈그림 1〉은 '선교사 겸 학자' 개념이 사용된 예이다.[3]

이 글은 19세기 말부터 현재에 이르는 서구 한국학 연구자들의 인적 및 학문적 관계도를 그려 보려는 장기 작업의 일환으로, 국내에서 최초의 한국학 연구 그룹을 형성한 '선교사 겸 학자'들을 살펴보고자 한다. 첫 번째 장에서는 그들의 특성을 파악하기 위하여 그들이 속한 더 큰 집단인 내한 개신교 선교사들을 개관하되, 그들의 입국 시기와 주요 교단들의 한국선교부 설립 시기를 고려하여 1884~1900년 내한한 이들로 제한할 것이다. 다음으로는 '선교사 겸 학자'들의 등장을 1890년대 북감리교 한국 선교부가 발간한 영문 월간지 『코리안 리포지터리The Korean Repository』(이후 『리포지터리』로 줄임)를 통하여 검토할 것이다. 『리포지터리』는 정식 학술지는 아니었지만 선교사들이 학술적인 글을 발표할 수 있는 거의 유일한 국내 매체였다. 여기에 누가 어떤 내용의 글을 얼마나 썼는지 조사함으로써 '선교사 겸 학자'들을 가려낼 수 있을 것이다. 마지막 장에서는 '선교사 겸 학자'들의 개인적 환경과 사회적 조건을 분석하여 그들이 한국 연구라는 길을 가게 된 배경을 설명하고, 그들의 연구가 20세기에 어떻게 전개 및 계승되었는지도 아울러 검토할 것이다.

---

3  〈그림 1〉에 수록한 3개 이미지는 20세기 초에 출판된 영미권 '선교사 겸 학자'들의 전기 표지이다. 레그(James Legge, 1815~1897)는 스코틀랜드 출신의 런던선교회 선교사이다. 그는 1840년대 초 중국 경전을 번역하기 시작하여 평생을 번역 사업에 매달렸고, 1875년부터는 옥스퍼드대학에서 중국어 및 중국문학 과정을 맡아 가르쳤다. 키스 팰코너(Ion Keith-Falconer, 1856~1887)는 1886년 케임브리지대학의 아랍학 교수가 된 후 아덴에서 선교 활동을 하다가 말라리아에 걸려 사망한 인물이다. 쿠싱(Joshia N. Cushing, 1840~1905)은 미국 침례교 선교사이다. 그는 1865년부터 사망할 때까지 40년간 버마에서 활동하면서 성서 번역과 사전 편찬, 불교 연구 등에 종사하였다.

## 2. 19세기 말 내한 개신교 선교사들의 구성과 특징

1884년 9월부터 1889년 말까지 한국에 온 개신교 선교사들의 수는 약 31명이다.[4] 필자가 집계한 바에 따르면 남성 15명과 여성 16명, 부부가 여덟 쌍에 남성 7명과 여성 8명은 독신이었고, 입국 당시 나이는 20세에서 50대 초반까지 다양하였으나 절반 이상이 20대였다. 또한 31명 중 25명이 미국인이자 북부 교단의 임명을 받은 선교사로 12명은 북장로고, 13명은 북감리교 소속이었다. 비非미국인 6명의 내한은 1888년 말 시작되었다. 캐나다에서는 남성 3명과 여성 1명, 호주에서는 선교사 남매가 처음으로 한국 땅을 밟았다. 물론 이들이 모두 한국에 정착하지는 않았다. 3분의 1이 짧게는 1년 미만, 길게는 수년 만에 사임하거나 귀국하거나 다른 나라로 떠났고 2명은 병사하였다. 그러나 이미 선교를 개시한 교단과 단체는 선교사 파송을 계속하였으며 1890년 9월 영국국교회를 필두로 미국의 남장로교와 남감리교, 캐나다 장로교도 한국 선교를 개시하였다. 이외에도 소규모로 또는 소속 없이 내한한 사람들을 더하면 1884~1900년 내한한 개신교 선교사들의 수는 200명이 훌쩍 넘는다. 필자는 선행 연구를 참고하여 남성 100명에 여성 118명, 총 218명으로 집계하였다.[5]

---

4    1886년 7월 육영공원 교사로 온 길모어(George W. Gilmore, 1858~1933), 벙커(Dalziel A. Bunker, 1853~1932), 헐버트(Homer B. Hulbert, 1863~1949)는 이 31명에 들어가지 않는다. 유니언신학교를 졸업한 이 세 사람은 일요일 예배 때 설교자로 서거나 선교사들과 함께 일하기도 했으나, 교단의 임명을 받은 정식 선교사가 아니라 조선 정부의 피고용인이었다. 헐버트는 1893년, 벙커는 1895년 정식으로 북감리교 한국선교부 소속이 되었다.

5    〈표 1〉은 『내한선교사총람 1884~1984』(김승태·박혜진 편, 한국기독교역사연구소, 1994)와 『찰스 존 코프』(이근흥, 대한성공회, 2015)를 기반으로 작성하였다. 일반 성

〈표 1〉 1884~1900년 개신교 선교사들의 내한 규모

| 국가 | 교단/단체 | 최초 입국 | 남 | 여 | 합계 | 비고 |
|------|-----------|-----------|-----|-----|------|------|
| 미국 | 북장로교 | 1884 | 28 | 37 | 65 | |
| | 북감리교 | 1885 | 17 | 25 | 42 | |
| | 남장로교 | 1892 | 8 | 9 | 17 | |
| | 남감리교 | 1896 | 3 | 7 | 10 | |
| | 엘라씽기념선교회(북침례교) | 1895 | 2 | 5 | 7 | 1900년 철수 |
| | 미국성서공회 | 1895 | 1 | | 1 | 1898년 영국성서공회로 이동 |
| 캐나다 | 토론토대학 YMCA | 1888 | 2 | 1 | 3 | 미국 교단으로 이동 |
| | 캐나다 장로교 | 1898 | 3 | 3 | 6 | |
| | 기타 | 1888 | 3 | 1 | 4 | 2명 이한, 1명 사망 |
| 호주 | 빅토리아 장로교 | 1889 | 4 | 10 | 14 | |
| 영국 | 영국국교회 | 1890 | 27 | 18 | 45 | |
| | 영국성서공회 | 1893 | 1 | 1 | 2 | |
| | 플리머스형제단 | 1898 | 1 | 1 | 2 | 개인적으로 활동하다가 이한 |
| 합계 | | | 100 | 118 | 218 | |

〈표 1〉을 바탕으로 19세기 말 내한 개신교 선교사들의 구성과 특징을 살펴보면, 1890년부터 비미국인의 비율이 늘어났지만 대다수는 여전히 미국 출신이었다. 미국인은 약 70%, 영국인은 약 20%, 캐나다(영국 자치령)와 호주(영국 식민지) 출신이 각각 5% 정도였다. 파견 국가와 국적은 대체로 일치하였으나 아닌 예도 있었다. 특히 1898년 전에 내한한 캐나다 선교사들은 중간에 미국 교단으로 이동하기도 하고 처음부터 미국 교단에 소속되기도 했다. 성비는 미국과 호주에서 독신 여성들이 많이 와서 여성이 약간 많았는데, 그들은 독신으로 지내기도 하고 한국에서 만난 남성 동료와 결혼하기도 했다.

---

직자나 다른 나라 선교사로서 잠깐 한국을 다녀간 사람들은 제외하였다.

다음으로 19세기 말 내한 개신교 선교사들의 특징을 국적별로 살펴보면, 미국인 선교사들의 특징은 남녀를 불문하고 대부분이 대학을 졸업하였다는 것이다. 이는 미국 교단들이 선교사들에게 그만한 교육 수준을 요구하였기 때문이다. 당시 미국 사회에서 대학 교육을 받은 사람은 극소수였다. 일례로 1890년 미국의 인구는 6,298만 명에 달하였으나 그해 대학 졸업장을 받은 사람은 15,539명(여성은 2,682명)이었고, 1900년 대학을 졸업한 사람은 23세 미국인 인구의 1.9%인 27,410명에 불과하였다.[6] 즉, 미국인으로서 선교사가 된 사람들은 학력이라는 측면에서 특권층이었으며, (고학으로 대학을 다닌 경우도 있었지만) 교육비를 감당할 수 있었다는 점에서 사회경제적으로는 중산층이었다. 한국에 와서 그들은 교단의 관리 아래 교단이 주는 연봉과 자녀 수당 등을 받으며 비교적 안정된 생활을 영위하였다.[7] 그들의 뒤에는 미국의 경제력과 해외 선교를 향한 관심이 있었다.

캐나다의 한국 선교는 미국의 그것처럼 교단 차원에서 시작되지 않았다. 1888년 이래 10년간 내한한 초기 선교사들은 교단의 지원과 무관하였고 11명 중 10명이 평신도였다.[8] 따라서 그들은 토론토대학 YMCA의

---

6     Bureau of the Census, *Historical Statistics of the United States, Colonial Times to 1970* Part 1, Washington : U. S. Dept. of Commerce, Bureau of the Census, 1975, p.386.

7     류대영, 『초기 미국 선교사 연구, 1884~1910 - 선교사들의 중산층적 성격을 중심으로』, 한국기독교역사연구소, 2001, 45~47쪽.

8     11명 중 유일한 목사는 맥켄지(William J. McKenzie, 1861~1895)이다. 그는 캐나다 장로교에서 안수를 받은 후 자신을 한국에 파견해 달라고 요청하였으나, 교단이 재정적인 문제로 이를 거절하자 스스로 돈을 모아 1893년 말 독립 선교사로 내한하였다. 자세한 내용은 이영호, 『동학·천도교와 기독교의 갈등과 연대, 1893~1919』, 푸른역사, 2020, 106~109쪽.

지원을 받거나 가족과 지인의 후원을 받는 독립 선교사가 되거나 처음부터 미국 교단에 들어갔으며, 한국에서 먼저 활동하고 있던 미국인들과 협력하여 나중에는 거의 다 미국 교단 소속이 되었다. 같은 캐나다 출신이라고 하더라도 1898년 캐나다 장로교 한국선교부를 설립한 선교사들과 초기 선교사들 사이에는 상당한 차이가 있다.

호주에서는 빅토리아 장로교의 후원을 받은 남매 선교사가 1889년 10월 부산에 왔다. 동생은 6개월 만에 병으로 사망하고 누이는 귀국하였으나, 교단 산하의 청년연합회와 여전도회연합회가 1891년부터 1900년까지 남성(목사) 3명과 여성 9명을 파견하였다.[9] 이 시기에는 남성 선교사들이 배우자와 사별하거나 건강이 악화되는 등의 문제를 겪으면서, 여전도회연합회에서 온 독신 여성들이 선교 사업의 중심이 되었다. 그들은 대체로 대학 교육을 받지 않았지만 교사나 간호사로 일할 수 있는 정도의 학력과 경험이 있었고, 남성 선교사들이 없거나 적은 가운데 초창기 호주 한국선교부에서 주도적인 역할을 담당하였다.[10]

영국인들의 한국 선교는 국교회 산하 여러 선교 단체들의 협력 아래 전개되었다. 1890년 9월부터 1900년까지 주교를 포함하여 약 45명이 한국에 왔다. 내한 규모를 보면 북감리교보다 커 보이지만 실상은 대단히 어려웠다. 본국의 지원이 부족하였기 때문에 '독신'과 '공동체 생활'이라

---

9   1891~1941년 내한 호주 선교사 78명 중 54명이 여성, 그중 35명이 여전도회연합회 출신이었다. 호주의 한국 선교에 관하여는 이상규, 「호주(빅토리아) 장로교회의 부산, 경남 지방 선교활동」, 『기독교사상연구』 5호, 1998.

10  남성 선교사 3명 중 1891년 10월 한국에 온 맥케이(James H. Mackay)는 내한 3개월 만에 아내를 잃었고, 재혼 뒤에도 건강이 회복되지 않아 1893년 9월 한국을 떠났다. 이듬해 5월 내한한 애덤슨(Andrew Adamson)도 1년 6개월 만에 아내를 잃었으며, 1900년 10월 독일 출신의 엥겔(Gelson Engel, 1864~1939)이 오기 전까지 유일한 남성 선교사로 일하였다.

는 조건이 따라왔다. 성직자들은 주교에서 부제에 이르기까지 적은 급여를 받으며 궁핍하게 살았으며, 평신도들은 사재를 털어 일정 기간 봉사하다가 돌아갔다. 한국뿐 아니라 만주까지 돌보아야 했기 때문에 인력과 자원이 분산된 것도 큰 문제였다. 영국국교회 한국선교부는 선교 여건이 원체 열악하여 별도의 자격 요건을 내걸지 않았지만, 성직자와 의료선교사가 많았기 때문에 전반적인 교육 수준은 높은 편이었으며 주교직에 오른 사람들은 모두 옥스퍼드대학 출신이었다.[11] 또 다른 영국 단체는 영국성서공회였다. 영국성서공회 한국지부는 켄뮤어Alexander Kenmure, 1856~1910 부부에 의하여 1896년 서울에서 시작되었으며, 미국 교단의 선교사들과 함께 성서 번역 및 보급 사업을 담당하였다.

19세기 말 내한 개신교 선교사들의 대부분은 한국어를 익히고 한국인들의 생활 습관과 사고 방식을 파악하는 정도에 만족하였다. 본국에서 한문과 동양학을 배우지 않은 이상 서양인이 한국을 연구한다는 것은 상당히 어려운 일이었다. 그러나 초창기에 한국에 온 선교사들의 입장은 달랐다. 그들은 개신교의 개념과 교리를 한국어로 확정해야 했고 성서 번역이라는 어려운 과업을 수행해야 했다. 또 한국인들을 개종시키고 신자로 양성하기 위해서는 그들이 오랫동안 믿어 온 사상과 종교를 공부할 필요가 있었다.

---

11  영국국교회 한국선교부의 설립과 발전, 초기 활동상에 관하여는 초대 주교 코프(Charles J. Corfe, 1843~1921)의 전기(『찰스 존 코프』)를 참고하였다.

# 3. '선교사 겸 학자'들의 등장과 『리포지터리』

19세기 말 내한 개신교 선교사 중 한국의 언어와 문화, 역사 관련 저서를 낸 첫 번째 사람은 상주 선교사 1호인 알렌Horace N. Allen, 1858~1932이다. 1889년 그가 뉴욕에서 출판한 『한국의 설화Korean Tales』는 「별주부전」, 「견우직녀전」, 「흥부놀부전」, 「춘향전」, 「심청전」, 「홍길동전」 등의 설화를 해외에 소개한 것으로, 번역이 매우 충실하고 이후 다른 서양인들의 영문판 한국설화집들에 큰 영향을 끼쳤다고 평가된다.[12] 1890년대 그는 한국의 문화와 역사를 주제로 여러 편의 글을 기고하였으며, 1901년에는 서기전 1세기부터 19세기까지 한국의 대외관계사와 관련된 주요 사건들을 정리한 『연표A Chronological Index』를 발표하여 좋은 반응을 얻기도 했다. 그러나 그를 최초의 '선교사 겸 학자'라고 부르기는 어렵다. 이상의 글들은 모두 그가 선교사를 그만둔 후의 것이기 때문이다. 그는 1887년 가을 고종의 주미한국공사관 서기관 제의를 받아들이면서 북장로교 한국선교부를 떠났고, 『한국의 설화』 출간 후 선교사로 재임명되었으나 주한미국공사관 서기관직을 선택하면서 또다시 사임해야 했다.[13] 또한 그는 한국의 언어, 문화, 역사에 관심은 있었으나 선교사 시절에는 진료 활동, 1890년 7월부터는 공사관 업무로 인하여 연구에 많은 시간을 들이지 못했다. 실제로 『한국의 설화』와 『연표』를 제외한 그의 글들은 언어, 문화, 역사를 다루더

---

12  오윤선, 「근대초기 한국설화 영역자들의 번역태도 연구─Allen, Griffis, Hulbert, Carpenter를 중심으로」, 『동화와 번역』 23호, 2012, 208~209쪽.

13  알렌이 선교사에서 외교관으로 전업한 경위, 서기관을 거쳐 주한미국공사로 임명된 과정에 관하여는 이영미, 「선교사에서 외교관으로─알렌의 삶과 한국」, 『역사민속학』 58호, 2020.

라도 가벼운 것이었으며, 그의 한글 및 한문 능력은 1905년 6월 한국을 떠날 때까지도 초보적인 단계에 머물러 있었다.

어느 나라에서든 초기 선교사들이 가장 먼저 연구한 분야는 언어였다. 기본적인 의사소통부터 성서 번역에 이르기까지 선교 사업의 모든 영역에 언어가 얽혀 있었기 때문이다. 한국에서도 마찬가지였다. 북장로교의 언더우드Horace G. Underwood, 1859~1916, 북감리교의 아펜젤러Henry G. Appenzeller, 1858~1902와 스크랜튼William B. Scranton, 1856~1922이 성서 교정 및 번역 작업에 참여하였고, 언더우드는 사전 편찬도 기획하여 1890년 『한영ㅈ뎐』을 발간하였다. 『한영ㅈ뎐』은 10여 년 전 가톨릭 선교사들이 편찬한 한불 대역 사전을 참고하여 만든 소형 사전으로, 육영공원 교사 헐버트가 영한 부문, 첫 번째 캐나다 선교사 게일James S. Gale, 1863~1937이 한영 부문의 집필을 보조하였다. 이는 19세기 말 내한 개신교 선교사들이 발표한 첫 번째 연구 성과라고 할 수 있다.

1890년대가 되면 몇몇 선교사들이 한국의 언어, 문화, 역사를 다룬 글을 발표하기 시작하였다. 이는 1892년 1월 창간된 월간지 『리포지터리』를 통하여 이루어졌다. 『리포지터리』는 북감리교 한국선교부 미이미활판소(삼문출판사)에서 수행한 문서 선교의 일환으로, 19세기 말 한국에서 출판된 유일한 영문 잡지로서 한국을 다룬 다양한 글들을 공간하는 역할을 담당하였다. 중국에서 장기간 선교하다가 내한한 올링거Franklin Ohlinger, 1845~1919 부부가 기획과 편집을 주도하였다. 1895년 발행을 재개하면서부터는 아펜젤러와 존스George H. Jones, 1867~1919가 편집을, 헐버트는 미이미활판소 책임자로서 경영을 맡았다. 다음 〈표 2〉는 필자가 작성한 1892년도 『리포지터리』의 일반 기사 56편의 목록이다.

〈표 2〉 1892년도 『리포지터리』의 일반 기사 목록

| 월 | 제목 | 저자 | 월 | 제목 | 저자 |
|---|---|---|---|---|---|
| 1 | 한국의 글자(I) | 헐버트 | 6 | 일본의 침공(V) | 존스 |
| | 일본의 침공(I) | 존스 | | 1891년 한국의 무역 실태 | 뫼르젤 |
| | 압록강과 그 너머로(I) | 게일 | 7 | 극동의 페르시아인들 | 엣킨스 |
| | 러시아의 고고학 연구와 한국의 석기[14] | 맥고완 | | 한국의 항구들 | 미상 |
| | 1891년을 회고하며 | 올링거 | | 짧은 논평(II) | 미상 |
| 2 | 한국의 학교들 | 미상 | 8 | 일본의 침공(VI) | 존스 |
| | 명산 방문 | 기포드 | | 3명의 한국 여왕 | 올링거 부인 |
| | 일본의 침공(II) | 존스 | | 한국의 몽블랑 여행(I) | 굴드애덤스 |
| | 압록강과 그 너머로(II) | 게일 | | 짧은 논평(III) | 미상 |
| | 한국의 개항 | 아펜젤러 | | 한국 근처에서 발견된 패총 | 맥고완 |
| | 스캇 편 영한사전에 대한 서평 | 아펜젤러 | 9 | 한국의 몽블랑 여행(II) | 굴드애덤스 |
| 3 | 한국의 글자(II) | 헐버트 | | 한국: 애원과 호소(III) | 미상 |
| | 압록강과 그 너머로(III) | 게일 | | 한국에서의 선교 | 맬럴리우 |
| | 1892년의 중요한 날[15] | 뫼르젤 | | 扶桑의 실체 | 엣킨스 |
| | 여학교에서 무엇을 가르쳐야 할까? | 로스와일러 | 10 | 한국의 글자(반절) | 이익습 |
| 4 | 한국 역사와 언어에 나타난 불교 | 올링거 | | 한국의 몽블랑 여행(III) | 굴드애덤스 |
| | 중요한 기념물의 발견 | 미상 | | 일본의 침공(VII) | 존스 |
| | 한국의 인구는 얼마일까 | 4명[16] | | 한국 인구 관련 자료 | 미상 |
| | 일본의 침공(III) | 존스 | 11 | 한국 여행에 관한 제언 | 마펫 |
| | 이즈모마루 호의 침몰 | 뫼르젤 | | 한국어의 어원 | 존스 |
| | 한국의 석유 | 맥고완 | | 어떤 세계 지도 | 이익습 |
| 5 | 한국: 애원과 호소(I) | 미상 | | 한국의 격언과 속담 | 올링거 |
| | 서울의 시작 | 아펜젤러 | | 암스트롱의 책에 대한 서평 | 올링거 |
| | 일본의 침공(IV) | 존스 | 12 | 한국 의료 선교의 시작 | 올링거 부인 |
| | 어느 광적인 불교도 | 올링거 | | 扶桑은 어디일까 | 올링거 |
| 6 | 짧은 논평(I) | 미상 | | 언문의 창시자 | 게일 |
| | 한국에서 행해지는 조상 숭배 | 기포드 | | 언반절 | 올링거 |
| | 한국: 애원과 호소(II) | 미상 | | 한국의 어떤 실화 | 알렌 |

창간 첫해 『리포지터리』에 수록된 글은 한국을 여행하고 쓴 글, 한국의 정치와 경제부터 선교 사업의 실태까지 현안에 집중한 글, 한국의 언어와 문화, 역사를 다룬 글로 구분된다. 그중 한국의 언어와 문화, 역사를 다룬 글은 29편으로 절반이 넘었다. 〈표 2〉에 고딕으로 처리된 글들이 여기에 해당한다.

29편 중 11편은 내한 개신교 선교사의 범주에 들어가지 않는 사람들이 썼다. 3편은 미국인 맥고완Daniel J. MacGowan, 1814~1893, 2편은 영국인 엣킨스Joseph Edkins, 1823~1905가 집필하였다. 두 사람은 중국 선교사 출신이었다. 의사이자 과학자였던 맥고완은 한국에 와서 고고학적 조사를 수행한 후 이 글을 썼으며, 엣킨스는 중국어와 불교를 주로 다루었으나 한국에도 관심을 가져 『리포지터리』에 종종 글을 실었다. 「한국의 글자(반절)」와 「어떤 세계 지도」는 한국인 이익습李益習,[17] 정림사지 5층 석탑과 탑신에 새겨진 명문銘文을 다룬 「중요한 기념물의 발견」은 실명을 밝히지 않은 서양인, 정조와 의빈 성씨의 일화를 소개한 「한국의 어떤 실화」는 주한미국공사관 서기관으로 재직 중이던 알렌에 의하여 쓰였다. 한편 헐버트는 한글의 티베트어 기원설을 제기한 「한국의 글자」를 발표하였다. 당시 그는 육영공원과의 계약이 만료되어 미국으로 돌아간 상태였으며, 이후 아펜젤러의 권유를 받아 1893년 9월 북감리교 선교사로 내한하였다.

14  전체 제목은 「한국 근처에서 이루어진 러시아의 고고학 연구와 한국의 석기」이다.
15  전체 제목은 「1892년의 중요한 날, 금세기 가장 중요한 날」이다.
16  올링거, 아펜젤러, 실명을 밝히지 않은 '구독자(subscriber),' 그리고 게일이다.
17  이익습이 구체적으로 어떤 인물이었는지를 밝힌 연구는 없다. 그러나 『리포지터리』에 실린 헐버트의 논문을 읽고 그에 반박하는 영어 논문을 작성한 사실로 미루어 볼 때, 내한 선교사들과 일찍이 친분을 쌓으며 영어를 습득한 사람이 아니었을까 싶다. 이익습과 헐버트의 논쟁에 관해서는 이상현·빈첸자 두르소, 「익명의 한국학자, 이익습과 The Korean Repository誌의 '훈민정음 기원론' 논쟁」, 『열상고전연구』 54호, 2016.

나머지 18편은 6명의 내한 선교사들이 썼다. 『리포지터리』가 북감리교에서 만든 잡지인 만큼 편집자 올링거 부부, 아펜젤러, 존스의 이름이 많이 보인다. 올링거는 「한국 역사와 언어에 나타난 불교」를 포함하여 4편의 글을 썼고, 그의 아내는 신라 여왕들의 이야기인 「3명의 한국 여왕」을 발표하였다. 아펜젤러는 1891년 스콧이 출판한 영한사전에 대한 서평, 「한국의 인구는 얼마일까」, 태조의 한양 천도 과정을 설명한 「서울의 시작」 3편을 기고하였다. 존스는 7회에 걸쳐 연재한 「일본의 침공」을 통하여 일본의 통일부터 진주성 전투에 이르는 초기 임진왜란사를 서술하였으며, 한국인 교사의 도움을 받아 한국어 단어들의 어원을 탐색하는 흥미로운 작업을 시도하기도 했다. 북장로교에서는 게일과 기포드Daniel L. Gifford, 1861~1900가 참여하였다. 게일은 「한국의 인구는 얼마일까」와 「언문의 창시자」라는 짧은 글을 썼고, 기포드는 한국의 '조상 숭배'를 8쪽에 걸쳐 비교적 자세하게 다루었다.

이 글들의 대부분은 오늘날 학계에서 연구 성과로 인정되는 글들과는 비교도 안 될 만큼 초보적인 것이었다. 정식 논문보다는 공부한 내용을 정리한 글에 가까웠고, 잘못 알고 쓴 내용도 있었다. 그러나 동양학 교육을 받지 않은 서양인에게는 그 정도의 글을 쓰는 것도 결코 쉬운 일이 아니었다. 그들은 한국인 교사와 함께 한국 문헌을 공부하고 외부에서 입수한 저서와 논문을 읽으며 나름대로 진지하게 한국을 '연구'하였으며, 그렇게 공부가 쌓이면서 그들이 발표하는 글의 수준은 점점 높아졌다.

『리포지터리』는 1892년 12월호를 끝으로 2년간 휴간하였다가 1895~1898년 4년간 재발행되었다. 복간 이후로는 편집과 발행을 담당하는 북감리교 외에도 다양한 교단과 단체의 선교사들이 폭넓게 참여하였다는 점, 한국 선교의 역사와 현황, 선교 여행, 선교 현장의 문제를 다룬 글이 늘어났다는 것이 특징이다. 그러나 일찍이 한국을 공부하는 데 눈뜬 일부 선교사들은 기왕의 학문적 관심을 발전시켜 나갔다. 1893년 9월 한국을 떠난 올링거를 제외하고 존스, 게일, 그리고 북감리교 한국선교부에 합류한 헐버트가 그들이다. 존스는 1895년 3~4월 『童蒙先習』에 다루어진 오류의 내용과 역사 서술을 소개하였고, 이듬해에는 조선 왕조의 역대 왕들을 다섯 차례에 걸쳐 다루었다. 그의 주요 관심 분야는 한국의 역사와 종교였다.[18] 게일은 한글 및 한문 능력을 발전시켜 번역가로서 두각을 나타냈다. 그리하여 『東國通鑑』을 번역한 「한국의 역사」를 4회에 걸쳐 연재하고 한국의 시 몇 편을 번역 소개하였으며, 이외에도 다양한 글들을 실으며 『리포지터리』의 단골 집필진이 되었다. 또한 그는 소설 『천로역정 *The Pilgrim's Progress*』을 원문과 한문본을 대조하여 번역하고, 1897년에는 언더우드가 기획한 대형 사전 작업을 마무리하였다. 헐버트는 한국의 언어와 역사, 음악 등을 공부하여 왕성한 연구 성과를 제출하였다. 1895년 「한국인들의 기원」과 「한국어 로마자 표기법의 재검토」를 위시하여 매년 2~3편의 글을 발표하였으며, 『리포지터리』에는 싣지 않았지만 한국의 역사를 통사적으로 다룬 저술을 준비하고 있었다.[19]

한편 몇몇 선교사는 한국을 연구하는 데서 멀어지는 모습을 보였다. 기포드는 『리포지터리』에 몇 편의 글을 싣고 미국에서 저서를 출판하는 등 집필 활동을 계속하였으나, 학술적인 글은 1895년 2월호에 실은 「한국의

---

[18]  존스가 수행한 역사 및 종교 연구의 구체적인 내용은 상기 이덕주의 논문을 참고할 것.

[19]  헐버트는 준비한 한국사 서술을 1901~1904년 자신이 편집자로 있던 월간지 『코리아 리뷰(*The Korea Review*)』에 매달 수록하였고, 이를 모아 1905년 『한국의 역사(*The History of Korea*)』(전2권)를 출간하였다.

조합과 기타 협회」가 마지막이었다. 언더우드는 『리포지터리』에 한 편의 글도 내지 못하다가 1898년 10월 「도시와 시골에서」를 게재하였는데, 이는 연구 성과가 아니라 북장로교 한국선교부 연례 총회에서 낭독한 보고서였다. 사실상 한국 연구에 거의 참여하지 못하였다고 할 수 있다. 아펜젤러도 1895년 3월호에 기고한 「기자 — 한국 문명의 창시자」 이후로는 연구 성과를 내지 못했다. 다음 장에서 다시 언급하겠지만 이 사람들은 '선교사 겸 학자'가 되는 대신 전도 사업에 모든 공력을 기울였다.

헐버트와 존스, 게일 외에 한국 연구에 뛰어든 사람으로 랜디스Eli B. Landis, 1865~1898를 빼놓을 수 없다. 그는 영국국교회 한국선교부 소속 의료선교사로 특이하게도 미국인이었으며, 1890년 9월 한국선교부 창립 멤버로서 내한한 이래 주로 인천에서 활동하였다. 1895년 1월부터 3년 간 불교와 관혼상제, 축귀, 풍수지리, 속담과 설화 등을 다룬 여러 편의 글을 『리포지터리』에 게재하였으며, 홍콩과 보스턴, 캘커타, 런던에서 발행되던 학술지에도 연구 성과를 발표하였다.[20]

19세기 말 한국의 언어, 문화, 역사에 남다른 관심을 갖고 지속적으로 연구를 수행한 '선교사 겸 학자'는 존스와 헐버트, 게일, 그리고 랜디스 4명으로 추려진다. 1898년 랜디스가 32세의 젊은 나이로 병사하였고 『리포지터리』도 12월호를 끝으로 발간을 중지하였지만, 나머지 세 사람은 1900년 6월 최초의 한국학 학술 단체로서 한국지부를 창립하였고 기관지 『회보』 발행을 주도하게 될 것이었다.

---

20  랜디스의 한국 관계 논문 목록은 이영호, 앞의 글, 555~557쪽.

## 4. '선교사 겸 학자'들의 생애와 연구 활동

초기 한국학 연구에 참여한 4명의 '선교사 겸 학자'들은 1886년에서 1890년 사이에 내한하였다. 내한 개신교 선교사들이 대체로 그랬지만 그들은 그중에서도 더 젊은 편으로 헐버트는 23세, 존스는 20세, 게일은 25세, 랜디스는 24세였고 모두 독신이었다. 이후 헐버트는 미국에 있던 약혼녀, 존스와 게일은 한국에서 만난 동료 선교사와 결혼하였으며, 랜디스는 소속 선교부의 방침에 따라 독신으로 살았다. 국적으로는 4명 중 3명이 미국인이었고 게일만이 캐나다 출신이었다. 그러나 그는 내한 직후부터 미국인 선교사들과 함께 일하였으며 1891년에는 미국 교단(북장로교)으로 이동하였다. 오히려 4명 중 이질적인 사람은 랜디스였을 것이다. 그는 미국인이었지만 영국국교회 소속이었기 때문에 미국인 선교사들을 만날 기회가 많지 않았다.

미국에 오기 전 이들의 삶을 살펴보자. 헐버트는 1863년 버몬트주의 이름난 성직자 집안에서 태어났다. 그의 부친은 다트머스대학을 졸업한 회중교회 목사로서 미들베리대학 총장을 역임하였으며, 모친은 다트머스대학을 설립한 회중교회 목사의 증손녀이자 초창기 실론 선교사의 딸이었다. 선조들과 마찬가지로 목사가 되기를 희망한 그는 다트머스대학 졸업 후 뉴욕의 유니언신학교에서 공부하던 중, 부친의 친구였던 국무부 교육국장의 제안으로 육영공원 교사직을 맡아 1886년 7월 내한하였다. 그의 첫 관심 분야는 한글이었다. 1889년 한글로 세계지리서 『士民必知』를 집필하고 언더우드가 사전을 만들 때 영한 부문을 보조하였으며, 귀국해서도 『리포지터리』에 「한국의 글자」를 발표할 만큼 한글에 각별한 관심을 가졌다. 1893년 북감리교 선교사로 다시 내한해서는 『리포지터리』의 운영과 문서 선교에 관여하였고, 한국의 역사와 음악으로도 영역을 확장하여 왕성한 연구 활동을 펼쳤다.

존스의 성장 배경은 헐버트는 물론 대부분의 개신교 선교사들의 그것과도 달랐다. 그는 웨일스 출신 이민자(부친)와 영국인 이민자 2세(모친)의 외아들이었다. 1867년 뉴욕주 모호크에서 태어나 유티카에서 성장하였는데, 아버지의 직업이 선적 사무원이었던 점으로 볼 때 유복한 환경은 아니었음을 짐작할 수 있다.[21] 그는 넉넉하지 못한 가정 형편에 건강도 좋지 않아 대학 진학을 일찍이 단념하였고, 고등학교 졸업 후 지역 YMCA 서기로 일하다가 1887년 9월 북감리교 해외선교부에 선교사 지원 서류를 제출하였다. 미국 교단들이 선교사에게 대학 졸업을 요구하였다고 하나, 대학 교육을 받지 못한 사람에게도 약간의 기회를 열어 놓고 있었음을 알 수 있다. 그는 1888년 5월 20세의 나이에 최연소 선교사로 내한하여 배재학당 수학(산수) 교사가 되었다.[22] 헐버트가 한글에 흥미를 가졌다면 그는 한국의 역사에 관심을 가졌다.

게일은 1863년 캐나다 온타리오주의 작은 농촌 마을에서 스코틀랜드 이민자의 아들로 태어났다. 1884년 토론토대학 유니버시티컬리지에 입학하고 이듬해 파리로 건너간 것을 보면, 같은 이민자의 아들이라고 하더라도 존스와는 달리 경제적 여유가 있었던 듯하다. 파리에 간 이유는 선교

---

21  존스의 가정 환경에 대해서는 그가 12세 때였던 1880년 인구 조사를 참고하였다. 그의 아버지는 웨일스 출신의 양친을 둔 48세의 선적 사무원, 어머니는 뉴욕주에서 태어난 44세의 가정 주부였다.
22  조혜라, 「내한선교사 존스의 신학 패러다임의 변화와 요인 연구―『신학월보』를 중심으로」, 연세대 석사논문, 2015, 12~15쪽.

단체에서 일하면서 콜레주드프랑스에서 공부하기 위해서였다고 한다. 그는 영국 회중교회 목사가 설립한 프랑스대중선교회Popular Evangelical Mission of France에서 활동한 후 귀국하였고, 1888년 대학을 졸업한 후 모교 YMCA의 지원을 받아 그해 12월 내한하였다.[23] 처음에는 부산에 있다가 곧 서울로 올라와 북장로교 선교사들과 함께 일하였는데, 이는 그가 스코틀랜드 장로교 출신인데다 프랑스어 능력을 갖추어 언더우드의 사전 작업에 도움이 되었기 때문일 것이다. 그의 프랑스어 능력은 천주교 선교사들이 만든 사전을 활용하여 새로운 사전을 만드는 데 매우 긴요하였다.[24]

마지막으로 랜디스는 18세기 초 펜실베이니아주에 형성된 스위스 메노나이트(재세례파) 공동체에서 6남매 중 다섯 번째로 태어났다. 펜실베이니아대학 재학 시절 성사도요한회 소속의 영국인 사제를 만나 개종하였으며, 1888년 봄 의학박사학위를 받은 후 고향 병원에서 일하다가 이듬해 뉴욕의 요양원으로 이직하였다. 영국인이 아니었던 그가 영국국교회 선교사가 된 경위는 특별하다. 뉴욕에서 그를 눈여겨본 영국인 사제가 미국에 젊은 의사가 있다는 소식을 본국에 전달하였고, 이 소식이 캔터베리 대주교를 거쳐 한국 선교사를 모집 중이던 코프 주교에게까지 전해진 것이다. 그는 1890년 8월 보스턴에서 코프를 만난 후 영국국교회 한국선교부의 유일한 미국인 선교사로 합류하였으며, 9월 말 내한하여 인천에 자리를 잡고 의료 선교를 개시하였다.[25]

---

23  유영익, 「게일의 생애와 그의 선교 사업에 대한 연구」, 『캐나다연구』 2호, 1990, 135~137쪽; 이상현, 앞의 책, 12쪽.
24  이상현, 「언더우드의 이중어 사전 간행과 한국어의 재편 과정」, 『동방학지』 151호, 2010, 231~233쪽.
25  Richard Rutt, "An Early Koreanologist : Eli Barr Landis, 1865~1898", *Transactions of the Korea Branch of the Royal Asiatic Society* 54, Seoul : RASKB, 1979, pp.59~100.

네 사람은 제각기 다른 환경에서 나고 자란 것처럼 보인다. 헐버트와 존스, 랜디스는 미국인이었으나 게일은 캐나다인이었다. 사회경제적 지위와 교육 수준도 달랐다. 헐버트는 뉴잉글랜드의 유서 깊은 성직자 집안, 게일과 랜디스는 농가에서 안정적으로 성장하였다. 세 사람은 모두 좋은 교육을 받고 이름난 대학을 졸업하였다. 반면 존스는 형편이 좋지 않은 웨일스 이민자의 아들로 태어났으며 대학 교육을 받지 못했다. 종교적 배경이나 한국 선교사가 된 계기도 앞에서 살펴본 대로 제각각이었다. 첫 내한 당시 헐버트는 정식 선교사가 아니었고 존스는 북감리교, 게일은 토론토대학 YMCA, 랜디스는 영국국교회 소속이었다. 그러나 이렇게 이질적인 요소가 많음에도 불구하고 한 가지 공통점이 있다. 네 사람 모두 평신도였다는 것이다. 존스와 게일, 랜디스는 신학 교육을 전혀 받지 않았고 내한 당시 기간제 선교를 생각하였다. 존스와 랜디스는 5년,[26] 게일은 8년을 약속하고 한국에 왔다. 헐버트는 유니언신학교를 졸업하였으나 목사 안수를 받지 않은 평신도였다.

네 사람의 삶은 원래의 계획과 다르게 진행되었다. 그들은 모두 한국에서 오랜 시간 체류하였다. 헐버트는 1893년 북감리교 선교사로 다시 내한하여 미이미활판소와 배재학당, 동대문교회에서 활동하였고, 1897년 5월에는 조선 정부와 계약을 맺고 관립한성사범학교 교장이 되었다. 1886~1891년 육영공원 교사로 일한 데 이어 다시 조선 정부에서 일하게 된 것이다.[27] 선교사 시절 그는 성직자가 아니었으므로 목사 안수를 받은 선교

---

26　이수호, 앞의 글, 18쪽; Richard Rutt, op. cit., p.67.
27　헐버트는 정식 선교사로 일한 기간이 4년 미만이다. 그러나 육영공원 시절 비공식 선교사로서 한국 연구를 시작한 점, 북감리교에 적을 두는 동안 왕성한 연구 성과를 낸 점을 고려하면 그를 '선교사 겸 학자'의 범위에 넣어도 무방하리라 생각한다.

사들처럼 목회에 주력하지 않았으며, 귀국하고 몇 년 후인 1911년에야 선조들을 따라 회중교회 목사가 되었다. 반면 존스는 신학 교육을 받지 못하였으나 1890년 안수를 받아 성직자가 되었고,[28] 10여 년간 인천과 강화에서 왕성한 전도 활동을 벌이면서도 한국 연구를 계속하였다. 아펜젤러의 갑작스러운 사망에 충격을 입고 1903년부터 3년간은 미국에서 지냈으나, 이후 다시 돌아와 1909년 영구 귀국할 때까지 신학교 설립과 신학 연구에 집중하였다.

게일은 1892년 결혼 후 원산으로 파견되어 그곳에서 『천로역정』을 번역하고 『한영자전』을 완성하였으며, 1897년 북장로교 한국선교부 동료 마펫(Samuel A. Moffett, 1864~1939)의 특별 추천으로 미국에서 목사 안수를 받았다. 1900년부터는 서울에서 연동교회를 담임하면서도 계속해서 연구에 힘썼으며, 초기 내한 선교사 중 가장 오랜 기간인 40년간 활동한 후 1928년 은퇴하여 한국을 떠났다. 한편 랜디스는 약정한 5년이 지난 후 3년 더 한국에 머물기로 결정하였다. 그는 1897년 봄 자신이 데리고 있던 고아들과 함께 한국인 마을로 이사하였으며 1년 후 병사하였다. 그가 한국 선교사로 산 시간은 안식년을 포함하여 7년 반 정도 된다.[29]

초창기에 내한한 선교사 중 언더우드와 아펜젤러처럼 목사 안수를 받고 온 사람들은 한국인들을 전도하고 교회를 세우는 것이 가장 중요한 임무였다. 그들은 1887년 새문안교회와 베델예배당(정동제일교회)을 시작한 데 이어 전도 활동과 성서 번역, 교회 건축, 한국인 신자 양성에 매진하였

28  1890년 일본에서 디컨(deacon : 수련 목사), 1891년 한국에서 엘더(elder : 정식 목
    사) 안수를 받았다(이수호, 앞의 글, 19쪽).
29  Richard Rutt, op. cit., p.83.

다. 그 결과 한국의 언어와 문화, 역사에 관심이 없었던 것은 아니지만 시간이 갈수록 연구와는 멀어지는 모습을 보였다. 기포드도 마찬가지였던 것 같다. 시카고의 맥코믹신학교를 졸업하고 목사 안수를 받은 사람으로서, 그는 새문안교회를 돌보고 연동교회의 개척과 성장에 기여하였으며 아내와 함께 순회 전도도 다녔다. 1900년 봄 이른 나이에 삶을 마감한 것도 선교 여행 중 이질에 걸려서였다.

평신도 선교사였던 헐버트와 존스, 게일, 랜디스의 사정은 좀 달랐다. 헐버트는 육영공원 교사 시절 자신이 맡은 업무의 일환으로 한글을 연구하기 시작하였고, 정식 선교사가 된 후 『리포지터리』 운영을 맡으면서 연구를 계속할 수 있었다. 존스 역시 배재학당 교사로 일하기 위하여 한국어를 배우는 과정에서 한국에 대한 학문적 관심을 발전시켰다. 1892년 인천에서 목회를 시작한 후에도 꾸준히 한국을 연구하였다는 점이 특징인데, 이는 그가 자신의 부족한 면—고등 교육을 받지 못한 것—을 채우기 위하여 다방면으로 노력한 사실과 관련이 있을 것 같다.[30] 한편 게일은 선교 단체의 지원을 받았으나 실제로는 독립 선교사나 다름없었기 때문에 비교적 자유로운 편이었고, 북장로교 한국선교부로 이동하고 원산에 배치된 후에도 번역 작업과 사전 편찬에 전념할 수 있었다. 북장로교는 1890년경 이른바 '네비어스 방법론'을 수용하여 직접 전도를 통한 토착 교회 설립을 목표로 삼았으나, 그는 목사가 아니었던 데다가 어학에

---

30 존스는 대학 교육을 받지 못하였다는 점 때문에 종종 어려움을 겪었고, 이 문제를 해결하기 위하여 테네시주에 소재한 감리교 계열 대학(아메리칸템퍼런스대학)에 비거주자 자격으로 등록하였다. 실제로 그는 1900년 문학사 졸업생 명단에 자신의 이름을 올렸으나, 몇 년 후 이 대학이 학위 매매 사건으로 기소되자 학위를 거부하였다. 자세한 내용은 조혜라, 앞의 글, 16~18 · 24~25쪽.

재능이 있었기 때문인지 예외적으로 취급되었던 것 같다.[31]

인천에서 병원을 운영하였던 랜디스는 전국에서 몰려드는 환자들을 돌보느라 바빴으나, 점차 한국 연구에 빠져들어 나중에는 "환자들과 한국 및 중국 책들에 둘러싸여 현지인처럼" 살았다. 이는 영국국교회 한국선교부의 수장이었던 코프의 선교 정책과 무관하지 않았다. 그는 젊은 선교사들이 선교지에 대한 이해 없이 직접 선교에 뛰어드는 것을 경계하면서, 첫 6년간은 전도의 열정을 억제하고 한국인들의 언어와 문학, 습관, 사고를 공부하라고 지시하였던 것이다.[32] 그의 방침은 하루빨리 선교의 열매를 맺기 원하는 일부 성직자들에게는 다소 불만스러운 것이었으나, 랜디스에게는 한국을 자유롭게 연구할 수 있는 보호 장치가 되었다.

'선교사 겸 학자'들의 삶은 20세기에 어떻게 펼쳐졌을까? 1900년 6월 16일 창립된 한국지부에서 헐버트는 기록 담당 서기, 존스는 부회장, 게일은 교신 담당 서기로 선출되었다. 회장은 주한영국공사가 선출되었는데 이는 상징적인 것이었으며, 실제로 왕립아시아학회와 연락하면서 단체 창립을 주도한 사람은 존스였다.[33] 또한 그들은 『회보』의 발행을 담당하였다. 1900년대 초 『회보』가 발행되는 데 있어서 그들의 역할이 매우 중요하였음은 이 시기 『회보』에 실린 논문 목록을 보면 알 수 있다.

헐버트는 관립한성사범학교 교장으로 재직하면서 『회보』에 「한국의 유산」과 「한국의 민담」을 발표하고 1901~1906년 월간지 『코리아 리뷰The Korea Review』를 발행하였으며, 후자에 연재한 한국사 서술을 모아 저서를

---

31   1897년 목사 안수를 받기 전 게일의 활동 내역은 이상현, 앞의 책, 13쪽.

32   이근홍, 앞의 책, 90쪽.

33   James S. Gale, "Minutes of General Meetings", *Transactions of the Korea Branch of the Royal Asiatic Society* 1, Seoul : RASKB, 1900, p.72.

〈표 3〉 1900~1903년도 『회보』의 논문 및 기사 목록

| 연도 | 권호 | 쪽수 | 제목 | 저자 | 비고 |
|---|---|---|---|---|---|
| 1900 | Volume I. Part I. | 1~24 | 중국이 한국에 끼친 영향 | 게일 | |
| | | 25~50 | 한국의 유산 | 헐버트 | |
| | | 51~70 | 한국의 거대 불상 | 존스 | |
| 1901 | Volume II. Part I. | 1~36 | 강화 | 트롤로프 | 영국국교회 |
| | | 37~58 | 한국인들의 정령 숭배 | 존스 | |
| 1902 | Volume II. Part II. | 1~43 | 한양(서울) | 게일 | |
| | | 44~79 | 한국의 민담 | 헐버트 | |
| 1903 | Volume III. Part I | 1~17 | 최치원의 삶과 시대 | 존스 | |
| | | 18~30 | 한국의 인삼 재배와 조제 | 콜리어 | 남감리교 |
| | | 41~61 | 랜디스의 도서 목록 | | |

출간하였다. 을사조약이 강제 체결된 후 고종의 측근으로서 일제를 규탄하는 활동을 벌이다가 1907년 귀국하였고, 이후 매사추세츠주에 정착하여 성직에 종사하면서 한국의 독립을 위하여 활동하였다. 1949년 86세의 고령으로 한국을 방문하였다가 사망하였다.

존스는 『회보』에 「한국의 거대 불상」과 「한국인들의 정령 숭배」, 「최치원의 생애와 시대」를 실었고, 육체적 및 정신적 휴식을 취하고자 1903년 5월부터 3년간 미국에서 머물렀다. 이 시기 그는 보스턴대학에서 신학분야 교수 제의를, 일리노이주 소재 웨슬리안대학에서 명예신학 박사학위를 받았다. 이는 한국 종교에 관한 그의 연구가 인정을 받았음을 의미하였다. 학위가 없어 오랫동안 고생한 그는 이 일을 통하여 자신감을 얻었고, 1906년 한국에 돌아와서는 한글 신학 잡지 『신학월보』를 복간하고 협성성경학원을 세우는 등 북감리교 한국선교부 지도자의 역할에 매진하였다. 귀국한 후에는 수년간 북감리교 해외선교부 서기로 일하면서 신학교 강단에 섰으며, 1919년 5월 마이애미에서 51세로 별세하였다.

헐버트와 존스가 20세기 초 한국을 떠난 것과 달리, 게일은 1899년 서울로 올라와 더욱 본격적으로 활동하였다. 그는 이듬해 봄 기포드가 사망하자 그의 후임으로 연동교회를 맡기 시작하고, 교육 사업과 『그리스도신문』의 편집에 관여하는 한편 평양장로회신학교 교수, 조선예수교장로회 노회장, 성서번역위원회 의장에 이르기까지 다양한 요직을 역임하였다. 헐버트와 존스의 이한으로 타격을 입은 한국지부가 다시 일어설 수 있도록 노력하였으며,[34] 한문 교과서 『牖蒙千字』를 편찬하고 『九雲夢』을 번역하고 신구약 성경을 완역하는 등 오랫동안 '선교사 겸 학자'의 삶을 살았다. 선교사이자 한국학자로서의 경력 때문에 온타리오주 의회의 동양 전문가 제의를 받았으나 거절하였으며, 은퇴 후 영국에서 살다가 1937년 73세로 세상을 떠났다.

세 사람은 각기 다른 사정으로 한국을 떠나 서구 세계로 돌아갔다. 그들 중 계속해서 한국을 연구하거나 중국의 일부 '선교사 겸 학자'처럼 정식으로 대학 교수가 된 경우는 없었다.[35] 한국 자료와 한국인 교사가 없는 땅에서 대학이나 기관에 속하지 않은 사람이 한국 연구를 계속해 나간다는 것은 거의 불가능한 일이었고, 당시는 한국학이 제도권 학문으로 정립된 시대도, 대학이나 기관이 한국학자를 요구하던 시대도 아니었기 때문

---

34  한국지부는 헐버트와 존스의 이한으로 큰 타격을 입었다. 1903년 이후 한동안 『회보』가 발행되지 않은 것이 그 직접적인 결과였다. 게일은 스위스 방문, 미국에서의 안식년, 아내와 가까운 사람들의 사망 등으로 몇 년간 이 단체를 돌보지 못하였으나, 1911년 회장직을 수락하고 자신이 먼저 "한국의 글자"를 집필함으로써 학술지 간행을 추진하였다.

35  영미권 지역 대학이 중국어 및 중국문학 과정을 개설하고 '선교사 겸 학자'를 초빙한 것은 1870년대 후반의 일이다. 옥스퍼드대학은 본 논문 각주 3에서 언급한 런던선교회 선교사 레그를, 예일대학은 『중국(The Middle Kingdom)』의 저자로 유명한 윌리엄스(S. Wells Williams, 1812~1884)를 각각 채용하였다.

이다. 그러나 그들이 은퇴하였다고 그들의 연구가 무의미해지는 것은 아니었다. 그들이 한국에서 발표한 다양한 글은 이후 한국을 공부하려는 사람들에게 중요한 선행 연구가 되었다. 1910년대 이후 좀더 많은 서양인들이 한국의 언어와 문화, 역사에 대하여 한두 편의 논문이라도 쓸 수 있었던 것은 그들의 연구가 있어서였다.

랜디스는 1898년 사망하였으나 그의 연구 성과는 사장되지 않았다. 『리포지터리』는 그의 선교 활동과 한국 연구를 조명한 동료 선교사 트롤로프 Mark N. Trollope, 1862~1930의 추모사를 수록하고, 그가 생전에 중국학 관련 잡지에 게재한 「한국의 약전藥典」을 재간행하였다. 1903년 한국지부는 『회보』에 그의 도서 목록을 수록함으로써 그를 기념하였으며, 그가 쓴 글들 역시 한국을 연구하려는 서양인들에게 중요한 참고문헌이 되었다.

한편 랜디스는 트롤로프에게 직접적인 영향을 끼쳤다. 1891년 3월 내한한 트롤로프는 영국국교회 한국선교부를 만든 초기 성직자 중 거의 유일하게 한국에 뿌리를 내린 인물로, 1911년 7월부터 1930년 11월 사망하기까지 3대 주교로 재직하였다. 그는 랜디스 생전에는 논문을 쓰거나 『리포지터리』에 참여하지 않았으나, 랜디스 사후 「의학박사 일라이 바 랜디스」와 「영국국교회의 한국 선교」를 기고함으로써 미국 출신의 개신교 선교사가 대부분이었던 『리포지터리』에 발을 들여놓았다. 또한 한국지부가 창립되자 첫해에 회원이 된 데 이어 일반 회원 중 처음으로 『회보』에 「강화江華」를 발표하였고, 1917년부터 역대 최장기간 회장을 맡으면서 「한국 불교 연구 서론」과 「어느 네덜란드 선박의 난파기」, 「한국의 서적 생산과 인쇄」 등을 집필하였다. 그는 랜디스의 뒤를 이어 영국국교회 선교사로는 두 번째 '선교사 겸 학자'가 되었다.

# 5. '선교사 겸 학자'들과 왕립아시아학회 한국지부

19세기 말 미국과 캐나다, 호주, 영국에서 온 200여 명의 개신교 선교사는 내한 서양인 중에서도 한국의 언어와 문화, 역사에 관심이 많은 편이었다. 선교지의 언어와 문화, 역사를 이해하는 것이 선교 사업을 효과적으로 수행하는 데 큰 도움이 되기 때문이었다. 그러나 그들의 공부는 한국어를 능숙하게 구사하고 한국인들의 생활 습관과 사고 방식을 파악하는 수준에서 대개 마무리되었다. 장시간 서양 문헌과 한문 서적을 파헤치고 논문이나 자료 소개 형식의 연구 성과를 발표하면서까지 한국을 공부한 경우는 극히 드물었다. 동양학 훈련을 전혀 받지 않은 서구인이 한국을 연구한다는 것은 쉬운 일이 아니었으며, 한국어의 기원을 탐색하거나 조선 왕조의 역대 군주들을 조사하거나 속담과 격언을 수집하는 것은 복음 전파와 큰 관련이 없는 덜 중요한 일로 간주되었다.

이 글은 1884년부터 1900년 사이에 내한한 개신교 선교사들의 규모와 특성을 국적별, 교단별로 조사한 후, 최소 몇 년에 걸쳐 한국 연구를 시도한 사람들을 가려내기 위하여 1890년대 발간된 학술지 성격의 영문 잡지 『리포지터리』를 검토하였다. 이 조건에 부합하는 사람은 헐버트와 존스, 게일, 랜디스 4명이었다. 그들은 국적과 가정 환경, 종교적 배경과 교육 수준, 사회경제적 지위에 이르기까지 조금씩 다른 조건에서 성장하였으나, 한국에 대한 연구가 거의 없던 시기에 평신도 선교사로서 내한하였다는 공통점을 가지고 있었다. 그들은 목사 안수를 받고 직접 선교를 수행하기 위하여 내한한 사람들과는 달랐다. 1890년대 들어 언더우드와 아펜젤러, 기포드 등이 한국 연구보다는 교회 개척과 신자 양성, 성서 번역에 집중하였다면, 헐버트와 존스, 랜디스, 게일은 계속해서 한국 연구를 해 나갔다.

'선교사 겸 학자'들의 연구는 1890년대에 끝나지 않았다. 헐버트와 존스, 게일은 20세기의 마지막 해 한국지부의 창립 멤버가 되고 실질적으로 단체를 이끌었으며, 한국지부는 그들이 모두 한국을 떠난 후에도 이어지면서 또 다른 '선교사 겸 학자'들을 배출하는 서구 한국학 연구의 본산이 되었다. 한국지부의 창립 경위와 발전 과정, 『회보』에 관해서는 이 책에 실린 필자의 다른 글에서 다루었다.

# 참고문헌

『코리안 리포지터리(*The Korean Repository*)』, 1892~1898.

『왕립아시아학회 한국지부 회보(*Transactions of the Korea Branch of the Royal Asiatic Society*)』, 1900~1940.

김승태·박혜진 편, 『내한선교사총람 1884~1984』, 한국기독교역사연구소, 1994.

류대영, 『초기 미국 선교사 연구, 1884~1910－선교사들의 중산층적 성격을 중심으로』, 한국기독교역사연구소, 2001.

오윤선, 「근대초기 한국설화 영역자들의 번역태도 연구－Allen, Griffis, Hulbert, Carpenter를 중심으로」, 『동화와 번역』 23호, 건국대 동화와번역연구소, 2012.

오지원, 「엘라씽기념선교회의 한국선교 연구」, 『한국교회사학회지』 46호, 한국교회사학회, 2017.

옥성득, 「한국 장로교의 초기 선교 정책」, 『한국기독교와 역사』 9호, 한국기독교역사연구소, 1998.

유영익, 「게일의 생애와 그의 선교 사업에 대한 연구」, 『캐나다연구』 2호, 연세대 동서문제연구원 캐나다연구센터, 1990.

이근홍, 『찰스 존 코프』, 대한성공회, 2015.

이덕주, 「존스의 한국 역사와 토착종교 이해」, 『신학과 세계』 60호, 감리교신학대, 2007.

이상규, 「호주(빅토리아) 장로교회의 부산, 경남 지방 선교 활동」, 『기독교사상연구』 5호, 고신대 기독교사상연구소, 1998.

이상현, 「언더우드의 이중어 사전 간행과 한국어의 재편 과정」, 『동방학지』 151호, 연세대 국학연구원, 2010.

_____, 『한국 고전번역가의 초상－게일의 고전학 담론과 고소설 번역의 지평』, 소명출판, 2013.

_____·빈첸자 두르소, 「익명의 한국학자, 이익습과 *The Korean Repository*誌의 '훈민정음 기원론' 논쟁」, 『열상고전연구』 54호, 열상고전연구회, 2016.

이수호, 「존스 선교사의 한국 이해에 관한 연구」, 감리교신학대 석사논문, 2014.

이영미, 「선교사에서 외교관으로－알렌의 삶과 한국」, 『역사민속학』 58호, 한국역사민속학회, 2020.

_____, 「영문 잡지 『코리안 리포지터리(*The Korean Repository*)』(1892~1898)의 성격

과 의미」, 『한국학연구』 60호, 인하대 한국학연구소, 2021.

이영호, 『동학·천도교와 기독교의 갈등과 연대, 1893~1919』, 푸른역사, 2020.

_____, 「랜디스의 의료 활동과 '한국학' 연구」, 『한국학연구』 44호, 인하대 한국학연구소, 2017.

조혜라, 「내한선교사 존스의 신학 패러다임의 변화와 요인 연구-『신학월보』를 중심으로」, 연세대 석사논문, 2015.

Richard Rutt, "An Early Koreanologist : Eli Barr Landis, 1865~1898", *Transactions of the Korea Branch of the Royal Asiatic Society* 54, Seoul : RASKB, 1979.

# 번역과 선교

## H.G.언더우드의 중문 기독교문헌 번역(1886~1896)

이고은

.........................................

## 1. 내한 선교사들의 중문 기독교 문헌 번역

19세기 중반 중국의 개항장 상하이를 중심으로 선교사들이 활발히 발행했던 중문 기독교 문헌과 근대 지식서는 동아시아 지식인들에게 많은 영향을 끼쳤다. 한국 개신교 전래 초기 유럽과 미국 출신 선교사들도 바닷길과 해외 관계망을 활용하여 상하이와 서울을 연결하고, 중문 서적을 들여와 한글로 번역했으며, 기계식 활자인쇄를 도입하고, 전국적 판매망을 구축함으로써 새로운 출판문화를 창출하는 변화를 가져왔다.[1] 이들에게는 이미 중국에서 동아시아 문화적 요소를 수용하여 토착화된 기독교 서적을 가져다 번역하는 편이 훨씬 수월했고, 한국인들은 그러한 메시지

---

[1] 당시 서구 선교사들에 의한 중국과 일본, 한국의 기계식 활자인쇄술 도입에 대해서는 박천홍, 『활자와 근대-1883년, 지식의 질서가 바뀌던 날』, 너머북스, 2018 참고.

〈사진 1〉 거리에서 기독교 서적을 판매 중인 예수교서회의 권서[2]

를 '잘 처방된 약'처럼 수용했다.[3] 게다가 서구 선교사들은 문해력이 낮았던 일반인과 여성, 아동을 대상으로 교육과 출판사업을 벌였기 때문에 남성 지식인 중심이던 동아시아 출판문화에 큰 변화를 가져왔다. 선교사들이 일반인을 대상으로 성경·교리서·선교학교 교과서 등 각종 서적을 번역하며 한자 중심의 유교적 전통사회에서 소외되었던 한글을 적극 수용하여 한글문화 창출에 공헌한 점도 의미가 크다.[4]

당시 조선 정부와 국내 지식인들도 중국과 일본에서 근대 지식서를 들여왔지만, 이들은 한문을 선호했으므로 번역의 필요성이 시급하지 않았다. 반면 선교사들은 포교를 위해 일반 대중을 독자로 상정하며 순한글 번역을 고집했고, 성리학적 사회구조의 틀 바깥에서 사고했으므로 지식

---

2   *Annual Report of the Religious Tract Society*, 1916, p.79.
3   옥성득, 『한국 기독교 형성사―한국 종교와 개신교의 만남 1876~1910』, 서울 : 새물결플러스, 2020, 592쪽.
4   한국기독교역사학회 편, 『한국 기독교의 역사』 1, 기독교문사, 2012, 157쪽.

확산의 범위에서 차이를 보였다. 개항 전까지 서점이 없던 조선의 상황을 고려한다면 이는 혁명이었다. 반면, 당시 외국인에 의해 선별된 신서적이 외국 자본에 의해 국내로 유입되던 정황과 더불어, 그 외국인들이 번역의 목표어로 선택했던 '언문'은 당시 국내 지식인들이 천시하던 문자였다는 점을 비판적으로 이해할 필요가 있다. 그러므로 이들이 동북아해역에서 형성한 선교 네트워크와 그 안에서 이루어진 근대 지식의 전파와 수용 및 번역과 출판사업을 총체적으로 살피는 것은 아주 중요하며, 심도 있는 연구가 필요하다.[5]

이전부터 선교사들의 출판과 번역에 관하여 축적된 대다수의 기존 연구는 교회사 또는 신학 영역의 '문서선교' 또는 '성경번역'의 범주 안에서 수행되어 기독교의 한국화나 신학적 논의에 초점을 두었다. 그러나 국내 서구선교사들의 번역사업이 서구문학 번역의 효시로서 지목[6]된 2010년 이후 어문학계 연구자들이 선교사의 번역사업을 조명하면서 다양한 연구 주제들이 나타나고 있다. 우선 선교사에 의해 편찬된 이중언어사전이 국어에 끼친 영향이 연구되기 시작했고,[7] 선교사에 의해 국내에서 서구문학이 번역된 양상이나[8] 그와 반대로 한국고전문학이 영어로 번역되어 서구에 소개된 양상도 활발히 연구되고 있다.[9] 중국에서 서구 선교사들이 설

5    서광덕, 「동북아해역 근대 지식의 형성과정에 대한 연구사 검토」, 『인문사회과학연구』, 20-3. 2019, 26쪽.
6    김욱동, 『번역과 한국의 근대』, 소명출판, 2010, 99~113쪽.
7    황호덕, 「개화기 한국의 번역물이 국어에 미친 영향 – 외국인 선교사들이 본 한국의 근대어」, 『새국어생활』 2-1, 2012, 5~22쪽; 황호덕, 이상현, 『개념과 역사, 근대 한국의 이중어사전 – 외국인들의 사전 편찬 사업으로 본 한국어의 근대』, 박문사, 2012.
8    김성연, 「기독교, 전기를 번역하다 – 식민지 시기 조선예수교서회의 번역 전기 출판」, 『민족문학사연구』 58, 2015, 185~215쪽; 김용규, 이상현, 서민정 편, 『번역과 횡단 – 한국 번역문학의 형성과 주체』, 현암사, 2017.
9    이상현, 『한국 고전번역가의 초상, 게일의 고전학 담론과 고소설 번역의 지평』, 서울

립한 출판기관과 기 발행물도 연구되는 중이다.[10] 흥미로운 점은 당시 선교사들이 발행한 서적의 종류가 매우 다양하기에 전도문서, 중문소설, 서구번역문학, 한역근대과학서, 중국 근대지식서, 중국 근대서학서 등의 명칭으로 불리며 어문학, 비교문학, 중문학, 신학, 교회사, 근대사 등 여러 분야에서 다각적으로 연구되고 있다는 점이다. 선교사-번역자의 경우 제임스 게일의 한국고전 영어 번역에 연구자들의 관심이 집중되는 점도 눈에 띈다.

한편 보다 거시적인 관점에서 19세기 말 중국-한국으로 서적이 유입되던 흐름과 영향을 주목한 연구가 최근 들어 나타나고 있다.[11] 이제는 동북아 해역에서 벌인 서적의 유통에 있어 출판사, 서적상, 구매자로 연결되는 상업적 측면을 점검할 필요가 제기되었고, 각국 간의 교류망과 각국 내부의 유통을 파악해야 한다[12]는 연구의 필요성도 제기된 바 있다. 이와 관련, 1881~1896년 사이 한글로 번역된 50권 이상의 중문 기독교 문헌의 목록이 제시되어[13] 매우 고무적이다. 하지만 이 서적들이 어떻게 국내로 유입되어 번역될 수 있었는지에 대해서는 더 구체적인 설명이 필요하다.

---

: 소명출판, 2013; King, Ross an Si Nae Park eds., *Score One for the Dancing Girl, and other Selections from the Kimun ch'onghwa*, University of Toronto Press, 2016.

10  박천홍, 『활자와 근대-1883년, 지식의 질서가 바뀌던 날』, 서울 : 너머북스, 2018; 박형신, 「영J.알렌의 〈萬國公報〉에 관한 연구」, 『한국기독교와 역사』 49호, 2018, 47~74쪽; 민정기·심혜영 편, 『동서양의 경계에서 중국을 읽다』, 서울 : 새물결, 2018; 오순방, 『19세기 동아시아의 번역과 기독교 문서선교』, 서울 : 숭실대 출판부, 2015 등 다수가 있다.

11  옥성득, 『한국 기독교 형성사-한국 종교와 개신교의 만남 1876~1910』, 서울 : 새물결플러스, 2020; 이고은, 「한·중 기독교 지식의 생산 및 유통구조에 관한 연구」, 한국학중앙연구원 한국학대학원 박사논문, 2019; 황종원·허재영·김경남·강미정, 『한국에 영향을 미친 중국 근대지식과 사상』, 서울 : 경진, 2019.

12  서광덕, 앞의 글, 3쪽.

13  옥성득, 앞의 책, 2020, 562~566쪽.

본 연구는 이러한 문제의식에서 출발한다. 이에 당시 선교사들의 문서 사업에서 중심적인 역할을 했던 미국 북장로회 선교사 호러스 그랜트 언더우드Horace G. Underwood, 1859~1916(이하 언더우드)의 중문 기독교문헌 한글 번역을 조명하고자 한다. 언더우드는 미국 북장로교 소속 선교사로 파송되어 1885년에 내한했다. 그는 제중원 교사로 활동하면서 전도와 교육, 출판에 힘썼고 문서사업 측면에서도 많은 행적을 남겼다. 성경 번역 외에도 선교사들의 어학교재로서 『韓英字典』, 『英韓字典』, 『韓英文法』을 편찬했을 뿐 아니라 1890년대 전후 15종의 중문 기독교 문헌을 한글로 번역했다. 동료였던 미북장로교 소속 의료선교사 헤론John W. Heron, 1856~1890과 함께 조선성교서회(또는 예수교서회, 현 대한기독교서회)의 설립에 기여했고, 삼문활판소가 설립되기 이전부터 사비를 들여 자신의 집에서 전도용 소책자를 발행했으며, 남대문과 자신의 집 앞 두 곳에서 서점을 운영하기도 했다. 조선성교서회에서는 두 차례1892~1901, 1908~1915, 총 17여 년간 회장직을 역임한 뒤 1916년 사망했다. 역대 서회 회장을 역임했던 선교사 중 언더우드만큼 오랜 기간 회장직을 맡았던 인물은 없었다.[14]

따라서 본 논문의 연구범위는 언더우드가 1885년 4월에 내한한 이래 조선성교서회와 삼문활판소를 통해, 또는 개인적으로 중문 기독교 문헌을 다수 번역하여 발행했던 1890년대 중반까지로 설정한다. 당시는 조선 말, 개항 이후 여러 사회적 변화를 맞이하며 대한제국기로 이행되는 변혁기였다. 이 시기에 한국으로 전래된 중문 전도문서에 관해서는 이미 옥성득에 의해 자세히 소개된 바 있다.[15] 교회사학자인 그는 이 책들이 한국교

---

14 이장식, 『大韓基督教書會 百年史』, 서울 : 대한기독교서회, 1984, 219~220쪽 참고.
15 국문 자료로는 최근에 출판된 『한국 기독교 형성사 – 한국 종교와 개신교의 만남 1876~

회의 토착화에 미친 영향을 논하며 신학적 차원에서 의미를 고찰했다. 그와 달리 필자의 관심사는 문화사 또는 번역사에 가깝다. 19세기 말, 1차 피선교지 중국에서 발행된 중문 서적이 어느 미국 선교사에 의해 어떻게 2차 피선교지인 한국에 유입 및 번역되었는지, 그 과정이 어떠했는가를 서술하는 데 중점을 둔다. 이를 위해 먼저 언더우드가 번역한 것으로 알려진 중문 기독교 문헌을 소개

〈사진 2〉 호러스 그랜트 언더우드(Horace G. Underwood)[16]

하고, 이 책들이 어떻게 국내로 전파되어 번역되었는지 고찰하고자 한다.

## 2. H. G. 언더우드의 번역서 목록과 번역 동기

당시 중국에서 개신교 선교사들은 서적을 발행하면서 크게 두 집단을 목표로 삼았다. 첫째, 비기독교인에게 기독교의 핵심 교리(하나님의 존재, 창조, 타락, 구속, 회개)를 전하는 것, 둘째, 이미 기독교를 받아들인 초신자들의 신앙을 돕는 것. 특히 이들의 저술에서 나타나는 특징은 중국인 독자를 위해 중국 전통 종교(儒·佛·道) 경전의 문체나 종교적 어휘, 개념을 빌

1910』, 서울 : 새물결플러스, 2020, 영문 자료는 Oak, Sungdeuk, *Sources of Korean Christianity*, The Institute for Korean Church History, 2004; Oak, Sungdeuk, *The Making of Korean Christianity*, Baylor Univ. Press, 2013.

16  https://en.wikipedia.org/wiki/Horace_Grant_Underwood

려왔다[17]는 것이다. 선교사들은 중국인들이 성경을 이해하기 어려워하는 것을 보고 이를 쉽게 풀어 전달하기 위해 노력했다. 그러므로 당시 중국에서 발행된 기독교 소책자류는 성경에 대한 해설서였다고 할 수 있으며, 그 종류도 다양했다. 논리적으로 기독교를 변증하는 교리서, 성경 인물을 주인공 삼아 이야기로 풀어낸 위인전, 그리고 중국 대중들에게 인기 있었던 회장체백화소설回章體白話小說의 양식을 따라 오락성과 교훈성을 겸비한 중문기독교소설이 있었다. 소설의 경우 선교사들이 발행하던 정기간행물에 게재되어 독자들로부터 큰 호응을 얻으며 동아시아에 광범위하게 보급되었다.[18] 이처럼 중국에서 다양한 종류의 소책자가 발행된 이유는 지식인과 일반인, 아동이라는 다양한 집단으로 구성된 대중 독자들의 눈높이에 맞추기 위한 전략이었던 것으로 보인다.

이 시기 중국에서 서적이 유입된 배경에는 세 가지 역사적 요인이 있었다.[19] 첫째, 중국 중심의 동아시아 문화권에서 한문이 통용 문어였고, 한국의 지식인들은 한글보다 한문 또는 국한문체를 선호했다. 둘째, 중국과 만주에서 사역하던 미국 감리교회와 장로교회의 선임 선교사들이 한국의 선교사들에게 고문 역할을 했다. 셋째, 초기 한국의 개종자 중에서는 학식 있는 중산층이 상당수를 이루었고, 이들은 고전 한문과 국한문 혼용체를 읽을 수 있었다. 이런 배경 속에서 한국에 갓 도착한 신참 선교사들에게 중국의 기독교 책자들은 매우 유용했다. 이들은 현지 언어를 배우는 동시에 중국에서 한 세대 전부터 발행된 다양한 책자를 골라 번역 없이

17    오순방, 앞의 글, 376쪽; 옥성득, 앞의 책, 559쪽.
18    오순방, 앞의 글, 46쪽.
19    옥성득, 앞의 책, 519~521쪽.

그대로 유통하거나, 자신의 어학교사들과 함께 한글로 번역하는 방식을 취했다. 이같은 중국 개신교의 문학적 · 신학적 영향력은 적어도 1910년 까지 지속되었다.[20]

당시 언더우드가 선택한 소책자들에서는 재미를 위한 소설류보다는 논리정연한 교리변증서가 주를 이루었다는 특징이 나타난다. 비슷한 시기 그의 동료 선교사들이 『쟝원량우샹론』1892, 사무엘 마펫 역, 『인가귀도』1894, 프랭클린 올링거 역, 『텬로력뎡』1895, 제임스 게일 역 같은 소설류 기독교 서적을 번역한 것과 차이를 보인다. 그 이유는 당시 한글 성경 번역이 완료되지 않았던 정황과 더불어 언더우드가 보수적인 목회자이자 열성적인 전도자였다는 점으로 이해할 수 있다.

언더우드는 1886년부터 교회 공동체와 고아원(경신학교의 전신)을 설립했다. 기독교적 정신으로 사람을 키워내는 것이 설립목적이었던 만큼 이곳에서 한국인들을 가르칠 교재가 긴급히 필요한 상황인지라, 분량이 긴 성경을 대신해서 간단히 기독교 교리를 전할 수 있는 교리서를 우선 번역해야 했다. 특히 초기 정착기의 선교사들에게 가장 필요한 것이 문답식 교리서이다. 현지인에게 세례를 주고 막 성장하는 교회를 양육하기 위해 가장 필요한 것이 교리서이기 때문이다. 또 언더우드는 당시 미국 북장로회 해외선교본부 총무였던 엘린우드Frank F. Ellinwood, 1826~1908에게 문서사업에 대해 보고할 때 세속적 출판물(사전 · 문법서)과 종교적 출판물(성경 · 전도용 소책자)을 구분한 뒤 종교물에 대해서만 따로 보고할 정도로 보수적인 성향을 보였다. 따라서 언더우드가 철저히 신학적이기보다 문학적 요

20    옥성득, 앞의 책, 519쪽.

소가 가미된 소설류에 대해서는 선택을 지양했다고 볼 수도 있다.

또 다른 특징은 언더우드가 중국에서 오랜 기간 사역하며 중국을 잘 이해하는 대선배급 선교사들의 저술을 가져다 번역했다는 점이다. 예를 들면 당시 동아시아에 영향을 끼쳤던 국제법 저서 『萬國公法 Elements of intenational law with a Sketch of the History of the Science』의 중국어 번역자이자 북경대학교의 초대 총장이었던 윌리엄 마틴 William A. P. Martin, 1827~1916, 산둥 지역에서 40여 년을 교육과 목회사업에 헌신한 경험으로 한국의 젊은 선교사들에게 멘토 역할을 했던 존 네비어스 John L. Nevius, 1829~1893; Helen S. C. Nevius, 1833~1910 부부, 한커우 지역에서 화중성교서국華中聖敎書局을 설립하고 이끌며 '문서선교의 아버지'라 불리던 그리피스 존Griffith John, 1831~1912이 여기에 해당된다. 마틴과 네비어스 부부는 언더우드와 같은 미국 장로교 소속이었고, 그리피스 존은 회중교회와 영국 런던선교회 소속 선교사였다.

〈사진 3〉 윌리엄 마틴[21]

〈사진 4〉 존 네비어스[22]

〈사진 5〉 그리피스 존[23]

번역과 선교

---

21    https://en.wikipedia.org/wiki/William_Alexander_Parsons_Martin
22    https://en.wikipedia.org/wiki/John_Livingstone_Nevius
23    https://en.wikipedia.org/wiki/Griffith_John

언더우드는 1888년 엘린우드에게 보내는 서신에서 자신이 최근 윌리엄 마틴의 『天道溯原 Evidences of Christianity』, 존 네비어스 부부의 『恒心守道 Christian Perseverance』와 『兩敎辨正 Romanism and Protestantism』을 번역했다고 언급한다.[24] 하지만 윌리엄 마틴의 『天道溯原』은 완역, 출판되지 못했고 웨스트민스터 소요리문답과 네비어스 부부가 각각 저술한 『恒心守道』와 『兩敎辨正』의 한글 번역본은 현전하지 않는다.[25] 이후 언더우드는 그리피스 존의 중문 소책자들을 연달아 번역했다. 1890년에 창립된 조선성교서회의 최초 발행물 『성교촬리』는 그리피스 존이 저술한 『聖敎撮理』를 언더우드가 가져다 번역한 것이었다. 1893년에도 언더우드는 네비어스 선교사의 부인 헬렌 네비어스의 『耶穌敎官話問答』을 번역하여 조선성교서회에서 발행했다. 이 외 다수의 번역서를 다음 장에 제시한다.

언더우드가 이처럼 번역과 문서사업에 헌신한 동기는 여러 가지이나, 그중에서도 특히 천주교와의 경쟁심이 크게 작용했던 것으로 보인다. 언더우드는 내한 초기부터 천주교의 한글 출판물을 경쟁상대로 인식하며 한글로 쓰인 책자의 중요성을 간파하고 있었다. 1886년 당시 천주교 신부들 10명 중 8명이 한국어에 능통한 점, 이들이 보유한 한글 문서가 당시 외국인이 국내에서 만들어낸 출판물 중 최고 수준이었다는 점[26]이 언

---

24    이만열, 옥성득 편역, 『언더우드 자료집』 I, 연세대 출판부, 2006, 659쪽.

25    위의 책, 277쪽 각주 260 참고.

26    "they[the Romanists] have just added to their Korean Romanist literature several tens of tracts, all of which are neat specimens of work, and go far ahead of any other Korean printing that has yet been done by foreigners."(Letter from H. G. Underwood to F. F. Ellinwood, 1886.1.31) 이만열, 옥성득 편역, 『언더우드 자료집』 I, 연세대 출판부, 2006, 24~25 · 369쪽.

27    다음 장의 표에서 음영으로 제시된 칸은 *Korean Repository*(1896)에 "Publications of H.G.Underwood"로 광고된 것들이다.

| 발행<br>연도 | 제목 | 중문 제목 | 영문 제목 | 원저자 | (원)발행처 |
|---|---|---|---|---|---|
| ? | 웨스트민스터<br>소요리문답 | 耶蘇敎要理<br>問答 | *Westminster Shorter<br>Catechism* | 미상 | 미상 |
| ? | 천도소원 | 天道溯源 | *Evidences of Christianity* | William<br>A.P. Martin | (上海美華書館) |
| ? | 항심수도<br>(성도견인) | 恒心守道<br>(聖徒堅忍) | *Perseverance in the Divine Life<br>(Christian Perseverance)* | Helen S.C.<br>Nevius | (上海美華書館) |
| ? | 양교변정 | 兩敎辨正 | *The Romish and<br>Protestant Churches Compared* | John<br>Nevius | (上海美華書館) |
| 1890 | 성교촬리 | 聖敎撮理 | *Salient Doctrines of<br>Christianity* | Griffith<br>John | (漢口聖敎書局)<br>조선성교서회 |
| 1891 | 샹뎨진리 | 上帝眞理 | *The Nature of God<br>(The True Doctrine of Sang Jei)* | Griffith<br>John | (漢口聖敎書局)<br>그리스도셩셔 |
| 1891 | 권즁회개 | 勸衆悔改 | *Exhortation to Repentance* | Griffith<br>John | 미상 |
| 1891 | 예수교문답<br>(구세교문답,<br>개정판) | 耶蘇敎官話<br>問答 | *Christian Catechism* | Helen S.C.<br>Nevius | (寧波:<br>華花聖經書房, 1849)<br>조선성교서회, 1894<br>(개정판 1895) |
| 1893 | 즁싱지도 | 重生之道 | *Regeneration* | Griffith<br>John | 그리스도셩셔 |
| 1893 | 신ᄌ소득지진복 | 信者所得之<br>眞福 | *True Way of Seeking Happiness* | Griffith<br>John | 미상 |
| 1893? | 덕혜입문 | 德慧入門 | *Gate of Virtue and Wisdom<br>(Gate of Virtue and<br>Knowledge)* | Griffith<br>John | (漢口聖敎書局, 1879)<br>미상 |
| 1894 | 삼요록 | 三要錄 | *The Three Principles* | William A.<br>P. Martin | (上海美華書館)<br>정동예수교회당 |
| ? | 영혼문답 | 靈魂問答 | *Questions and Answers<br>to my Soul* | Griffith<br>John | 미상 |
| ? | 딕주지명 | 大主之命 | *The Lord's Command* | 미상 | 미상 |
| 1895 | 진리이지 | 眞理易知 | *An Easy Introduction to<br>Christianity<br>(Controverted Points of<br>Christianity)* | D. B.<br>McCartee | (福州:<br>霞浦街福音堂印, 1882)<br>예수셩교회당 |
| 1896 | 부활쥬일례비 | 復活主日禮拜 | *Easter Sunday Worship* | 미상 | 미상 |

더우드의 한국어 습득과 한글 소책자 발행에 힘쓰는 강력한 동기로 작용했던 것으로 보인다.

한편 언더우드는 열성적인 전도자였다. 그는 외국인의 포교 활동이 공식적으로 허락되지 않은 상황에서 수차례 지방으로 전도 여행을 강행하여 동료 선교사들의 비난을 받기도 했다. 그는 한글보다 한문에 익숙한 지식인을 만났을 때 중문 복음서와 소책자를 이용하여 전도했고, 이때 중문 소책자가 한국인들에게 좋은 반응을 얻는 것을 수차례 경험하면서[28] 그 유용함을 깨달았다. 게다가 1890년대에는 아직 성경번역 위원회의 번역작업이 완료되지 않은 상태였고, 한글 성경은 한참 뒤인 1911년에 가서야 신·구약이 완역되었다. 따라서 그 이전 시기에는 개신교 교리를 핵심적으로 요약한 중문 소책자가 내용상으로나 유통상으로나 간편하고 유용했다. 선교사들의 한국문화에 대한 이해와 언어역량이 충분하지 않은 상황 속에서 이미 중국에서 동아시아 지식인을 대상으로 1차 현지화를 거친 중문 기독교 문헌은 한국의 선교사들에게 매우 유용한 도구였다. 특히 언더우드는 만주의 존 로스가 번역한 성경의 사용을 반대한 데다가 이수정이 번역한 성경 역시 크게 쓸모가 없다고 보았다. 선교사의 개입 없이 본토인들만이 수정하고 검토할 수 있었던 성경 역본은 위험하다고 여기기도 했다.[29] 따라서 언더우드는 새롭게 성경을 번역하는데 힘쓰는 한편 이미 중국에서 검증된 중문 소책자를 적극 활용한 것으로 보인다.

마지막으로 포교활동 인허와 관련된 조약상의 변화라는 사회정치적 요

28    H. G. Underwood to F. F. Ellinwood, 1886.7.9. 『언더우드 자료집』 I, 35~38·382~384쪽.
29    H. G. Underwood to F. F. Ellinwood, 1886.4.16. 『언더우드 자료집』 I, 38·380쪽.

인도 그가 적극적으로 문서선교에 투신하는 배경으로 작용했을 것이다. 1886년 체결된 조불수호조약 조문으로 인해 프랑스 천주교 선교사들이 공식적으로 활동상의 자유를 얻게 되자, 미국 개신교 선교사들도 조선 정부가 기독교 포교 활동을 용인하게 된 것으로 받아들이면서도 여전히 조심스러웠다. 언더우드는 1890년 사전과 문법서, 소책자 인쇄를 위해 일본을 방문했다가 귀국하는 길에 들른 개항장 부산의 세관장 프레드릭 씨로부터 외국인의 기독교 서적 반입이 조약상의 권리로 보장된다는 것을 전해들었다.[30] 그러면서 언더우드는 부산을 선교 거점으로 삼고 소책자와 기독교 서적을 현명하게 반포하면 남한 거의 전 지역으로 다가갈 수 있는 수단이 될 것으로 내다보았다. 이처럼 급변하는 국내의 정치외교적 정황 속에서 선교사가 갈 수 없는 곳까지도 들어갈 수 있는 소책자류를 발행하는 것은 당

〈사진 6〉 그리피스 존과 번역조사 션즈싱(沈子星)이 저술한 『德慧入門』(1887, 한국학중앙연구원 장서각 소장)

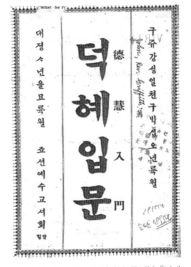

〈사진 7〉 언더우드가 번역한 국역본 『덕혜입문』(1915, 연세대 소장)

30   이만열, 옥성득 편역, 『언더우드 자료집』 I, 2006, 212~213쪽.

시 중국이나 한국의 선교사들 사이에서 포교에 매우 유용한 도구로 인식되고 있었다.


## 3. 언더우드의 중문 전도문서 입수 경위

앞서 표에서 제시한 대로, 언더우드는 1890년을 전후하여 약 15종의 중문 소책자를 한글로 번역했다. 그는 어떻게 이처럼 다양한 중문 소책자를 입수할 수 있었을까? 그 경위는 언더우드가 중국에서 사역하던 선교사들과 맺었던 개인적 교류망에서 찾아볼 수 있다.

예를 들어 언더우드의 초기 번역물 다수가 중국 한커우에서 사역하던 영국 선교사 그리피스 존의 저술이었던 이유는 영국성서공회의 북중국지부 총무 브라이언트[31]와 연결해볼 수 있다. 그가 1888년에 한국을 방문했을 때 언더우드에게 서울에서 베이징까지 육로로 여행하는 데 동행하기를 제안했다.[32] 이때 언더우드는 약 4주의 여행을 계획했지만 실제로 이루어지지는 않았다. 브라이언트는 중국 한커우에서 활동했던 경력이 있으므로 1876년에 설립된 한커우 서회와 연결되어 있었을 것이며, 당시 한커우 서회 회장이자 같은 영국 출신 선교사인 그리피스 존의 저작을 언

탐험가 · 외교관 · 선교사

---

31  에반 브라이언트(Evan Bryant, 1839~1918). 영국 웨일즈(Wales Glams) 출생. 1865년 런던선교회에서 목사안수를 받고 중국 후베이성(湖北)의 한커우(漢口)로 파송되어 1880년까지 활동하다가 아내가 아파 영국으로 돌아갔다. 이후 1884년 영국성서공회에 의해 북중국지부(톈진)로 파송되어 총무로 활동했으며, 1892년 아내의 병세가 악화되자 베이징으로 옮겨 1895년까지 활동하다가 영국으로 돌아갔다. 박형우 편역, 『존 W. 헤론 자료집』 I, 신인, 2017, 215쪽 참고.

32  H. G. Underwood to F. F. Ellinwood, 1885.5.21; 『언더우드 자료집』 I, 105쪽.

더우드에게 소개해주었을 가능성이 크다.

이 외에 1890년 6월에 방한했던 선교사 네비어스 부부도 언더우드의 문서번역사업에 영향을 끼쳤다. 언더우드와 마찬가지로 미국 북장로회 소속이던 네비어스 부부는 당시 중국 지푸에서 활동 중이었는데, 이미 중국선교 경력이 30년이 넘는 노련한 선교사들이었다. 반면 당시 한국에서 활동하던 선교사들은 대부분 20~30대의 젊은 청년이라 경험이 부족한데다 한국에 온 지 얼마 되지 않은 초기라 선교방법론을 두고 갈등을 빚고 있었다. 이들은 네비어스가 쓴 논문과 저서를 연구하며 그의 선교정책을 한국의 상황에 적용시키고자 했다. 북장로교에서는 1년 뒤인 1891년에 자진전도Self-Propagation, 자력운영Self-Support, 자주치리Self-Government를 대표로 하는 네비어스의 제안을 선교정책의 기본으로 삼아 북장로회 선교회 규칙Presbyterian Northern Mission Rules and By-Laws을 제정했다.[33] 언더우드는 이들 부부가 서울을 방문한 뒤 1년이 지난 1891년에 네비어스 부인의 『耶穌教官話問答』을 번역하여 『예수교문답』이라는 제목으로 발행했고, 『성도견인聖徒堅忍』과 『양교변정兩敎辨正』도 번역했다. 이를 보아도 중국이 선배 선교사들이 한국을 방문할 때 언더우드가 이들로부터 중문 소책자를 입수한 것으로 추정된다.

게다가 언더우드는 조선성교서회라는 출판기관을 통해서도 중국의 기독교 출판사들과 연결될 수 있었다. 개항기 한국에서는 선교사들이 선박 경로를 통해, 그리고 성교서회the Religious Tract Society, 성서공회the Bible Society와 같은 초국가적 기독교 기관의 연결망을 통해 중국과 일본의 활

---

33  한국기독교역사학회 편, 『한국기독교의 역사』 I(개정판), 기독교문사, 2011, 174~175쪽.

자와 인쇄물을 국내로 유통시키고 있었다. 언더우드는 1890년 조선성교서회가 설립되었을 때 통신서기corresponding secretary를 맡아 영국의 성교서회Religious Tract Society와 미국 서회American Tract Society에 재정후원을 요청했다. 이뿐 아니라 상하이 중국성교서회의 지역 담당Local secretary 역할을 맡으며 중국과 한국 사이의 서적 유통에 관여하고 있었다.[34]

이러한 언더우드의 폭넓은 행보는 그가 안식년과 아내의 병가 등의 이유로 중국과 영국, 미국을 방문할 당시에 중국의 선교사들과 맺었던 관계

〈사진 8〉 신약성경번역위원회
(아랫줄 왼쪽부터 레이놀즈,[35] 언더우드, 게일. 윗줄 왼쪽부터 김정삼, 김명준, 이창직)

---

34  이고은, 「조선성교서회의 초기 역사(1890~1919) 재고찰」, 『한국기독교와 역사』 52, 2020, 115~120쪽.

35  윌리엄 레이놀즈(William David Reynolds, 이눌서(李訥瑞), 1867~1951). 미국 남장로교회 선교사. 1891년 안식년을 맞은 언더우드가 미국으로 돌아가 했던 선교보고 연설을 듣고 한국에 선교사로 지원했다. 어학 실력이 뛰어나 언더우드, 게일과 함께 성경을 번역했다.

에서 기인한다. 언더우드는 그 같은 개인적 연결망에 더하여 기관의 채널을 통해서도 중국에서 책을 들여오거나 저자인 중국의 선교사들과 연결되기도 수월했을 것이다. 일례로 중국 한커우의 그리피스 존은 1894년 개최된 중부성교서회 연례회에서 최근 자신의 저서가 한국어로 번역되었다는 점을 알리면서 한글 번역본을 그 자리에 모인 사람들에게 보여주었다.[36] 이 보고서에서 당시 그리피스가 사람들에게 보인 한글 번역본의 제목이 무엇이었는지 알 수는 없지만, 언더우드가 그의 소책자 번역본을 연달아 발행한 지 얼마 되지 않은 시점에 저자가 그 사실을 알고 있었다는 점에 의미를 부여할 만하다. 또한 언더우드가 윌리엄 마틴William Martin의 『天道溯原』을 번역하게 된 경위도 '저자가 동의했을 뿐 아니라 실상은 저자의 요청으로 번역본을 준비했다'[37]고 밝힌 것처럼, 재중 선교사들과 재한 선교사들의 네트워크는 긴밀했던 것으로 보인다.

## 4. 언더우드와 번역자들, 그리고 번역서의 독자들

언더우드가 번역한 서적들이 갖는 중요성과 의미는 역사·종교·문화 등 다방면에서 고찰이 이루어져야 한다. 그 책들에는 19세기 중국과 한국에서 선교사업을 벌이던 서구 선교사들이 동아시아 문화와 종교를 바라보는 시선이 담겨 있다. 기독교와 서구과학을 동아시아인의 눈높이에 맞

---

**36** *Annual Report of the Central Chinese Religious Tract Society*, 1894, p.23.
**37** "There are now under way translation of Dr. Martin's 'Evidences of Christianity', which has been prepared with the consent and virtually at the request of the author" 1891년 언더우드의 개인 연례보고서. 『언더우드 자료집』 I, 659쪽.

추려 중국에서 1차 현지화가 이루어진 데 이어, 한국 독자들을 목표로 2차 현지화를 위해서는 어떤 전략을 취했는지도 생각해볼 만한 주제인데, 이를 통해 이웃한 중국이나 일본의 상황과 변별되는 한국적 맥락의 특징을 이야기할 수 있을 것이다. 또한 당시 언더우드를 비롯한 선교사들이 발행한 한글 서적들은 어문학적으로도 큰 의미가 있다. 그 당시 기독교계의 한글 사용은 지식인들의 냉대를 받던 언어체계를 새로운 지식을 전달하는 매체로 전환시킴으로써 그 위상이 높아지는 데 기여했다. 이는 서구인들에 의해 한국어가 한자문화권을 초과하는 단위로 재편되면서 '국어'가 형성되는, 역사적으로 중요한 과정이었다.[38] 언더우드와 함께 성경과 중문 기독교 문헌 번역에 매진했던 송순용(송덕조)의 경우, 일찍이 가톨릭 선교사들의 『한불ᄌᆞ뎐韓佛字典』1880 편찬에 협력했던 경력이 있던 인물이었다. 이후 1907년경 주시경과 지석영 등과 함께 국문연구소 위원으로 활동하게 되었다[39]는 점으로 보아 선교사들의 번역사업이 개항기 한국의 지식인들과 일반 대중, 그리고 한국의 언어와 문화에 끼친 영향을 짐작할 수 있을 것이다.

더불어 선교사와 현지인 번역자와의 공동작업을 조명함으로써 새로운 지식의 수용 양상이 일방적이었는지, 현지인의 역할은 무엇이었는지도 고민할 필요가 있을 것이다. 언더우드의 한국어 실력은 동료 선교사들 중에서도 매우 탁월하다고 인정받을 정도였다. 하지만 그렇다고 그가 앞서 제시한 10여 종의 책을 직접 번역한 것은 아니다. 아무리 언더우드가 한

---

**38** 이상현, 「언더우드의 이중어사전 간행과 한국어의 재편과정」, 『동방학지』 151, 2010, 226쪽.

**39** 이숙, 「언더우드를 가르치고 국문연구소 위원으로 활동한 송순용」, 『기독교사상』 722, 2019, 156쪽.

국어를 빨리 습득했다 하더라도 글을 쓸 수 있을 정도의 실력을 배양하려면 꽤 오랜 시간이 필요한 법이다. 게다가 당시 번역작업은 중문이 저본이었으므로 거의 전적으로 한국인에 의해 이루어졌다고 볼 수 있다. 초기 미국 개신교 선교사들에게 한국어를 가르치기 위해 고용된 어학교사들은 지식인층이었다. 이들이 중문(한문)을 독해할 수 있었으므로, 이들을 번역조사로 활용하여 한글 번역을 맡긴 것이다. 하지만 당시 지식인들이 천대하던 한글에는 일관된 표기법이 없었고, 새로운 지식을 담아내기 위한 어휘가 부족했다.[40] 이러한 상황 속에서 언더우드는 송순용과 함께 한영·영한 이중어 사전을 만들면서, 또한 다양한 소책자를 한글로 번역하면서 '번역어로서의 한글,[41] 문어로서 한글의 지위'를 획득해나갔다.

따라서 당시 언더우드와 한국인 번역조사들의 공동작업에 대해서는 보다 면밀한 연구가 필요해 보인다. 당시 언더우드와 함께 했던 한국인 번역조사는 앞서 언급한 송순용 외에도 여러 명이 있었다. 언더우드가 번역방식에 대해 언급한 1891년 개인 연례보고서에서 그러한 점이 아래와 같이 드러난다.

성경 사업에 덧붙여 상당히 많은 시간을 소책자 준비에 사용했으며 『성교찰리』가 조선성교서회에서 출판되었습니다… 지난 일년간 다른 일을 하면서 틈틈이 상황이 허락하는 대로 여러 새 찬송들도 번역했으며 이전에 번역한 찬송들은 조심스럽게 수정했는데… (…중략…) 가장 이해하기 쉬운 용어를 채택하려고 세심한 주의를 기울였으며, 현재까지는 문어에 해당하는

---

40  이상현, 앞의 글, 251쪽.
41  위의 글, 253쪽.

문자인 한자어만을 사용했는데 용어를 이해할 수 있는 접촉점이 될 것입니다. 한국인 한두 명의 결정에 따르지 않았고 고전에서 사용한 경우에만 최종적으로 채택했습니다. 본 위원회는 모든 문서 작업에서 이를 규칙으로 삼으려고 노력했습니다. 한국인 번역조사들과 작업에 참가하는 조사들은 2명에서 최대한 5명까지 고용했고 어떤 때는 다수의 필사 서기를 계속 고용했습니다. 종이와 잉크와 임금 등의 비용은 대부분 개인 자금으로 지불했으며 선교회는 매월 4달러만 지원했습니다.[42]

이를 볼 때 적어도 1890년까지는 언더우드의 번역이 그의 어학교사였던 송순용과의 공동작업으로 이루어졌고,[43] 그 이후부터 번역자의 수가 증가했음을 알 수 있다. 송순용은 앞서 천주교 선교사들과 함께 『한불ᄌᆞ뎐』을 편집하는데 관여하면서 축적했던 한국어 연구 결과를 개신교 선교사들에게 전달하는 역할을 했다. 덕분에 당시 언더우드는 사전과 문법서를 편찬하며 한국어를 빠르게 습득할 수 있었다. 이후 언더우드가 1890년에 신약전서 번역위원회를 맡고, 북장로회 선교회의 기독교 문서사업을 담당하게 되면서 1891년에 이르러 송순용 외에 여러 명의 번역자를 고용한 듯하다. 당시 북장로회 선교부의 정책에 의하면 선교사 부부가 어학선생 한 명만을 고용할 수 있었기 때문에, 위 보고서에서 언더우드가 추가로 고용한 번역자의 임금을 개인적으로 지불했던 것으로 보인다. 그가 1886년에 설립한 고아 학교(경신학교의 전신)[44] 학생들도 필사자로 고용

---

42  H. G. Underwood, "Report on Literary Work", *The Korean Mission Annual Meeting* (Feb. 1891). 이만열, 옥성득 편역, 『언더우드 자료집』 I, 2006, 276~277 · 659~660쪽.
43  송순용에 대해서는 이숙, 앞의 글, 145~158쪽 참고.
44  언더우드는 1886년 서울 정동에 있는 자신의 집에 고아원을 겸한 남자기술학교를 세

되었던 것으로 추정된다. 애초에 고아들을 모아 학교를 설립한 이유는 이들에게 성경을 가르쳐 기독교를 전하는 전도인이나 전도용 소책자를 발행할 수 있는 인력으로 키우는 것이 주된 목적이었다. 이후 언더우드는 다수의 한국인 번역자들을 감독하는 역할을 맡으며 번역사업에 주력했다.

지난번 연례회의는 저에게 『한영문법』의 '문법편'의 개정작업을 맡겼는데, 저는 이 분야에 사용할 몇 권의 책을 출판했습니다… (…중략…) 우리는 또한 일부 유용한 책들을 번역하고 있는 한국인 번역자들을 통해 상당히 많은 일을 하려고 노력했습니다. 이것을 출판해서 사람들에게 좋은 기독교 문서를 제공하는 데 도움이 되기를 바랍니다.[45]

저의 지도 아래 진행되는 문서 사역에 대해서 말씀드리겠습니다. 다수의 한국인들을 지시하고 감독했을 뿐만 아니라 일부는 저 자신이 직접 번역을 했습니다.[46]

---

위 신학문과 기독교 교리를 가르치고, 공동 생활을 통한 인격 지도에 주력했다. '언더우드 학당'이라 불리던 이 고아원 형식의 학교는, 1890년 사무엘 오스틴 마펫(S. A. Moffett) 선교사가 교장이 되어 '예수교학당(Jesus Doctrine School, 1891)'이라 불렸다. 1893년 밀러(F.S. Miller) 교장 때 '민노아학당', 게일(J. S. Gale, 1901년) 교장 때 '구세학당'으로 불렸다. 1905년 에드워드 휴 밀러(Edward Hughes Miller, 1873~1966)가 교장에 취임하면서 '경신학교'가 되었다. 1915년 대학부가 설치되면서 연희전문학교의 모체가 되었고, 신사참배의 수난을 겪다 해방 후 경신중·고등학교로 발전하였다. 출처: 경신학교(儆新學校), "한국민족문화대백과사전", http://encykorea.aks.ac.kr/Contents/Item/E0002636(2022년 4월 21일 접속).

45  H. G. Underwood, "Annual Report," *Korea Mission Field* (Nov. 1910), pp.284~289; 이만열, 옥성득 편역, 『언더우드 자료집』 IV, 125·517쪽.

46  H. G. Underwood, "Personal Report of Mr. & Mrs. Underwood for year ending June, 1911," *Minutes of the Annual Meeting of the Korea Mission*, Presbyterian Church in the United States of America(1911); 이만열, 옥성득 편역, 『언더우드 자료집』 IV, 128·521쪽.

여기서 나타나듯이 언더우드가 한글 문서를 '자신이 직접' 번역했다고 밝히는 시기는 1911년이다. 따라서 그 이전에는 한국인 번역자들이 중문 기독교 문헌의 번역 과정에서 문체나 어휘의 선택에서 절대적인 역할을 맡았다고 할 수 있다. 그러나 선교사−번역조사의 공동번역 과정에 대한 논의는 더욱 다양한 범위의 사료 조사와 더불어 번역 텍스트에 대한 연구가 어느 정도 축적되어야 가능할 것으로 보인다. 현재로서는 언더우드의 자료만을 참고하여 그 과정의 흔적을 살피는 것으로 만족해야 할 듯하다.

이제 언더우드 번역서의 독자들에 대해 생각해 본다. 당시 선교사들이 주도한 한글 번역사업은 한글의 발전뿐 아니라 지식인 등 소수에게 한정되어 있던 출판과 독서문화를 일반인의 영역으로 확장했다는 점에서 의미가 크다. 또한 중국에서 지식인 대상으로 쓰인 책이 한글로 번역되면서 목표 독자의 범위가 일반인으로 확장되는 변화도 나타났다. 예를 들어 언더우드가 번역·출판한 책은 그가 설립한 고아학교와 교회 교재로 사용되었고, 노방전도 때도 활용되었다. 특히 고아학교에서는 기독교 소책자를 활용하여 한글과 한문을 모두 가르치도록 했는데, 아이들을 전도인 또는 전도용 소책자를 생산할 인력으로 교육할 목적이었다. 이 외에도 소책자는 병원 대기실에서 환자들에게 나누어 주거나 한국교회 전도인 교육에도 사용되었다. 언더우드가 북장로회 한국선교부 보고서에서 언문 및 중문 소책자를 활용하던 방식을 언급하여 아래에 인용한다.

지난 보고서에서 이곳 학교의 소년 중 소수만이 언문을 읽을 수 있다고 보고했습니다만, 이제는 열 명쯤 되는 어린아이들을 제외하고는 모두가 읽을 수 있습니다. 나머지 열 명은 현재 철자법을 배우고 있습니다. 일주일에 두 시간은 언문 글자를 쓰게 하고 있습니다. 이 소년들을 언문 필사자copyist 라는 귀한 보물로 만들기 위해서입니다. 일주일에 세 시간은 한문을 쓰게 합니다. 기포드 부인은 이 아이들에게 성경을 인용한 언문 소책자를 강의하며 귀중한 도움을 주고 있습니다. 전도자 서씨는 보다 큰 아이들에게 잘 선별된 중문Mandarin 소책자를 가르치며 그 유용한 글자를 처음 배우게 하고 있습니다. (…중략…)

　병원의 각 병실에는 서적과 소책자가 보급되며 모든 입원환자들을 가르치기 위해 노력 중입니다. 애비슨 박사는 모든 방문자를 위해 사랑sarang이라는 응접실을 두어 소책자와 전도를 통해 복음이 전파되는 도구가 되기를 바라고 있습니다.[47]

이로 보아 언더우드가 자신의 사역과 관련된 모든 장소에서 다양한 목적으로 중문 기독교 문헌을 활용했음을 알 수 있다. 언더우드는 자신의 집 앞과 남대문 두 곳에서 서점을 운영하여 교회 공동체 바깥으로도 서적을 유통했다. 당시 책과 함께 키니네를 판매하도록 하였는데, 키니네 판매 수입으로 권서들의 활동비를 충당하도록 했다. 하지만 이같은 행위는 훗날 재한 외국 상인들이 선교사가 상업적인 일을 한다는 비판을 받으며 그만두게 되었다. 이 외에 언더우드가 속한 장로교뿐 아니라 감리교에서도 『천도소원』과 『덕혜입문』, 『인가귀도』 같은 중문 기독교 문헌을 전도인 교육에 사용했다.

---

**47**　*Narrative Report of the Work of the Presbyterian Mission, North, in Korea from Nov.1893 to Dec.1894*, 1894, pp.8~11.

## 5. 언더우드의 번역서와 관련된 몇 가지 문제

당시 국내에 사설 인쇄소가 열악하던 형편 때문인지 언더우드의 번역서는 발행처가 불명확했고, 책 한 권을 쪼개어 여러 권의 소책자로 발행하기도 했던 것으로 보인다. 또한 당시 선교사들이 책 제목을 영문 또는 중문으로 표기할 때 일관적이지 않았기에 같은 내용의 책을 서로 다른 책으로 오인할 소지도 있었다. 그러한 이유 때문이었는지 동일한 책이 서로 다른 번역자에 의해 중복 번역되는 경우가 있었던 것으로 보인다.

우선 앞서 언급했듯 1880년대 말~1890년대 전후로 언더우드가 번역했다고 보고서에서 언급한 문헌 중 번역본이 현전하지 않는 것이 있고, 발행연도나 발행처가 불분명한 것이 있다. 언더우드는 1891년 무렵 그의 집에 사설 인쇄소를 만들어 『샹뎨진리』와 『권중회개』 등 소책자들을 출판하면서 '그리스도셩셔', '예수셩교회당' 혹은 '경성정동교회당간' 등의 이름을 사용하였다.[48] 이만열은 그가 1891년부터 사용했던 "그리스도 셩셔"라는 발행처 명칭이 1894년경부터 "예수교회당", "경성정동예수교회당", "한성정동예수교회당"으로 바뀐 점을 지적하면서 언더우드가 그 자신의 개인 번역 저작물들과 타인의 몇몇 번역 저작물들을 "그리스도 셩셔" 혹은 "예수교회당"의 명의로 출판하고 있었던 것이 아닌가 생각된다고 일찍이 의문을 제기한 바 있다. 또한 당시 "죠션셩교셔회"와 "언더우드의 출판물들"의 관계도 의문이지만 해답을 뒤로 미룰 수밖에 없다[49] 하였다.

---

48  이만열, 「선교사 언더우드의 초기활동에 관한 연구, 1885~1891」, 『한국기독교와 역사』, 제14권, 2001, 26쪽.

49  이만열, 『韓國基督教文化運動史』, 大韓基督教出版社, 1987, 316~318쪽.

이만열이 제기했던 문제는 최근 조선성교서회 초기 간행물에 관한 고증 연구로 일부 설명되었다.[50] "정동교회간인"인 경우 조선성교서회에서 외부기금인 장로교기금으로 발행되었다는 것이다. 이혜원에 의하면 한국 개신교 초기 출판물에 대한 혼란이 야기되는 가장 큰 이유는 당시 발행된 책 뒷면에 판권 표기가 되어 있지 않기 때문이다.[51] 이는 당시 열악했던 국내 인쇄소의 형편을 고려한다면 이해할 수 있는 부분이다. 하지만 여전히 언더우드가 이들 서적 중 어떤 것은 개인적으로 출판하고 다른 것은 장로교 출판물로써 발행했는지, 왜 그래야 했는지가 모호하다. 앞서 제시된 표에서 음영 처리된 책들은 1896년 *Korean Repository*에 "언더우드 출판물Publications of H.G.Underwood"로 광고된 것들인데, 여기에는 당시 조선성교서회에서 발행된 것과 언더우드가 개인적으로 출판한 것이 구분되어 함께 광고되고 있다. 그렇다면 당시 언더우드가 개인적으로 발행했던 것들은 선교사업과 직결되는 전도용 소책자들이었음에도 장로회 출판기금으로 발행되지 않았던 어떤 이유가 있었던 것인지, 아니면 단순히 언더우드가 개인 사비로 발행했기 때문에 "언더우드 출판물"로 광고되었던 것인지는 확실치 않다.

언더우드는 책 한 권을 나누어 여러 권의 소책자로 발행하기도 했다. 『권중회개勸衆悔改』1891, 『중생지도重生之道』1893, 『신자소득지진복信者所得之眞福』 1893은 모두 그리피스 존이 저술한 『덕혜입문』의 일부였던 것으로 추정된다. 각 제목이 『덕혜입문』의 11장, 17장, 18장과 동일하며, 연세대학교에

---

50    이혜원, 「조선성교서회 초기 간행물에 대한 재고찰」, 『한국교회사학회지』, 55, 2020, 499~535쪽.
51    이혜원, 위의 글, 511쪽.

소장된 『중생지도』를 『덕혜입문』의 11장과 비교해보니 마지막 부분에 언더우드가 문답식으로 추가한 부분을 제외하면 내용상 동일하다. 따라서 현재 한글번역본 『덕혜입문』이 1893년에 초판된 것으로 알려진 점[52]은 재고가 필요하다. 1898년 예수교서회의 연례보고서에서는 『덕혜입문』의 한글 번역본 원고를 심사위원회에 넘겼다는 기록도 보인다.[53] 이때의 번역자가 누구인지 밝혀져 있지 않기 때문에 이것이 언더우드가 준비한 원고인지 확인할 길은 없다. 다만 1893년경 국내의 열악했던 사설인쇄소 형편과 번역인력이 부족했던 정황을 고려한다면, 한글번역본 『덕혜입문』은 1893년에 초판되었다기보다 일부분만 번역되어 발행되었던 것으로 보아야 할 것이다.

이 외에도 언더우드가 중국에서 책을 들여와 번역할 때 책의 영문·중문 제목이 일관되게 기록되지 않거나, 저자를 다른 사람으로 오인하는 경우도 있었던 것으로 보인다. 아마 선교사들이 한문이 익숙하지 않은 상황이라 중문 원제 대신 영어 제목을 각자 편의대로 사용하면서 같은 내용의 책을 서로 다른 책으로 오인하는 경우가 발생했던 것이 아닐까 싶다. 언더우드가 엘린우드에게 개인 연례보고서를 쓰면서 현재 번역 중인 중문 기독교 책을 언급할 때, 책의 원제가 아닌 영어 제목을 임의대로 기록하였던 것을 볼 수 있다. 예를 들어 존 네비어스의 『양교변정兩敎辨正, *The Romish and Protestant Churches Compared*』을 편의대로 *Romanism and Protestantism*이라고 기록하거나, 네비어스 부인의 『항심수도恒心守道, *Perseverance in the Divine Life*』를

52  이장식, 앞의 책, 297쪽; 옥성득, 『한국 기독교 형성사-한국 종교와 개신교의 만남 1876 ~1910』, 서울 : 새물결플러스, 2020, 565쪽.
53  *Annual Report of the Korean Religious Tract Society*, 1899, p.8.

간단히 *Christian Perseverance*로 기록했다.[54] 게다가 네비어스 부인이 저술한 책을 그녀의 남편 존 네비어스의 저술로 오인하고 있었다.[55] 당시 언더우드는 중국에 있던 선교사들과 교류하면서 이들의 추천을 받는 등 개인적인 경로로 중문 서적을 입수했지, 공식 카탈로그를 보면서 책을 주문한 것은 아니었다. 그런 상황에서라면 서명이나 저자명의 오기는 충분히 발생할 수 있는 일이다. 다만 연구자의 입장에서 이를 오류 또는 문제라고 규정할 뿐이다. 향후 이 부분과 관련하여 개신교 전래 초기 한글로 번역된 중문 기독교 문헌의 저본을 검증하는 작업이 요청된다.

언더우드의 초기 번역물로 알려진 책을 이후 다른 선교사가 거듭 번역한 것으로 보이는 사례도 발견된다. 『덕혜입문』의 경우 언더우드가 1893년에 번역본을 발행한 것으로 알려져 있는데,[56] 앞서 언급했듯이 예수교서회의 연례보고서에서는 번역자가 누구인지에 관해서는 언급하지 않은 채 1898년 4월 4일에 덕혜입문의 한글 번역본 원고를 심사위원회에 넘겼다는 기록이 보인다.[57] 그런데 북장로교 한국지부의 1902년과 1903년의 보고서에서 또다시 스왈른이 『덕혜입문』의 영어제목인 *Gate of Wisdom and Virtue*를 중국어에서 한국어로 번역하고 있다는 기록이 있다.[58] 1898년에 조선성교서회에서 검토 중이던 원고가 언더우드의 번역본이라면, 이후

---

54  이와 관련, 옥성득도 헬렌 네비어스의 『恒心守道』를 『聖徒堅忍』으로 기록하였으나, 헬렌 네비어스의 저서 목록에는 『聖徒堅忍』이라는 제목이 없다.
    참고 : Helen S.C, Nevius, *Descriptive Catalogue of Books and Tracts by the Rev. John Livingston Nevius, D.D. and Helen S. Coan Nevius,* Shanghai : American Presbyterian Mission Press, 1907.
55  이만열, 옥성득 편역, 『언더우드 자료집』 I, 659 · 660쪽 각주 8 참고.
56  이장식, 앞의 책, 297쪽; 옥성득, 앞의 책, 565쪽.
57  *Annual Report of the Korean Religious Tract Society*, 1899, p.8; 이혜원, 앞의 글, 514쪽.
58  "Report of the Editorial Committee", *Minutes and Reports of the Eighteenth Annual Meeting of the Korea Mission of the PCUSA,* 1902, pp.31~34.

같은 북장로교 소속의 스왈른이 의도적으로 재번역을 한 것인지 의문이다. 두 번째 사례로 언더우드가 번역했다는 『천도소원』의 경우, 언더우드가 번역한 것은 현전하지 않지만 일부분이 1907년에 감리교의 정기간행물 『신학월보』에 실렸다.[59] 이 월보는 당시 조지 허버 존스George Herber Jones, 1867~1919가 편집인이었고, 여기서 "신학"란에 '증거론'이라는 제목으로 한글 번역된 천도소원의 앞부분이 게재되었다. 월보의 표지에는 이 원고를 '죠원시'[60]가 담당한 것으로 되어 있다. 따라서 언더우드가 이전에 준비한 『천도소원』의 번역본 원고를 존스가 받아서 사용한 것인지, 아니면 존스 또는 감리교의 누군가가 새로이 『天道溯源』을 번역한 것인지 알 수가 없다.

## 6. 향후 과제

본고에서는 미국 개신교 선교사 언더우드를 중심으로 19세기 말 중문 기독교 문헌이 한글로 번역되던 맥락 고찰을 목표로 했다. 초기 한국 개신교 역사를 논할 때 대표적인 인물로 꼽히는 언더우드가 어떤 중문 기독교 문헌을 가져다 번역했는지, 그 동기와 중문 기독교 문헌을 입수하게 된 계기, 그리고 언더우드 주변의 번역자와 독자에 대해 제한적이나마 논의를 시도하였다. 또한 향후 이 주제를 연구할 때 몇 가지 유의해야 할 문제를 제시했다. 본고의 서론에서 19세기 말 외부인에 의해 새로운 지식이

---

59  『신학월보』 5, 1907.4~5, 139~171쪽.
60  미국 감리교 초기 선교사 조지 허버 존스의 한국식 이름(趙元時)이다.

유입·번역·수용되며 한국문화에 끼친 영향이 매우 크다는 것과 연구의 필요성을 장황하게 설명했으면서도, 정작 본고는 개괄에 그칠 뿐이다. 당시 번역된 텍스트들이 보이는 특징을 분석하는 본 과제들이 산적해 있다. 이들 서적에서 선교사들이 중국 고전을 전거로 활용하는 방식에 대한 비판적 고찰이 필요하고, 중문 원문과 한글 번역본을 대조하여 번역자의 번역태도와 방식을 분석하는 작업도 필요하다. 당시 통일되지 않았던 한글 표기법(철자, 띄어쓰기, 구두점, 문단 전환 등)의 변화 양상도 흥미로운 주제이며, 중국-한국 또는 중국-일본-한국으로 나타나는 언어횡단 현상에 대한 연구도 어문학적으로 의미가 크다. 특히 원문과 번역문을 대조하여 내용상 2~3차 현지화를 거치면서 한국에 맞게 변용된 부분을 검증하고 확인해야 할 것이다.

## 참고문헌

김욱동, 『번역과 한국의 근대』, 소명출판, 2010.

박천홍, 『활자와 근대 - 1883년, 지식의 질서가 바뀌던 날』, 너머북스, 2018.

박형우 편역, 『존 W. 헤론 자료집』 I, 선인, 2017.

서광덕, 「동북아해역 근대 지식의 형성과정에 대한 연구사 검토」, 『인문사회과학연구』 20-3, 2019.

옥성득, 『한국 기독교 형성사 - 한국 종교와 개신교의 만남 1876~1910』, 새물결플러스, 2020.

이고은, 「조선성교서회의 초기 역사(1890~1919) 재고찰」, 『한국기독교와 역사』 52, 2020.

이만열, 『韓國基督教文化運動史』, 大韓基督教出版社, 1987.

_____, 「선교사 언더우드의 초기활동에 관한 연구, 1885~1891」, 『한국기독교와 역사』 14, 2001.

_____ · 옥성득 편역, 『언더우드 자료집』 I~IV. 연세대 출판부, 2006.

이상현, 「언더우드의 이중어사전 간행과 한국어의 재편과정」, 『동방학지』 151, 2010.

이 숙, 「언더우드를 가르치고 국문연구소 위원으로 활동한 송순용」, 『기독교사상』 722, 2019.

이장식, 『大韓基督教書會 百年史』, 대한기독교서회, 1984.

이혜원, 「조선성교서회 초기 간행물에 대한 재고찰」, 『한국교회사학회지』 55, 2020.

한국기독교역사학회 편, 『한국 기독교의 역사』 1(개정판), 기독교문사, 2011.

*Annual Report of the Central Chinese Religious Tract Society*, 1894.

*Annual Report of the Korean Religious Tract Society*, 1899.

Helen S.C, Nevius, *Descriptive Catalogue of Books and Tracts by the Rev. John Livingston Nevius, D.D. and Helen S. Coan Nevius*, Shanghai : American Presbyterian Mission Press, 1907.

*Narrative Report of the Work of the Presbyterian Mission, North, in Korea from Nov.1893 to Dec.1894*, 1894

# 프랑스 외교관이 남긴 한국학의 흔적

『한국서지』(1894~1896, 1901)의 출간과 그 이후

이상현

·····························

## 1. 서울의 추억과 『한국서지』

프랑스의 외교관이자 동양학자 모리스 쿠랑Maurice Courant, 1865~1935(이하 쿠랑으로 약칭), 그의 한국체험은 지극히 짧은 것이었다.[1] 한국과 첫 번째 인연은 프랑수와 게랭François Guérin의 후임으로 한국에서 서기관 직무를 수행한 기간이었다. 1890년 5월 베이징에서 한국에 도착한 후 약 13개월 동안 콜랭 드 플랑시Victor Collin de Plancy, 1853~1922(이하 플랑시로 약칭)를 보

---

[1] 쿠랑의 삶과 그가 남긴 동양학적 유산은 부산대 인문학연구소 · 점필재연구소, 콜레주 드 프랑스 한국학연구소 편, 『『콜랭드 플랑시 문서철』에 새겨진 젊은 한국학자의 영혼 ─모리스 쿠랑 평전과 서한자료집』, 소명출판, 2017, 1부에 수록된 다니엘 부셰의 쿠랑 평전을 참조(초출 : 다니엘 부셰, 전수연 역, 「한국학의 선구자 모리스 꾸랑」, 『동방학지』 51 · 52, 연세대 국학연구원, 1986(D. Bouchez, "Un défricheur méconnu des études extrême-orientales Maurice Courant", *The Journal Asiatique* CCLX XI, 1983)). 더불어 쿠랑의 한국사 인식과 관련해서는 이영미, 「쿠랑이 본 한국의 역사와 동아시아 속의 한국」, 『한국학연구』 28, 인하대 한국학연구소, 2012를 참조.

〈사진 1〉 쿠랑의 명함과 친필

좌했다. 1891년 6월 플랑시가 도쿄로 전속된 이후에도 1892년 3월까지 한국에 머물렀다. 이것이 가장 오랜 시간 동안 한국을 체험한 처음이자 마지막 기회였다.

물론 그는 한국을 다시 방문할 수는 있었다. 1896년 3월 23일 그는 인천 제물포를 잠시 방문하여, 그의 또 다른 벗, 뮈텔 주교Gustave Charles Mutel, 1854~1933를 만날 수 있었다.[2] 그러나 이는 매우 짧은 방문이었다. 하루 동안 잠시 한국인 시가지를 산책하고 저녁식사를 함께 나누는 차원이었기 때문이다. 1919년 9월에 비로소 보름 정도의 일정으로 한국 서울에 돌아올 수 있었다. 이것이 그의 마지막 한국 방문이기도 했다. 이 마지막 방문의 흔적은 사진 한 장에 오롯이 새겨져 있다.[3]

상기 도상자료에 선명하게 남겨진 쿠랑의 명함과 필적이 바로 그것이다. 이는 1919년 쿠랑과 만난 오기야마 히데오荻山秀雄, 1883~?라는 인물이

---

2 G. Mutel, 한국교회사연구소 역, 『뮈텔 주교 일기』 2, 한국교회사연구소, 2008, 159쪽.
3 이하 도상자료의 출처 및 그 수록 경위에 대한 내용은 M. Courant, 小倉親雄 譯, 『モーリス・クーラン:朝鮮書誌序論』, 小倉親雄, 1941에 의거한 것이다. 오구라의 저술은 본래 『讀書』 2~3호(1938)에 연재되었다. 그렇지만 잡지가 폐간되어 조선총독부의 잡지인 『朝鮮』 304~315호(1940.9~1941.7)에 연재되었다. 이 내용을 모아 단행본으로 다시 출판한 것이 바로 이 저술이다.(이에 대한 상세한 검토는 이혜은, 「모리스 쿠랑과 『한국서지』에 대한 인식과 연구의 통시적 접근」, 『코기토』 86, 부산대 인문학연구소, 2018, 49~50쪽을 참조).

소장하고 있던 것이다. 그는 1909년 교토京都대학을 졸업한 후 1914년 5월 이왕직도서계李王職圖書係 촉탁嘱託으로 한국에 와 2년 동안 근무했다. 총독부의 조선사 편찬을 위해 자리를 옮기고 1918년 1월 중추원中樞院 촉탁이 되어 조선사료 수집편찬사업에 관여했다. 후일 조선총독부 도서관장을 역임하게 된다. 즉, 그는 한국학 및 한국도서와 관련이 깊은 일본 지식인이었다.

두 사람이 만났던 현장 속에서 쿠랑은 19세기 말 한국을 방문했던 20대의 젊은 외교관이 아니었다. 50대의 중년 즉, 쿠랑의 명함에 적힌 바대로 리옹대학 소속의 원숙한 교수였다. "1919년 9월 1일 27년이 흘러 서울에 돌아온 추억에"라는 쿠랑의 필적이 잘 말해주듯, 근 30년에 이르는 오랜 시간이 흘러간 것이다. 이런 그에게 당연히 한국은 오래된 기억 속 추억의 장소였을 것이다.

쿠랑에게 한국은 어떠한 추억의 장소였을까? 이와 관련하여 쿠랑의 흔적이 조선고서간행회가 영인한 『삼국사기』에 남겨져 있다는 사실을 주목할 필요가 있다. 쿠랑은 『삼국사기』가 지닌 그 자료적 가치를 인정하고 이 문헌을 직접 인용하여 한국을 이야기한 최초의 서구인 학자였다. 이는 그의 명저 『한국서지』를 비롯한 그의 한국학 논문에도 잘 드러나 있다.[4] 나아가 그는 한국도서의 세계를 서구에 알린 개척자이자 선구자였다. 쿠랑의 명함과 필적, 그리고 이 도상자료를 오늘날 우리에게 전한 일본인들

---

4    M. Courant, 이희재 역, 『한국서지』, 일조각, 1994, 25~27쪽(*Bibliographie Coréenne*, Paris : E. Leroux, 1894~1896, 1901); M. Courant, 파스칼 그러트·조은미 역, 『프랑스 문헌학자 모리스 쿠랑이 본 한국의 역사와 문화』, 살림, 2009(Collège de France éd., *Études Coréennes de Maurice Courant*, Paris : Éditions du Léopard d'Or, 1983).

은 이러한 쿠랑의 공적을 잘 알고 있었다. 그들에게 쿠랑은 단순한 외국인이 아니었다. 한국학 연구의 선학이었다. 1910년대 초반 한국주재 일본 지식인들은 쿠랑의 『한국서지』 1권1894에 수록되어 있던 「서론」(이하 「서론」으로 약칭)을 윤독했다.[5]

쿠랑 역시 그의 저술이 지닌 학술적 가치와 가능성을 분명히 인식하고 있었다. 그가 플랑시에게 보낸 서한 중에 다음과 같은 기록이 남겨져 있기 때문이다.

> 가끔 저도 모르게 한국에서 공사님 가까이에서 보내던 때를 생각하고 있음에 깜짝 놀랍니다. 무척이나 짧았지만, 저에게는 너무도 충만했고, 저의 존재에 그토록 많은 흔적을 남긴 시간이었습니다. 외진 사무국에 있던 제 모습이 눈에 선합니다. 그렇지만 물론 과거 속에서 사는 것으로 만족해야 할 정도로 제가 그렇게 나이가 든 것은 아직 아니겠지요?[6]

그의 서한에 새겨진 한국, 젊은 외교관 시절의 한국은 하나의 추억이자 기억의 장소였다. 위의 편지1899.12.18. 샹티이 방면(우아즈), 비뇌는 쿠랑이 자신의 모교였던 프랑스 동양어학교 중국어과 교수 임용에서 실패한 후, 플랑시에게 보낸 것이다. 이 사건은 자신의 아이를 잃고 외교관에서 학자로 살아갈 것을 결심한 그가 겪었던 또 다른 차원에서의 부침이었을 것이다.

---

5    이 점에 대해서는 오구라의 지술에 수록된 역자 후기 그리고 아사미 린타로(淺見倫太郞, 1869~1943)의 저술(『朝鮮藝文志』, 京城: 朝鮮總督府, 1912)에 실린 「범례」를 참조.
6    쿠랑이 플랑시에 보낸 서한문(『플랑시 문서철(PAAP, Collin de Planc)』 2권)에 대한 해제와 자료는 위의 책 2~3부와 이상현, 「모리스 쿠랑의 서한과 『한국서지』의 흔적」, 『서강인문논총』 49, 서강대 인문과학연구소, 2017를 참조. 이하 본문에서 쿠랑의 서한문을 인용할 때는 본문 중에 "일자, 장소"를 표기하여 약칭하도록 한다.

그렇지만 이러한 그의 개인사보다 주목되는 바는 짧은 한국에서의 체험을 그의 삶에 있어 매우 중요했던 시간으로 회상하는 모습이다. 쿠랑은 자신의 한국생활이 지극히 짧은 시간이었지만 자신에게 "너무도 충만했"고, 그의 "존재에 그토록 많은 흔적을 남긴" 시간이라고 술회하였다.

물론 그가 한국에서 보낸 구체적 나날들이 어떠한 모습이었는지를 알 수는 없다. 따라서 무엇이 이토록 그가 한국에서의 짧은 시간을 소중한 것으로 여기게 만들었는지를 단언하기는 어렵다. 하지만 그의 서한들을 펼쳐보면, 이 시기 그는 『한국서지』1894~1896, 1901라는 한국학 저술을, 플랑시와 함께 기획했고 홀로 집필했고 출판을 준비했다. 쿠랑의 이 저술은 당시 한국학에 있어 하나의 기념비적인 차원의 저술이 된다. 본고에서는 기존 연구 성과를 중심으로, 『한국서지』가 출판되는 과정과 그 이후의 모습을 주목해보고자 한다.[7] 이를 통해, 제도적인 차원에서 한국학이 성립되기 이전 시기, 서양인 한국학의 현장과 그 학술네트워크의 일면을 묘사해볼 것이다.

---

[7] 본고에서 거론할 내용들은 다음과 같은 연구 성과를 바탕으로 한다. 부산대 인문학연구소 외편, 앞의 책, 2부(초출 : 이상현·이은령, 「모리스 쿠랑의 서한과 한국학자의 세 가지 초상」, 『열상고전연구』 44, 열상고전연구회, 2015); 이상현·윤설희, 『외국인의 한국시가 담론 연구』, 역락, 2017의 제 1부(초출 : 이상현·윤설희·김채현, 「오카쿠라 요시사부로 한국문학론(1893)의 근대학술사적 함의」, 『일본문화연구』 50, 동아시아일본학회, 2014; 이상현·윤설희, 「19세기 말 在外 외국인의 한국시가론과 그 의미」, 『동아시아문화연구』 56, 한양대 동아시아문화연구소, 2014; 이상현, 「19세기 말 한국시가문학의 구성과 '문학텍스트'로서의 고시가」, 『비교문학』 61, 한국비교문학회, 2014); 이상현, 『문혀진 한국문학사의 사각』, 박문사, 2017의 3~4장(초출 : 이상현·이은령, 「19세기 말 고소설 유통의 전환과 '민족지'로서의 고소설」, 『비교문학』 59, 한국비교문학회, 2013; 이상현, 「삼국사기에 새겨진 27년 전 서울의 추억」, 『국제어문』 55, 국제어문학회, 2013). 더불어 쿠랑에 관한 선행연구사례에 대해서는 이혜은, 앞의 글을 참조.

## 2.『한국서지』의 출간과 유럽 동양학자의 한국학

### 1) 19세기 말 동양학 학술네트워크와 한국문학부재론

근대 학술의 차원 또한 제도적인 차원에서 한국학이 부재했던 시기, 19세기 말에도 쿠랑이 한국학을 연구하며 자신의 저술을 발표할 수 있었던 기반과 토대는 존재했다. 그를 한 사람의 외교관이자 통역관으로 양성시켜주었던 제국의 동양학 아카데미즘, 또한 그의 논문을 수록했던 학회와 잡지들, 그리고『한국서지』를 비롯한 이 출판물의 인쇄 및 유통을 담당하던 업체들이 있었다.[8]

무엇보다『한국서지』자체가 외국인의 한국학 저술이 전무全無한 상태에서 돌출된 성과가 아니었으며, 쿠랑은 자신의 저술을 집필하기 위해 다양한 선행연구들을 참조했다. 이러한 동양학 학술네트워크는 쿠랑이 자신의 학술적 논거의 타당성을 점검받을 수 있는 일종의 학술적 기반이라고도 말할 수 있다. 그의 저술들과 그가 검토한 선행연구를 포괄하는 서양인들의 논저는 재외의 공간 속 동양학 학회가 출판한 동양학 잡지에 수록되어 서로 참조, 공유될 수 있었기 때문이다.

이러한 동양학 학술네트워크에서 유통되었으며 쿠랑이 참조했던 선행연구들은 어디서 찾아볼 수 있을까? 그가 집필한 서양인들의 일본·한국학에 대한 연구사 논문1899, 그리고『한국서지』1권1894에 수록되어 있는

---

8　유럽 동양학자의 한국학과 그 학술적 기반에 관한 선행연구로는 정구웅·조재룡,「유럽 동양학자 레옹 드 로니의 탄생과정과 그의 한국학 저술에 관한 서지검토」,『코기토』82, 부산대 인문학연구소, 2017과 이은령,「19세기 프랑스 동양학의 한국어 연구-아벨 레뮈자(Abel-Rémusat)에서 레옹 드 로니( Léon de Rosny)까지」,『코기토』82, 부산대 인문학연구소 2017를 참조.

「서론」을 통해서 그 단면을 살펴볼 수 있다.[9] 서양인의 한국학과 관련해서 후자의 중요성은 더욱 크다. 「서론」은 그의 연구사 논문과 비교해 볼 때, 더욱 중요한 학술적 성과였기 때문이다. 그 학술적 의의는 크게 두 가지이다. 첫째, 쿠랑이 한국학과 긴밀히 관련된 동양학 논의들을 참조하여, 과거에는 결코 볼 수 없었던 논문, 약 170매에 이르는 분량의 독창적인 논문을 작성했다는 점이다. 둘째, 이 「서론」 자체가 후일 외국인 한국학자들이 참조·번역하게 될 가장 중요한 한국학 논저라는 사실이다. 두 번째 의의는 3장에서 상술하기로 하고, 첫 번째 의의를 주목해보자.

쿠랑이 플랑시에게 보낸 서한1892.6.17, 중국 베이징을 펼쳐보면, 애초에 두 사람 사이에는 『한국서지』에 수록될 「서론」을 집필함에 있어서도 하나의 기획이 존재했음을 알 수 있다.

> 한국에 관한 유럽 논저들에 대한 주석을 「서론」 안에 넣기로 합의한 것을 기억하실 것입니다. 저는 이 주석을 위한 자료를 가지고 있지 않습니다. 이와 관련된 저작물들을 갖고 있지도 않고, 다만 이와 관련된 약간의 카드만이 있을 뿐입니다. 게다가 「서론」을 쓰는 것은 당연히 공사님의 권리입니다. 아마도 공사님께서는 그 「서론」을 준비하시고, 제게 보내주신다면 제가 가진 자료로 「서론」을 보완하도록 하겠습니다. 공사님께서 기꺼이 이 점을 받아주신다면 제가 「서론」을 쓰는 것보다 좀 더 빨리 인쇄에 착수할 수 있을 것입니다. 「서론」에 대해서는 공사님께서 저보다 더 무한한 역량이 있으

---

9    M. Courant, 파스칼 그러트·조은미 역, 「조선 및 일본 연구에 대한 고찰」("Notes sur les études coréennes et japonaises", *Extrait des actes du congré des orientalistes*, 1899) 과 M. Courant, 이희재 역, 앞의 책에 수록된 「서론」을 참조.

시다는 것을 강조하여 말씀드립니다. 필요하거나 유익할 것으로 생각되는 주제에 관해 통찰력을 갖추셨고 또한, 공사님께서는 일본과의 흥미로운 비교도 하실 수 있기 때문이죠. 반면에 저는 세부사항들과 문헌들 속에서 갈피를 잡지 못하고 있고요.

주지하다시피 한국 주재 프랑스 공사를 역임했던 플랑시는 본래 『한국서지』의 공동저자였다. 쿠랑의 「서론」이 집필되기 이전의 모습을 볼 수 있는 상기 서한문을 보면, 「서론」의 집필을 플랑시에게 부탁하는 모습을 발견할 수 있다. 하지만 이러한 사실보다 주목해야할 점은 쿠랑과 플랑시의 기획 그 자체이며, 두 사람이 "한국에 관한 유럽 논저들에 대한 주석을 「서론」 안에 넣기로 합의한" 사실이다. 이 기획은 당연히 쿠랑의 「서론」에 잘 반영되어 있다. 이러한 외국인의 선행연구업적은 「서론」의 참고문헌에 잘 정리되어 있기 때문이다.[10] 그의 「서론」에 수록된 참고문헌 목록을 펼쳐보면, 당시 유통되던 외국인의 동양학 논저들을 발견할 수 있다. 이와 관련하여 쿠랑의 『한국서지』 집필과정 특히, 그가 한국에서 출판된 한적의 서지를 작성함에 있어, 서양인의 중국학이 어떠한 공헌을 했는지를 면밀히 살펴볼 필요가 있다. 그렇지만 우리의 시선을 더욱 끄는 중요한 논저들은 다른 것들이다.

그것은 1890년대에도 이미 상당량 축적되어 있었던 한국학의 존재를 암시해주는 저술들이다. 즉, 「서론」의 참고문헌 목록에 나열된 한국학 논

---

10    M. Courant, 이희재 역, 앞의 책, 75~80쪽.

저들이다. 예컨대, 파리외방전교회의 『한불자전』1880과 『한어문전』1881, 한국주재 외교관이었던 제임스 스콧James Scott, 1850~1920의 영한사전1891 등을 비롯한 한국어학서, 퍼시벌 로엘Percival Lowell, 1855~1916, 오베르트 Ernst Jakob Oppert, 1832~1903 등의 한국견문록이자 민족지, 클로드 샤를 달레Claude-Charles Dallet, 1829~1878의 『한국천주교회사』1874와 윌리엄 그리피스William E. Griffis, 1843~1928의 한국학 단행본, 프랑스 동양학자 레옹 드 로니Léon de Ronsy, 1837~1914의 한국학 저술 등이 그것이다. 이는 1890년 대 초 그가 참조할 수 있었던 당시 서양인 한국학의 대표적인 성과물들이었다.

쿠랑의 저술은 이러한 한국학 성과물과 궤를 같이하면서도 구별되는 것이었다. 그것은 한국서적의 존재를 서구에 소개한 선구적인 업적이라는『한국서지』가 지닌 학술적 의의이자 이 책이 지닌 특성과도 관련된다. 이러한 점을 감안한다면 쿠랑의 참고서지에 목록화된 한국학 논저 중 그의 한국학 저술과 가장 관련성이 높은 저술은 세 편이었다. 먼저, 미국 외교관이자 의료 선교사였던 알렌Horace Newton Allen, 1858~1932이 편찬한『한국설화집』1889, 저명한 일본학자이자 한국에서 영국외교관을 역임했던 애스턴William George Aston, 1841~1911이 한국의 설화와 고소설을 소개한 논문이었다.[11] 두 사람의 공통점은 한국의 이야기책 즉, 고소설을 서구세계에 알린 인물이었다는 점이었다. 한 사람은 고소설을 번역했으며 다른 한

---

[11]    H. N. Allen, *Korean Tales : Being a Collection of Stories Translated from the Korean Folk Lore*, New York & London : The Nickerbocker Press, 1889; W. G. Aston, "On Corean popular literature", *The Transactions of the Asiatic Society of Japan* XVIII, 1890; 岡倉由三郎, 「朝鮮の文學」, 『哲學雜誌』 8(74~75), 1893, 4~5쪽; 해당 역문과 원문은 이진숙·최성희·장정아·이상현 역주, 『서양인의 한국고전학 선집』 1, 박문사, 2017과 김채현·박상현·이상현 역주, 『일본인의 한국고전학 선집』, 박문사, 2017을 참조.

사람은 고소설론을 내놓은 셈이었기 때문이다. 즉, 두 사람의 논의는 서양인의 초기 한국문학 관련 저술이라고 말할 수 있었다.

이러한 연구성과와 궤를 같이하는 논저이며, 동시에 쿠랑이 참조한 외국인의 한국문학론이 한 편 더 있다. 이는 서울에서 근무한 일본어 교사였던 오카쿠라 요시사부로岡倉由三郎, 1868~1936가 『남훈태평가』 소재 국문시가 작품을 일본어로 번역하여 소개한 논저이다. 그는 다음과 같은 당시 한국문학 번역의 현황을 서술했다.

> 조선의 이야기[物語]와 그 밖의 작은 이야기[小話]가 외국문으로 번역되어 세상에 나타난 것은 프랑스의 선교사 등의 손에 의해서 이루어진 것으로 『韓語文典』의 부록 및 의사 알렌의 조선이야기[朝鮮物語Corean Tales] 등이 있지만, 조선의 노래가 그 생겨난 나라를 벗어나서 외국인에게 알려지는 것은 이것이 처음이다.[12]

더불어 세 사람의 한국문학론에는 쿠랑과의 또 다른 중요한 공통점이 존재했다. 그들은 서구적이며 근대적인 문학관념을 한국의 문학작품에 그대로 투영했다. 그 중심 논지와 결론을 살펴보면 잘 알 수 있듯이, 양자의 관계는 서로 매우 어긋나는 것일 수밖에 없었다. 또한 이러한 불일치는 바로 한국문학이 근대문학에 미달된 문학이라는 의미로 환원된다. 즉, 그들의 시야 속에서 한국문학은 열등한 문학으로 규정되었다. 그 논지를 요약해 보면 다음과 같다. 당시 한국문학의 중심은 어디까지나 한문학이

---

12    김채현·박상현·이상현 역주, 앞의 책, 31쪽.

었다. 국문(언문·한글)은 그에 비한다면 위상이 낮고 널리 활용되지 못했다. 따라서 그들이 볼 때, 한국의 국민문학이라는 의의를 부여하며 평가할만한 문학작품은 없었다. 이러한 논지는 곧 '한국문학부재론'이라 일컬을 수 있는 담론이었으며, 이는 쿠랑의 『한국서지』 「서론」이 유통시킨 핵심적인 중심기조와도 상통하는 바이기도 했다.[13]

즉, 「서론」의 결론 부분에서 제시된 중심논지 자체만을 주목해 보면 한국은 중국문화(유교)에 종속된 국가이며, '국어(＝모어, 일상어)'로 쓴 시·소설, 요컨대 '근대 국민(민족)문학'이라는 관점에 부응하는 한국문학이 부재한 장소였다.[14] 쿠랑은 "한국문헌에 대한 지금까지의 긴 고찰은, 우리에게 그것이 독창적이지 못하고, 언제나 중국정신에 젖어 있으며, 흔히 단순한 모방에 그친다는 점들을" 보여주며 "중국문학과 역시 외부로부터 빌어왔으나 독창적인 일본문학보다는 뒤떨어진 것이지만, 조선문학은 몽고나 만주, 그리고 그 외의 중국을 본뜬 국가들이 내놓은 것보다는 훨씬 우수하다"라는 결론을 내린다.

물론 쿠랑이 보기에도, 한국 문명은 분명히 잠재력과 가능성을 지니고 있었다. 그렇지만 한국은 이를 구현할 수 없었다. 그는 그 이유로 한국이 지니고 있던 '소중화'라는 민족적 자존심과 이로 인한 폐쇄성, 더불어 과거 중국 고전만을 숭상하는 문화적인 정체상황, 중국과 일본이라는 두 국

---

13  「서론」의 한국문학부재론이 오랜 기간 동안 유통되는 사례를 분명히 보여주는 바가, 조선총독부가 발행한 『조선인의 사상과 성격』(1927)일 것이다. 이곳에는 한국시가와 고소설에 관한 「서론」의 내용이 일부분 발췌, 번역되어 있다(조선총독부 편저, 김문학 역, 『조선인의 사상과 성격』, 북타임, 2010, 434~436쪽).

14  이에 대한 상세한 검토는 이상현·이은령, 「19세기 말 고소설 유통의 전환과 '민족지'로서의 고소설 − 모리스 쿠랑 『한국서지』 한국고소설 관련 기술의 근대 학술사적 의미」, 앞의 책, 47~55쪽을 참조.

가 사이에 놓인 지정학적 위치 등을 들었다. 그가 보기에, 이러한 원인 때문에 한국 문명은 세계에 널리 전파되지 못했다. 오히려 "비좁은 왕조에서 생겨난 고도의 사상은 불화의 씨로 바뀌어" 여러 당파로 분열되어 사회적 발전을 중지시켰다고 쿠랑은 냉정하게 진단했다. 그가 보기에, 한국(인)의 "재능은 이렇게 그들 자신을 거역했으며, 운명의 냉혹함에 구속되어 그들의 장점과 재능을 발휘할 수가 없었다".[15]

그러나 『한국서지』의 총론 즉, 「서론」의 결론 부분에서 드러난 쿠랑의 한국인식과 관련해서 고려해야 될 점이 있다. 이 속에는 쿠랑이 한국의 과거를 판단하는 보편자이자 기준, 쿠랑의 한국에 관한 현재적인 관점이 전제되어 있기 때문이다. 즉, 당시 한국이 처한 정치, 외교적인 현실이 매우 강하게 개입되어 있었다. 결과적으로 본다면 동학농민전쟁에서 청일전쟁에 이르는 극적인 정황을 외부에서 바라 본 쿠랑의 시각이 여실히 투영되어 있었다. 또한 이러한 쿠랑의 시야는 과거 플랑시가 체험했던 한국의 국제정치적 현실과도 긴밀히 조응되는 것이기도 했다.[16] 1894년 7월 10일 도쿄에서 보낸 쿠랑의 편지에는 당시의 급박한 상황이 잘 보인다.

조선의 소식이 특히 일본을 통해, 적어도 신문들을 통해서는 공사님께 전해지리라 생각합니다. 처음부터 일본 언론은 상황들을 특별히 과장해 보도했습니다. 뮈텔 주교님은 최근의 한 편지에서 서울에서는 어떤 불안도,

---

15  M. Courant, 이희재 역, 앞의 책, 71~74쪽.
16  플랑시의 당시 국제관계 인식에 대해서는 현광호, 「청일전쟁 이전 시기 프랑스 외교관 콜랭 드 플랑시의 조·청관계 인식」, 『대구사학』 99, 대구사학회, 2010를 참조: 프랑스의 일본에 대한 전반적인 정책은 M. Orange, 이경일 역, 「1910년 일본의 조선병합에 대한 프랑스의 태도」, 『동북아역사논총』 29, 동북아역사재단, 2010을 참조.

최소한의 변화도 없다는 것을 알려주었습니다. 지방에서는 전주에 거주하시는 신부님은 조금 떨어진 곳으로 몸을 피하셔야 했는데, 그 분을 제외하고는 그 어떤 선교사도 염려하지 않았습니다. 그러나 일본은 여론을 위해 교란작전이 필요했고 한국은 완전히 표적이 되었습니다. 적어도 이 뜻밖의 일이 이들 나라가 바라던 것보다 더 먼 곳으로 몰고 가지는 않을까요? 단언하기가 어려운 일입니다.

한국에 근접한 도쿄에서 근무했기에, 쿠랑은 플랑시보다 한국에 관한 정확한 정보를 접할 수 있었다. 일본의 제한된 언론을 통해서 한국소식을 접할 수 있었던 플랑시와 달리, 그는 한국에 거주하는 뮈텔 주교를 통해 보다 직접적이며 현장감 있는 정보를 얻을 수 있었기 때문이다. 물론 당시의 한국은 매우 긴박한 상황이었다. 동학농민전쟁 이후 청일 양군이 한국에 주둔한 상황이었기 때문이다.[17] 하지만 쿠랑이 서한을 보낸 시기는, 조선 정부와 농민군 사이에 일시적인 휴전이 성립된 시기였다. 즉, 뮈텔 주교의 언급처럼 한국에는 잠시 동안이지만 평온한 시간이 도래했던 것이다. 그러나 쿠랑의 불안감대로 상황은 좋지 않은 방향 즉, 일본 언론의 의도에 부합된 상황으로 흘러갔다. 이러한 국제정치적 상황이 「서론」의 결론에도 투영되어 있었다. 그렇지만 이렇듯 서구적이며 근대적인 문학관념에 의거한 한국문학부재론 그리고 암울했던 한국의 정치적 상황으로 인한 결론 내용은 당연히 『한국서지』라는 저술의 작은 한 부분이었을 따름이다.

---

17 『프랑스외무부문서』 6, 2006에 수록된 일련의 정치공문(「[65] 삼남 지방 등의 소요로 인한 선교사들의 안전문제」(1894.5.15), 「[67] 남부 지방 소요의 발생원인과 경과」(1894.5.25), 「[69] 남부 지방 소요의 발생 원인과 경과」(1894.6.6), 「[72] 소요종료와 일본군의 도착」(1894.6.8) 등)을 참조.

## 2) 한국문헌의 발견과 한국문명의 가능성

쿠랑의 결론 나아가 『한국서지』의 출간이라는 사건과 관련하여, 서양인의 한국학을 한국의 문호개방 전후로 나누어서 생각해볼 필요가 있다. 쿠랑의 한국학은 한국의 문호개방 이후부터 1890년대 중반 사이 등장한 새로운 한국학의 동향과 발을 맞추고 있었다. 이 시기 외국인들은 실제로 한국·한국어·한국문헌을 접촉함에 따라, 그들은 그 실상에 바탕을 둔 연구를 수행할 수 있었다. 예를 들자면, 쿠랑이 참조했던 한국문학론의 저자들은 실제로 한국을 방문하여 한국문학을 접했던 외국인들이었으며, 전술했듯이 쿠랑과 이 외국인들은 한국문학부재론을 공유하고 있었다.

그렇지만 오늘날 '한국문학론'이라고 분류할 수 있는 그들의 논저만으로는 이 시기 한국문헌을 통해 새로운 한국학의 지평을 연 쿠랑의 학술사적인 위상을 온전하게 평가할 수 없다. 즉, 서구적인 근대문학 개념과 한국고소설[혹은 한국의 국문시가]의 만남이라는 제한된 지평이 아니라, 유럽의 언어문헌학philology적인 전통과 한국 문헌의 만남이라는 보다 거시적인 관점에서 의거할 때, 그 의의를 한결 더 정확하게 조망할 수 있다.[18] 쿠랑은 당시 한국이 지니고 있던 학술적이며 문화적인 가치와 역량을 잘 이

---

**18** 이들의 'philology'는 오늘날 '문헌학'과는 조금은 다른 개념이다. 문세영이 『조선어사전』(1938)에서 잘 정의했듯이 '古典이라 불리는 텍스트를 주된 대상으로 삼는 학문, 특정한 민족의 언어와 문학을 조사하여 그 문화의 성질을 밝히는 학문'이라는 뜻을 가진다. 즉 고전문학과 언어학이 완전히 분리되지 않고 통섭된 학문이라는 의미가 포함되어 있다. 'philology'는 근대초기 개신교선교사의 영한사전에서, 문헌학 혹은 서지학으로 풀이되지 않았다. 1914년, 1925년 출현한 존스와 원한경의 영한사전에서 "박언학(博言學)과 언어학(言語學)"으로 풀이된다(G. H. Jones, *An English-Korean dictionary*, Tokyo : Kyo Bun Kwan, 1914, p.126; H. G. Underwood & H. H. Underwood, 『英鮮字典』, 京城 : 朝鮮耶蘇敎書會, 1925, p.407). 오늘날 과학적 언어학 이전 인문적 언어학에 대해서는 이연숙, 고영진·임경화 역, 『국어라는 사상』, 소명출판, 2006, 4장과 이연숙, 이재봉·사이키 카쓰히로 역, 『말이라는 환영』, 심산출판사, 2012, 7장을 참조.

해하고 있었다. 그가 발견한 한국 문명의 정수 그리고 그 속에 내재된 가능성은 「서론」의 결론 부분에서도 다음과 같이 잘 드러난다.

> 한국 정신의 명석함은 아름다운 도서 인쇄에서, 현존하는 가장 단순한 자모字母의 완성도에서, 그리고 세계 최초의 인쇄활자 구상에서 드러나는데, 나는 굳이 여기서 중국으로부터 받아들인 갖가지 지식과 기술을 발전시켜 일본으로 전수시킨 점을 말하진 않겠다. 극동 문화에 있어 한국의 역할은 엄청난 것이어서, 만일 그 입지가 유럽과 흡사한 것이었다면 한국의 사상과 발명은 인접 국가들을 모두 흔들어 놓았을 것이다.[19]

쿠랑의 시선 즉, 서구적[=근대적] 시선과 그의 입장에서 보아도 한국은 한글, 금속활자, 한문고전세계 등과 같은 찬란한 자신만의 우수한 문명을 보유하고 있었다. 물론 전술했듯이 당시 한국은 그 잠재력과 가능성을 현실적인 차원에서 발현할 수는 없었다. 즉 그 잠재력과 가능성이 실현된다는 것은 하나의 가정법이자 그의 개인적인 상상일 따름이었다. 하지만 "아름다운 도서 인쇄", "현존하는 가장 단순한 자모의 완성도", "세계 최초의 인쇄활자의 구상"이라는 세 가지 한국문화의 잠재력과 가능성을 그가 어떻게 발견할 수 있었는지를 자문해볼 필요가 있다.

이 언급 속에는 한국도서에 대한 쿠랑의 성실하고 진지한 탐구가 전제되어 있기 때문이다. 「서론」1894의 언급 속에서 "세계 최초의 인쇄활자의 구상"이란 말은 물론 직지 즉, 『백운화상초록불조지심체요절白雲和尙抄錄佛祖

---

19    M. Courant, 이희재 역, 앞의 책, 73~74쪽.

直指心體要節』에 의거한 것은 아니었다. 쿠랑은 이 시기 이 책의 존재 자체를 몰랐기 때문이다. 그러나 이를 정당화해줄 전거문헌이 존재했다. 쿠랑이 플랑시에게 1892년 6월 1일 중국 베이징에서 보낸 서한을 펼쳐보면, 이러한 사실을 알 수가 있다. 이 서한에는 쿠랑이 『한국서지』의 색인, 도상자료, 인쇄 및 출판과 관련하여 발생한 문제점 등을 논의한 내용을 엿볼 수 있다. 『한국서지』의 출간이 곧 이루어질 상황임을 암시해준다. 무엇보다 아래와 같이 개별 문헌서지 항목에 관한 하나의 예시가 제시된다는 점을 주목할 필요가 있다.

이 서지는 매우 상징적이며 중요한 의미를 지니고 있었다. 이 서지가 "세계 최초의 인쇄활자의 구상"이라는 진술을 증명해주는 중요한 전거문헌과 관련되어 있기 때문이다. 쿠랑이 제시한 서적은 『주자사실鑄字事實』이

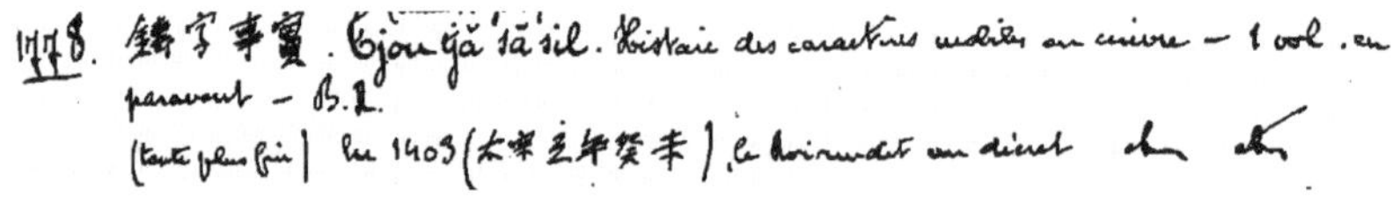
1778. 鑄字事實. Tjou tjă să sil. Histoire des caractères mobiles en cuivre — 1 vol. en paravent — B.R.
[texte plus fin] En 1403 (太宗三年癸未), le Roi rendit un décret

〈사진 1〉 쿠랑의 서한(1892.6.17)

1778. 鑄字事實. 주자사실. 동판으로 된 이동식 활자들의 역사. 1권. 첩본. B.R. (본문은 더 가느다란 서체로) 1403년 (太宗三年癸未), 왕이 법령을 내린다 등등(인용자).

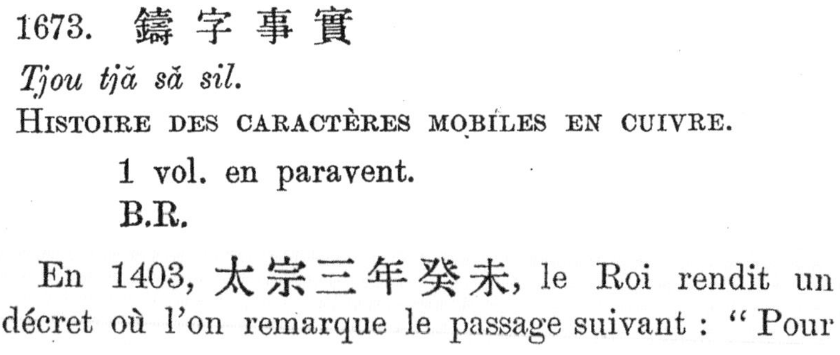
1673. 鑄字事實

*Tjou tjă să sil.*

HISTOIRE DES CARACTÈRES MOBILES EN CUIVRE.

1 vol. en paravent.

B.R.

En 1403, 太宗三年癸未, le Roi rendit un décret où l'on remarque le passage suivant : " Pour

〈사진 2〉 『한국서지』 소재 1673번 〈鑄字事實〉 항목

라는 저술이었다. 쿠랑은 "동판으로 된 이동식 활자들의 역사"라고 이 책의 제명을 잘 풀어서 설명했다. 이 책은 그의 설명대로 조선왕조 역대의 각종 활자의 주조내력을 탑본한 것이다. 특히, 태종 3년癸未, 1403, 동으로 활자를 주조하여 책을 인출함으로써 도서를 널리 퍼트리려했다는 기록 즉, 계미자癸未字의 주조와 관련된 기록은 매우 중요했다. 이 기록은 한국 금속활자의 기원이 쿠텐베르크 성서보다 앞선 시기에 이루어졌음을 말해주는 것이었기 때문이다. 이는 쿠랑이 플랑시 보낸 서한에서,『한국서지』소재 개별 서지의 예시로 선택한 이유이기도 했다.

한글의 기원 즉, 훈민정음 기원론에 관한 쿠랑의 논의는 잘 알려져 있지는 않다. 사실 오늘날의 기준에서 본다면, 직지의 발견과는 비교할 수 없다. 그러나 당시 그의 논의수준이 어느 서구인에게서도 볼 수 없는 매우 독보적인 차원이었음을 주목할 필요가 있다. 이를 보여주기 위해서는 또 다른 한국주재 외교관의 논의와 대비해보는 것이 좋을 듯하다. 1891년 쿠랑이 한국에서 플랑시에게 보낸 서한을 펼쳐보면, 당시 중요한 한국학자라고 평가할 수 있는 인물이 다음과 같이 거론된다.

최근에 만난 스콧은 그가 편찬한 사전을 인쇄하고 있는 중입니다. 그는 진지한 내용의 조선어 서적들을 상당수 지니고 있고, 흥미로운 정보도 가지고 있습니다. 그 중에서 가장 중요한 책들을 서울로 보내겠다고 약속했습니다. 저는 두 번이나 그 약속을 상기시켰지만 아직까지 아무 것도 받지 못했습니다. 1891.8.27, 서울

드디어 스콧이 그의 책을 보여주었는데 다른 것들은 이미 알려진 것이기 때문에 흥미를 끌 만한 것들로만 보여준 것 같습니다. 1777년에 나온 산스크리트어, 중국어, 조선어로 된 책인데 흥미로운 여러 정보와 함께 잘 새겨진 산스크리트 전체 음절표가 들어있었습니다. 1891.9.9, 서울

제임스 스콧은 애스턴과 함께 1884년 내한했으며, 1892년까지 인천에서 부영사로 근무했던 영국의 외교관이었다. 두 외교관은 한국과 한국의 출판문화를 직접 체험했으며, 재외의 한국학적 업적을 남기기도 한 중요한 인물들이었다. 스콧은 애스턴보다 더 많은 시간 한국에 머물 수 있었다. 그러했기에 애스턴과 달리, 한국학 논문뿐만 아니라 영한사전과 한국어문법서와 같은 한국어학서를 출판할 수도 있었다.[20]

1891년 영한사전의 출판을 준비하고 있던 스콧이 보여준 책자 중 쿠랑이 주목한 자료는 만연사본 『진언집』이었다. 『한국서지』를 펼쳐보면, 쿠

---

20  두 사람의 가장 큰 업적은 한국어학 저술이었다. 그들의 논저들은 「서론」의 참고논저이기도 했으며, 쿠랑의 일본·한국학 연구사 검토 논문에서도 거론된다. 애스턴은 쿠랑이 참조한 한국문학(고소설)에 관한 논저를 남겼으며, 그가 수집한 문고와 서적들은 러시아의 동방학연구소에 소장되어 있다(허경진·유춘동, 「러시아 상트페테르부르크 국립대학과 동방학연구소에 소장된 조선전적(朝鮮典籍)에 대한 연구」, 『열상고전연구』 36, 열상고전연구회, 2012; 「애스턴(Aston)의 조선어 학습서 Corean Tales의 성격과 특성」, 『인문과학』 98, 연세대 인문학연구원, 2013; 이준환, 「조선에서의 한국어학 연구의 형성과 전개에 영향을 끼친 유럽과 일본의 학술적 네트워크 탐색」, 『코기토』 82, 부산대 인문학연구소, 2017; 김승우, 「19세기 말 서구인 윌리엄 G. 애스턴의 한국문학 인식」, 『동양고전연구』 61, 동양고전학회, 2015); 제임스 스콧이 출판한 대표적인 한국어학서의 서지는 아래와 같다.
J. Scott, 『언문말칙(*A Corean Manual or Phrase Book with Introductory, Grammar*)』, Shanghai : Statistical Department of the Inspectorate General of Customs, 1887; J. Scott, *English-Corean Dictionary : being a vocabulary, of Corean Colloquial words in common use*, Corea : Church of England Mission Press, 1891; J. Scott, *A Corean Manual or Phrase Book, with Introductory Grammar*(Second Edition), Seoul : English Church Mission Press, 1893.

랑은 이 책을 종교적 교리서가 아니라 어학서로 분류했다. 왜냐하면 이 책에는 과거 불교지식인이 범어를 한글로 옮기고자 한 음운론적 지식이 담겨 있었기 때문이다. 책의 서문「重刊眞言集序」이 잘 말해주듯, 이 책은『삼운성휘三韻聲彙』1751에 의거하여 편찬된 것이며, 책의 한글정서법은 세종과『훈민정음』의 지침에 의거한 것이었다. 이러한 사실을 스콧과 쿠랑은 잘 알고 있었다.[21]

스콧은 1897년 한국 개신교선교사의 정기간행물The Korean Repository에 이 자료를 소개하며, 그 일부를 제공해 주었다.[22] 사실 이 이전에도 그의 한국어문법서 개정판1893의「서문」을 보면, 그는 이 자료를 이미 활용했다. 이 자료를 통해 스콧은 옛 조선 지식인의 음운론적 지식에 의거한 한글자모표를 제시할 수 있었다. 또한 그는 이 자료를 통해 당시 통용되지 않던 한글 소실문자(△, ㆆ, ㅇ)의 존재도 알 수 있었다.[23]

한국인이 남긴 문헌자료를 한국학의 대상으로 포괄할 때, 당연히 한국학의 지평은 과거와는 크게 달라질 수밖에 없었다. 스콧은 당시 통용되던 한글 혹은 한국인의 구어라는 연구대상을 넘어, 과거 한국어의 역사를 고찰하고자 했다. 그것은 훈민정음기원론 즉, 한글의 기원이라는 연구대상이었다. 물론 이 주제에 대한 외국인의 논의가 없었던 것은 아니었다. 그렇지만 스콧은 아무런 자료적 근거 없이 한글의 기원을 상상하지는 않았

---

21  M. Courant, 이희재 역, 앞의 책, 136~137쪽; 쿠랑의『한국서지』1권(1894) II부 언어부 5장 몽어류에는 동일한『진언집』(1777)과 서울 근처 원각사의 승려가 제공한 필사본이 목록화되어 있다.

22  J. Scott, "Sanskrit in Korea", *The Korean Repository* IV, 1897.

23  J.Scott, "Introduction", *A Corean Manual or Phrase Book with Introductory Grammar* (Second Edition), Seoul : English Church Mission Press, 1893. 스콧의 이 논저에 대한 고찰은 이상현,「한국주재 영국외교관, 스콧(J. Scott)의 '훈민정음 기원론'과 만연사본『眞言集』」,『한국언어문학』99, 한국언어문학회, 2016을 참조.

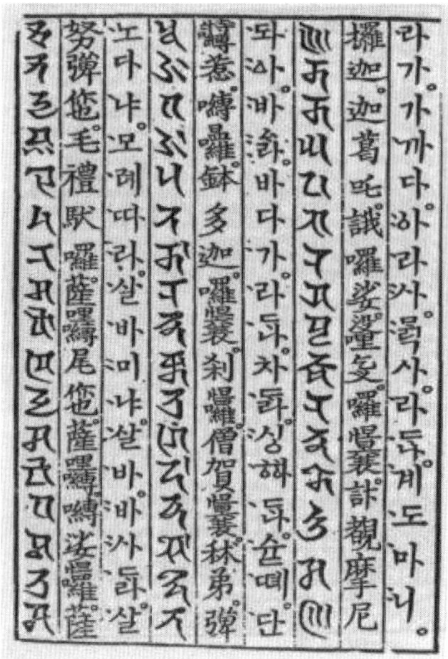

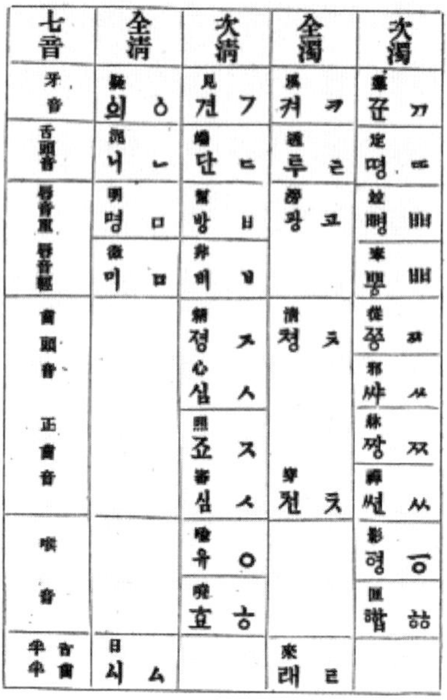

〈사진 3〉 The Korean Repository(1897)에 수록된 스콧의 『진언집』 도상자료 　〈사진 4〉 스콧의 한글자모표

다. 사실 이는 매우 획기적인 전환이자 변화였다.

이와는 달리 이 주제와 관련하여 설총을 한글의 창제자라고 지적한 『한어문전』1881의 오류[24]를 그대로 답습하는 모습을 19세기 말 서구인들의 논의에서 볼 수 있기 때문이다. 그 대표적인 사례는 한국을 체험하지 못했던 자일즈Herbert Allen Giles, 1845~1935, 파커Edward Harper Parker, 1849~1926 와 같은 저명한 재외 동양학자의 논의를 들 수 있을 것이다.[25]

스콧나아가 그와 같은 영국외교관이었던 애스턴은 이러한 오류에 비한다면,

---

[24] 파리외방전교회, "Introduciton", 『韓語文典(*Grammaire Coréenne*)』, Yokohama : Imprimerie de C. Lévy et S. Salabelle, 1881, p.Ⅴ.

[25] E. H. Parker, "Philological Essay", H. A. Giles, *A Chinese-English Dictionary*, Lodon : Kelly & Walsh, 1892, p.xix.

한글 창제 당시 과거 한국 지식인의 언어학적 지식에 한발자국 더 다가서고 있었던 셈이다. 그의 탐구는 『훈민정음』의 흔적과 기원에 근접해지고 있었다. 한편 쿠랑은 이 주제와 관련해서도 그 논의의 수준이 스콧을 나아가 당시 서양인들의 수준을 크게 앞서 있었다. 쿠랑 역시 한글의 기원과 산스크리트어 문자의 관련성 자체를 부인하지 않았다. "한글은 직접 산스크리트어 문자로부터 나온 것이거나 중국의 자모를 통해 만들어진 것"이라는 쿠랑의 짧은 진술에 그의 주장이 잘 집약되어 있다. 즉, 그의 입장 역시 소위 서양인의 '범자梵字기원설'에 근접한 것이었다. 그렇지만 쿠랑은 두 가지 측면에서 스콧 나아가 서양인들의 견해와 달랐다.[26]

첫째, 쿠랑은 자형의 유사성이라는 기준에서 한글과 범자의 상관관계를 지적하지는 않았다. 쿠랑은 "한국 자모는 매우 간단하며 글자의 분류는 적어도 한국어의 본질이 그것을 허락하는 한 범어의 분류와 유사"함을 지적했다. 쿠랑이 발견한 것은 한글과 범자의 개별 문자의 배열방식이자 음운의 체계 즉, 자모표 사이의 유사성이었다. 또한 "모음이 뒷받침되는 무성無聲의 초성이 공통적으로" 보이기 때문이었다.[27]

둘째, 쿠랑은 인도의 범어를 한국에 전래해준 중국의 반절 혹은 성운학이라는 매개항을 주목했다. 물론 한글이 '범어'로부터 직접 모방했을 가능성 그 자체를 부인하지는 않았다. 하지만 "범어로부터 유래한 중국의 초성"들을 본떴을 가능성이 더 높은 것으로는 분명히 인식했다. 또한 두 가능성 모두 열어두었지만, 양자 모두를 인정할지라도 그 근원을 따져본다

프랑스 외교관이 남긴 한국학의 흔적

---

**26**  이 점에 대해서는 이상현·이은령, 「모리스 쿠랑의 한국서지와 훈민정음 기원론」, 『열상고전연구』 56, 열상고전연구회, 2017를 참조.

**27**  M. Courant, 이희재 역, 앞의 책, 34쪽.

면 결국 "세종이 견본으로 삼은 것은 범어 자모"였던 것이다. 과연 여기서 쿠랑이 말한 "범어 자모"가 세종 시대의 소리 분석 방법과 소리 분류의 체계를 지칭하는 것인지를 물론 분명히 언급할 수는 없다. 하지만 확실히 말할 수 있는 바는 쿠랑은 『훈민정음』과 관련하여 『진언집』과 같은 서적들보다 한국의 운서를 더욱 중요한 문헌자료로 인식하고 있었다는 사실이다.

이렇듯 쿠랑의 과거 서양인의 견해와 다른 모습을 보여준 이유는 『훈민정음』 해례본 발견 이전, 『훈민정음』에 가장 근접한 자료『동국문헌비고』 권51, 「악고」 소재 훈민정음 관련 기록를 알고 있었기 때문이다. 쿠랑은 이 발견을 플랑시에게 아래와 같이 즉각 보고했다. 그만큼 당시 이 자료는 한글의 기원과 관련하여 매우 중요한 것이었기 때문이었다.

> 『한국서지』를 준비하며 흥미로운 발견을 했기에, 지체하지 않고 이 사실을 공사님께 알려드립니다. 한글의 발명 날짜가 기입된 『문헌비고』의 한 대목에 세종대왕의 저서 본문이 있고, 한국어는 그 때까지 절대 글로 쓰이지 않았던 것을 표명하며, 승려 설총(신라시대)의 발명이 무엇인지도 알려주고 있습니다. 1891.11.6, 서울

이는 1890년경 서구인의 한글연구라는 맥락에서 본다면, 훈민정음의 기원과 관련된 매우 중요한 역사적 기록이었다. 한국주재 서양인들이 훈민정음의 창제와 관련하여 거론한 전거문헌은 『연려실기술燃藜室記述』, 『청야만집靑野謾輯』 등에 수록된 야사였다. 당시에 발견된 가장 중요한 자료가 정인지의 서문이 수록되어 있는 『국조보감國朝寶鑑』이었다. 이에 비해 쿠랑이 『훈민정음』 해례본의 발견 이전 가장 중요한 전거문헌인 『동국문헌비고東

<sup>國文獻備考</sup>』에 의거하여, '훈민정음의 기원론'을 논했던 셈이다.

쿠랑은 이 기록물의 중요성을 매우 잘 인식하고 있었다. 그가 『동국문헌비고』「악고」에 『훈민정음』의 "내용에 대"한 설명이 있으며, "서문과 본문"이 "전재"되어 있음을 『한국서지』에 서술한 모습을 보면 이 점을 잘 알 수 있다.[28] 쿠랑이 번역한 부분에서 가장 큰 의미가 있는 대목은 무엇보다도 무엇보다도 『훈민정음』의 「예의편」에 해당되는 내용이었다.[29]

쿠랑이 제시한 한글 초성에 대한 전체적인 분류방식, 그리고 개별 한글 문자의 음을 설명하기 위한 한자의 배치는 이 시기 어떤 문헌자료와 서구인의 논의에서 볼 수 없는 가장 완벽한 형태의 '한글 자모'였다. 『훈민정음』의 창제시기 본래 형태를 기준으로 본다면 특히 그러했다. 또한 희귀성이라는 차원에서 본다면 세종대왕의 「서문」 역시 마찬가지였다. 즉, 그는 『동국문헌비고』, 「악고樂考」에 수록된 '세종의 저서' 즉, 『훈민정음』의 흔적을 발견했으며, 이를 『한국서지』에 번역하여 수록했다. 결과적으로 본다면 그는 서구권에 최초로 『훈민정음』을 알린 인물이었던 셈이다. 한국의 개신교선교사 헐버트가 1903년에 비로소 해당 전문을 번역하고 이

28  M. Courant, 이희재 역, 앞의 책, 103면; 『한국서지』를 펼쳐보면 쿠랑이 참조했던 『동국문헌비고』의 소장처는 규장각, 쿠랑 개인의 소유, 파리동양언어문화학교 도서관으로 기록되어 있다. 규장각과 쿠랑 개인의 소장본은 "100권, 40책, 4절판"으로 파리동양언어문화학교 도서관 소장본은 "100권, 40책, 2절판"으로 기록되어 있다.(M. Courant, 이희재 역, 앞의 책, 506~507·824~825면) 비록 쿠랑의 소장본이 금속활자본이며 파리동양언어문화학교의 소장본은 목활자본이지만, 양자 모두 1770년(英祖 46년)에 출판된 것이며 권·책수는 동일한 판본이다.[프랑스 파리 언어문화학교, 쿠랑 개인의 소장본에 관한 문헌서지는 각각 국립중앙도서관 편, 『국외소재 한국 고문헌 수집 성과와 과제』(개정판), 국립중앙도서관, 2011, 176면과 국립중앙도서관 편, 『콜레주 드 프랑스 소장 한국 고문헌』, 국립중앙도서관, 2012, 27면을 참조]; 나아가 쿠랑이 자신의 논고로 활용한 한문원문이 『한국서지』「서론」에 수록되어 있음으로 저본대비는 그리 어려운 일은 아니다.

29  M. Courant, op. cit., pp.41~43; M. Courant, 이희재 역, 앞의 책, 104쪽.

| | | |
|---|---|---|
| 牙音 | ㄱ | 君, 蚪의 머리글자(초성) |
| | ㅋ | 快의 머리글자 |
| | ㆁ | 業의 머리글자 |
| 舌音 | ㄷ | 斗, 覃의 머리글자 |
| | ㅌ | 呑의 머리글자 |
| | ㄴ | 那의 머리글자 |
| 脣音 | ㅂ | 彆, 步의 머리글자 |
| | ㅍ | 漂의 머리글자 |
| | ㅁ | 彌의 머리글자 |
| 齒音 | ㅈ | 卽, 慈의 머리글자 |
| | ㅊ | 侵의 머리글자 |
| | ㅅ | 戌, 邪의 머리글자 |
| 喉音 | ㆆ | 挹의 머리글자 |
| | ㅎ | 虛, 洪의 머리글자 |
| | ㅇ濕音 | 欲의 머리글자 |
| 半舌音 | ㄹ | 閭의 머리글자 |
| 半齒音 | △ | 穰의 머리글자 |

에 대한 해제를 게재한 사실[30]을 감안한다면, 그 의의는 결코 작은 것이라고 평가할 수 없다.

정리하자면, 쿠랑은 서구인으로서는 최초로 『훈민정음』을 간접적인 차원에서라도 접촉한 인물이었으며, 이 최초 발견의 흔적은 그의 서한문뿐만 아니라 『한국서지』와 소논문 속에도 잘 반영되어 있다. 이로 인하여 쿠랑은 『훈민정음』에 내재된 한국인의 언어학적 지식을 분명히 인식할 수 있었다. 훈민정음의 "분류 및 글자형태의 논리성은 오랜 숙고의 산물이며 『훈민정음』이 진술한 내용을 확인시키는 것"[31]이라는 쿠랑의 언급은 1890년경에는 어떤 서구인도 도달하지 못했던 훈민정음에 대한 깊은 이해수준을 보여주는 것이었다.

---

30    H. B. Hulbert, "The Hun-min Chong-eum", *The Korea Review* III, 1903
31    M. Courant, 이희재 역, 앞의 책, 34쪽.

쿠랑의 논의수준은 스콧의 논의를 뛰어넘는 차원이었다. 그렇지만 당시의 기준에서 본다면, 스콧의 논의는 쿠랑에게 있어서 중요한 선행연구였다.[32] 나아가 두 사람의 저술은 이러한 한국어학사라는 학술적인 차원을 넘어, 또 다른 중요한 의의를 지니기도 했다. 두 사람 모두 이를 완전히 구현하지는 못했지만 과거 서양인이 발견하지 못했던 한국학의 가능성과 가치를 인식했으며, 이러한 모습들이 그들의 저술 속에 남겨져 있기 때문이다. 스콧이 재외 동양학 잡지에 제출한 한국학 논문1894은 이러한 새로운 지향점을 잘 보여준다.[33]

이 논문은 쿠랑의 한국학 저술들과 동시대적인 연구지평을 지니고 있었다. 그것은 그의 논문의 주제이자 연구대상 그 자체가 잘 보여준다. 이는 1890년대 "유럽 열강과의 조약에 따라 지난 10년 동안 진행된 교류의 역사"와는 별도의 영역이었다. 한국의 문호가 개방됨에 따라, 그들은 "선사 이전 언어를 가진 새로운 인종과 사람들", "고전과 시문에 사용된 중국 고유의 발음에 대한 가치 있는 자료들"을 대면하게 되었다. 이는 서구의 언어·문헌학자philologists와 중국학자sinologues에게 중요한 학술적 가치를 지닌 연구대상이었다.[34]

요컨대, 한국어(또한 한국민족)는 동아시아 속에서 고유한 위상을 지닌 것이며, 그 역사와 연원이 매우 오래된 것이었다. 스콧은 『진언집』을 통해, 불교가 도입되던 시기 한국문학의 시원을 발견했다. 그는 5세기 말 국

---

32  오쿠라 신페이는 『조선어학사』에서 한글의 기원 즉, 훈민정음 기원론에 관한 서양인의 주요 선행연구로 두 논저 모두를 개괄했다(小倉進平, 『朝鮮語学史』, 刀江書院, 1940, pp.166~167).

33  J. Scott, "Stray Notes on Korean History and Literature", *The China Branch Royal Asiatic, Society* XXVIII, 1894(이하 해당 원문과 역문은 이진숙·최성희·장정아·이상현 역주, 앞의 책, 72~121쪽을 활용).

34  이진숙·최성희·장정아·이상현 역주, 앞의 책, 80~82쪽.

교화되고, 15세기 초반까지 한국에서 여전히 지식의 보고였던 한국의 불교를 주목했다.[35] 한국의 서적 속에는 한 편으로는 오래된 연원을 지닌 역사가 또 한 편으로는 중국문명과의 교류 및 접촉의 흔적이 남겨져 있었다. 당연히 그는 이러한 한국 고전세계를 탐구하고 싶었다. 그 소견은 다음과 같이 표현된다.

나의 희망은 한국에서 장기적으로 체류하면서 원산 동해안에 가까운 금강산의 고대 사찰과 수도원 등을 방문하고 산스크리트어나 한국어로 된 불교 유적과 기타 문서를 연구하는 것이다. 이런 외떨어진 산골짜기에 힌두교나 중국 선교사들은 처음 정착했다. 종려잎과 다른 형태로 씌어진 산스크리트어 문학의 낭만적인 이야기가 민간전승에 나타나기 시작한다. 이 불교 사찰은 흥미로운 유적, 문학, 역사 등이 가득하지만, 승려들이 보물을 공개하도록 하는 것은 쉽지 않다. 내가 현재 보유하고 있는 한 권의 책을 갖기 까지 2년의 시간과 많은 협상이 필요했으며, 이 책은 산스크리트어에서 유래한 한국어 자모의 역사와 기원에 대해서 많은 흥미로운 점을 말해주고 있다.[36]

---

**35**  위의 책, 88쪽; 아마도 『진언집』에 수록된 다음과 같은 범례가 스콧이 상상의 날개를 펼칠 수 있도록 해주었을 것이다. "옛날 고승 了義가 비로소 36자모를 찬하였다. 『옥편』과 『자휘』와 여러 책이 모두 자모를 본받았고, 음을 반절로 풀었으며, 四聲과 淸濁을 자세히 하지 않은 바가 없었다. 『洪武正韻』에 이르러 글자의 자모를 31개로 삼았다. 우리 조선에 이르러 자모에 의지하여 언문을 찬술하고, 그것으로 여러 경전을 번역하여 풀이하였다. 高低와 四聲은 점의 多少와 有無로 구분하였으며, 淸濁의 全次는 諺字의 홑소리와 겹소리로 변별히였다(昔高僧 了 義始撰三十六字母 而玉篇字彙諸書 皆效字母 音釋反切 四聲淸濁 無不詳盡 至於洪武正韻 字母爲三十一母 至於我國朝 依字母 製述諺文 以國語譯解諸經 高低四聲 以點多少有無分之 淸濁全次 諺字單複邊辨之)"(『중간진언집』, 「凡例(海東 妙門 龍岩 增肅 校對)」, 5장─앞면; 번역은 이능화 편, 동국대 불교문화연구원 조선불교통사역주편찬위원회 편찬, 『역주 조선불교통사』 5, 동국대, 2010, 436~437쪽을 참조).

**36**  위의 책, 117~118쪽.

쿠랑 역시 스콧처럼 새로운 한국학의 연구대상을 발견한 인물이었다. 두 사람 모두 그들의 연구주제는 '한국어' 자체로 제한되지 않았다. 그들은 한국의 '문헌'에 주목한 인물이었으며 이로 인해 광대한 연구대상, 한국의 고전세계를 발견했다. 따라서 스콧, 쿠랑 두 사람에게 한국학은 서구문명과 접촉한 후 비로소 알려진 근대 한국이라는 경계 안에 제한되는 것이 아니었다. 오히려 문호를 개방하기 이전 과거에도 존재했던 것이며, 한국의 문헌들이 잘 말해주듯이 지극히 광대한 연구범위를 지닌 대상이었다.

쿠랑 역시 스콧과 마찬가지로, 그가 개척하고 발견한 한국학을 향한 강렬한 염원을 가지고 있었다. 1897년 한국복귀의 가능성이 높아지자, 쿠랑은 플랑시의 호의에 감사하며 "저는 그곳에서 여러 가지 유리한 조건과 고정직을 받고 일정한 기간과 적절한 봉급 그리고 특히 모든 종류의 학술적 연구와 조사에 유리한 계약을 하게 되겠지요"1897.2.5, 파리라고 기뻐했다. 또한 "그곳에서 체류하는 동안 제가 고고학과 언어학 그리고 여타의 것에 대한 연구를 지속할 것이라는 사실을 공사님께 말씀드릴 필요는 없겠습니다"1897.4.9, 프랑스라고 이야기했다. 물론 이러한 쿠랑의 염원 역시 이루어질 수는 없었다.

그렇지만 『한국서지』에는 그가 개척한 한국학의 새로운 영역이 산재되어 있었다. 특히, 이 저술의 총론에 해당되는 「서론」에는 당시 한국문헌의 소장처 및 연구방법론의 문제I장, 한국서적의 판본II장, 한국 문자의 역사III장, 도교, 불교, 유교저술과 한국사상사IV장, 한문 문헌V장과 한글문헌VI장에 관한 풍성한 정보가 담겨 있었다. 이는 한국의 개신교선교사에게도 큰 학술적인 가치를 지닌 유용한 것이었다.

## 3. 『한국서지』 출간 이후 한국 개신교선교사의 한국학

### 1) 한국 개신교선교사의 정기간행물과 『한국서지』

『한국서지』 「서론」 VI장의 한국문학부재론 혹은 결론 부분의 서술내용에만 주목할 경우, 쿠랑이 개척한 당시 새로운 한국학의 지평을 간과하기 쉽다. 물론 쿠랑의 『한국서지』는 출간 당시 유럽 동양학자에게 크게 주목받은 저술은 아니었던 것으로 보인다.[37] 그렇다고 해서 이 저술의 출간 자체가 무의미한 것은 당연히 아니었다. 이 저술은 한국학의 수준 자체를 한 단계 발전시켰기 때문이다. 서구인 한국학 논저 전반을 집성하여 이에 대한 목록 작업을 진행했던 원한경H. H. Underwood, 1890~1951은 이 저술의 의의를 잘 밝혀주었다. 그가 보기에, 『한국서지』는 누구나 기억해야 될 1894년에 출현한 기념비적인 업적이며, 서양인이 저술한 가장 위대한 한국학 단행본이었다. 왜냐하면 쿠랑의 업적은 1890년까지 한국에서 출판된 모든 서적을 분류한 서지로, 최고의 학술적 가치를 지닌 매우 방대한 분량의 저술이었기 때문이다.[38] 실제로 이 저술을 대신할 수준의 개신교 선교사의 동일한 업적은 등장하지 못했다. 즉, 서양인의 한국학이라는 지평으로 한정해본다면 『한국서지』는 1930년경 원한경의 이러한 평가에 걸 맞는 유일무이한 학술저서였던 셈이다.

나아가 한국에는 쿠랑의 이러한 연구 성과를 주목한 원한경과 같은 외

---

[37]  부산대 인문학연구소 외편, 앞의 책, 56~58쪽.

[38]  H. H. Underwood, "Occidental Literature on Korea", *The Transactions of the Korea Branch of the Royal Asiatic Society* 20, 1931, p.10; "A partial Bibliography of Occidental Literature on Korea", *The Transactions of the Korea Branch of the Royal Asiatic Society* 20, 1931, p.40.

국인들이 분명히 존재했다. 전장에서 짧게 거론했던 1910년대 한국주재 일본 지식인들 이외에도, 주목해야 될 외국인 집단이 있다. 그들은 1890년대 이후 한국에 오랜 시간동안 거주했던 한국 개신교선교사들로, 『한국서지』가 완간되는 시점1897 바로 쿠랑의 저술을 주목했다. 그들은 19세기 말에서 20세기 초 사이 서양인 한국학 연구 분야에 있어서도 두각을 나타내며 중요한 역할을 담당하기 시작했다. 무엇보다 그들의 큰 공로는 그들이 동양학 전반이 아닌 한국학을 전문으로 하는 정기간행물을 발간했다는 점에서도 찾을 수 있다. 쿠랑이 플랑시에게 보낸 서한에도 당시의 이러한 정황은 다음과 같이 잘 반영되어 있다.

① 올링거Ohlinger에게 편지를 썼습니다. 그가 공사님께 *The Korean Repository*를 보낼 겁니다. 1891.12.17, 서울

② 이 작업을 잘 수행하기 위해서는 현재 파리든 저의 집이든 있는 책들을 확보하는 편이 좋을 것 같습니다.
  1. *The Korean Repository* 전체 (저는 첫째 해 것과 두 번째 해 몇 권만을 가지고 있습니다). (…중략…) (주해[인용자 : 1898년 프랑스에서 쿠랑이 쓴 편지로 추정])

③ 공사님께 편지를 썼던 곳인 라 크루아로 세 권의 러시아 책 『한국지』를 가지고 왔습니다. 말씀드린 적이 있었는데, 이 책들을 읽으면서 이 나라에 대한 지식을 새롭게 할 생각입니다. (…중략…) 저는 *The Korea review* 1901년판 전부를 가지고 있습니다. (…중략…) 만약 공사님께서 1901년 치를 그

리고 매 연말에 한 해 동안 출판된 것을 제게 부치실 수 있다면, 이렇게 모인 것들은 저의 서재 안에 보기 좋게 있을 텐데요. 저는 곧 파리에 가서 *The Transactions of the Korea Branch of the Royal Asiatic Society* 출간호를 보도록 애써 보겠습니다. 1902.7.14, 프랑스 에퀼리(론)

④ 감사히 받은 1월 27일 공사님의 편지에 아직도 답변을 드리지 못했습니다. *The Korea Review* 2년치를 잘 받아보았습니다. 1903.3.1, 프랑스 에퀼리(론)

쿠랑과 플랑시 두 사람이 각자 다른 시기 한국에 머물던 때가 있었다. 이 때 두 사람은 한국 개신교선교사의 정기간행물들*The Korean Repository, The Korea Review*을 서로에게 전해주었다. ①의 서한1891.12.17. 서울에서 보이는 개신교 선교사들의 잡지, 쿠랑이 플랑시에게 보내 준 잡지*The Korean Repository* (1892 · 1895~1899)는 선교사들의 선교영역이 서울이라는 지역적 한계를 벗어나 지방으로 확장되던 시기에 출판되었다. 이 시기는 『천로역정』을 비롯한 기독교문학, 언더우드H. G. Underwood, 1859~1916와 게일의 한국어학서가 출판된 시기이기도 했다. 또한 문화사업의 한 측면으로 한국의 역사, 문학, 사회풍속, 종교, 어학 등에 관한 연구가 본격적으로 시작되었다. 그리고 이를 기반으로 1897~1906년 사이 각지로 부응하는 교회의 교육 선교 사업을 위한 교과서들이 간행되었다. 이 시기 출현한 또 다른 정기간행물*The Korea Review*(1901~1906)이 ②~④의 서한에서 잘 보인다.[39]

---

[39] 백낙준, 『한국개신교사』, 연세대 출판부, 2008, 178~187 · 256~284쪽; 백낙준은 이 잡지들이 출현한 시기에 관련된 그 교회사적 의미를 "선교단체의 지방분거(1891~1897)"와 "교회의 발흥(1897~1906)"이라고 명명한 바 있다.

쿠랑이 보낸 서한을 보면, 이 정기간행물-The Korean Repository, The Korea Review
의 유통망은 한국에 거주하던 이가 재외에 우편으로 직접 전달해줘야 했
던 수준이었던 것처럼도 보인다. 하지만 인용문 ③이 잘 보여주듯, 1900
년도 한국에서 설립된 서구인 한국학 학술단체의 정기간행물, 『왕립아시
아학회 한국지부 학술지The Transactions of the Korea Branch of the Royal Asiatic Society』는
사정이 달랐다. 쿠랑은 프랑스에서도 이 잡지를 찾아볼 수 있었다. 이 학
술단체가 영국 왕립아시아학회의 한 지부였으며, 이 학술지의 유통을 담
당했던 곳 역시 쿠랑의 『한국서지』를 발간하게 해준 르루Leroux 출판사였
기 때문이다.

그렇지만 이보다 더욱 주목할 점은 두 가지이다. 첫째, 외교관, 유럽 동
양학자, 한국 개신교 선교사들이 한국학을 위해 형성하고 있던 경쟁·협
업의 관계망이다. 그들은 '서울 – 옌푸 – 텐진 – 상하이 – 요코하마 – 파리
– 런던' 등의 시공간을 횡단하며 형성한 일종의 '신앙과 앎의 공동체'[40]였
던 셈이다. 둘째, 개신교선교사의 정기간행물들은 과거 동양학 잡지와 달
리, 중국·일본학과 분리된 한국학 전문잡지였다는 점이다. 또한 왕립아
시아학회 한국지부는 서양인 최초의 한국학 학회였다는 사실이다. 즉, 개
신교선교사들은 한국학 학술네트워크를 그들의 정기간행물과 모임을 통
해 구축했고 이를 서양인들과 공유했던 셈이다.

쿠랑의 서한을 펼쳐보면, 그는 개신교선교사의 정기간행물이 보여주는
한국학 학술네트워크 내부에 놓여 있었다. 적어도 그의 한국학에 대한 관
심과 한국학 연구를 위한 소망은 을사늑약 이후 한불관계가 소멸될 때까

---

40  이언 F. 맥닐리·리사 울버턴, 채세진 역, 『지식의 재탄생 – 공간으로 보는 지식의 역
    사』, 살림출판사, 2009, 129쪽.

지는 지속되었기 때문이다. 이는 단지 쿠랑의 한국에 대한 우정 혹은 한국에 대한 그의 개인적인 차원의 문제가 아니었다. 영미권의 저술로 한정해 보아도, 한국이 영미권 언론에 주목을 받으며 다수의 관련서적들이 출판된 정점이자 계기는 일본의 한국에 대한 보호국화1905와 식민화1910였기 때문이다. 청일전쟁, 러일전쟁 이후 일본 제국주의라는 낯선 존재의 출현은 한국을 주목하게 만든 가장 큰 원동력이자 계기였던 것이다.[41]

물론 한국에 대한 쿠랑의 실감은 점점 희미해지고 있었다. 하지만 그는 당시 한국을 둘러싼 외교적 정세, 이에 대한 비평 및 연구동향을 늘 주시하고 있었다. 또한 우리는 이러한 공유가 일방향적이지 않았음을 주목할 필요가 있다. 쿠랑이 이처럼 당시 개신교선교사, 러시아대장성의 한국학 저술을 주목했듯이, 역으로 그들도 쿠랑의 『한국서지』를 참조하였기 때문이다. 이 저술들에는 쿠랑의 연구업적이 반영되어 있었다.[42] 3장에서는 한국 개신교선교사들의 쿠랑 저술에 대한 참조양상 더불어 그들과 쿠랑이 공유했던 한국학의 새로운 모습을 고찰해볼 것이다.

한국 개신교선교사들은 언제 쿠랑의 『한국서지』를 접할 수 있었을까? 켄뮤어 부인의 『한국서지』에 관한 서평[43]이 *The Korean Repository* 1897년 6월호에 수록된 사실을 통해, 이를 미루어 짐작할 수 있다. 그렇지만 왜

41    정연태, 「19세기 후반 20세기 초 서양인의 한국관-상대적 정체성론·정치사회부패론·타율적 개혁불가피론」, 『역사와 현실』 34, 한국역사연구회, 1999, 194~200쪽.

42    러시아대장성 『한국지』의 『한국서지』 참조양상에 대해서는 이상현·윤설희, 『외국인의 한국시가담론 연구』, 역락, 2017, 3장(초출 : 이상현·윤설희, 「19세기 말 在外 외국인의 한국시가론과 그 의미」, 『동아시아문화연구』 56, 한양대 동아시아문화연구소, 2014)을 참조.

43    A. H. Kenmure, "Bibliographie Coréene", *The Korean Repository* Ⅳ, 1897, pp.201~206.

1897년일까? 또한 이 해는 쿠랑에게 어떤 의미를 지니고 있었던 것일까? 이 시기는 『한국서지』 1~3권[1894~1896]이 완간된 이후로 쿠랑—플랑시의 기획이 비로소 마무리된 때였다. 더불어 1895~1897년에 학부대신 민종묵[閔種默, 1835~1916]의 요청으로, 플랑시가 쿠랑을 외국고문의 자격으로 한국에 초빙을 시도한 사실이 함께 주목된다.[44] 이러한 정황이 1897년 4월 9일 쿠랑이 플랑시에게 보낸 서한에 잘 드러난다. 이 서한을 펼쳐보면, 당시 한국방문에 관한 쿠랑의 희망이 잘 보이기 때문이다. 당시 쿠랑이 한국에 자신을 소개할 대표하는 저술이 바로 『한국서지』였다. 그는 이 서한에서 『한국서지』 3권이 출간되었고, 플랑시와 그의 사무국에 한 질을 보낼 것이라고 말했다. 켄뮤어 부인의 서평이 게재된 시기는 이러한 상황과 겹쳐 있었다.

켄뮤어 부인의 서평은 또한 개신교선교사들이 『한국서지』의 어떠한 내용을 주목했는지도 잘 보여준다. 이와 관련하여 본고는 『한국서지』 소재 내용에 대한 세밀한 그녀의 번역양상보다 그녀가 어떤 내용을 선택하여 소개했는지를 중점적으로 살펴보도록 한다. 사실 이러한 고찰은 쿠랑의 「서론」을 정밀하게 읽어보는 작업이 되기도 할 것이다.

먼저 켄뮤어 부인의 총평을 살펴보자. 그녀는 먼저, 3권으로 된 분량의 이 저술이 한국서지학에 있어 매우 중요한 업적이라는 사실을 강조했다. 그리고 이 책이 프랑스 동양어학교가 편찬한 전집 중 18~20집에 해당함을 지적하며, 이 책의 서명을 소개했다. 그리고 9개의 분류체계로 한국의 도서를 소개한 시도, 저자의 짧은 머리말과 171면 분량에 달하는 저자의

---

44    부산대 인문학연구소 외편, 앞의 책, 47~48쪽.

「서론」, 이 저술이 채택한 동양어[한국어, 중국어, 일본어 그리고 산스크리트에 표기체계를 설명하는 9쪽 분량의 지침 등과 같은 이 저술의 목차이자 체계를 거론했다. 또한 저술 전반에 흩어져 있는 도상자료들의 존재를 말했다.[45] 이러한 그녀의 이 책에 대한 소개는 쿠랑의 저술을 그냥 차례대로 읽어준 것이다. 또한 한 편으로는 영미권 선교사들을 위해 쿠랑의 저술을 번역(영역)해 준 것이기도 했다.

사실 쿠랑의 큰 공적은 그가 조사한 한국 도서들 전반을 9분법의 분류체계로 총망라하고 체계화했다는 점이다. 켄뮤어 부인은 각 분류항목을 영어로 잘 제시해주었다. 한국개신교 선교사 게일James Scarth Gale, 1863~1937은 자신의 한국문학론1923에서 한국문학이자 한국도서의 총체상을 다음과 같이 언급한 바 있다.

> 몇 세기를 거쳐 한국의 인도-중국 문명은 헤아릴 수 없이 많은 양의 광범위한 문헌을 축적해왔다. 프랑스의 모리스 쿠랑 교수는 이에 대해 누구보다도 철저한 조사를 행해왔는데, 그의 서지 목록은 다음과 같은 것들을 포함한다. 교육관련 서적, 어학서, 중국어·만주어·몽고어·산스크리트어 관련 어학서적, '역경'과 같은 철학적 고전을 비롯한 유학 경전들, 시집과 소설류, 예법과 풍습·제례·궁중전례·어장의御葬儀의 규범을 다룬 의범儀範 관계서, 복명·포고문·중국 관계서적·군서軍書, 국사·윤리 관련 사서류·전기류·공문서류, 기예技藝 관련 서적, 수학·천문학·책력冊曆·점복서적·병법서·의서·농서·악학樂學·의장 및 도안 관련 서적, 도교 및 불교 관련 종교서적 등이다.[46]

---

45    A. H. Kenmure, op. cit., p.201.
46    황호덕·이상현 편역, 『개념과 역사, 근대 한국의 이중어사전』 2, 박문사, 2012, 162쪽

상기 게일의 진술은 쿠랑이 『한국서지』에서 제시한 분류법에 기초한 것이었다. 물론 이 분류체계 및 그 방식은 동양적이라기보다는 매우 '서구적'인 것이었다. 그렇기에 그들에게는 매우 유용한 것이었다. 그녀는 『한국서지』 1권에 수록된 목차에 이어, 「머리말」의 내용 일부분을 발췌 번역한다. 그녀는 쿠랑이 자신의 저술에 도움을 주었던 여러 인물들에게 감사를 표하는 대목은 모두 생략했다. 그녀가 선택한 부분은 쿠랑이 제시한 『한국서지』라는 저술의 성격과 그 연구대상이 지닌 학술적 가치였다. 그녀는 쿠랑의 『한국서지』가 개척한 이 새로운 연구대상에 대한 온전한 평가를, 쿠랑 본인이 가장 잘 제시해줄 것이라고 믿었던 것으로 보인다. 따라서 아래와 같은 『한국서지』 소재 「머리말preface」의 초두 부분을 번역하여 소개했다.

내가 오늘날 공개하는 이 저술에서 나는 그 외형과 내용을 포함하는 한국의 도서에 대해 소개하고자 했다. 오늘날에 이르기까지 거의 전적으로 무지한 분야이므로 순수한 서지적 연구는 매우 간단할 수밖에 없었으며 도서의 외형적 서술 없이 각 저술에 대한 분석은 명확성에서나 흥미 면에서나 이루어질 수 없는 것이어서 이 두 가지 측면을 분리시키는 것조차 어려운 듯 보여졌다. 더욱이 나는 이 나라의 지리, 역사, 풍속, 엄밀한 의미로의 문학, 철학 등에 대한 정보들을 많은 분량의 해제 속에 수록해야 하는 데 이르렀는데, 이 정보들은 다른 곳에서는 찾아 볼 수 없었던 것으로 여기에 잘못 기재되지 않았기를 바란다. 또한 오랫동안 유럽의 관심밖에 놓여있던 이 반

(J. S. Gale, "Korean Literature", *The Christian Movement in Japan, Korea, and Formosa*, Kobe, 1923).

프랑스 외교관이 남긴 한국학의 흔적

도는 이즈음 실로 본의 아니게 내부의 문제 및 그를 둘러싸고 있는 경쟁들로 인해 관심을 끌고 있다. 이 책을 다 훑어본 후에는 이 나라가 극동의 문화 내에서 맡은 매우 특별한 역할로 인해 또 다른 종류의 관심을 받아 마땅하다는 사실을 아마도 알 수 있을 것이다.[47]

상기 인용문에서 보이듯, 쿠랑은 자신의 연구가 책 자체의 내용에 한정된 순수한 서지적 연구가 될 수 없다고 말했다. 당시 이 학술적 분야는 서구에는 전혀 알려지지 않았기에, 서구인 독자들의 흥미를 이끌어내기 위해서는 책의 외형적 형태와 묘사를 분리시킬 수 없었기 때문이다. 또한 "지리, 역사, 풍속", "엄밀한 의미의 문학, 철학"에 관한 내용을 수록할 수밖에 없었다. 당시의 한국은 서구세계에 서서히 알려지게 된 나라였으며, 한국의 책들은 여전히 미지의 연구대상이었다. 한국이 "극동의 문화 내에서 맡은 매우 특별한 역할로 인해 또 다른 종류의 관심을 받아 마땅하다"는 사실을 『한국서지』를 살펴 본 후 알 수 있을 것이라는 쿠랑의 말을 그녀는 그대로 번역했다. 쿠랑이 말한 이러한 한국학의 현황, 그 내외연과 학술적 가치는 영미권 개신교선교사 역시 공유할만한 것이라고 여겼던 셈이다.

## 2) 켄뮤어 부인의 서평과 『한국서지』의 「서론」

이후 켄뮤어 부인은 『한국서지』「서론」의 세부 내용들을 소개한다. 그녀는 "한국에 오래 체류한 거류민들까지도 한국에 책이 있다는 사실을 알지 못하고 있으며 한국인들과 잦은 접촉을 하는 위치에 놓인 사람들과 한

---

47  M. Courant, 이희재 역, 앞의 책, xi쪽.

국어를 배우는 사람들조차도 한국문학이 존재한다는 사실을 거의 모르고 있다. 이 같은 특별한 사실의 연유는 무엇일까?"[48]라는 쿠랑의 화두이자 질문을 거론한다. 그리고 쿠랑이 제시한 이에 대한 답변을 정리해 준다.

당시 한국서적이 판매되는 장소, 도서의 외형적인 특징들, 종이질, 제본 및 출판되는 방식이 바로 그것이다. 외국인이 한국의 서울이나 지방에서 대면하게 되는 서적들은 볼품이 없는 모양새를 지닌 것들이기에, 좋지 않은 편견을 지니게 만들 수준이었다. 또한 거의 한자로 표기되어 있어 중국책이라고 오해할 서적들이었기 때문이다. 「서론」의 I장에서는 이처럼 쿠랑이 체험했던 한국의 서적이 판매, 유통되는 현장, 한국서적의 외형적인 모습이 묘사되어 있다. 더불어 쿠랑이 참조한 한국서적의 소장처 그리고 한국서적 목록 및 저술들이 제시된다. 그리고 한국인의 인명, 한국의 지명 및 연대를 작성할 때 대면하게 된 어려움이 서술되어 있다.

이 중에서 켄뮤어 부인은 한국 출판문화에 관한 쿠랑의 묘사와 서술을 주목했다. 특히, 서울의 책방과 이곳에 판매되는 고급 한적들의 모습을 서술하는 아래와 같은 대목을 상세하게 번역하여 제시해주었다.[49]

일반적으로 잘 간수된 책들은 특별한 상업적 대상이 되어 담배쌈지나 망건등과 섞어서 다루지 않는다. 책방들은 도심에 모두 모여 종각에서 남대문까지 곡선으로 이어지는 큰 거리에 위치하고 있는데 남대문까지는 한국사람들이 음력 정월 대보름날 자정에 그 해 내내 신경통에 걸리지 않도록 답

---

48 위의 책, 1쪽.
49 A. H. Kenmure, op. cit., pp.202~203; M. Courant, 이희재 역, 앞의 책, 1~4쪽; 이하 두 저술을 인용할 경우, 본문 중에 켄뮤어 부인 서평 원문과 「서론」 번역문의 면수를 표기하도록 하겠다.

프랑스 외교관이 남긴 한국학의 흔적

163

교<sup>踏橋</sup>하는 돌다리를 건너게 되어 있다. 책방들은 돌다리에서 멀지 않는 곳에 있으며 역시 그 근처에 중요한 상인조합들의 본거지인 대여섯 채의 2층집, 각종 골동품과 사치품을 파는 어둡고 좁은 상점들로 사방이 둘러싸인 네모난 시장들, 그리고 까맣고 빨간 모자에 파란 옷을 입은 병정들, 곡식가마니를 싣고 내리는 마부들, 검정 갓을 쓰고 헐렁한 흰 두루마기를 걸친 행인들과 상인들, 댕기를 드리워 머리를 그대로 드러낸 여종들, 붉은 단에 흰 동정을 단 초록색 장옷으로 머리와 얼굴을 가린 여인들, 이 모든 사람들이 서로 떼밀고 다투고 욕하는 중앙광장이 자리 잡고 있다. 이 부산한 광장의 소음은 피하면서 오가는 사람들의 움직임은 쉽게 볼 수 있는 곳에서 책방 주인은 그의 가게 깊숙이 웅크리고 자리 잡고 앉았다. 그 앞에 놓인 진열대는 고객들이 책을 살 때 보호될 수 있도록 안쪽으로 들어가 판자 위에 비스듬히 놓여 있다. 비단 옷과 양반 전용의 작은 관을 쓴 안색이 좋은 이 책방 주인은 긴 담뱃대를 물고 자기 옆에 앉은 내방객과 담소하면서 매우 중요한 고객이 아니면 움직이지 않는다. 그는 시중의 보통책들이나 한글로 쓰인 값싼 책들을 진열대에 비치하는 일을 부끄럽게 생각할 것이며 만일 그런 책이 있다면 구석에 치워놓을 것이다. 그가 진열하는 것은 한문으로 된 책들, 나온 경서들, 다양한 주제, 여러 다른 년대의 인본이나 사본<sup>寫本</sup>의 오랜 책들이다. 때로는 평범한 판들, 때로는 일본의 극상지를 연상시키는 엷은 상앗빛의 부드럽고 질긴 종이 위에 잘 활자 인쇄한 대형의 조정판<sup>朝廷版</sup>이 있기도 하다. 그 밖에 장정은 통속의 것들과 마찬가지이며 다만 황색의 표지가 좀 더 훌륭하고 간지가 인쇄되지 않았으며 반드시 홍사로 꿰매게 되어 있다. 약간 노르스름한 백지와 청지 또는 녹지로 제본된 것은 몇몇 사본을 제외하고는 거의 찾아볼 수 없다.2~4쪽 더불어 그녀는 쿠랑이 고소설과 가집 등의 서적을 소유하고 대여해주는 세책가를 서술한 부분을 이야기한다. 그녀가 주목한 이 서술 대목들은 오늘날에도 매우 중요한 내용이기도 하다. 왜냐하면 이 속에는 19세기 말 한국 출판문화에 관한 생생한 증언과 한국인의 구전으로 전하던 서적의 정보가 담겨 있기 때문이다. 이러한 소중한 쿠랑의 증언은 당시 그의 한국 도서에 관한 충실한 현지 조사와도 긴밀히 관련된다. 이와 관련하여 그녀는 쿠랑이 아래와 같이 제시한 『한국서지』의 자료수집 및 조사과정에 관해서도 충실하게 번역하여 소개했다.

2년간 서울에 체류하는 동안, 유럽의 저술이나 외국거류민들로부터는 거의 정보를 얻을 수 없는 이들 모든 책들에 대한 호기심으로 나는 프랑스 정부의 공사인 콜랭 드 플랑시Collin de Plancy 씨가 소유하다가 후에 동양어학교Ecole des Langues Orientales 도서관에 기증한 장서부터 검토하기 시작했다. 이 첫 번째 연구에 취미가 붙고 나의 상관의 친절한 조언에 고무되어 나는 조사 작업을 계속해 나갔다. 서울의 책방은 모두 뒤지고 그 장서는 모두 살펴나갔다. 가장 흥미 있을 것 같은 책들을 사들이고 나머지에 대해서는 상세한 설명을 써 놓았다. 나는 또한 가장 큰 호의를 가지고 자신들이 가지고 있는 책을 내게 참고하도록 보여준 외국거류민에게도 많은 도움을 받았다. 한국인들은 내 청을 쉽게 받아들이지 않으나 몇몇 사람들에게서는 매우 진기한 책들을 얻어볼 수 있었다. 이런 주변상황의 덕으로 나는 수많은 책을 알게 되었는데 그 중에 어느 정도는 매우 희귀하고 오늘날 거의 찾아볼 수 없는 것들이다. 이 연구를 위해 값진 도움을 주신 분들께 감사드리며, 특히 한국의 천주교교구장이신 뮈텔Gustave Charles Marie Mutel 주교는 많은 정보를 주셨을 뿐 아니라 내가 서울을 떠난 후에도 체류기간 동안 보지 못한 몇몇 책들을 나를 위해 계속 찾아봐 주신 분이다.4쪽

즉, 쿠랑이 플랑시가 수집했던 장서에 대한 검토를 시작으로, 서울의 책방을 두루 돌아다니며 자료 조사 및 구입을 시행했던 일, 또한 서울을 떠나서도 파리국립도서관, 기메박물관, 대영박물관, 개인 소장 문고 등에 소장된 한국서적을 조사한 사실, 또한 도쿄의 서점, 조조시增上寺, 우에노上野 도서관 등을 조사하여 한국에서 볼 수 없었던 한국서적을 발견했던 사실을 소개했다.pp.204~205; 4~5쪽 즉, 그녀는 쿠랑이 조사한 서적의 소장처에 대한 정보를 모두 제시해준 셈이다. 나아가 『한국서지』를 보면, 쿠랑은 자신이 직접 본 서적뿐만 아니라 서목에 책제목만이 전하는 경우 역시 서지정보를 그의 저술에 수록했다. 쿠랑은 「서론」에서 그가 참조한 서목들 역시 하나의 중요한 출처로 아래와 같이 소개했다.

나는 나의 작업을 내가 직접 본 책들에만 한정시키지 않고 연구하는 동안 참고한 자료들 속에 언급된 목록도 포함시켰다. 가령 법령집이라든가 많은 역사지리서에서 상당한 서명을 알 수 있었고 콜랭 드 플랑시 씨가 한 부 입수한 왕실도서관의 장서목록도 본 서지를 풍부하게 해 주었다.5쪽

그녀는 상기 쿠랑의 서술 부분을 직접 번역했다. 그녀는 쿠랑이 주석으로 밝힌 서목자료[『大典會通』, 『六典條例』, 『通文館志』, 『文獻備考』, 『大東韻玉』, 『後自警編』, 『東京雜記』]를 제외한 나머지 서목들[플랑시가 제공해준 왕실도서관의 장서목록, 중국의 『사고전서총목』, 난조 분유南條文雄, 1849~1927의 『大明三藏聖敎目錄』1883]을

모두 소개한 셈이다.p.205; 5~6쪽 이후 한국인의 성명姓名, 출판소의 지명, 연대 등을 파악하는데 겪었던 쿠랑의 어려움에 관한 내용을 번역했다. 그녀는 아래와 같은 인명과 관련된 어려움에 관해서는 매우 상세히 제시했다.

> 이들 성姓, 명名, 자字, 호號, 봉호封號, 시호諡號가 한 사람을 부르는데 모두 쓰여지는 것이다. 때때로 또한 한 관리를 부를 때 그의 현직명을 사용키도 하며 혹은 사후에는 생전의 직명 또는 사후에 추증된 직명으로 부르기도 한다. 성과 명이 같은 한국인이 드물다면 호는 그 보다 덜 드물며 봉호 및 기타 호칭은 같은 경우가 많다. 중국인들의 이름도 혼동되기는 마찬가지여서 한 한국인의 여러 호칭이 중국인에게 적용될 수도 있고 또 반대일 수도 있다. 이 혼돈을 없앨 완전하고도 체계적인 저술이 없기 때문에 되든 안되든 한 인물에 적응시킬 명칭들에 근접하고 그 인물을 재구성하기 위해서는 여러 가지를 읽고 많은 필기를 해 두는 방법 밖에는 없다.7쪽

반면 지명은 인명과 유사한 것이라 판단했는지 생략했다. "한국인은 중국인들로부터 10간天干과 12지地支로 배열된 간지干支를 빌어와 방위東西南北과 그 중간위치 및 시時, 일日, 월月, 년年을 지칭하는 데 사용했다"라고 밝힌 쿠랑이 한국에서 간지干支를 활용하여 사용되는 연대표기 방식 및 내용을 소개했다. 특히 아래와 같은 대목의 경우 발췌, 번역했다.

> 이 간지干支는 고정된 순서에 따라 이어지는 60개의 배합으로 주어진 기점으로부터 이어지는 일日, 월月, 년年에 적용되는 것이다. 예를 들어 만일 어느 해의 간지글자를 알면 그것으로 60년 주기 중 몇 번 째인가를 알 수 있

는데 그것이 어떤 주기인지를 알아야 하는 문제가 남게 된다.8쪽

이와 같은 문제로 인하여, 그들이 보기에 한국인 저자가 간지를 활용하여 남긴 연대는 매우 막연하며 의심스러울 수밖에 없는 것이었다. 쿠랑은 간지년干支年과 즉위 중의 왕명이나 왕의 즉위로부터의 연도를 덧붙이는 사례를 제시했으며, 이러한 연대 표기 속에 보이는 혼동의 모습을 함께 거론했다. 그렇지만 이 내용에 대해서 켄뮤어 부인은 거의 번역을 생략했다. 반면 그녀는 쿠랑이 소개한 한국인의 또 다른 연대표기 방식, 중국의 연호를 활용한 양태를 번역 소개했다. 특히 1637년부터 그 종주권을 인정하여 청나라의 연호를 사용해야 했음에도 불구하고, 이를 충실히 이행하지 않았던 사실을 즉, 한국에서 청이 아닌 명나라의 연호를 쓰는 모습을 말한 대목을 주목했다. 이렇듯 그녀가 쿠랑의 작업을 이처럼 소상하게 소개한 이유는 두 가지였다. 먼저 쿠랑이 한국의 문학과 역사를 공부하고자 한 학생들에게 부여한 큰 의무를 보여주는 것이었다. 이뿐만 아니라 더불어 그가 성공적인 결론을 도출하기 위해 떠맡았고 수행했던 작업의 규모를 알리는 것이었다.pp.205~206; 7~10쪽

켄뮤어 부인의 『한국서지』 서평은 총2회에 걸쳐 연재되었다. 지금까지 살펴보았듯이, *The Korean Repository* 1897년 6월호에는 『한국서지』 1권 「서론」 I장까지의 내용이 소개되었다. 7월호에서 그녀는 「서론」 II장 이후의 내용을 살핀다. 물론 짧은 지면의 탓일지도 모르나 생략이 더 많은 편이었지만, 주요 요지는 최대한 반영하려고 노력했다.[50] 그 일례로 그녀는 원서의 초두 부분에서 제시된 "형태적인 면의 도서, 사용된 언어, 그리

고 제시된 사상의 세 가지 관점"10쪽이라는 쿠랑이 한국 도서에 접근한 관점을 잘 인용했다. 그리고 이 관점의 순서에 의거하여 쿠랑의 서술내용을 소개했다.

「서론」의 II장은 한국서적의 종이와 판본을 거론한 부분이다. 즉, 쿠랑이 형태적인 측면에서 한국의 도서를 고찰한 내용이라고 볼 수 있다. 켄뮤어 부인은 「서론」에서 찾아볼 수 있는 한국 종이에 대한 일련의 정보들을 소개했다. 첫째, 가을에 제조되는 가장 최고급의 종이로, 이 종이는 "좀체 찢어지지 않고 두꺼우며 윤기가 있고 상앗빛의 색조를 띠고 있다. 찢어진 부분은 솜 같고, 그 질은 견고하며 매우 유연하다. 최고급의 것은 그 사용이 드물어 일정한 관용문서, 임금의 하사품, 그리고 매우 정성스럽게 행하는 인쇄 정도에만 사용된다". 이보다 낮은 질의 종이는 덜 두꺼운 것으로 주로 "과거시험지 작성용으로 쓰이는데 이 시험지는 상인에게 팔려가 기름을 먹이게 되면 더욱 견고해지고 완전히 방수가 되어 우장雨裝이나 장판지가 되고 상자나 부채로 만들어지기도 한다". 그녀는 가장 낮은 일상적인 종이에 대한 쿠랑의 설명은 생략했다. 그렇지만 노란 종이에 때때로 거칠고 찢기기 쉬운 완전히 다른 종이질을 보여주는 18세기의 서적들을 제외하면, 일반적인 한국 종이는 "부드럽고 목면 같은 특성을 지녀 아주 얇은 종이의 가장 오랜 고서古書도 세월을 잘" 견딜 수 있다는 사실을 소개했다. p.258;10~11쪽

계속해서 살펴보면 그녀는 한국서적의 판본 내용 중 목판 부분은 간략히 제시했다. 특히, 목판의 형태나 인쇄방식에 대한 쿠랑의 세밀한 묘사

---

50  A. H. Kenmure, "Bibliographie Coréene", *The Korean Repository* IV, 1897, pp.258~266; 이하 인용할 경우 본문 중 쪽수만 표기하도록 한다.

를 생략했다. 오히려 그녀가 강조한 부분은 다른 부분이다. 목판인쇄술을 중국으로부터 한국이 수용했으나, 한국의 인쇄기술이 중국을 능가했고 유럽에도 앞선다는 쿠랑의 평가가 바로 그것이다.

1403년 조선조 3대 임금인 태종太宗은 동銅으로 활자를 주조할 것을 명했다. "나라를 다스리기 위해서는 법과 서책들에 대한 지식을 널리 보급함으로써 이理를 구하고 마음을 바르게 하여 국가의 질서와 평화를 얻도록 해야 할 것이다. 우리나라는 바다 건너 동쪽에 위치하여 중국의 서책을 구하기가 어려우며 목판은 쉽게 닳게 되고 천하의 모든 책을 모두 조각하기도 어렵다. 이에 나는 동銅으로 활자를 만들어 인쇄토록 함으로써 서책의 보급을 넓히려 하니 그 이익됨이 무궁할 것이다. 그에 대한 경비는 백성들에게 부담시키지 말고 내탕금內帑金으로 충당하라."12쪽

이후 "이 왕명의 시행을 위해 『시경詩經』, 『서경書經』, 『춘추春秋』에서 가장 자주 쓰이는 글자를 택해 10만자의 동지銅字를 주조"한 사실, 태종 이후 조선의 국왕들도 이를 계승한 사실 즉, "1544년까지 활자주조에 관한 것이거나 활자로 인쇄된 저술에 관한 왕명만도 열한 차례"에 이르는 점 등을 소개했다. 또한 "가장 유능한 조정의 필사가가 우아한 활자의 자본字本을 위해 필사의 일을" 담당했고, "『강목綱目』의 중국판의 글자를 모사했"는데, "처음 주조한 활자가 부족한 것을 깨닫고 곧 새로운 활자를" 만든 사실, 이에 따라 조선의 국왕들은 10만에서 20만자의 활자를 만들었으며, "그 열성이 지나쳐 동이 부족할 때는 몰락한 사찰의 종이나 관청 또는 개인이 소장한 화병이나 각종 기물을 녹여 쓰기도" 한 사실을 소개했다.p.259; 11~12쪽

그녀는 이후 한국 활자인쇄술과 관련된 쿠랑의 서술내용을 거의 그대로 옮겼다. 즉, "이 시대에 인쇄된 책들에는 태종의 주조鑄造와 관계된 기원과 발전에 대한 발문을" 넣도록 한 점을 제시했다. 다만, "1544년에서 1770년까지는 이 시대를 특징짓는 내란內亂과 외란外亂 때문에서건 또 다른 동기에서건 간에 활자인쇄가 이루어지지 않고" 있었던 정황을 서술했다. 또한 1770년 영조英祖가 『문헌비고』의 간행에 필요한 활자를 다섯 달 반 동안 주조토록 하고 그 책의 마지막에 발跋을 넣어 활자인쇄의 기원과 새로이 만든 신판에 대해 서술하도록 명"한 사실 그리고 "수년 동안 30만자를 주조하여 규장각과 창경궁에 나누어 보관했는데 32만자의 목활자를 만들어 새로운 동지銅字의 견본으로 삼은" 점도 이야기했다. 마지막으로 "1770년에서 1797년 사이에 수많은 책이 그때까지도 자주 사용되던 태종의 방식에 따라 인쇄"된 사실을 지적했다. 그러나 쿠랑이 "한국의 활자인쇄의 실질적 상황에 대해 정확한 정보를" 지니고 있지 못했으며, 그 이유를 쿠랑이 "활자보관의 상태가 매우 나쁘기 때문"이라고 추론한 내용을 그대로 번역했다.p.259: 12~13쪽

이러한 쿠랑의 한국 활자인쇄술과 관련된 서술은, 본고의 2장에서 살펴보았듯이 쿠랑 본인이 상당히 강조하고 주목한 내용이기도 했다. 켄뮤어 부인 역시 이 점을 잘 인식했던 것이다. 따라서 이와 관련된 내용을 매우 상세히 번역하여 소개한 것이다. 반면 한국에서 출판한 서적의 다양한 판본에 대한 쿠랑의 세세한 언급은 모두 생략했다. 다만 아래와 같은 한국의 필사본과 관련된 쿠랑의 서술내용만을 발췌·번역했다.

매우 오래 전부터 인쇄술을 사용한 나라에서의 필사본의 역할은 유럽의

그것과 전혀 다른 것이었다. 조판된 목판은 필사가의 붓이나 묵에 비해 처음에는 많은 경비를 요구하지만 무한하지는 않더라도 적어도 다량의 복제를 가능케 한다. 게다가 인쇄하는 사람의 작업은 필사생의 그것보다 간단하고 보수도 작아서 책의 서사기술은 인쇄의 발전보다 큰 발전을 이룰 수는 없었을 것이다.19쪽

켄뮤어 부인이 이 필사본 관련 대목에 주목한 이유는, 이 부분에서 중국/일본과 변별된 한국의 특성이 서술되어 있었기 때문이다. 필사본이 거의 존재하지 않는 중국, 필사본이 훨씬 덜 귀한 일본과 달리 한국은 비록 "오래 전부터 인쇄가 사용되었고 상당히 높은 수준에 올라 있음에도 필사본이 흔히 눈에" 띄었다. 그 이유는 잘 인쇄된 서적이 너무나 고가이기에, 너무 귀한 물건이었기 때문이다. 이에 비해 시간은 경비가 드는 것이 아니므로, 필사본은 많이 생산될 수가 있었다. 더욱이 육체 노동이 관습적으로 금지된 양반의 경우, 더욱 그러했을 것이다. 또한 관인의 경우 특별한 보수를 제공하지 않아도, 서적에 대한 필사를 시킬 수 있었다. 더불어 그녀는 쿠랑이 바라문고와 대영박물관에서 열람했던 예술품 수준의 고필사본을 언급했다.pp.258~260; 10~21쪽 즉, 그녀는 「서론」의 주요 요지와 중국/일본과 변별된 한국서적 혹은 출판문화의 특성이 잘 보이는 대목을 중심으로 번역했다. 이러한 태도는 나머지 번역에 있어서도 동일하다.

켄뮤어 부인은 한국의 문자사를 다룬 「서론」의 III장 전반부는 매우 충실하게 번역했다. 그 이유는 한국서적의 외형적인 형태를 다룬 II장보다 이 부분이 개신교선교사들에게 매우 유용한 내용이었기 때문이다. III장

은 한국서적 속의 서기체계Écriture를 주제로 한 것이었다. 즉, 한문, 한글, 양자의 혼용체라는 세 가지 표기 및 문체형태를 논한 부분이었다.「서론」을 보면 그 초두 부분에서 쿠랑은 한국에서의 국한문 혼용체가 일본인이 자신들의 철자와 함께 표의문자를 활용하는 방식과는 다른 점을 주목했다. 왜냐하면 "한글은 전시轉寫를 위해서건 번역을 위해서건 한자 본문 옆에 놓여 문장을 설명하고 글자의 발음을 표시하는데 사용되나 한자 문장만으로도 충분히 설명되어 한글은 교육받지 못한 독자들을 위해 첨가될 뿐인 것"이었다. 이와 같은 체계는 "거의 모든 사전, 많은 외국어 저술, 의서, 점성에 관한 책, 경서의 몇몇 판, 그리고 일부 불교서와 도교서에 채택"되어 있었다.p.260; 21쪽 켄뮤어 부인은 이러한 일본과는 다른 방식을 잘 보여주는 다음과 같은 쿠랑의 설명을 그대로 발췌, 번역했다.

> 두 가지 문자가 동시에 사용되어 한글이 문법적 소사小辭로 같은 한 문장 안에 들어 있는 경우는, 내가 알기로 필사의 노래 모음집인『가곡원류歌曲源流』밖에 없다. 한자는 한국에서 거의 언제나 정자正字로 쓰였지만『유서필지儒胥必知』,『서전대문書傳大文』과 같은 책이나 관용 문서 안에는 중국학자가 설명할 수 없는 글자가 사용되었는가 하면 한글도 한자도 아닌 다른 글자들이 들어 있다. 따라서 한국책의 간단한 검토도 이 세 가지 글자, 즉 한글, 한자, 그리고 반半한자 중 어느 글자로 쓰였는지, 그리고 우선 어느 것이 원조인지 알아봐야 한다.21쪽

켄뮤어 부인은 상기 인용문에서 "한자는 한국에서 거의 언제나 정자正字로 쓰였지만"이라는 쿠랑의 진술에 놀랐다고 말했다. 왜냐하면 한국문학

에서 그들이 대면하게 되는 바는, 한국에서 속어화된 표현 혹은 『강희자전康熙字典』이나 『전운옥편全韻玉篇』 등에서 찾아볼 수 없는 표현이었기 때문이다.pp.260~261 이후 그녀는 계속해서 쿠랑이 『삼국사기』를 전거문헌으로 삼아 한국에서 한자의 도입에 관해 서술한 내용을 소개한다. 고구려는 왕조가 놓인 지리적 입지로 인해 최초의 사례를 보여주는 국가였다. 600년경 영양왕嬰陽王 11년 태학 박사 이문진李文眞이 명을 받아 5권으로 저술된 국가의 고대역사를 집필했다는 기록을 발견할 수 있기 때문이었다. 또한 "국초國初부터 글자를 사용하기 시작하여 여러 사람이 쓴 100권의 기록이 있었는데 이를 『유기留記』라 불렀으며 오늘날에 와서 그 내용을 완성시켰다"는 기록이 덧붙여 있음을 지적했다.p.261; 21~22쪽 그녀는 이러한 내용을 소개한 후 쿠랑의 다음과 같은 기술을 발췌, 번역했다.

> 이 나라에서의 오랜 한자의 사용은 53년 왕위에 오른 태조 때부터 왕명王名이 모두 한자로 설명되어 진다는 사실로 또한 뒷받침 될 수 있다. 4C말까지 중국식의 표현은 군주명과 그들의 능이 위치한 지방까지 사용되었고 이어서 채택된 지침은 불교적인 쪽에 가까웠다. 소수림왕小獸林王 2년, 372년에는 이 새로운 종교가 고구려에 들어와 한자 공부가 활발히 이루어지고 불서가 도입되었으며 임금은 젊은 사람들의 교육을 위해 태학太學이라는 학교를 세웠다.22쪽

그녀는 이어서 4세기 경 백제에서 문자를 사용했다는 기록에 대한 쿠랑의 견해를 소개한다. 즉, "백제에는 그 무렵까지는 문자가 없다가 당시 한반도 전체에 침투한 불교의 포교자들에 의해 들어온 것"이라는 쿠랑의

견해가 그것이다. 그리고 한자 도입 및 사용을 6세기 경으로 추론한 쿠랑의 견해를 소개했다. 또한『삼국사기』라는 전거문헌에 관한 쿠랑의 검증도 함께 거론했다.p.261; 22~27쪽 그러나 이 이외의 다른 세부적인 많은 내용들은 생략되었다. 다만, 설총이 창안한 이두를 "중국어 본문 강독에 사용되는 한국어 토吐를 써놓음으로서 큰소리의 낭독과 그에 따른 중국어의 이해를 쉽게 만든 것"30쪽이라는 쿠랑의 해석과 이러한 공로로 말미암아 설총이 그의 사후에 존호를 받고, 공자의 사당祠堂에 안치되는 영광을 받았음을 소개했다. 그녀가 소개한 이러한「서론」의 III장 전반부는 후일 게일이 해당 부분을 완역하게 될 정도로 큰 중요성을 지니고 있었다. 한국에서 한자·한문이 상징해주는 중국문화 더 엄밀히 말하자면 중국의 유교문명은 당시 한국문화를 구성하는 가장 중요한 핵심이자 골자였기 때문이다.

이어지는「서론」IV장 역시 이와 긴밀히 관련되는 것이기도 했다. 그녀는 먼저 쿠랑이 다음과 같이 규정한 문학개념과 한국문학의 범주를 발췌, 번역한다.

여기서 문학이라는 단어는 보다 넓은 의미에서 문자로 쓰여져 표현된 정신의 산물을 말하는 것이다. 그 책 자체를 서술하고 어떤 문자 어떤 언어로 쓰였는지는 이미 제시했던 바, 이러한 의미 즉 도서의 내용으로서의 문학이 지금부터 바로 내가 다루려는 것이다. 그 밖에도 한국인들에 의해 지어진 저술에만 국한시키지 않을 생각이다. 한국인들은 실제적으로 그들의 정신세계를 이끌고 유지시켜온 많은 중국책들을 읽고, 베끼고, 재인쇄하고, 재독하고, 연구하기 때문에 한국인에게 있어 원초적이고 충실한 이들 교시자들에 대해 언급하지 않는다면 가장 중요한 한 면 전체를 무시하는 것이며

나머지에 대해서도 아무것도 이해할 수 없게 될 것이다.<sup>41~42쪽</sup>

상기 인용문은 쿠랑이 「서론」에서 말하고자 하는 한국문학의 범위를 잘 보여주는 진술이다. 즉, 시, 소설 등과 같은 언어예술이라는 협의의 문학개념에 한정되지 않는 한국문헌 전반을 다루기 위해 활용한 광의의 문학개념과 한국에서 유통되던 중국의 한문 전적을 포괄하기 위해 제시한 전제들이었다. 그녀는 해당 내용을 그대로 번역했다. 이러한 문학개념을 전제한 후, 한국에 전래된 불교, 도교, 유교 저술을 고찰하는 부분에서 그녀는 그 핵심요지를 중심으로 소개했다.

그녀는 광의의 한국문학에서 가장 이른 시기에 발견할 수 있는 서적은 승려들에 의해 유입된 불교서적으로 민중들에게 많은 영향력을 끼쳤다고 소개했다. 특히 "미래의 선행에 대한 포상과 악행에 대한 지옥사상은 한국에서는 순전히 불교에서 온 것으로 보인다"이라고 말한 쿠랑의 서술을 번역했다. 하지만 당시는 그 영향력과 흔적이 미비한 점, 즉 "한때 극성했던 불교의 사상들은 사찰의 존재 외에는 아무것도 남겨놓지 못했는데 그나마 부유하게 갖추어진 곳은 몇 군데로 대부분은 몰락하고 말았다"라는 쿠랑의 서술을 소개했다. 도교의 경우, 쿠랑의 서술에 기초하여 불교보다 훨씬 더 영향력과 흔적이 보이지 않는 점, 유식한 한국인들조차도 도교가 이 나라에 존재했는지를 잘 모른다는 점을 소개했다. 또한 1882년 일종의 도교 부흥과 같은 사건이 일어났고, 이로 인해 많은 서적들이 인쇄된 모습을 서술한 내용도 제시했다.<sup>p.262; 42~43쪽</sup> 요약하자면, 켄뮤어 부인은 불교, 도교에 관해서는 당시 한국의 현재적 상황에 초점을 맞춰 이를 중심으로 요약한 셈이다.

하지만 유교에 대해서는 달랐다. 왜냐하면 그녀가 인용한 쿠랑의 진술 처럼, 유교는 한국사상의 핵심으로 여겼기 때문이다. 이와 관련하여 그녀 는 "한국인들의 사회 및 행정적 구조, 철학적 사상, 역사와 문학의 개념 등 모든 것이" 유교에 귀속된 것이며, "사색, 관찰과 비평, 열정, 실제적 상 식, 호기심, 이 모든 것"의 유래가 유교라는 쿠랑의 견해를 소개했다. 그 녀는 물론 세부적인 서술내용을 모두 번역하지는 않았다. 하지만 쿠랑이 「서론」에서 이 주제와 관련하여 23쪽에 이르는 서술을 보여준다는 점 또 한 그 속에는 유용하고 흥미로운 정보가 넘친다는 사실을 지적했다. 자신 의 소개에 누락된 내용을 구체적으로 밝힌 셈이다. 그녀가 그 세부적인 내용을 소개한 대목은 "유교가 도교 및 불교와 함께 중국인의 정신세계를 공유한다하여 도교나 불교처럼 유교를 종교에 넣는다는 것은 큰 오류(그 러나 이 오류는 쉽게 범해진다)라 할 수 있다"라는 쿠랑의 진술이었다. 즉, 이 는 유교를 종교로 볼 수 없다는 쿠랑의 서술 내용이다.pp.262~263; 43~46쪽 그녀가 참조하고 번역한 해당 부분을 펼쳐보면 아래와 같다.

공자는 개념의 순서를 도치시켰다. 그가 기본에 놓은 것은 도덕적이고 사회적인 규범이었으며 종교는 이 규범에의 한 가지 적용에 불과한 것이었 다. 이 성인은 실제로 신령에 대해서는 거의 관심을 갖지 않고 언급하는 일 이 드물었으며 어떤 사람이 이 문제에 대해 물었을 때 그의 대화자를 더 이 상 받아들이지 않았다. 그의 생각은 모두 다른 개념을 향하고 있다. 그는 그 의 시대의 인물과 사회를 받아들이고 조상들에 의해 전해내려 온 전통을 인 정하며 이 모든 사실로부터 옛사람들의 권위에 의거한 안내규칙을 끌어내 고 있다. 그는 사회를 변형시키려 하지 않고 선조들이 밟아온 길 위에 자신의 발걸음을 조정시키는 방법만을 찾고자 했다. 그것이 바로 도덕적인 고정 관념이지만 공자가 이해한 도덕은 매우 멀리까지 뻗쳐 있다. 그것은 개인과 가족을 초월하여 실제로 움직이는 사회 전체를 포용하며, 의식儀式을 통해 고인故人에게까지도 미치는데, 이들은 그들 후손과 존재할 수 있는 최상의 힘을 가리키는 애매모호한 용어로서의 하늘까지도 함께 하는 것이다. 그 외에 의식에 대해서도 모든 다른 것이나 마찬가지로 공자는 고대로부터 내려온 것만을 유지시키려고 했다.44쪽

이후 그녀는 쿠랑의 고찰을 고전적 철학을 담은 유교의 고전과 정전들, 이와 같은 종류의 중국 및 한국의 서적들을 제시했다고 요약했다.

한국의 한문문헌 전반을 다룬 「서론」 V장 이후는 생략이 더 많은 편이다. 켄뮤어 부인은 V장 이후의 내용을 한국문헌의 문체와 문학적 가치를 고찰한 것이라고 말했다. 사실 이 내용들은 생략이 많을 수밖에 없었다. 왜냐하면 그 주요 요지는 그녀가 주목한 내용 그 자체였기 때문이다. 그녀가 주목한 부분은 유교적이며 도덕적인 성격을 지녔으며, 중국 저명한 저자의 고전적 전범에 의거한 한국 한문학의 몰개성적인 창작방식이었다. 이러한 기준에서 볼 때 문체나 사상에 있어서 독창성은 미덕이 될 수 없었다. 그녀는 다음과 같은 쿠랑의 기술을 그대로 번역하여 소개했다.

한 문인이 자신의 생각과 연결되는 문구나 문장을 어떤 고전에서 발견하면 자신의 방식 나름대로 말할 생각은 않고 옛 사람의 권위가 가득 찬 것만이 기뻐서 그 문구나 문장을 그대로 베끼는 것이었다. 직접적이고 그 출처

를 밝힌 인용문 옆에는 또한 한 문구, 한 표현어, 차용어를 볼 수 있는데, 그것은 과정을 제시하기 위해 부가된 것으로 독자들로 하여금 사용된 용어의 기원을 알 수 있도록 배려한 것이다.55쪽

그녀는 이러한 문학관이 한국문인지식층이 소유한 것이며 공자로부터 비롯된 것이라고 지적했다. 또한 산문에 비해 운문 즉, 시작법에 있어 이러한 원칙과 규율이 훨씬 더 엄격하게 작용하며, 교유 및 사회적 관계에 있어 시문학이 매우 큰 위상을 지니고 있다는 쿠랑의 지적을 소개했다.p.263; 56~57쪽 그리고 다음과 같은 쿠랑의 서술을 발췌번역했다.

왕이나 왕족의 장례에는 각 대신들이 시문 한편을 지어 흰 비단의 기旗에 적어 장례 행렬에 들고 가도록 했다. 그 어떤 묘비명, 기념비적인 명문치고 명銘없이 끝나지 않는 예가 없다.57쪽

그리고 상기 예시가 보이듯 의례 또한 연회에서 시문 창작과 낭송이 중요한 역할을 담당하는 점을 언급했다. 이러한 환경 때문에 연회에서 창작된 시를 모은 선집, 그리고 중국사신과 이들의 영접한 한국문인들의 시선집이 다수 출판된 사실을 소개했다.p.263; 57~58쪽 이어서 쿠랑의 다음과 같은 언급을 번역했다.

의례와 행정에 관한 저술들은, 내가 아직도 서술해야 할 역사, 과학, 어학의 서적들에서와 마찬가지로, 저자가 목표로 한 실제적인 목적 때문에 그 문체에 있어서 순수한 문학작품의 그것보다 훨씬 간단하고 명료한 것을 사

용하여야만 한다. 어떤 사실을 알리거나 교훈을 서식에 따라 적음에 있어
잘 이해되지 않을 고전에서의 용어를 빌어다 쓸 수는 없으며, 주제의 성격
이 독자들의 정신에 모호하게 남아서는 안되기 때문에 사물을 명확하게 상
기시켜 주어야만 하는 것이다.57쪽

즉, 의례, 행정, 역사, 과학, 어학과 관련된 저술들의 문체는 문학작품보
다 훨씬 간단하고 명료하다는 쿠랑의 지적을 번역한 셈이다.pp.263~264;
54~60쪽 이후 역사, 지리 저술에 관한 쿠랑의 설명을 생략하고 바로 임진왜
란 이후 중국 측 병서가 출판되었으며, 한국인들이 거북선의 발명을 자랑
스러워한다는 내용을 소개했다. 의학서의 경우 7세기 중국의 학풍을 수용
하고, 선조 때 크게 발전하여 중국 측에 인정받은 사실을 지적했다.p.264;
66~67쪽 역사 저술과 관련해서는『삼국사기』를 소개하고, 더불어 개인과 왕
명에 의해 편찬된 다양한 역사서가 있다는 내용을 번역했다.p.264; 62~63쪽
　그녀가 이처럼 본래의 순서를 바꾼 이유는 간단하다. 역사 저술 보다
의학서, 병서가 한국적 독창성이 있다는 다음과 같은 쿠랑의 진술을 보고
그렇게 판단한 것으로 보인다.

　　아직도 병술兵術, 의약醫藥, 어학語學의 세 연구 분야가 남았는데, 국토방위,
　병자의 치료, 이웃국가와의 교류 등 실제적인 필요성에 의해 한국인들이 더
　독창성을 나타내는 부문들이다. 그들은 그곳에서 그들의 천성인 질서와 명
　석함의 자질을 보여주고 있다.66쪽

그녀가 번역한 상기의 서술내용이 잘 보여주듯, 쿠랑은 한국에 지리,

천문학, 수학 저술이 있지만, 이는 의학서, 병서, 어학서에 비해 상대적으로 한국적인 독창성이 없다고 평가했던 셈이다.p.264; 64~66쪽 더불어 한국에서 외국어 연구는 특정 계급에 한정되어 이루어짐을 언급한 후, 역관계급에 대한 쿠랑의 아래와 같은 서술 내용을 발췌, 번역했다.

> 지난날의 학식 있는 양반들이 무용지물의 철학적 토론에 정신을 잃고 있는 동안, 흔히 역관계급이라고 불리는 이 계층은 그의 활동과 부에 의한 그의 위치를 점점 넓히고 있었고, 쇄국주의적 법규에도 불구하고, 중국과 일본과 교류하였으며, 서양으로부터의 과학지식을 한국에 침투시켰던 것이다.68쪽

또한 "범어도 한국에서 연구 되었으나 단지 승려들에 의해서만 이루어져 범어, 한자, 한글로 된 몇 가지 불교서가 있을 뿐이다. 1777년에 간행되고 매우 명확해 보이는 범어 학습방법이 1891년 서울 근처에 있는 한 사찰에서 별견되었는데 불행히도 나는 그것을 자세히 검토할 시간이 없었고 승려들은 내게 그것을 양도하기를 거절했다"는 쿠랑의 언급, 즉, 범어 연구가 오직 승려계층에 의해서만 이루어지는 상황에 대한 쿠랑의 서술을 번역했다.p.264; 67~69쪽

지금까지 켄뮤어 부인이 논평한 「서론」의 내용들은 한국인 학자들에게 다소 높은 평가를 받는 저술들이었다. 이에 반해 「서론」의 마지막 장Ⅵ은 "학자와 역관, 양반이나 반양반, 공부한 사람, 관리이거나 관리가 될 사람들이 무시하는 대중문학" 즉, 한글문헌 전반을 다루고 있다. 그녀는 이를 간명하게 소개하며, 한국의 저급한 대중문학의 존재를 암시해주는 쿠랑의 다음과 같은 서술내용을 번역했다.

이웃 아낙네들과 실컷 수다를 떨고 온 후 한가한 긴 시간동안 부인네들이 집안 구석에서 무엇을 할 것인가? 고객을 기다리며 상인은 무엇을 할 것인가? 자주 찾아오는 쉬는 날에 노동자들은 무엇을 할 것인가? 이들 중에 한자를 아는 사람은 거의 없고, 따라서 조리 있는 본문을 읽을 수 있는 사람은 하나도 없을 것이다. 그러나 한글을 모르는 사람은 거의 없으니 이야기책은 이들을 확실한 독자층으로 갖게 되는 것이다.69쪽

그녀는 이러한 종류의 문헌에 관한 쿠랑의 설명 중에서, 먼저 고소설 작품에 비평을 소개했다. "급제하는 선비나 적을 무찌르는 젊은 용사, 신체적 도덕적으로 완벽한 젊은 여성, 젊은이들의 행복을 반대하는 아버지, 젊은 처녀를 탐내다 그 모략이 탄로 나는 사악한 양반, 자비로운 고관, 전술과 비술에 능통한 승려 등 도처에 같은 유형이 발견되어 곧 오랜 지기知己처럼 되어 버린다"와 같이 고소설 속 주인공의 몰개성적인 성격을 언급한 내용을 소개했다. 더불어 "줄거리도 단순하여, 젊은이들이 결혼에 도달하는 이야기나 오랫동안 잃어 버렸던 자식을 찾는 이야기이며, 많은 사건이 쌓여 전쟁, 유괴, 파선, 꿈, 기적, 모략, 유배 등이 쉴새 없이 이어지는 것이다"라는 언급이 잘 보여주듯 단순한 구성 및 줄거리를 지니고 있다는 평가를 제시했다. 이렇듯 천편일률적인 모습으로 말미암아, 2~3편을 작품만을 보아도 고소설 전반을 알 수 있다는 쿠랑의 평가를 언급했다.pp.264~266; 69~74쪽

그리고 고소설 다음 두 번째로 많은 부류에 속하는 한국의 시가문학과 관련하여, "이 모든 작품 속에는, 심지어 가장 통속적인 것에서조차, 중국의 사물에 대한 암시와 중국 시작법의 무의식적인 차용을 순간순간 발견

할 수 있다"는 쿠랑의 평가를 소개했다. 또한 그녀는 실제 쿠랑이 본문 중에 한국 시가 작품 몇 편을 번역한 사실을 분명히 알고 있었다. 이에 그녀는 중국문화에 대한 종속성에 대한 언급을, 쿠랑이 수집한 노동요를 통해서 예증할 수 있었다pp.264~266; 69~74쪽. 마지막으로 천주교 및 개신교 문헌에 대한 쿠랑의 두 가지 언급을 소개했다. 천주교 문헌들이 중국서적을 번역하거나 축소한 형태의 한글문헌이라는 사실, 쿠랑이 검토한 개신교 서적이 그가 한국에 머물던 1889년까지의 서적이 전부라는 사실을 소개했다. 그리고 전술했던 「서론」의 결론 부분을 번역했다pp.264~266; 69~74쪽. 그녀가 번역한 부분은, 이 글의 2장에서 전술했던 VI장의 핵심적인 내용이었다.

### 3) 왕립아시아학회 한국지부 학술지와 『한국서지』

지금까지의 내용을 보면 알 수 있듯이, 켄뮤어 부인의 기사는 쿠랑의 「서론」에 대한 축역본이라고 평가할 수 있다. 당연히 이 번역은 완역의 형태는 아니었다. 그녀가 그래도 상대적으로 충실히 번역한 부분은 「서론」의 I장이었다. 그것은 1890년경 『한국서지』가 출판된 과정 그리고 쿠랑이 조사한 서적들의 소장처, 한국서지 연구의 난점들과 같은 내용들이었다. 즉, 이는 쿠랑이 제시한 자신의 '연구방법론'이었다. 쿠랑의 저술이 보여준 연구와 시도 자체가 당시로서는 그만큼 획기적인 것이었기 때문이다. 그렇다면 켄뮤어 부인과 같은 개인이 아니라 한국 개신교선교사들 전반에게 『한국서지』는 얼마나 읽혔을까? 사실 이 질문에 대하여 쉽게 답할 수는 없다. 하지만 분명한 사실이 있다. 『한국서지』의 출간 이후 한국문학 번역 및 연구의 지평은 크게 변모되었다는 사실이다.

한국개신교 선교사의 정기간행물 속 한국문학논저를 정리해보면 한국의 속담과 설화를 거론한 내용들이 다수를 차지한다. 그렇지만 쿠랑 저술의 등장과 함께, 새로운 모습들이 보인다. 예컨대, 『동몽선습』, 『동국여지승람』, 『동국문헌비고』 등과 같은 문헌을 해제한 글들이 있다. 또한 『동국통감』 등과 같은 한국의 사서를 번역하여 한국의 고대사를 소개하는 글도 예로 들 수 있다.[51] 물론 이는 쿠랑 저술의 강력한 영향력이라기보다는 개신교선교사들의 한국학 연구가 심화되는 과정이라고 평가할 수도 있다. 그렇지만 쿠랑의 저술이 이 심화과정을 가속화시킨 점은 분명하다. 이 점을 보여주는 사례이며, 동시에 한국 개신교선교사들이 자신들의 학문적 역량을 발휘한 업적들이 『왕립아시아학회 한국지부 학술지』 창간호에 수록되어 있었다.

한국에서 설립된 최초의 서양인 한국학 학술단체, 왕립아시아학회 한국지부는 1900년 일련의 학술발표회를 기획했다. 먼저 1900년 10월 24일 '한국에 미친 중국의 영향'이라는 주제로 게일의 첫 발표가 이루어졌다. 그리고 이 발표 주제에 대한 반대의 입장, 중국과 분리된 '한국만의 고유한 독자성'을 제시하고자 한 헐버트Homer Bezaleel Hulbert, 1863~1949의 발표가 12월 19일 이어졌다. 『왕립아시아학회 한국지부 학술지』 창간호에는 두 사람의 발표문과 함께, 헐버트의 논의에 대한 게일의 답변 그리고 존스George Heber Jones 1867~1919의 총평이 함께 수록되어 있다.[52] 게일

---

[51] 원한경의 서지목록 〈문하〉 항목 중 한국에서 발행된 영미정기간행물에 주목할 때 이러한 사실을 발견할 수 있다(H. H. Underwood, "A partial Bibliography of Occidental Literature on Korea", *The Transactions of the Korea Branch of the Royal Asiatic Society* 20, 1931, pp.39~45).

[52] J. S. Gale, "The Influence of China upon Korea", *The Transactions of the Korea Branch of the Royal Asiatic Society* 1, 1900; H. B. Hulbert, "Korean Survival", *The Transactions*

과 헐버트는 한국 민족문화의 특성에 관한 서로 상반된 시각과 쟁점을 각기 제기했지만, 양자는 중요한 공통점이 있었다. 존스가 적절하게 총평해주었듯이, 게일과 헐버트, 두 사람이 제시하고자 한 바는 결국 '한국민족 혹은 한국문화의 기원'이라는 공통된 주제였기 때문이다. 이 주제는 당연히 외국인들의 한국체험 혹은 관찰만으로는 접근할 수 없는 연구대상이었다. 한국의 문헌을 통해 규명해나갈 수밖에 없는 연구대상이었고, 이는 쿠랑이 개척해 놓은 업적과도 상통하는 바였다.

왕립아시아학회 한국지부의 발표와 쿠랑의 저술은 어떠한 관계를 지니고 있던 것일까? 일단 게일의 발표주제 그 자체 그리고 그의 한국문학관이 20세기 초반까지 쿠랑을 비롯한 유럽 동양학자의 한국문학부재론을 상당량 공유하고 있었던 사실을 주목할 필요가 있다. 한국어, 한국문학에 관한 게일의 서술은 "오늘날 한국인들의 삶, 문학, 사상 어느 것 하나 중국에 기원을 두지 않는 것이 없다"[53]는 한 문장 안에 잘 요약되어 있다. 예

*of the Korea Branch of the Royal Asiatic Society* 1, 1900; J. S. Gale, G. H. Jones, "Discussion", *The Transactions of the Korea Branch of the Royal Asiatic Society* 1, 1900(이하 해당 원문 및 역문은 이진숙·배윤기·강영미·이상현 역주, 『서양인의 한국고전학 선집』 2, 박문사, 2017을 참조); 이 학술발표회에 대한 설명은 H. H. Underwood, "Korea Branch of the Royal Asiatic Society its Past and Present", *The Transactions of the Korea Branch of the Royal Asiatic Society* 31, 1948~1949, p.1; Lak-Geoon·George Paik, "Seventy Years of the RAS in Korea", *The Transactions of the Korea Branch of the Royal Asiatic Society* 47, 1972, pp.25~39; H. G. Underwood, "Korea Branch of the Royal Asiatic Society its Past and Present", *The Transactions of the Korea Branch of the Royal Asiatic Society* 31, 2000, pp.1~3; 이용민, 「게일과 헐버트의 한국사 이해」, 『교회사학』 6(1), 2007, 163~166쪽; 김승우, 『19세기 서구인들이 인식한 한국의 시와 노래』, 소명출판, 2014, 133~144쪽; 이상현, 「한국신화와 성경, 선교사들의 한국신화해석 – 게일(James Scarth Gale)의 성취론과 단군신화 인식의 전환」, 『비교문학』 58, 한국비교문학회, 2012, 54~59쪽; 이상현, 『한국고전번역가의 초상, 게일의 고전학 담론과 고소설 번역의 지평』, 소명출판, 2013, 144~153쪽을 참조.
53  이진숙·배윤기·강영미·이상현 역주, 앞의 책, 64쪽.

컨대, 그가 보기에 한국의 한자어는 한국의 고유어가 아니라, 중국에 종속된 언어였다. 중국을 배경으로 한 한국의 고소설, 중국 고전의 전고로 가득 차 있는 한국의 시가 역시 마찬가지였다.

하지만 이러한 게일의 시각은 비단 쿠랑의 저술로 한정할 수 없는 것이 아니라, 19세기 말 외국인들의 한국문학론에서도 발견할 수 있는 바이다. 사실 한국의 고전문학을 서구적 근대문학 관념으로 접근했을 때, 도출되는 공통된 시야일 수도 있다. 그렇지만, 이러한 주장을 제시한 애스턴, 오카쿠라와 게일의 큰 차이점이 있다. 한글문헌을 주목한 그들의 한국문학론과 달리, 게일은 자신의 발표에서 한문으로 된 저술을 한국문학의 영역 안에 포괄, 검토했다는 점이다. 이러한 방식은 한국 한문문헌 전반을 검토했던 쿠랑의 저술에 상대적으로 더욱 근접한 것이었다.

물론 게일은 쿠랑을 비롯한 과거 외국인들이 다루지 않았던 한국의 문헌자료들(『동국통감』, 『동몽선습』, 『아희원람』, 『청구악장』)을 다수 활용하며 자신의 논리를 펼치기도 했다. 하지만 게일에게 쿠랑의 논의는 상당량 영향력을 발휘했던 것은 분명해 보인다. 이러한 사실을 잘 암시해주는 것 중하나가 있다. 게일은 이 발표 이후, 쿠랑의 『한국서지』 「서론」 III장을 번역하여 *The Korea Review*에 수록했다.[54]

전술한 바와 같이 '한국의 문자사'라고 볼 수 있는 III장에서 게일은 한글, 언문의 기원과 관련된 내용은 번역하지 않았다. 그가 주목한 바는 한국에서 한자·한문의 역사와 설총의 이두와 관련된 쿠랑의 서술이었다. 이러한 배제와 선택에는 당연히 일정량 의도가 있었다. 「서론」에서 해당

---

**54** J. S. Gale, "Introduction of the Chinese into Korea", *The Korea Review* I, 1901, pp.155~162; "The Ni-T'u", *The Korea Review* I, 1901, pp.289~292.

내용은 단지 문자의 문제일 뿐만 아니라, 한자·한문을 매개로 중국에서 한국으로 전래된 유교·불교·도교와 같은 사상이자 종교의 문제가 함께 함의되어 있었기 때문이다. 따라서 해당 내용부분은 게일이 담당한 발표 주제와 관련해서도, 더욱 관련이 깊은 논의였다. 더 엄밀히 말하자면, 쿠랑의 저술은 게일이 발표할 주제와 관련해서 중요한 한국 측 자료를 먼저 검토한 일종의 선행연구였던 셈이다. 더불어 게일의 발표 자체와 관련해서도 학술적인 차원에서 그 정당성을 보장해줄 주요한 연구사례였다.

쿠랑─게일이 제시하고 헐버트의 논의로 이어진 중요한 쟁점을 중심으로, 당시 개신교선교사들에게 있어 「서론」 III장이 지니고 있던 학술적 의미를 곱씹어 볼 필요가 있다. 쿠랑은 한국에서 한자의 도입과 그 사용에 관한 기록을 찾고자 했다. 사실 한국에 영향을 끼친 중국문화를 살피고자 한 게일의 고찰에 비한다면, 그 연구대상의 영역은 한정적인 편이었던 셈이다. 그럼에도 통시적인 차원에서 탐구하는 구도 자체는 향후 게일의 연구를 충분히 선도하는 차원이었다. 『삼국사기』의 서술을 중심으로, 쿠랑은 고구려의 영토를 주목했다. 왜냐하면 이곳은 전설과 역사 속에 단군, 기자, 위만의 왕조가 자리 잡았던 장소였기 때문이다. 또한 이 중 기자와 위만은 중국에서 온 망명객이었기에 그들의 존재로 인해 이 시기 처음으로 한국문화에 중국적 형태가 등장했을 것이라고 추론했다.[55]

게일은 『동국통감』을 기반으로 한국의 고대사를 더욱 상세히 서술했지만, 두 사람을 보는 시각은 쿠랑의 관점과 유사했다. 게일에게도 기자와

---

55    M. Courant, 이희재 역, 앞의 책, 21~22쪽.

위만은 중국인이었으며, 두 사람은 한국문화에 중요한 영향력을 전파한 인물이었다.[56] 이와 달리, 헐버트는 두 사람을 중요한 인물로 해석하지 않았다. 왜냐하면 그가 보기에, 기자보다 중요한 한국문명의 기원이자 한국 민족의 시조는 단군이었다. 또한 위만은 중국인이 아니라 만주의 반야만 부족인 연나라 사람이었으며, 나아가 그가 한국에 끼친 영향은 매우 미비한 수준이라고 판단했다.[57]

그렇지만 이러한 고대왕국의 존재 자체가 한국에서 한자·한문 유입과 관련된 직접적인 근거는 아니었다. 이 역사가 한국 사상의 핵심이라고 할 수 있는 유학 혹은 유교 경전과 직접적으로 관련되는 것이 아니었으며, 유교문명 혹은 한학에 관한 한국인들의 자기화 혹은 토착화를 보여주는 증거도 아니었기 때문이다. 쿠랑이 보기에 오히려 더욱 중요한 근거는 『삼국사기』에 기록된 고구려, 백제, 신라가 만든 각 왕조의 역사서 그 자체였다. 또한 한자를 활용한 왕명王名의 등장을 중요한 근거로 여겼다. 나아가 한자를 음성표기의 수단이나 한학연구의 차원이 아니라, 그 언어로 글을 쓰는 차원에서 활용한 것을 한국 한학의 발전으로 보았다.

이와 관련하여 최치원은 "한국에서 한자로 글을 쓴 최초의 인물", 한국 한학 전통의 원류이자 시원으로 기술된다. 그리고 또 한 명의 중요한 인물, 설총이 거론된다. 유교적 교리의 시원과 관련하여 가장 중요한 근거는 국가 교육기관의 차원에서 유교의 경전을 공부하기 시작하는 장면이었다. 그리고 이 장면을 제공해준 문헌자료는 2종이었다. 하나는 『동국문

56  이진숙·배윤기·강영미·이상현 역주, 앞의 책, 20~25쪽; 다만 게일은 조금 더 상세하게 두 인물을 이야기했다. 그는 기자가 한국에 문물을 전파하고 법을 세운 문화군주임을 말했고, 위만은 상투라는 풍습을 전해준 인물로 소개했다.
57  위의 책, 105~111쪽.

헌비고』소재 「학교고」였으며, 다른 하나는『삼국사기』소재 「설총전」이었다. 두 자료 속에서 설총은 유교 경전을 번역했으며 이두를 발명한 인물로 서술된다.[58]

쿠랑은 설총과 최치원을 한국 유교문명의 시원에 위치한 매우 중요한 인물로 서술했다. 물론 두 사람은 애초 조선 문묘에 위패가 모셔지는 명현이었다. 하지만 쿠랑은 두 사람을 근대적 학문의 시각에서 그 의의를 새롭게 부여했다. 설총의 경우는 이두를 창안하고 한문고전을 통속어로 번역한 인물이라는 역사적 기록을, 최치원의 경우는 그의 문집과 한국문학선집들의 기록들을 주목했다. 이를 기반으로 두 사람을 각기 '한국어학'과 '한국문학'이라는 서로 다른 근대 분과학문의 영역에서 새롭게 조명했다.[59]

게일 – 헐버트 두 사람의 상반된 시각을 가장 여실히 보여주는 인물이 또한 설총과 최치원이었다. 게일은 설총의 업적이 어디까지나 중국사상과 철학의 영향력을 대표한다고 인식했다. 이와는 달리 헐버트에게 설총의 이두라는 업적은 한국인을 중국문법체계로부터 분리하는 시도로, 일종의 '반중국적 실천'이었다. 게일은 최치원이 중국에서 과거급제를 하고 16년을 살았다는 점을 주목했으며, 당나라 황제들과 안면이 있다는 것만으로 그가 고국에서 큰 명성을 얻었다고 지적했다. 헐버트는 최치원이 비록 중국에서는 성공했지만, 그는 귀국 후 한국에서 크게 성공하지 못했고 또한 큰 영향력을 발휘하지 못한 인물이라고 평가했다.[60]

---

58  M. Courant, 이희재 역, 앞의 책, 27~29쪽.

59  이에 대한 상세한 분석은 이상현, 「한국고전작가의 발견과 서양인 문헌학의 계보」,『인문사회 21』8(4), 아시아문화학술원, 2017, 889~894쪽.

60  이진숙・배윤기・강영미・이상현 역주, 앞의 책, 36~41・44~45・119~122쪽.

게일-헐버트는 설총과 최치원에 대한 다소 상반된 관점을 보여준 셈이었다. 특히 설총의 이두에 대한 관점은 한 편으로는 한학 학습에 편의를 제공해준 실천이었지만, 다른 한 편에서는 한학으로부터 벗어나고자 한 고유어를 지향한 실천으로 다소 상반되게 해석되었다. 당연히 쿠랑과 게일의 입장은 전자에 가까웠다. 헐버트는 이와는 다른 입장이었지만, 쿠랑-게일의 논의를 진전시킨 인물은 당연히 아니었다. 오히려 두 사람의 고찰을 심화시킨 인물은 존스였다. 존스는 게일-헐버트의 발표에 대한 최종 종합평을 담당했지만, 또한 설총과 최치원에 관한 논의를 진전시킨 인물이기도 했다. 왕립아시아학회 한국지부 학술회의 이후, 설총과 최치원 두 인물을 주제로 한 논문 2편을 제출한 바 있기 때문이다.

존스의 설총과 최치원에 관한 논의 즉, 그의 한국고전작가론을 주목해 보자. 존스는 한국 지식인이 기억하고 기념하는 한국의 명현들에 초점을 맞췄다. 이를 통해서 한국문화 속에 토착화된 유교문명을 살피고자 했다. 또한 그는 설총, 최치원이라는 개별 인물의 삶 자체에만 그 시야를 한정하지 않았다. 설총과 최치원 두 사람이 살아갔던 한국의 역사적 현장 즉, 두 사람이 살아간 시대의 모습을 함께 조명하고자 했다. 존스는 설총과 최치원 두 사람이 놓여 있던 시대적 의의를 각기 '불교의 쇠퇴와 유교의 부상' 그리고 '나말여초 왕조의 전환기'로 의미화하려는 지향점을 보여주었다.[61]

---

61 이 점에 대해서는 이상현, 「한국고전작가의 발견과 서양인 문헌학의 계보」, 『인문사회 21』 8(4), 아시아문화학술원, 2017을 참조. 해당 논저 서지는 아래와 같다. G. H. Jones, "Sul Chong, Father Korean Literature", *The Korea Review* I, 1901; "Ch'oe Ch'I-Wun : His life and Times", *The Transactions of the Korea Branch of the Royal Asiatic Society* III(1), 1903; 이하 해당 원문 및 역문은 이진숙·배윤기·강영미·이상현 역주, 앞의 책을 참조.

왕립아시아학회 최종 토의문1900에서 존스는 게일 – 헐버트 두 논자 중 어느 한 쪽의 입장을 지지하지는 않았다. 하지만 존스 역시 헐버트와 동일한 차원에서 한국의 고유성을 드러내는 측면이 무엇인지를 나열했었다. "중국의 영향이 들어오는 시기와 시점이 있었고 그 기간 동안 점차 한국 사회의 얼굴을 뒤덮어 그 얼굴에 중국의 여러 특징들을 깊이 새겼다"[62]라고 최종 토의문에서 과거 지적했던 바, 즉, 게일이 탐구한 방향에서 한국 문화사의 일면을 고찰한 논문이 바로 설총과 최치원에 관한 논문이었던 것이다. 존스의 「설총, 한국문학의 아버지Sul Chong, Father Korean Literature」1901는 그 제명이 시사해주는 바대로, 설총을 '외국문학(한문)의 자국화에 큰 공헌을 한 인물'이 아니라 '한국인이 기억하는 한국문학의 기원'으로 규명하고자 한 논문이다. 이는 쿠랑, 게일과 비교해본다면, 헐버트의 관점을 상대적으로 많이 공유한 논의였다고 볼 수도 있다. 또한 존스가 밝힌 전거문헌 역시 『유림록』, 『동국문헌비고』, 『동국통감』, 헐버트의 이두에 관한 논문1898이 전부였다. 즉, 그는 이 논문에서 쿠랑을 참조한 사실을 명시하지는 않았다. 이러한 측면은 한국 한문 자료에 대한 번역의 모습에서도 잘 드러난다. 설총을 한국문학의 시원으로 여길 수 있는 가장 큰 그의 공적을 서술한 대목이다.

> 설총은 유교 경전인 9경Nine Classics의 뜻을 신라의 일상어로 설명하기 시작함으로써 그 보물을 후세대들이 알게 하였고 이리하여 더 없이 소중한 축복을 한국에 선사하였다.[63]

---

62 이진숙·배윤기·강영미·이상현 역주, 앞의 책, 184쪽.
63 위의 책, 217쪽; 이하 강조는 모두 인용자의 것.

즉, 존스는 유교 경전을 한국의 일상어로 번역한 인물로 해석했다. 이는 쿠랑과는 매우 다른 해석이었다. 쿠랑은 『삼국사기』 「설총전」에 근거하여, "그의 제자의 훈도를 위해 통속어로 9경을 소리 높여 읽도록 했으며 지금까지도 학생들은 그 예를 본뜨고 있다"[64]고 번역했다. 이 시기 쿠랑은 『삼국유사』를 접할 수 없었기에, 한국에는 향찰과 같은 고유어 표기가 존재하지 않는다고 여겼다. 따라서 그는 이 구절에 대하여 "설총의 업적은 중국어 본문 강독에 사용되는 한국어 토吐를 써놓음으로써 큰소리의 낭독과 그에 따른 중국어의 이해를 쉽게 만든 것이다"[65]라고 해석했다. 정리하자면, 쿠랑은 한문을 번역할 한국의 고유어 서기체계가 한국의 역사 속에는 없었다고 생각했던 것이다.

하지만 더 큰 차이점은 다른 곳에도 있었다. 쿠랑이 한국에서 『한국서지』를 집필하던 시기, 한문을 대신할 수준으로 활용되던 한글 문체의 새로운 모습을 접할 수 없었기 때문이기도 하다. 즉, 20세기 초 개신교선교사들과 달리, 쿠랑은 국한문혼용체의 활용 모습을 목도할 수 없었다. 1897년 2월 25일 프랑스에서 플랑시에게 보낸 서한을 보면, 그는 프랑스에서 만나게 된 프랑스외교관으로부터, "외무부 공문들이 지금은 언문과 섞여 있다"는 소식을 들었다. 한국복귀의 가능성이 매우 높았던 시기이기에, 그는 플랑시에게 자신의 한국어 공부를 위해서 이 새로운 문체의 견본으로 해당 공문사본을 보내줄 것을 요청했다. 반면 존스의 경우, 사정이 매우 달랐다. 그는 설총의 이러한 시도가 있었던 시기를 "중국의 단어와 관용어의 첨가로 한국어가 훨씬 더 풍부해진 한국어의 변용이 사실 시작되

---

64    M. Courant, 이희재 역, 앞의 책, 29쪽.
65    위의 책, 30쪽.

었던 시기"[66]라고 평가했다. 20세기 초 한국의 개신교선교사들은 한국에서 한자어가 차지하는 위상의 문제 또한 한국의 국한문 혼용체가 순한글 전용문체보다 훨씬 더 유용한 문체라는 사실을 잘 인식하고 있었다.[67]

존스의 설총에 관한 논문은 내용적으로 본다면 쿠랑보다 훨씬 더 상세한 것이었다. 그렇지만 존스의 논문에서 설총의 모습은 '한국문학의 아버지'라기보다는 '한국 유교문명의 시원'이라는 의의가 더욱 적절한 것이었다. 존스는 「화왕계花王戒」와 같은 설총의 저술을 추가했지만, 그의 가장 큰 공적은 어디까지나 '유교경전의 번역과 이두의 발명'에 있었다. 비록 존스는 『유림록』을 전거문헌으로 밝혔지만, 『유림록』의 원천을 거슬러 올라가본다면 결국 도달하는 지점은 쿠랑의 참조문헌인 『삼국사기』였다. 즉, 존스와 쿠랑은 실상 동일한 전거문헌을 공유했던 셈이다. 또한 존스가 이 논문을 통해서 제시하고자 한 '불교의 쇠퇴와 유교의 부상'이라는 거시적인 구도 자체는 쿠랑이 한국에서 한자·한문 유입의 역사를 기술하고자 한 구도 속에서 이미 마련된 것이었다.

나아가 존스가 『한국서지』를 함께 참조했을 가능성도 높다. 존스가 『한국서지』를 참조했다고 명시한 그의 또 다른 논문, 「최치원-그의 삶과 시대Ch'oe Ch'l-Wun : His life and Times」1903를 보면, 이 점을 미루어 짐작해볼 수 있다. 그는 최치원의 저술목록을 제시하기 위해, "모리스 쿠랑의 기념비적 저서 『한국서지』에 흩어져 있는 논평들" 즉, 『한국서지』에 수록된

---

66  이진숙·배윤기·강영미·이상현 역주, 앞의 책, 217~218쪽.
67  이 점에 대해서는 이상현·임상석·이준환, 『유몽천자 연구』, 역락, 2017, 2장(초출 : 이상현, 「『유몽천자』 소재 영미문학작품과 게일(J. S. Gale)의 국한문체 번역실천-개신교 선교사의 근대문체를 향한 기획과 그 노정(1)」, 『서강인문논총』 42, 서강대 인문과학연구소, 2015)을 참조.

최치원과 관련된 서적들의 서지를 정리했음을 밝혔다.[68] 그러나 그 참조 의 범위는 존스가 명시한 바를 넘어섰을 것이라고 추론된다. 그 일례로, 아래와 같이 한국 유교문명의 토착화와 관련하여 중요한 자료 『동국문헌비고』 51권, 「학교고」에 대한 존스의 참조양상을 말할 수 있을 것이다.

> 『문헌비고』를 읽어보면, 최치원의 탄생 5년 후인 864년에 신라왕은 국
> 학에 직접 참여하고 학자들이 왕 앞에서 중국의 고전들을 읽고 설명하였다.
> (…중략…) 왕이 참석한 가운데서 중국고전의 공개 강연이 열리는 것을 유
> 의미한 사건으로 간주하는 것은 정당하지 않는가? 우리는 이것을 불교보다
> 는 유교의 기초 위에 한국교육을 놓고자 하는 한 흐름의 시작을 표지하는
> 사건으로 믿고 싶다. 이와 관련하여 『문헌비고』의 다음의 말이 흥미롭다.
> "이 때에 최치원이 살았는데 그는 중국으로 건너가 그곳의 관리가 되었다."(①)
> 이 진술은 최치원의 영향력이 한국에서 중국문학을 대중화하는 운동의 강
> 력한 요소가 되었음을 보여준다.[69]

최치원과 관련된 서술 ①은 『동국문헌비고』에는 없는 내용이었다. 반 면 쿠랑이 한국의 유교경전을 총괄하는 서술부분을 펼쳐보면, "864년 『문헌비고』에 따르면, 신라의 임금은 국학을 방문하여 그의 앞에서 경서 를 논하도록 하였으며 880년에는 경서經書와 삼사三史를 신라왕조의 교육 의 기본으로 삼았다. 이 무렵 중국에서 공부하고 돌아와 관리가 된 최치원이 살았다.[70]이라고 기술되어 있다. 즉, 존스는 『동국문헌비고』 소재 원문이

---

68  이진숙·배윤기·강영마·이상현 역주, 앞의 책, 280~285쪽.
69  위의 책, 250~252쪽.

아니라, 『한국서지』III부 1장[儒教部 經書類]의 총설을 옮겨 놓은 것이다. 한국 유교문명의 기원과 관련하여 쿠랑이 주목한 『동국문헌비고』의 대목들, 설총과 최치원이라는 인물에 대한 내용들은 이처럼 한국의 한문고전 세계에 관심을 가진 한국개신교 선교사들에게 유통되었던 셈이다.

어떤 한국 측 문헌자료의 어떠한 대목에 필요한 해당 내용이 있다는 사실을 서양인의 입장에서 어떻게 알 수 있었을까? 물론 한국문헌자료 전반에 대한 검토를 통해, 이러한 지식을 귀납적인 방식으로 얻을 수도 있었을 것이다. 그렇지만 외국인의 입장에서 한국문헌의 수는 이러한 귀납적 작업을 할 수 있을 정도로 적지 않았을 뿐만 아니라, 한국문헌 자료의 입수 자체가 매우 힘든 일이었다. 적어도 1910년대 이후 조선광문회 혹은 한국주재 일본민간학술단체의 대량출판된 한국고전 영인본이 출현하기 이전에 이러한 사정은 바뀌지 않았다. 즉, 이러한 당시의 정황과 사실들을 감안해볼 필요가 있다. 따라서 플랑시의 소장 장서를 비롯한 다수의 한적을 검토한 쿠랑의 경험과 그 결과물은 개신교선교사들을 비롯한 외국인들에게 매우 소중한 것일 수밖에 없었다.

## 4. 『한국서지』와 서양인 한국학의 현장

본고에서는 모리스 쿠랑의 『한국서지』가 출판되는 과정과 그 이후의 모습을 주목했다. 프랑스의 젊은 외교관이 남긴 이 한국학의 흔적을 살펴

---

70    M. Courant, 이희재 역, 앞의 책, 141쪽; 강조 및 밑줄은 인용자의 것.

며, 한국학이 제도적인 차원에서 정립되기 이전 서양인 한국학의 현장과 그 학술네트워크의 일면을 고찰하고자 했다. 그 내용을 요약해보면 다음과 같다.

2장에서는 쿠랑이 『한국서지』를 출판할 수 있었던 기반이자 토대였던 유럽 동양학자의 학술네트워크를 주목했다. 쿠랑은 외국인의 한국학 논저가 전무全無한 상태에서, 『한국서지』를 집필하지 않았다. 『한국서지』「서론」1894의 참고문헌 목록들이 보여주듯이, 쿠랑이 참조하며 공유할 수 있었던 유럽 동양학자들의 선행연구가 이미 존재했던 것이다. 이는 동양학 학술잡지, 학회 등과 같이 재외의 공간에서 서양인의 한국학을 공유할 수 있게 해주었던 중요한 학술적 기반이었다. 쿠랑은 외국인들이 한글로 표기된 한국문학을 기반으로 제출한 한국문학론을 주목했다. 또한 그는 이러한 외국인의 한국문학론과 하나의 논리를 공유했다. 그것은 한국에는 서구적 근대문학에 부응하는 예술미를 지닌 문학과 민족적 고유성을 보여주는 문학작품이 없다는 논리, '한국문학부재론'이라고 말할 수 있는 담론이었다.

그렇지만 오늘날 '한국문학론'이라고 분류할 수 있는 그들의 논저만으로는 이 시기 한국문헌을 통해 새로운 한국학의 지평을 연 쿠랑의 학술사적인 위상을 온당하게 평가할 수 없다. 서구적인 근대문학 개념과 한국 국문문학의 만남이라는 제한된 지평이 아니라, 유럽의 언어·문헌학philology적인 전통과 한국 문헌의 만남이라는 보다 거시적인 관점에서 의거할 때, 그 의의가 잘 드러난다. 근대적인 문학개념이 아니라 언어·문헌학philology 즉, 특정한 민족의 언어와 문학을 조사하여 그 문화의 성질을 밝히는 학문적 방법론을 주목하면, 이 시기 그들이 개척한 새로운 한국학의 지평이 보인다. 이는 쿠랑 개인에게 한정되는 것이 아니었다. 예컨대, 영국외교관이었던 제임스 스콧은 한국사찰에서 불교문헌자료를 입수함으로, 한글의 기원을 추적했으며 나아가 오래된 연원을 지닌 한국불교문명의 역사를 발견했다. 쿠랑, 스콧 두 사람에게 한국문헌은 한국어, 한국민족의 기원과 과거라는 한국학의 새로운 연구대상을 발견하게 해준 것이다.

3장에서는 『한국서지』의 출간이후, 새롭게 출현한 한국 개신교선교사들의 한국학과 학술네트워크의 모습을 묘사해보고자 했다. 한국에 장기간 머물 수 있었던 한국 개신교선교사 집단은 쿠랑의 저술을 참조하며 쿠랑이 개척한 한국학의 새로운 영역을 계승한 집단이기도 했다. 나아가 그들은 동양학과 분리된 전문화된 한국학의 학술네트워크를 구축했다. 이를 조망하기 위해서는 한국 개신교선교사들이 쿠랑의 저술을 참조한 양상, 또한 그들이 쿠랑과 함께 공유했던 한국학의 새로운 모습을 주목할 필요가 있다. 종교 혹은 국경의 차이로 제한할 수 없는 쿠랑과 한국 개신교 선교사들이 한국학을 위해 형성하고 있었던 학술네트워크의 일면이 새겨져 있기 때문이다. 즉, 본고에서는 외국인들이 '서울-옌푸-텐진-상하이-요코하마-파리-런던' 등의 시공간을 횡단하며 형성하고 있었던 일종의 '신앙과 앎의 공동체'를 묘사해보고자 했다.

본격적인 한국학 전문 잡지라고 볼 수 있는 한국 개신교선교사의 정기간행물에서, 1897년 켄뮤어 부인의 서평을 통해 쿠랑의 『한국서지』가 소개된다. 『한국서지』 1~3권이 완간되자 곧 이에 대한 서평이 등장한 것이다. 그녀의 서평은 『한국서지』에 대한 비평적 검토라기보다는 이 저술에 대한 소개이자 번역에 더욱 근접했다. 특히, 『한국서지』의 총론이라고 볼 수 있는 「서론」을 발췌, 번역한 사례라고 말할 수 있다. 그녀는 한국의 출판문화, 한국서적의 소장처, 목록자료, 한국서지 연구에 있어서의 난점 등이 거론된 「서론」1장을 가장 충실히 번역했다. 더불어 「서론」의 주요 요지를 잘 개괄해주었다. 이중에서 후일 게일이 완역하게 되는 내용, 한국의 한자·한문의 유입시기와 역사를 고찰하고 있는 「서론」의 III장은 매우 중요한 대목이었다.

이는 『왕립아시아학회 한국지부 학술지』 창간호에 수록된 게일-헐버트의 발표문 그리고 이후 존스의 설총, 최치원에 관한 논문으로 이어지는 중요한 연결고리이기도 했기 때문이다. 그들은 한국의 문헌을 통해 한국 민족문화의 기원과 역사를 규명하고자 했다. 더불어 이 일련의 논의들은 과거 유럽 동양학자가 한글문헌을 주목한 한국문학론과는 다른 차이점이 존재했다. 쿠랑과 개신교선교사들은 한문 문헌 전반을 자신의 연구대상으로 포괄했다. 물론 그들 역시 '국어[모어=구어]' 중심의 언어내셔널리즘이라는 관점으로 인해, 한국의 한문학 및 한학을 국문문학과 동등한 한국만의 고유한 문학이라고 인식하지는 않았다. 하지만 그들은 한국에서 한문, 유교 문명을 비롯한 중국문화의 토착화라는 측면을 주목했으며 이를 탐구했다. 즉, 개신교선교사의 한국학 속에는 젊은 프랑스 외교관이었던 쿠랑이 개척한 한국학의 흔적이 함께 새겨져 있었던 셈이다.

# 참고문헌

## 1. 자료

『프랑스외무부문서』 6, 국사편찬위원회, 2006.

김채현 외역주, 『일본인의 한국고전학 선집』, 박문사, 2017.

부산대 인문학연구소·점필재연구소, 콜레주드 프랑스 한국학연구소 편, 『『콜랭드 플랑시 문서철』에 새겨진 젊은 한국학자의 영혼-모리스 쿠랑 평전과 서한자료집』, 소명출판, 2017.

문세영, 『조선어사전』, 박문서관, 1938.

이능화 편, 동국대 불교문화연구원 조선불교통사역주편찬위원회 편찬, 『역주 조선불교통사』 5, 동국대, 2010.

이진숙 외 역주, 『서양인의 한국고전학 선집』 1~2, 박문사, 2017.

조선총독부 편저, 김문학 역, 『조선인의 사상과 성격』, 북타임, 2010.

G. Mutel, 한국교회사연구소 역, 『뮈텔 주교 일기』 2, 한국교회사연구소, 2008.

M. Courant, 파스칼 그러트·조은미 역, 『프랑스 문헌학자 모리스 쿠랑이 본 한국의 역사와 문화』, 살림, 2009(Collège de France éd., *Études Coréennes de Maurice Courant*, Paris : Éditions du Léopard d'Or, 1983).

_____, 이희재 역, 『한국서지』, 일조각, 1997(1994)(*Bibliographie Coréenne*, Paris, 1894~1896, 1901).

A. H. Kenmure, "Bibliographie Coréene", *The Korean Repository* IV, 1897.

E. H. Parker, "Philological Essay", H. A. Giles, *A Chinese-English Dictionary*, Lodon : Kelly&Walsh, 1892.

G. H. Jones, *An English-Korean dictionary*, Tokyo : Kyo Bun Kwan, 1914.

_____, "Ch'oe Ch'I-Wun : His life and Times", *The Transactions of the Korea Branch of the Royal Asiatic Society* III(1), 1903.

_____, "Sul Chong, Father Korean Literature", *The Korea Review* I, 1901.

H. B. Hulbert, "Korean Survivals", *The Transactions of the Korea Branch Of the Royal Asiatic Society* 1, 1900.

H. G. Underwood & H. H. Underwood, 『英鮮字典』, 京城 : 朝鮮耶穌敎書會, 1925.

H. H. Underwood, "A partial Bibliography of Occidental Literature on Korea",

*The Transactions of the Korea Branch of the Royal Asiatic Society* 20, 1931.

H. H. Underwood, "Occidental Literature on Korea", *The Transactions of the Korea Branch of the Royal Asiatic Society* 20, 1931.

H. N. Allen, *Korean Tales : Being a Collection of Stories Translated from the Korean Folk Lore*, New York & London : The Nickerbocker Press, 1889.

J. Scott, "Introduction", *A Corean Manual or Phrase Book with Introductory Grammar* (Second Edition), Seoul : English Church Mission Press, 1893.

_____, "Sanskrit in Korea", *The Korean Repository* IV, 1897.

_____, "Stray Notes on Korean History and Literature", *The China Branch Royal Asiatic Society* XXVIII, 1894.

J. S. Gale, "Introduction of the Chinese into Korea", *The Korea Review* I, 1901.

_____, "The Influence of China Upon Korea", *The Transactions of the Korea Branch of the Royal Asiatic Society* 1, 1900.

_____, "The Ni-T'u", *The Korea Review* I, 1901.

J. S. Gale & G. H. Jones, "Discussion", *The Transactions of the Korea Branch of the Royal Asiatic Society* 1, 1900.

W. G. Aston, "On Corean popular literature", *The Transactions of the Asiatic Society of Japan* XVIII, 1890.

W. M. Royds, "Introduction to Courant's "Bibiliograpie Coreene"", *The Transactions of the Korea Branch of the Royal Asiatic Society* 25, 1936.

岡倉由三郎, 「朝鮮の文學」, 『哲學雜誌』 8(74~75), 1893.

小倉進平, 『朝鮮語学史』, 刀江書院, 1940.


2. 논저

김승우, 『19세기 서구인들이 인식한 한국의 시와 노래』, 소명출판, 2014.

_____, 「19세기 말 서구인 윌리엄 G. 애스턴의 한국문학 인식」, 『동양고전연구』 61, 동양고전학회, 2015.

백낙준, 『한국개신교사』, 연세대 출판부, 2008.

이상현, 『묻혀진 한국문학사의 사각』, 보고사, 2017.

_____, 「모리스 쿠랑의 서한과 『한국서지』의 흔적」, 『서강인문논총』 49, 서강대 인문

과학연구소, 2017.

이상현, 「삼국사기에 새겨진 27년 전 서울의 추억」, 『국제어문』 55, 국제어문학회, 2013.

_____, 「『유몽천자』 소재 영미문학작품과 게일(J. S. Gale)의 국한문체 번역실천 – 개신교 선교사의 근대문체를 향한 기획과 그 노정(1)」, 『서강인문논총』 42, 서강대 인문과학연구소, 2015.

_____, 「한국주재 영국외교관, 스콧(J. Scott)의 '훈민정음 기원론'과 만연사본『眞言集』」, 『한국언어문학』 99, 한국언어문학회, 2016.

_____, 「한국고전작가의 발견과 서양인 문헌학의 계보」, 『인문사회 21』 8(4), 아시아문화학술원, 2017.

_____, 「19세기 말 한국시가문학의 구성과 '문학텍스트'로서의 고시가」, 『비교문학』 61, 한국비교문학회, 2014.

이상현·임상석·이준환, 『유몽천자 연구』, 역락, 2017.

이상현·윤설희, 『외국인의 한국시가 담론 연구』, 보고사, 2017.

_____, 「19세기 말 在外 외국인의 한국시가론과 그 의미」, 『동아시아문화연구』 56, 한양대 동아시아문화연구소, 2014.

이상현·윤설희·김채현, 「오카쿠라 요시사부로 한국문학론(1893)의 근대학술사적 함의」, 『일본문화연구』 50, 동아시아일본학회, 2014.

이상현·이은령, 「모리스 쿠랑의 서한과 한국학자의 세 가지 초상」, 『열상고전연구』 44, 열상고전연구회, 2015.

_____, 「모리스 쿠랑의 『한국서지』와 훈민정음 기원론」, 『열상고전연구』 56, 열상고전연구회, 2017.

_____, 「19세기 말 고소설 유통의 전환과 '민족지'로서의 고소설」, 『비교문학』 59, 한국비교문학회, 2013.

이연숙, 고영진·임경화 역, 『국어라는 사상』, 소명출판, 2006.

_____, 이재봉·사이키 카쓰히로 역, 『말이라는 환영』, 심산출판사, 2012.

이영미, 「쿠랑이 본 한국의 역사와 동아시아 속의 한국」, 『한국학연구』 28, 인하대 한국학연구소, 2012.

이용민, 「게일과 헐버트의 한국사 이해」, 『교회사학』 6(1), 한국기독교회사학회, 2007.

이은령, 「19세기 프랑스 동양학의 한국어 연구: 아벨 레뮈자(Abel-Rémusat)에서 레옹 드 로니(Léon de Rosny)까지」, 『코기토』 82, 부산대 인문학연구소 2017.

이준환, 「조선에서의 한국어학 연구의 형성과 전개에 영향을 끼친 유럽과 일본의 학술적 네트워크 탐색」, 『코기토』 82, 부산대 인문학연구소, 2017.

이혜은, 「모리스 쿠랑과 『한국서지』에 대한 인식과 연구의 통시적 접근」, 『코기토』 86, 부산대 인문학연구소, 2018.

정구웅·조재룡, 「유럽 동양학자 레옹 드 로니의 탄생과정과 그의 한국학 저술에 관한 서지검토」, 『코기토』 82, 부산대 인문학연구소, 2017.

정연태, 「19세기 후반 20세기 초 서양인의 한국관－상대적 정체성론·정치사회부패론·타율적 개혁불가피론」, 『역사와 현실』 34, 한국역사연구회, 1999.

현광호, 「청일전쟁 이전 시기 프랑스 외교관 콜랭 드 플랑시의 조·청관계 인식」, 『대구사학』 99, 대구사학회, 2010.

허경진·유춘동, 「러시아 상트페테르부르크 국립대학과 동방학연구소에 소장된 조선 전적(朝鮮典籍)에 대한 연구」, 『열상고전연구』 36, 열상고전연구회, 2012.

_____, 「애스턴(Aston)의 조선어 학습서 *Corean Tales*의 성격과 특성」, 『인문과학』 98, 연세대 인문학연구원, 2013.

D. Bouchez, 전수연 역, 「한국학의 선구자 모리스 꾸랑」, 『동방학지』 51·52, 연세대 국학연구원, 1986[D. Bouchez, "Un défricheur méconnu des études extrême-orientales Maurice Courant", *The Journal Asiatique* CCLXXI, 1983].

M. Orange, 이경일 역, 「1910년 일본의 조선병합에 대한 프랑스의 태도」, 『동북아역사논총』 29, 동북아역사재단, 2010.

I. F. McNeely·Lisa Wolverton, 채세진 역, 『지식의 재탄생－공간으로 보는 지식의 역사』, 살림출판사, 2009.

# 1900~1940년 왕립아시아학회 한국지부와 서양인들의 한국 연구[*]

이영미

......................................

## 1. 왕립아시아학회 한국지부의 탄생

1900년 6월 16일 서양인 17명이 서울 유니언Seoul Union 독서실에 모여서 왕립아시아학회 한국지부Korea Branch of the Royal Asiatic Society of Great Britain and Ireland(이하 '한국지부'로 줄임)를 창립하였다. 한국지부는 1824년 왕의 칙허를 받은 영국 학회의 지부를 표방하였으나 런던보다는 한국에서 활동하던 사람들의 의지로 설립되었고, 다른 지부들과 마찬가지로 본부의 통제를 거의 받지 않으면서 연구발표회를 개최하고 학술지 『한국지부 회보Transactions of the Korea Branch of the Royal Asiatic Society』(이하 '『회보』'로 줄임)를 간행하였다.[2] 이 단체는 창립 초기 다소 어려움을 겪었으나 1910년대

---

*    이 글은 「1900~1940년 왕립아시아학회 한국지부와 서양인들의 한국 연구」(『한국학연구』 62호, 2021)를 일부 수정한 것이다.

초 자리를 잡았으며, 태평양 전쟁으로 일제가 미국인 선교사들을 강제 귀국시킬 때까지 약 30년간 국내외 서양인들에 의한 한국 연구의 본진으로 기능하였다. 1947년 12월 18일 소수의 영미권 인사들에 의하여 재조직되어 2020년에 창립 120주년을 맞았다.[3]

한국지부에 대한 우리 학계 최초의 글은 『회보』 1972년호에 발표된 백낙준의 「한국지부 70년」이지만, 이 단체와 『회보』가 실제로 연구자들의 관심을 끈 것은 2000년대에 들어와서였다고 판단된다. 먼저는 류대영 2002이다. 그는 개신교 선교사들의 한국 관련 연구 성과에 관한 논문에서 『회보』에 게재된 그들의 글을 대거 소개하였고, 한국지부에 대해서는 별로 언급하지 않았지만 『회보』를 "근대 최초의 한국학 전문지"로 평가하였다.[4] 다음은 유영익 2005이다. 그는 서양인들이 한국의 근대 역사 서술에 끼친 영향을 살핀 논문에서 『회보』가 한국학의 역사에서 가지는 의미를 높이 샀으며, 한국인들의 삶에 대한 "공정하고 균형있고 감정에 좌우되지 않는 논의"가 한국지부에 의하여 시작되었다고도 설명하였다.[5]

2015년대 중엽 한국지부와 『회보』를 전적으로 다룬 연구들이 등장하

2    왕립아시아학회 지부들은 본부에 의하여 신설된 것이 아니라 본부와 제휴하고 이름을 지부로 바꾼 기성 학회가 대부분이었다. 그러므로 본부와 수평적인 관계에 있었을 뿐 아니라 거의 독립적으로 운영되었다. 한국지부는 처음부터 지부로서 창립되었다는 점에서 다른 지부들과 다르지만, 본부의 간섭을 받지 않았다는 면에서 다른 지부들과 같다.

3    H. H. Underwood, "Korea Branch of the Royal Asiatic Society, Its Past and Present", *Transactions of the Korea Branch of the Royal Asiatic Society* Vol.31, Seoul : RASKB, 1948~9, p.2.

4    류대영, 「연희전문, 세브란스의전 관련 선교사들의 한국 연구」, 『한국기독교와 역사』 17호, 한국기독교역사연구소, 2002, 9쪽.

5    Young Ick Lew, "Contributions by Western Scholars to Modern Historiography in Korea, with Emphasis on the RAS-KB", *Transactions of the RASKB* Vol.80, Seoul : RASKB, 2005, p.10.

였다. 김수진2015은 한국지부의 창립과 활동을 검토하는 한편 『회보』에 실린 글들에서 서양인들의 한국인식을 추출하였고,[6] 이고은2017은 『회보』 1900~1924년호를 중심으로 저자들의 관점과 자료적 특징 등을 분석하였다.[7] 가장 최근에 나온 연구 업적은 이상훈 외 6명의 공저2019이다.[8] 이는 2014년부터 수 년간 진행된 학제간 협동 연구의 결과물로, 『회보』 1900~1950년호에 실린 글들을 종교, 예술, 어문, 정치, 경제, 사회, 지리 등 분야별로 나누어 정치하게 살펴보았다는 점에서 주목할 만한 연구라고 생각된다.

이상의 연구들은 한국지부와 『회보』의 위상을 확립하고 『회보』에 실린 글들에 접근할 수 있는 기반을 마련해 주었다는 점에서 그 의미가 자못 크다. 그러나 대부분의 연구자들이 『회보』에 실린 글들을 분석하는 데 집중한 결과 몇 가지 부족한 부분도 드러나게 되었는데, 우선 한국지부 자체에 대한 연구가 충분히 이루어지지 않았다. 한국지부가 초기에 10년 가까이 학술지 간행을 중단한 데 대한 합리적인 설명은 아직 없고, 세계 최초의 한국학 학술 단체로서 한국지부를 세우고 유지한 사람들은 그 중요성에도 불구하고 거의 거론되지 않았다. 한국지부 첫 40년간의 역사에서 발전과 변화를 포착하고 그에 따라 시기를 구분하는 작업도 필요하다. 이와 관련해서는 1900~1903년을 창립기, 1903~1911년을 휴지기, 1911~1931년을 재활동기, 1931~1941년을 억압기로 구분한 시

---

6    김수진, 「왕립아시아학회 한국지부 학회지 『Transaction』을 통해 본 서양인의 한국인식」, 한국외대 석사논문, 2015.
7    이고은, 「왕립아시아학회 한국지부 정기간행물 『트랜스액션』 탐색적 연구-1900~1924년을 중심으로」, 『한국학』 40-3호, 한국학중앙연구원, 2017.
8    이상훈 외, 『영국왕립아세아학회 잡지로 본 근대 한국』(전2권), 한국학중앙연구원 출판부, 2019.

도가 있으나,[9] 너무 단순하고 불균형적인 데다 한국지부 내부의 변동 사항이나 서양인들에 의한 한국 연구의 발전 양상을 드러내기에 아쉬운 부분이 없지 않다.

이 글은 창립부터 1940년호 간행까지 약 40년에 걸친 한국지부의 초기 역사에 관한 고찰이다. 한국지부의 역사를 1900~1916년, 1917~1928년, 1929~1940년의 3개 시기로 구분하겠지만, 본론은 각 시기를 기계적으로 나열하는 방식보다는 대표성을 띠는 사람들에 초점을 맞추었다. 한국지부의 창립과 안착에 기여한 '선교사 겸 학자missionary and scholar'들, 미국 개신교도들이 대부분이던 한국지부에서 상당한 역할을 담당한 영국국교회 선교사들, 한국에서 태어나 미국에서 교육 받고 한국 연구에 합류한 선교사 2세들이 그들이다.

## 2. '선교사 겸 학자'들과 왕립아시아학회 한국지부

한국지부 창립총회를 주재하고 초대 회장으로 선출된 인물은 주한영국 공사대리 거빈스John H. Gubbins, 1852~1929였으나, 창립을 기획 및 준비하고 초창기 학술 활동에 앞장선 것은 북감리교 선교사 존스George H. Jones, 1867~1919, 관립한성사범학교 교관 헐버트Homer B. Hulbert, 1863~1949, 북장로교 선교사 게일James S. Gale, 1863~1937이었다. 그들은 저마다 다른 경로로 내한하였고 자라난 환경도 상이하였지만 재한서양인 규모가 많지 않던

---

9    김수진, 앞의 글, 3쪽.

1880년대에 내한하여 일찍부터 친분을 쌓았으며, 무엇보다도 북감리교 한국선교부가 창간한 영문 월간지 『코리안 리포지터리The Korean Repository』 (이하 『리포지터리』로 줄임)를 통하여 한국의 언어, 문화, 역사에 대한 관심을 발전시킨 한국 최초의 '선교사 겸 학자'들이었다.[10]

한국지부 창립 과정과 관련하여 첫 번째 사건은 1899년 10월 18일 존스가 런던에 한국지부 창립을 문의하는 편지를 보낸 것이다. 『리포지터리』가 발행을 일시 중단함에 따라 한국 연구의 결과물을 실을 지면이 없어지자, 정식 학술 단체를 만들고 학술지를 간행함으로써 한국 연구의 환경과 수준을 제고하려 했던 것이다. 물론 그가 이 일을 혼자 추진한 것은 아니다. 그는 북감리교 소속이었고 『리포지터리』 편집자였기 때문에 우선 북감리교 한국선교부의 동의를 얻어야 했고, 학술 활동을 진행하기 위해서는 한국 연구에 열심이었던 헐버트와 게일의 도움이 필요하였다. 다행히도 모두 협조적이었던 것 같다. 창립총회 참석자 17명 중 7명(존스 포함)이 북감리교 선교사였던 것, 창립총회 당일 게일이 회의록을 기록하고 헐버트가 학회 헌법 및 내규 초안을 제출한 것, 임원단 선거에서 존스가 부회장, 헐버트(기록 담당)와 게일(교신 담당)이 서기로 선출된 것을 통하여 이를 알 수 있다.[11]

한국지부는 순조롭게 창립되었지만 심각한 문제를 안고 있었다. 연구 인력이 불충분하다는 것이었다. 이는 창립 4개월 후 열린 첫 번째 연구발표회에서 회장 거빈스가 "논문의 부족으로 모임과 모임 사이의 공백이 길

---

10   이영미, 「한국을 연구한 초기 개신교 '선교사 겸 학자'들」, 『한국기독교와 역사』 54호, 한국기독교역사연구소, 2021.
11   "Minutes of General Meetings", *Transactions of the RASKB*, Vol.1 Part 1, Seoul : RASKB, 1900, pp.71~72.

더라도 낙담하지 말 것"을 부탁한 데서 잘 드러난다. 많은 사람들이 한국의 언어, 문화, 역사에 관심을 갖고 있었지만, 장시간 연구를 수행하고 결과물을 발표할 만한 의욕과 역량을 갖춘 사람은 극소수였다. 따라서 초기 한국지부의 학술 활동은 존스, 헐버트, 게일에 절대적으로 의지하였다. 그들은 연구발표회에서 발표와 논평을 도맡았을 뿐 아니라 1901년부터 1903년까지 네 차례 간행된 『회보』에서 9편 중 7편을 집필하였다. 다시 말하면 1900년대 초 서양인들에 의한 한국 연구의 현주소는 연구자가 매우 적다는 것이었고, 이는 한국지부의 존속과 발전을 위해서 반드시 해소되어야 할 한계였다.

이 문제는 1903년부터 악화되었다. 존스가 안식년을 얻어 귀국하고 헐버트와 게일이 6개월간 휴가를 다녀오는 등, 그나마 있던 연구자 3명이 여러 가지 사정으로 자리를 비우기 시작한 것이다. 존스는 몸과 마음이 쇠약해진 상태로 귀국하였다가 3년 만에 복귀하였으며, 복귀한 후에는 북감리교 한국선교부의 고참으로서 신학교 설립과 신학 저술 활동에 힘쓰다 1909년 여름 영구 귀국하였다. 헐버트는 을사조약 체결 직전 고종의 밀사로 변신하였다. 그는 1905년 10월 고종의 지시로 미국에 갔다가 이듬해 5월 돌아왔으며, 1907년 5월 제2차 만국평화회의에 참석하기 위하여 헤이그로 떠날 때 모든 한국 생활을 정리하였다.[12] 게일은 1906년 3월부터 이듬해 8월까지 미국에서 안식년을 지낸 것 외에는 계속 한국에 있었지만, 1908년 봄부터 아내와 양친 등을 줄줄이 잃으며 1년 이상 힘겨운 시간을 보냈다.[13] 세 사람의 부재 내지 참여 부진은 한국지부의 학술

---

12  한철호, 「헐버트의 만국평화회의 활동과 한미관계」, 『한국독립운동사연구』 29호, 독립기념관 한국독립운동사연구소, 2007, 6쪽.

활동에 중대한 타격을 입혔다. "1902년 이후에도 운영 회의는 가끔 열렸으나 한국을 주제로 한 논문은 나오지 않았다."[14] 1907년 5월 8일을 끝으로 모든 모임이 중단된 것은 이러한 상황이 장기화된 결과였다.

한국지부는 1911년 1월 23일 전직 북감리교 선교사 스크랜튼William B. Scranton, 1856~1922의 병원에서 회의를 열고 활동을 재개하였다. 1903년호 회원 목록에 이름이 실려 있던 4명과 그렇지 않은 5명이 참석하였는데, 그들 중 7명은 북감리교, 북장로교, 기독교청년회, 영국국교회 등 다양한 교단의 전현직 선교사들이었다.[15] 이는 영미권 출신의 개신교 선교사들이 한국지부의 창립뿐 아니라 존속에 있어서도 크게 기여하였음을 보여 준다. 그러나 그 중에서 가장 중요한 사람은 역시 게일이었다. 1910년 재혼으로 정서적 안정을 회복한 그는 이 날 창립총회 때 그랬던 것처럼 교신 서기로 선출되었고, 9개월 후에는 제물포주재영국영사 레이Arthur H. Lay, 1865~1934가 사임 의사를 밝힘에 따라 회장으로 선출되었다. 그는 이때부터 5년간 회장직을 맡아 한국지부가 안착하는 데 공헌하였으며, 1916~1923년 교신 서기, 1923~1927년 부회장으로 활동한 후 은퇴하여 1937년 영국에서 여생을 마쳤다.

---

13 이상현, 『한국 고전번역가의 초상, 게일의 고전학 담론과 고소설 번역의 지평』, 소명출판, 2013, 14쪽.
14 "Minutes of Important Meetings", *Transactions of the RASKB*, Vol.4 Part 2, Seoul : RASKB, 1913, p.75.
15 스크랜튼, 벙커(Dalzell A. Bunker, 1853~1932), 앨버트슨(Millie M. Albertson, 1870~1918)(북감리교), 게일(북장로교), 질레트(Philip L. Gillett, 1874~1939)와 브로크먼(Frank M. Brockman, 1878~1929)(기독교청년회), 그리고 뱃콕(John S. Badcock, 1869~1942)(영국국교회)이 그들이다. 스크랜튼, 벙커, 게일은 창립총회에 참석하고 곧바로 회원이 되었으며, 뱃콕은 1903년호 발간 이후 회원이 되었으나 영국 국교회 한국선교부를 대표하여 창립총회에 참석하였다.

한국지부는 수년간 중단되었던 『회보』를 다시 간행하기 위한 첫 걸음으로 선교사들을 비롯한 주변 사람들에게 연구를 부탁하였다. 회의록에 따르면 부탁 받은 사람들이 모두 글을 완성하지는 못하였으나, 일부는 글을 완성하여 연구발표회에 제출하였다. 그 결과 1912~1913년 세 차례 『회보』가 간행되었고 다음과 같이 총 8편의 글이 실렸다.

〈표 1〉 1912~1913년 『회보』에 수록된 논문 목록

| 권호수 | 제목 | 저자 | 직업/직위 |
|---|---|---|---|
| 4-1 | 옛 사람들과 새 정부 | 코마츠 미도리 | 조선총독부 외사국장 |
| | 한국의 글자 | 게일 | 북장로교 선교사 |
| 4-2 | 16세기 일본의 한국 침공 후 일본과 한국의 관계 | 야마가타 이소오 | 『서울프레스』 편집인 |
| | 옛 한국의 마을 조합들 | 질레트 | 기독교청년회 선교사 |
| | 옛 한국의 화폐 제도 | 이치하라 모리히로 | 한국은행 총재 |
| 4-3 | 한국의 결혼 풍습 | 레이 | 제물포주재영국영사 |
| | 사주와 이혼 | 게일 | 북장로교 선교사 |
| | 조선 태조의 평면천문도 | 루퍼스 | 북감리교 선교사 |

위 논문 목록은 게일이 『회보』를 꾸리기 위하여 솔선수범하였음을 보여 준다. 그는 한국지부의 부탁에 따라 50여 쪽에 달하는 「한국의 글자」를 썼고, 레이의 「한국의 결혼 풍습」을 보완하는 의미에서 6쪽 분량의 「사주와 이혼」을 썼다. 존스와 헐버트가 한국에 없는 상황에서 학술지를 만들자니 별다른 방법이 없었을 것이다. 물론 한국지부의 다른 사람들도 동참하였다. 회계 질레트는 논문이라기보다는 발췌본에 가깝지만 「옛 한국의 마을 조합들」을 썼으며, 회장직에서 물러나 고문으로 남은 레이도 한국을 떠나기 전에 글을 한 편 쓰라는 게일의 권유에 응하였다.[16]

특이점은 짧은 기간 동안 일본인이 3명이나 참여하였다는 것인데, 조선총독부 외사국장 코마츠 미도리小松綠, 1865~1942와『서울프레스』편집인 야마가타 이소오山縣五十雄, 1869~1959는 당시 회장이었던 레이의 권유에 의하여 글을 쓴 것으로 보인다.[17] 이치하라 모리히로市原盛宏, 1858~1915 또한 한국지부의 부탁을 받아「옛 한국의 화폐 제도」를 썼는데,[18] 그는 스크랜튼과 예일대 동문인데다 개신교 신자여서 선교사들과 친분이 있었다. 이 세 사람을 제외하면 연구발표회에서 글을 발표하거나『회보』에 기고한 일본인은 없다. 한국지부에서 일본인 회원은 언제나 극소수였고 그들 중 회의에 참석하거나 임원으로 선출된 인물은 거의 없었다.[19] 창립 후 1940년까지 한국지부의 중추를 이룬 사람들은 대체로 영어권 국가 출신이었다. 비영어권 출신 회원들은 한국인이든 일본인이든 중국인이든 영어 사용에 능숙해야 했으므로 소수일 수밖에 없었다.

한국지부로부터 연구를 부탁받은 사람들의 대부분은 선교사였다. 임원들이 거의 다 선교사여서 그런 것도 있었겠지만, 더 중요한 이유는 선교사들이야말로 많은 시간과 노력을 들여 연구할 만큼 한국에 관심이 있고

---

16  레이는 곧 한국을 떠나 새로운 임지로 갈 상황이었다. 회장을 그만둔 것도 그러한 이유에서였다. 그는 하와이주재영국영사와 시모노세키주재영국영사를 거쳐 1914년부터 1927년까지 서울주재영국총영사로 복무하였으며, 1916년 2월 게일이 사임하자 회장으로 선출되어 1년간 회장직을 맡기도 했다.

17  "Minutes of the Council", *Transactions of the RASKB*, Vol.4 Part 2, Seoul : RASKB, 1913, p.76.

18  "Minutes of a Meeting of the Council", *Transactions of the RASKB*, Vol.4 Part 2, Seoul : RASKB, 1913, p.82.

19  1902년 한국지부 회원 74명 중 일본인은 당시 관립중학교 교사였던 시데하라 다이라(幣原坦, 1870~1953) 외 3명이었다. 이후 일본인 회원의 규모는 3~5명을 유지하다 조금씩 줄어들었으며, 1939년에는 전체 회원 211명 중 서울의 일본인 학교에서 일하던 교사 1명과 시데하라뿐이었다. 오래는 아니지만 임원으로 활동한 사람은 전술한 야마가타와 히시다 세이지(菱田静治, 1874~미상) 정도이다.

실제로 연구 수행 능력을 갖춘 집단이었기 때문이다. 그 대표적인 예가 1907년 내한하여 숭실대학과 연희전문학교에서 가르쳤던 북감리교 선교사 루퍼스W. Carl Rufus, 1876~1946이다. 그는 미시건대학에서 천문학으로 박사학위를 받은 인물로 게일의 권유에 따라 「조선 태조의 평면 천문도」를 집필하였는데, 이는 〈天象列次分野之圖〉1395에 수록된 천문학적 지식을 영문화하여 학술적 가치가 매우 높은 연구 성과였다. 10년간의 선교 활동 후 미시건대학 천문학과 교수가 된 그는 한국 최초의 이학박사 이원철李源喆, 1896~1963을 배출하였으며, 1935년에는 한국에서 안식년을 보내면서 이원철과 공동 연구를 수행하여 「한국의 천문학」을 기고하기도 했다.[20]

모든 선교사들이 루퍼스처럼 박사학위를 가진 것은 아니었다. 그러나 그들은 대학 졸업 이상의 학력을 갖춘 데다가 한국인들의 도움을 받을 수도 있었으므로, 최초의 '선교사 겸 학자'들처럼 많은 글을 쓰지는 못하더라도 다음과 같이 약간의 연구 결과를 발표할 수 있었다.

〈표 2〉 1911년 이후 개신교 선교사들의 『회보』 참여(게일 제외)

| 교단/단체 | 이름 | 저술 제목(연도) | 내한 연도 | 비고 |
|---|---|---|---|---|
| 북장로교 | 쿤스 | 한국의 삼림 조성(1915) | 1903 | 명신학교 경신학교 |
| | | 옛 한국의 봉수제(1925) | | |
| | 언더우드 | 한국의 사냥과 사냥꾼 설화(1915) | 1912 | 경신학교 연희전문 |
| | | 서양의 한국 관련 문헌(1931) | | |
| | | 한국의 선박(1934) | | |
| | 밀스 | 한반도 북부 동래강 유역의 생태계 연구(1921) | 1908 | 세브란스의전 |

---

20 루퍼스의 생애와 한국 천문학 연구에 관한 연구 결과로는 나일성, 「일비온(Albion)에서 온 두 과학자-베커와 루퍼스의 교육과 사상」, 『동방학지』 46~48호, 연세대 국학연구원, 1985; 연세대학교 국학연구원 연세학풍연구소 편, 손영종 · 구만옥 · 김도형 역주, 『루퍼스의 한국 천문학』, 신인, 2017; 전용훈, 「서양 성도(星圖)를 통해 본 조선 시대 천문도의 특징」, 『동국사학』 64호, 동국역사문화연구소, 2018.

| 교단/단체 | 이름 | 저술 제목(연도) | 내한 연도 | 비고 |
|---|---|---|---|---|
| | 러들로 | 고려 왕조의 도자기(1923) | 1912 | 세브란스의전 |
| | 부츠 | 한국의 무기와 갑옷(1934) | 1921 | 세브란스의전 |
| | 부츠 부인 | 한국의 악기와 음악(1940) | | 이화여전 |
| 북감리교 | 루퍼스 | 조선 태조의 평면 천문도(1913) | 1907 | 숭실대학 연희전문 |
| | | 한국의 천문학(1936) | | |
| | 밴버스커크 | 한국의 기후가 인간의 능률에 끼치는 효과(1919) | 1908 | 세브란스의전 |
| | | 한국인들의 먹거리(1923) | | |
| | 케이블 | 옛 한국의 범종(1925) | 1899 | 연희전문 협성신학교 |
| | | 1866~1871년 미국과 한국의 관계(1938) | | |
| 남장로교 | 커밍 | 한국의 새들에 관한 소고(1933) | 1918 | 영흥학교 외 4개 학교 |
| 남감리교 | 보면 | 한국 의약의 역사(1915) | 1911 | 세브란스의전 |
| 영국성서공회 | 밀러 | 한국의 어떤 왕실 장례식(1927) | 1899 | 성서 보급 |

위 목록은 『회보』에 연구 결과를 제출한 선교사들이 어떤 사람들이었는지를 잘 보여 준다. 그들은 1870~1880년대에 태어나 20세기 초, 아무리 이른 경우에도 19세기의 끝자락에 내한한 젊은 층이었고, 내한 초기에는 그렇지 않았더라도 나중에는 모두 교육 사업에 종사하였다는 것이 특징이다. 또한 대부분이 평신도였다. 목사는 케이블Elmer M. Cable, 1874~1949 과 커밍Daniel J. Cumming, 1892~1971뿐이었으며 두 사람 모두 일반적인 목사 선교사들과는 다른 길을 걸었다. 케이블은 코넬대학 졸업 후 집사 목사 안수를 받고 배재학당 교사로 내한하였으며, 커밍은 신학교를 졸업하여 모든 자격을 갖춘 목사였으나 줄곧 교육 분야에서 일하였다.

20세기 전반 한국 연구를 실시한 선교사들이 목사가 아니었다는 사실은 1890년대에 한국 연구를 시작한 최초의 '선교사 겸 학자' 4인을 떠올리게 한다. 한국지부 창립을 주도한 존스, 헐버트, 게일, 그리고 1898년 봄에 사망한 영국국교회 선교사 랜디스Eli B. Landis, 1865~1898가 그들이다. 네 사람은 교단, 국적, 출생 및 성장 과정에서는 그다지 공통점이 없었지만 모두 평신도였다.[21] 개개인마다 차이가 있겠지만, 평신도 선교사들은 목사 안수를 받고 온 동료들에 비하여 한국 연구에 더 많은 시간을 쓸 수 있었던 것으로 보인다. 이는 그들이 목사들보다 덜 바빴다는 의미가 아니라 한국 연구를 좀더 중요하게 받아들였다는 의미이다. 그들은 교육 활동과 의료 선교, 성서 번역 등으로 바쁜 중에도 한국의 언어, 문화, 역사를 공부하였으며, 존스와 게일은 목사 안수를 받고 목회에 깊이 관여하게 된 후에도 한국 연구를 그만두지 않았다.

1911년 이후 『회보』에 연구 성과를 낸 선교사들이 1890년대에 등장한 '선교사 겸 학자' 4인과 일정한 공통점을 갖는다고 해서 그들을 모두 '선교사 겸 학자'로 명명할 수는 없다. 그러나 그들의 연구는 '선교사 겸 학자'들의 그것과는 다른 면에서 유의미한데 즉, 전문성이 크게 제고되었다. 천문학 박사였던 루퍼스가 한국의 천문학을, 음대를 졸업하고 이화여전에서 음악을 가르치던 부츠 부인Florence S. Boots, 1894~1976이 한국의 악기와 음악을 연구하는 등, 한 분야에 전문 지식을 가진 사람이 한국의 해당 분야를 연구하기 시작하였다. 또한 1914년 세브란스의전 연구부를 세운 밀스Ralph G. Mills, 1884~1944와 밴버스커크James D. VanBuskirk, 1881~1969는 연구 사업의 일환으로 한국의 생태와 기후를 연구하였으며, 부츠John

---

21　존스는 내한 개신교 선교사로서는 매우 드물게도 대학 교육을 받지 못한 경우였다. 게일은 토론토대학(문학사), 랜디스는 펜실베이니아대학(의학박사)을 졸업하였다. 헐버트는 유명한 회중교회 성직자 집안의 아들로서 다트머스대학과 유니언신학교를 졸업하였으나, 목사 안수를 받지 않은 상태에서 육영공원 교사로서 내한하였다.

L. Boots, 1894~1983와 커밍은 각각 치의학과 교수와 학교 교장이었지만 주변 전문가들의 도움을 받아 「한국의 무기와 갑옷」과 「한국의 새들에 관한 소고」를 발표하였다. 한편 케이블이 은퇴를 몇 년 앞두고 쓴 「1866~1871년 미국과 한국의 관계」는 230쪽에 달하는 논문이자 자료집으로서 지금도 해당 시기를 다루는 연구자들에 의하여 쓰이고 있다. 이렇듯 연구 수준이 전반적으로 향상될 수 있었던 것은 꼭 연구자의 역량 때문이라기보다는 19세기 말보다 연구 기반 및 환경이 개선된 덕분이었으며, '선교사 겸 학자' 4인을 비롯하여 선배 선교사들이 발표한 초보적인 연구 성과들은 그들의 공부에 적지 않은 도움이 되었다.

이상의 내용을 정리하면 다음과 같다. 한국지부는 1900년 6월 존스, 헐버트, 게일 즉, '선교사 겸 학자'들의 주도로 세워졌으나, 초기 3년 이후로는 그들의 참여 저조와 다른 연구 인력의 부재 때문에 수년간 침체기를 지내다가 1911년 학술 활동을 재개하였다. 존스와 헐버트는 1909년과 1907년 각각 귀국하여 한국지부 명예 회원으로만 있었다면, 게일은 한국에 남아 한국지부가 다시 학술 단체로 기능하는 데 주도적인 역할을 담당하였다. 이에 따라 이 글에서는 창립에서 안착에 이르는 1900년부터 1916년까지를 한국지부 역사의 첫 번째 단계로 보고자 한다.

## 3. 트롤로프와 영국국교회 선교사들의 참여

1900~1940년 한국지부의 학술 활동에 직간접적으로 참여한 선교사들은 대부분 미국 교단 소속이었다.[22] '선교사 겸 학자' 3인의 경우 존스

는 북감리교, 게일은 북장로교 소속이었고, 헐버트는 1890년대 중엽 약 4년간 북감리교 선교부에 몸담았으며, 이후 회원, 임원, 필진으로 활동한 사람들을 보더라도 미국 교단 소속이 많았다. 물론 한국지부가 미국 교단 선교사들의 전유물이었던 것은 아니다. 교단으로는 빅토리아장로교(호주)와 캐나다장로교, 단체로는 기독교청년회와 영국성서공회, 구세군 등의 선교사들이 회원과 임원으로서 한국지부를 지원하였던 것이다.[23] 그러나 미국 교단 선교사들을 제외하고 한국지부에서 가장 두드러지게 활동한 사람들을 꼽으라면 영국국교회 선교사들을 꼽을 수 있을 것이다.

'선교사 겸 학자' 4인 중 나머지 한 명인 랜디스는 영국국교회 소속이었다. 그는 펜실베이니아주의 재세례파 공동체에서 태어났으나 대학 시절 영국인 사제를 만나 개종하였으며, 1890년 내한하여 의료 선교에 힘쓰던 중 한국 연구에 눈을 떠 많은 연구 성과를 생산하였다. 중국, 인도, 영국 등지에서 발행되던 전문 학술지에 연구 성과를 발표하는가 하면 감리교 선교사들이 만든 『리포지터리』에도 자신이 공부한 내용을 실었다. 당시 한국에서 영국국교회 선교사들과 개신교 선교사들이 어떤 일도 함께하지 않았던 것을 생각하면,[24] 그가 『리포지터리』에 여러 편의 글을 기

22 한국지부 창립 당시 한국에서 활동한 미국 교단은 북장로교, 북감리교, 남장로교, 남감리교이다. 북침례교는 교단이 아니라 단체(엘라씽기념선교회) 차원에서 1895년 소규모 선교를 개시하였으며, 캐나다 선교사 펜윅(Malcolm C. Fenwick, 1863~1935)에게 선교 성과를 이양하고 1901년 4월 철수하였다.

23 미국 교단 소속이 아니면서 한국지부 임원으로 참여한 사람으로는 기독교청년회의 질레트와 브로크먼, 영국성서공회의 켄뮤어(Alexander Kenmure, 1858~1910)와 밀러(Hugh Miller, 1872~ 1957), 구세군의 홉스(Thomas Hobbs, 1880~미상)와 본윅(Gerald W. Bonwick, 1872~1984), 그리고 빅토리아장로교의 맥라렌 부인(Jessie McLaren, 1883~1968) 등이 있다.

24 영국국교회는 가톨릭 전통을 많이 따르지만 개신교이다. 다만 이 글에서는 편의상 영국국교회를 제외한 장로교, 감리교 등을 개신교로 칭한다.

탐험가 · 외교관 · 선교사

고한 것은 이례적인 일이었다.

더 놀라운 일은 1898년 봄 랜디스가 병사한 후 트롤로프Mark N. Trollope, 1862~1930가 그의 뒤를 이었다는 사실이다. 그는 옥스퍼드대학과 커데스던신학교를 졸업한 사제로서 랜디스보다 조금 늦게 내한하였고, 랜디스 사후 고인을 추모하는 글과 「한국과 만주 성징盛京의 영국국교회」를 『리포지터리』에 실음으로써 재한서양인들의 저술 세계에 데뷔하였다. 또한 한국지부가 만들어지자 단순히 회원이나 임원이 된 것이 아니라 본격적인 연구를 수행하여 『회보』에 게재하는 데 이르렀다. 1901년부터 1903년까지 『회보』에 수록된 9편의 글 중 7편이 존스, 헐버트, 게일에 의하여 집필되었는데, 나머지 2편 중 하나가 그의 글 「강화江華」였던 것이다.[25] 이 글은 수차례의 현지 방문과 영문 및 한문 문헌 자료 연구에 힘입어 강화도를 전적으로 다룬 최초의 저술이며,[26] 같은 시기 존스, 헐버트, 게일의 글과 비교해 보아도 손색이 없다. 그는 이렇게 연구 능력을 갖춘 사람이었지만 이 글 이후 한동안 연구 성과를 내지 못했다. 1902년 안식년을 맞이하여 귀국하였다가 꽤 오래 머무르게 되었기 때문이다.

그러나 트롤로프 외에도 몇몇 인물들이 한국지부에 관심을 가졌다. 그 중에서도 뱃콕은 한국에 갓 도착한 상태에서 창립총회에 참석하였고, 1911년 1월 활동을 재개할 때도 회의에 참석하여 부회장으로 선출되었다. 이러한 분위기 속에서 허지스Cecil H. N. Hodges, 1880~1926가 『회보』 1914

---

25  M. N. Trollope, "Kang-Wha", *Transactions of the RASKB*, Vol.2 Part 1, Seoul : RASKB, 1902, pp.1~36.

26  트롤로프가 강화도를 연구 대상으로 삼을 수 있었던 것은 이 섬이 영국국교회 한국선교부의 주요 선교 거점이었기 때문이다. 그의 글에 대한 소개와 평가는 이상훈 외, 『영국왕립아세아학회 잡지로 본 근대 한국』 1, 253~258쪽.

년호에 「한국의 신화 및 민속 조사를 위한 간청」을 기고하였다. 제목 그대로 한국의 신화 및 민속 조사를 한국지부에 요청하는 이 글에서, 그는 한국의 젊은이들이 일본 및 서구의 사상과 문명에 맞닥뜨려 자신의 오래된 관습과 설화를 잊어버리고 있기 때문에 이 일이 시급하다고 주장하였다. 트롤로프와 마찬가지로 옥스퍼드대학과 커데스던신학교를 졸업한 그는 신화와 민속에 관한 비교 연구 분야에서 자신이 문외한이라고 밝혔지만, 한국 고대 신화에 나타난 알, 돌, 금, 물 등의 의미를 비교 연구의 관점에서 서술하였다. 이 글에는 그가 게일의 연구 성과를 참고하여 한국의 고대사를 학습한 흔적도 드러나 있다.[27]

트롤로프는 한국지부가 활동을 재개한 1911년 대한성공회 3대 주교가 되어 한국에 돌아왔다. 그는 주교라는 중책을 맡은 중에도 한국지부에 계속 관심을 기울이다가 1917년 2월 처음 회장으로 선출되었으며, 회장이 된 후 『회보』 1917년호에 40여 쪽의 「한국 불교 연구 서론」을 발표하였다. 이 글은 불교의 기원과 발생, 전파부터 다루었다는 점에서 한국의 불교에 대한 글이라기보다는 오히려 불교 자체에 대한 글이며, 한눈에 보더라도 상당한 공부를 통하여 객관적인 입장에서 작성되었음을 알 수 있다. 혹자는 그가 그리스도교의 고위 성직자로서 동양 종교에 비판적인 태도를 취하였을 것이라고 예상하겠지만, 이 글에서 그는 자신의 종교적 정체성을 드러내지 않았고 그것을 크게 의식하지도 않았다.[28] 그의 신학을 분

27 Cecel H. N. Hodges, "A Plea for the Investigation of Korean Myths and Folklore", *Transactions of the RASKB*, Vol.5 Part 1, Seoul : RASKB, 1902, pp.1~36; 1914, pp.41~44. 이 글에 대한 소개와 분석은 이상훈 외, 『영국왕립아세아학회 잡지로 본 근대 한국』 1, 350~355쪽.

28 이상훈 외, 위의 책, 357~358쪽.

석하는 것은 본고의 연구 범위를 벗어난다. 다만 그가 1900년 강화도에 교회를 지을 당시 한옥을 짓는 데 그치지 않고 인도에서 보리수 묘목을 가져와 심은 것은 그가 한국인들의 전통 신앙 및 종교에 포용적인 태도를 취하였음을 보여 준다고 생각된다.[29]

1920년대 말이 되자 트롤로프의 영향 아래 한국 연구에 참여하는 영국 국교회 선교사들이 생겨났다. 먼저 1923년 내한한 위티Clare E. Whitty, 1883 ~1950 즉, 메리 클레어Mary Clare 수녀가 식물학적 지식과 소묘 실력을 동원하여 「한반도 중부의 야생화」와 「한국의 초본 식물」을 썼다.[30] 트롤로프는 한국지부가 문학, 예술, 역사 외에 과학과 자연사도 연구해야 한다고 생각하여 그녀의 연구를 장려하였고, 영국 출신의 식물학자 윌슨Ernest H. Wilson, 1876~1930에게 검토를 받은 후 『회보』에 게재하였다.[31] 한편 1915년 내한한 사제 헌트Charles L. Hunt, 1889~1950는 1929년 6월 한국지부 연구발표회에서 「한국의 회화와 화가」를 발표하였다. 그는 서양 문헌 외에

---

29  트롤로프의 성공회 강화성당 건축에 대해서는 이정구, 「유교와 성공회 강화성당 건축」, 『한국양명학회학술대회논문집』, 2007과 강영지·우동선, 「성공회대 도서관 소장 문서를 통해서 본 강화성당의 건립 과정」, 『대한건축학회논문집』 32-6호, 대한건축학회, 2016을 참고할 것.

30  위티는 미국 교단에 소속된 여성 선교사들처럼 대학 교육을 받은 것 같지 않으나, 수녀가 되기 전 파리에서 미술을 공부한 경험이 있어서 소묘 실력 외에도 프랑스어 능력을 갖추고 있었다(Rev. Paul G. Mooney, "From Fenloe to Chung'gang-jin", *Newslink : The Magazine of the Church of Ireland United Dioceses of Limerick, Killaloe & Ardfert*, October 2014, pp.32~33). 식물학적 지식은 대학 교육이 아니라 독학을 통하여 습득된 것으로 보인다. 트롤로프가 그녀의 글을 전문가에게 보내 검토를 받은 것은 그러한 이유에서였을 것이다.

31  A Sister of the C. S. P., "Some Wayside Flowers of Central Korea", *Transactions of the RASKB*, Vol.18, Seoul : RASKB, 1929, pp.22~23. 윌슨은 영국 출신의 저명한 식물 채집가이다. 1910년대 후반 하버드대학 아널드식물원 식물채집가 신분으로 내한하여 조사 활동을 수행하였으며, 「한국의 식생」과 「한국의 수목─조선에서 가장 많이 발견되는 나무 50종 속명(俗名)의 예비 목록」을 『회보』에 기고하였다.

도 『槿域書畵徵』1928과 『朝鮮書畵家列傳』1915를 참고하여 연구 활동을 수행하였으며, 그 결과 한국 미술이 중국의 영향을 받은 측면이 있으나 전체적으로 자신만의 독특성과 우수성을 갖고 있다고 평가하였다.[32] 1930년 11월 트롤로프가 램버스 회의를 마치고 한국으로 돌아오다가 고베에서 선박 충돌 사고로 사망하자, 그는 고인을 대신하여 더 많이 한국지부에 참여하게 되었다. 그는 교신 서기, 부회장, 회장 등으로 선출되어 거의 매년 임원으로 복무하였고(〈표 3〉 참고), 트롤로프의 강연록을 편집하여 「한국의 서적과 작가」와 「한국의 서적 생산 및 인쇄」를 『회보』에 게재하였다.[33] 또한 1923년 6월 설악산을 여행한 사람으로서 「설악산 여행 일기」를 1935년호에 실었는데, 이 글은 외국인들에게 설악산이 거의 알려져 있지 않던 시대에 작성된 최초의 설악산 기행문이어서 그 의미가 적지 않다.[34]

---

32  Charles Hunt, "Some Pictures and Painters of Corea," *Transactions of the RASKB*, Vol. 19, Seoul : RASKB, 1930, pp.1~3.

33  「한국의 서적과 작가」는 트롤로프가 1929년 11월 6일과 이듬해 2월 26일 한국지부에서 수행한 강연을 헌트가 편집한 것이다. 「한국의 서적 생산 및 인쇄」 역시 이 강연의 일부였으나 부연 설명이 필요한 내용이어서 별도로 수록되었다. 두 글에 대한 소개와 평가는 이상훈 외, 『영국왕립아세아학회 잡지로 본 근대 한국』 2, 350~355쪽.

34  설악산은 백두산과 금강산에 비하면 상당히 늦게 서양인들에게 알려졌다. 백두산에 대해서는 영국 육군 장교 굴드애덤스(Henry E. F. Goold-Adams, 1860~1935)가 1892년 『리포지터리』에 「한국의 몽블랑 여행」을 연재하였고, 그와 함께 백두산을 오른 캐번디쉬(Alfred Cavendish, 1859~1943)도 『한국과 신성한 흰 산(*Korea and the Sacred White Mountain*)』(1894)을 출간하였다. 금강산에 관해서는 1890년대 중엽 영국 정치인 커즌(George N. Curzon, 1859~1925), 북장로교 선교사 밀러(Frederick S. Miller, 1866~1937), 영국 탐험가 비숍(Isabella B. Bishop, 1831~1904) 등이 다루었다. 또한 게일은 1917년 가족과 함께 금강산을 탐험한 경험을 바탕으로 『회보』 1922년호에 「금강산」을 실었다.

〈표 3〉 1930~1939년 한국지부 임원 명단

| 연도 | 회장 | 부회장 | 서기 | | 사서 | 회계 | 고문 |
|------|------|--------|------|------|------|------|------|
| | | | 교신 | 기록 | | | |
| 1930~31 | 트롤로프 | 언더우드 | 헌트 | 클라크 | 피셔 | 홉스 | 러들로, 화이트, 위트모어 |
| 1931~32 | 언더우드 | 러들로 | 헌트 | 피셔 | 위트모어 | 홉스 | 데이비스, 쿤스, 부츠 |
| 1932~33 | 언더우드 | 커 | 쿤스 | 피셔 | 위트모어 | 밀러 | 데이비스, 로이즈, 부츠 |
| 1933~34 | 쿤스 | 헌트 | 클라크 | 피셔 | 위트모어 | 홉스 | 밀러, 로이즈, 아펜젤러[35] |
| 1934~35 | 헌트 | 케이블 | 클라크 | 언더우드 | 위트모어 | 본윅 | 아펜젤러, 밀러, 쿤스 |
| 1935~36 | 헌트 | 피터스 | 코리 | 언더우드 | 위트모어 | 본윅 | 아펜젤러, 맥라렌 부인, 빌링스 |
| 1936 | 밀러 | 헌트 | 코리 | 언더우드 | 클라크 | 홉스 | 아펜젤러, 백낙준, 이○○ |
| 1937 | 클라크 | 이○○ | 코리 | 언더우드 | 위트모어 | 홉스 | 헌트, 쿤스, 맥라렌 부인 |
| 1938 | 언더우드 | 케이블 | 아펜젤러 | 커 | 맥라렌 부인 | 홉스 | 빌링스, 부츠, 피터스 |
| 1939 | 언더우드 | 헌트 | 아펜젤러 | 빌링스 | 맥라렌 부인 | 홉스 | 케이블, 쿤스, 피터스 |

이상으로 영국국교회 선교사들의 활동상을 살펴보았다. 1890년대 중반 랜디스는 영국국교회 선교사 중 처음으로 한국의 언어, 문화, 역사를 연구하고 『리포지터리』와 해외 학술지에 적극적으로 연구 결과를 발표하여 존스, 헐버트, 게일과 함께 최초의 '선교사 겸 학자'가 되었다. 그는 1898년 사망하는 바람에 한국지부에 참여할 수 없었지만, 그의 동료들은

---

35  북감리교 선교사 아펜젤러의 장녀 앨리스(Alice R. Appenzeller, 1885~1950)를 가리킨다. 이 표의 다른 칸에 기재된 아펜젤러는 모두 그녀의 동생 헨리(Henry D. Appenzeller, 1889~1953)이다. 두 사람 모두 교육 선교에 종사하여 앨리스는 이화여전, 헨리는 배재학교를 담당하였다.

한국지부 창립에 참여하였고 특히 트롤로프는 연구 인력이 극히 부족하던 때에 「강화」를 발표하여 연구 역량을 보여 주었다. 그는 1917년 회장으로 선출된 이래 사망할 때까지 거의 매년 회장직을 맡으면서 한국지부의 학술 활동을 이끌었으며, 위티와 헌트는 그의 영향으로 한국 연구를 수행하였다.

이렇게 볼 때 1917년부터 10여 년간을 한국지부 역사의 두 번째 단계로 보아도 무방할 것이다. 창립과 활동 재개에 크게 기여한 게일이 회장직에서 물러나고 동시대인이지만 한국 연구에서는 후발 주자였던 트롤로프가 전면에 나섰다. 이 시기 한국지부 연구 활동의 특징은 연구 영역이 과학 분야로 확장되었다는 것이 아닐까 싶다. 창립 이래 한국지부의 주요 연구 분야는 한국의 언어, 문화, 역사였다. 그러나 1910년대 말 영국 출신의 저명한 식물채집가 윌슨이 「한국의 식생」과 「한국의 수목」을 발표한 데 이어, 세브란스의전 연구부의 밴버스커크가 기후와 능률의 상관 관계를, 그의 동료 밀스가 압록강의 지류인 동래강 유역의 생태계를 연구하여 결과물을 게재하였다. 회장 트롤로프도 연구 영역 확대에 기여하였다. 그는 한국지부가 문학, 예술, 역사 외에 과학과 자연사도 연구해야 한다는 점을 『회보』에 명시하였으며, 식물에 대한 지식이 해박하던 동료 위티에게 연구를 의뢰하였다. 「한반도 중부의 야생화」와 「한국의 초본 식물」은 어디까지나 그녀의 공적이었지만, 그녀의 글을 연구발표회에서 대독하고 윌슨에게 검토를 부탁하고 『회보』에 실은 것은 모두 그가 한 일이었다.

## 4. 전문 연구자로서의 선교사 2세들

1920년대 말에서 1930년대로 넘어가는 시간은 한국지부에 있어서 또한 번의 분수령이었다. 먼저 『은둔의 나라 한국*Corea, the Hermit Nation*』 1882의 저자인 미국인 그리피스William E. Griffis, 1843~1928가 83세의 나이로 1927년 4월 11일 한국지부 회합에 참석하였다.[36] 그는 초대 서울주재영국총영사 애스턴William G. Aston, 1841~1911, 『한국의 역사*History of Corea*』 1879의 저자 로스John Ross, 1842~1915와 함께 선출된 한국지부의 첫 명예 회원으로, 애스턴이나 로스와 비교할 수 없을 만큼 한국에 대한 글을 많이 쓰고 전현직 선교사들 — 존스, 헐버트, 게일도 여기에 포함된다 — 과도 활발하게 교류한 인물이었다.[37] 이듬해 2월 그의 사망은 한국에 처음으로 학구적 관심을 보였던 1세대의 퇴장을 알리는 상징적인 사건이었다. 한국지부에 좀더 직접적인 영향을 끼친 사건은 1928년 게일의 은퇴와 1930년 트롤로프의 사망이었다. 한국 연구를 주도하던 1세대는 이렇게 해서 거의 다 사라졌다. 미국에 헐버트가 남아 있었지만 연구 활동을 하지 않은 지 오래였다. 『회보』 1923년호에 실린 「한국의 국가 고시」는 그가 한국을 떠나기 전에 쓴 글이었다.[38]

---

36  그리피스가 이 회합에서 낭독한 연설문은 『회보』 1927년호에 실려 있는데, 일본에 관심을 갖게 된 계기, 일본 체류 시절의 경험담, 미국의 일본인 이민 금지 조치에 대한 유감 등 처음부터 끝까지 일본에 대한 이야기뿐이다. 그는 일부 서양인들처럼 한국과 한국인들을 비하하지 않았을 뿐 아니라 스스로를 '한국의 친구'로 여겼지만, 그가 지지한 것은 한국의 독립이 아니라 일본의 훌륭한 지배에 의한 한국의 발전이었다. 이와 관련하여 이영미, 「그리피스(1843~1928)의 한국인식과 동아시아」, 인하대 박사논문, 2015, 234~247쪽 참고.

37  위의 글, 142쪽.

38  1922년 11월 3일 한국지부 회의록에 다음과 같이 기록되어 있다. "헐버트 씨가 옛 한국

1세대의 퇴장은 2세대의 등장으로 이어졌다. 뉴욕대학에서 박사학위를 받고 돌아온 북장로교 선교사 2세 언더우드Horace H. Underwood, 1890~1951가 자주 회장으로 선출되어 한국지부를 이끌었고, 영국국교회에서는 트롤로프의 뒤를 이어 헌트가 적극적으로 참여하였다. 그러한 가운데 평양에서 태어난 북감리교 선교사 2세 노블Harold J. Noble, 1903~1953이 『회보』 1929년호에 「1883년 미국을 방문한 한국 사절단」을 기고하였다. 그는 오하이오웨슬리언대학에서 학사, 오하이오주립대학에서 석사학위를 받은 후 한국에 돌아와 이화여전에서 강의하고 있었지만, 그의 내한 목적은 교육이 아니라 자료 수집이었다. 그는 1929년 다시 미국에 가서 UC 버클리 박사 과정에 들어가 「1895년 전 한국과 한미 관계」1931로 학위를 받은 뒤 오리건대학 사학과에 임용되었다.[39]

노블은 한국을 연구하여 박사학위를 받은 최초의 서양인은 아니었다. 앞에서 언급한 언더우드는 1926년 뉴욕대학, 남감리교 선교사 피셔James E. Fisher, 1886~1989는 1928년 컬럼비아대학, 북장로교 선교사 클라크Charles A. Clark, 1878~1961는 1929년 시카고대학에서 각각 학위를 받았던 것이다.[40] 그러나 이들이 학위를 받은 후 다시 한국에 와서 연희전문이나 평양

---

정부의 시험에 대하여 쓴 논문이 발견되었다. 벡 씨가 발의하기를 12월 6일 오후 4시 30분에 회의를 열고 게일 박사가 이 글을 낭독해 주면 좋겠다고 했다. 그렇게 하기로 결정하였다."("Meeting of the Council of the Royal Asiatic Society", *Transactions of the RASKB*, Vol.14, Seoul : RASKB, 1923, p.76)

39 노블의 출생과 성장, 생애에 대한 자세한 내용은 조선혜, 『매티 노블의 선교 생활, 1892~1934』, 한국기독교역사연구소, 2020, 46~51쪽.

40 언더우드, 피셔, 클라크 세 사람의 박사논문은 모두 저서로 출간되었다. 서지사항은 다음과 같다. Horace Horton Underwood, *Modern Education in Korea*, New York : International Press, 1926; James Ernest Fisher, *Democracy and Mission Education in Korea*, New York : Columbia University Press, 1928; Charles Allen Clark, *The Nevius Plan for Mission Work Illustrated in Korea*, Seoul : Christian Literature Society, 1937.

신학교에서 근무한 것과 달리, 노블은 최초이자 유일의 한국사 전공자로서 미국 학계에 진입하여 교육과 연구에 종사하였다. 또한 1941년 극동협회Far Eastern Association가 기관지 『계간 극동*The Far Eastern Quarterly*』(『아시아연구저널*The Journal of Asian Studies*』의 전신)를 창간할 때 자문편집위원회 16명 중 한 사람으로 참여하였다.[41]

노블과 비슷한 예로 독일인 에카르트Andreas Eckardt, 1884~1974가 있다. 그는 뮌헨대학을 졸업한 후 베네딕트수도회 산하 상트오틸리엔수도회에 입회하여 사제가 되고, 1909년 말 내한하여 1928년까지 한국에서 활동한 인물이다. 상트오틸리엔수도회 선교사들은 파리외방전교회 선교사들과는 달리 사목이 아니라 교육과 같은 간접 선교를 위하여 내한하였다.[42] 그 역시 숭신학교, 경성의학전문학교, 경성제국대학 등지에서 가르쳤으며, 개신교 교육 선교사들이 그랬듯이 한국 연구에도 참여하여 『조선어교제문전*Koreanische Konversations-grammatik*』1923과 『조선미술사*Geschichte der Koreanischen*』1929 등을 발표하였다.

귀국 후 에카르트는 연구자의 길에 들어섰다. 노블보다 1년 앞선 1930년 뷔르츠부르크대학에서 「한국의 학교 제도」로 박사학위를 받았고, 브라운슈바이크대학의 국제교육연구소를 거쳐 이미륵李彌勒, 1899~1950의 후임으로 뮌헨대학 동양학과 교수가 되었다.[43] 그는 한국지부에도 이름을

---

41 Earl H. Pritchard, "The Foundations of the Association for Asian Studies, 1928~48", *The Journal of Asian Studies*, Volume 22 Issue 4, 1963, pp.514~515.

42 조현범, 「분도회 선교사들의 한국문화 연구」, 『교회사연구』33호, 한국교회사연구소, 2009, 177~178쪽. 상트오틸리엔수도회 선교사들이 수행한 교육 전반에 대해서는 이유재, 「식민지 조선에서 분도회의 지식 생산과 교육」, 『교회사연구』33호, 한국교회사연구소, 2009.

43 이은정·이영석, 「독일 한국학의 성립과 발전」, 『독일어문학』17-2호, 한국독일어문학회, 2009, 279~281쪽. 에카르트와 이미륵, 뮌헨대학의 관계에 대해서는 홍미숙,

올렸다. 『회보』 1929년호 회원 목록에 처음으로 '에카르트 신부, 베네딕트수도회, 덕원'이 나오는 것으로 볼 때 귀국하기 얼마 전 회원이 된 듯하다. 1933년호 회원 목록에는 그의 이름 앞에 별표(*)가 붙었다. 별표는 한국지부 모임에서 글을 발표한 사람에게 붙여 주던 기호였다. 해당 시기 회의록이 남아 있지 않아 세부적인 내용은 알 수 없지만, 그가 한국에 다시 와서 발표하지 않았다면 다른 누군가가 그의 허락 아래 그의 글을 발표하였을 가능성이 있다.

　1930년대 한국지부 구성원들과 『회보』 필진은 예전과 비슷해 보인다. 여전히 영미권 개신교 선교사들이 주축을 이루고 있었기 때문이다. 그러나 분명히 변화도 있었다. 우선 한국인들의 활동이 나타났다. 대표적인 사람은 백낙준白樂濬, 1895~1985이다. 1927년 한국개신교사 연구로 예일대학에서 박사학위를 받고 연희전문에 부임한 그는, 1930년호 한국지부 회원 목록에 처음으로 이름을 올렸고 1936년에는 고문으로 선출되기도 했다. 또한 『高麗圖經』 기록을 발췌 번역하여 언더우드의 글 「한국의 선박」의 부록으로 실었으며, 『純祖實錄』에서 1818년 영국 해군 장교 홀Basil Hall, 1788~1844의 내항을 다룬 기사를 번역 소개하는 등 『회보』에도 참여하였다. 『회보』에 글을 쓴 또 다른 한국인으로 오문환吳文煥, 1903~1962이 있다. 숭의여학교 교사였던 그는 제너럴셔먼호 사건 때 죽은 영국 선교사 토머스Robert J. Thomas, 1840~1866에 관한 글을 기고하였다.[44]

<hr>

[44] 「안드레아스 에카르트의 『조선미술사』에 관한 연구」, 명지대 박사논문, 2019, 20쪽. 백낙준과 오문환이 『회보』에 실은 글들의 서지사항은 다음과 같다. L. G. Paik (trans.), "From Koryu To Kyung by Soh Keung, Imperial Chinese Envoy to Korea 1124 A. D.", *Transactions of the RASKB*, Vol.23, Seoul : RASKB, 1934, pp.90~94; George Paik, "The Korean Record on Captain Basil Hall's Voyage of Discovery to the West Coast of Korea", *Transactions of the RASKB*, Vol.24, Seoul : RASKB, 1935, pp.15~19;

1930년대 한국지부에 나타난 또 다른 변화로는 여성들의 활동이 늘어난 것을 들 수 있다. 창립 이래 여성들의 참여는 점점 증가하였지만, 그들의 참여란 대개 회비를 납부하고 『회보』의 독자가 되는 것을 의미하였다. 창립 이래 『회보』에 자신의 연구 결과를 발표한 여성은 재일영국인 고든 부인Elizabeth A. Gordon, 1851~1925과 영국국교회 선교사 위티뿐이었고, 그나마 위티는 익명으로 기고하였던 것이다. 그러나 1930년대 후반이 되면 빅토리아장로교 선교사로서 이화여전에서 역사와 영어를 가르치던 맥라렌 부인이 고문과 사서로 활동하였고, 필진으로는 로이즈 부인Doris T. Royds, 1883~1974, 곰퍼츠 부인Elizabeth K. Gompertz, 미상~1989, 부츠 부인Florence S. Boots, 1896~1976이 참여하였다.[45] 한국지부 내부에서 특별한 원인이 있었다기보다는 20세기 초 여성의 지위 향상에 따른 자연스러운 현상이었으리라 생각된다.

1930년대 말 노블의 뒤를 잇어 또 다른 선교사 2세가 『회보』에 글을 실었다. 북장로교 선교사의 아들인 맥큔George M. McCune, 1908~1948이었다. 그는 1935년 옥시덴털대학에서 석사학위를 받은 후 노블과 마찬가지로 UC 버클리 박사 과정에 입학하였으며, 1939년호에 「한국어의 로마자 표기법」과 「한국 이씨 왕조의 연대기」를 게재한 후 「1800~1864년 한중 관계와 한일 관계」1941로 학위를 받았다. 이렇게 하여 UC 버클리는 노블

---

M. W. Oh, "The Two Visits of the Rev. R. J. Thomas to Korea", *Transactions of the RASKB*, Vol.22, Seoul : RASKB, 1933, pp.95~123.

**45** 서울주재영국총영사의 아내 로이즈 부인은 『회부』 1936년호에 쿠랑(Maurice Courant, 1865~1935)의 역작 『한국서지(*Bibliographie coréenne*)』(1894~1896)의 서론을 번역 게재하였고, 부츠 부인은 음대를 졸업하고 이화여전에서 음악을 가르치던 사람으로서 1940년호에 「한국의 악기와 음악」을 발표하였다. 곰퍼츠 부인은 한국지부에서 많은 일을 한 북장로교 선교사 쿤스(Edwin W. Koons, 1880~1947)의 딸이며, 1935년호에 남편과의 공저인 「〈서양의 한국 관련 문헌〉 보론」을 실었다.

이후 10년 만에 또 한 명의 한국 전공자를 배출하게 되었고, 맥큔은 수년 간 옥시덴털대학에 재직하다가 1946년 UC 버클리로 옮겨 1948년 부교수가 되었다.

선교사 2세가 전문 연구자로 성장한 것은 한국에서만이 아니었던 것 같다. 맥큔과 함께 「한국어의 로마자 표기법」을 발표한 라이샤워Edwin O. Reischauer, 1910~1990는 도쿄에서 북장로교 교육 선교사 부부의 아들로 태어났다. 그는 오벌린대학에서 학사, 하버드대학에서 석사학위를 받은 후 하버드대학 박사 과정에 입학하였고, UC 버클리 박사과정생이던 맥큔과 함께 맥큔-라이샤워 표기법을 만들었다.[46] 헤이안 시대 일본 승려의 중국 기행문인 『入唐求法巡禮行記』를 연구하여 1939년 박사학위를 받았으며, 하버드대학 극동언어학과에 40년간 재직하면서 일본연구소를 창설하는 등 미국 학계에 일본학을 안착시키는 데 크게 기여하였다.

한편 『회보』 1940년호에 「14세기 말 중국과 한국의 관계」를 발표한 콜럼비아대학의 굿리치L. Carrington Goodrich, 1894~1986도 선교사 2세였다. 그는 베이징 외곽의 퉁저우에서 미국해외선교위원회 선교사의 아들로 태어나 1917년 윌리엄스대학을 졸업하였고, 콜럼비아대학에서 중국사를 공부하여 1927년 석사, 1934년 박사학위를 받았다. 콜럼비아대학 동아시아언어문화학과 교수로 재직하며 1956~1957년 아시아협회Association for Asian Studies 회장을 역임하였으며, 『明代名人傳Dictionary of Ming Biography, 1368~1644)』1976을 집필하였다.

---

**46** 실질적으로 표기법을 고안한 것은 맥큔이었다. 라이샤워는 중국에서 유학하면서 중국 및 일본의 학자들과 알고 지냈으므로, 한국어를 전혀 몰랐지만 표기법을 홍보하는 역할을 담당하였다(김서연, 『조지 맥아피 맥큔의 생애와 한국 연구』, 『한국사연구』 181호, 한국사연구회, 2018, 253~254쪽).

이렇게 전문적인 연구자들의 글을 실은 것 외에도, 1930년대 한국지부는 서구 학술 단체들과 정식으로 학술지를 주고받으면서『회보』뒷부분에 학술지 목록을 기입하기 시작하였다. 한국지부와 학술지를 교환한 단체들은 왕립아시아학회 본부와 4개 지부(실론, 봄베이, 일본, 북중국), 프랑스의 아시아학회, 영국의 왕립지리학회, 스웨덴의 지질학연구소, 체코슬로바키아의 동양연구소, 이탈리아의 예수회기록보관소, 그리고 미국의 스미소니언연구소, 미국동양학회, 미국철학학회, 미국지리학회 등이었다.[47] 그러나『회보』가 단지 이 기관들로만 간 것은 아니다. 1930년대 초 200명을 돌파한 한국지부 회원들이『회보』를 구독하고 있었기 때문이다. 1940년호 회원 목록을 기준으로 211명 중 대략 3분의 2는 한국에 있었지만,[48] 나머지는 중국, 일본, 싱가폴, 필리핀, 미국, 영국, 캐나다 등지에 다양하게 퍼져 있었을 뿐 아니라 대학이나 기관에 소속된 사람들도 있었다. 한국지부 종신 회원이었던 윔볼드Katherine C. Wambold, 1866~1948는 무려 예루살렘에 소재한 미국동양연구소에서 일하고 있었다.[49]

한국지부의 학술 활동은 전문 연구자들의 글을 싣고 서구 학술 단체들과 기관지를 교환하는 수준에까지 이르렀으나, 1939년 말 1940년호를

---

**47** "List of Exchanges", *Transactions of RASKB*, Vol.25, Seoul : RASKB, 1936, p.128.
**48** 한국지부 회원 규모는 1900년대 초 74명(1903년호), 1910년대 중반 113명(1916년호), 1920년대 중반 192명(1924년호)을 기록하였다. 이후 다소 감소하였다가 1930년대 들어 다시 증가하면서 200명(1933년호)을 넘어섰다. 명예 회원과 일반 회원이 있었으며 1920년대 초에 종신 회원이 신설되었다. 회원들은 연회비를 납부함으로써 한국지부가 지속적으로『회보』를 간행할 수 있도록 물질적 기반을 마련하였고,『회보』에 기고하지는 않더라도 연구발표회에서 글을 발표하는 등 학술 활동에도 참여하였다.
**49** 윔볼드는 1896년 내한하여 1936년까지 40년간 활동한 북장로교 선교사이다. 미국동양연구소는 보스턴대학을 거쳐 현재 버지니아주에 있는 미국해외연구협회(American Society of Overseas Research)의 전신이다.

발행한 후 한동안 활동을 중단해야 했다. 1940년 10월 일본이 독일 및 이탈리아와 연합을 형성하고 영국 및 미국과 대척점에 서면서, 대다수의 선교사들이 본국의 권고에 따라 혹은 일제에 의한 추방 형식으로 한국을 떠나게 되었기 때문이다. 그리하여 태평양전쟁 발발 직전 한국에는 북장로교 24명, 남장로교 4명, 빅토리아장로교 5명, 캐나다장로교 4명 등 37명의 선교사들이 있었고, 그들 중 북장로교 소속 22명은 태평양전쟁 발발 후 일제에 의하여 억류되었다. 한국지부에서 활발하게 활동하던 언더우드, 쿤스, 커William C. Kerr, 1883~1976는 감리교신학교 부지에 수용되었다.[50]

이상의 검토에 따라 필자는 한국지부 역사의 세 번째 단계를 1929년부터 1940년까지로 보고자 한다. 1세대 한국학 연구자였던 게일의 은퇴, 역시 1세대였던 트롤로프의 사망에 이어 새로운 세대가 등장하는 시기로 볼 수 있겠다. 노블과 맥큔은 한국에서 태어난 선교사 2세로서 한국사, 특히 한국의 대외 관계를 전공하여 미국 학계에 진입하였다면, 에카르트는 선교사 생활을 마치고 노블과 비슷한 시기에 독일 학계에 자리를 잡아 수십 년간 교육과 연구에 힘썼다. 요컨대 1930년대 초 서구의 고등 교육과 학문 연구 체제에 한국을 등장시킨 연구자들의 뒤에는 한국지부가 있었던 것이다.

---

**50**　안종철, 『미국 선교사와 한미관계, 1931~1948』, 한국기독교역사연구소, 2010, 179~189쪽.

## 5. 서구 한국학과 왕립아시아학회 한국지부

이상으로 1900년부터 1940년까지 한국지부의 역사를 살펴보았다. 정리하면 첫째, 한국지부는 『리포지터리』에 다수의 글을 기고하면서 초보적인 연구자로 성장한 '선교사 겸 학자' 4인 중 3인인 존스, 헐버트, 게일의 주도로 창립되었다. 1880년대 후반 평신도 자격으로 내한한 이들은 교육 사업과 사전 편찬 등을 수행하면서 자연스럽게 한국의 언어, 문화, 역사에 관심을 갖게 되었고, 『리포지터리』의 발행이 중단되자 본격적인 학술 단체인 한국지부를 조직하기 위하여 의기투합하였다. 한국지부는 연구 인력의 부족으로 창립 몇 년 만에 위축되었지만, 한국을 떠나지 않은 게일의 주도로 1911년 활동을 재개하고 자리를 잡았다. 이에 1900년부터 1916년까지를 한국지부 역사의 첫 번째 단계로 구분하였다.

둘째, 미국 교단 선교사들이 다수이기는 했지만 영국국교회 선교사들도 한국지부에서 중요한 역할을 담당하였다. 존스, 헐버트, 게일과 함께 『리포지터리』의 주요 필진이었던 랜디스의 영향을 받은 트롤로프가 그 주인공이었다. 그는 한국지부 창립 초창기에 『회보』에 연구 성과를 발표하는 한편 1917년부터 거의 매년 회장으로 선출되었으며, 위티와 헌트가 한국 연구를 할 수 있도록 돕는 역할도 담당하였다. 한편 그가 회장이 되면서 게일은 회장직에서 물러났으나 1928년 은퇴할 때까지 계속해서 학술 활동에 참여하였다. 이와 같은 검토를 바탕으로 1917년부터 1928년까지를 한국지부 역사의 두 번째 단계로 보았다.

셋째, 게일의 은퇴와 트롤로프의 사망 후 선교사 2세로 대표되는 새로운 세대가 한국지부를 이끌기 시작하였다. 그들은 한국에서 나고 자랐기 때문에 부모 세대보다 한국을 친근하게 여겼으며, 이를 바탕으로 미국 학계에서 한국을 다루는 전문 연구자가 되었다는 점이 특징이다. 오리건대학의 노블, 옥시덴탈대학을 거쳐 UC 버클리에 자리를 잡은 맥큔이 대표적인데, 한국 뿐 아니라 중국과 일본의 선교사 2세들도 이와 같은 삶의 방법을 선택하였다. 한편 선교사 2세는 아니었지만 천주교 선교사 에카르트도 노블과 비슷한 시기에 학위를 받고 독일 한국학의 씨앗을 심었다. 그리하여 1929년부터 1940년까지를 한국지부 역사의 세 번째 단계 즉, 한국지부라는 토양을 바탕으로 전문 연구자들이 등장하는 시기로 설정하였다.

한국지부는 해방 직후 다시 시작되어 지금까지 이어져 오고 있다. 이 글에서 다룬 시기는 전체 역사의 3분의 1 정도이며, 이 시기 한국지부의 의의는 한국학이 정식 학문이 아니던 때 학문적으로 한국을 연구한 세계 유일의 기관이었다는 데 있을 것이다. 해방 후 서구 한국학의 무대는 한국지부에서 다른 기관들로 옮겨가게 될 것이다. 이에 관해서는 후일의 연구를 기약한다.

# 참고문헌

『왕립아시아학회 한국지부 회보(*Transactions of the Korea Branch of the Royal Asiatic Society*)』

김서연, 「조지 맥아피 맥큔의 생애와 한국 연구」, 『한국사연구』 181호, 한국사연구회, 2018.

김수진, 「왕립아시아학회 한국지부 학회지 『Transaction』을 통해 본 서양인의 한국인식」, 한국외대 석사논문, 2015.

나일성, 「알비온에서 온 두 과학자-베커와 루퍼스의 교육과 사상」, 『동방학지』 46~48호, 연세대 국학연구원, 1985.

류대영, 「연희전문, 세브란스의전 관련 선교사들의 한국 연구」, 『한국기독교와 역사』 17, 한국기독교역사연구소, 2002.

안종철, 『미국 선교사와 한미관계, 1931~1948』, 한국기독교역사연구소, 2010.

이고은, 「왕립아시아학회 한국지부 정기간행물 『트랜스액션』 탐색적 연구-1900~1924년을 중심으로」, 『한국학』 40-3, 한국학중앙연구원, 2017.

이상현, 『한국 고전번역가의 초상, 게일의 고전학 담론과 고소설 번역의 지평』, 소명출판, 2013.

이상훈 외, 『영국왕립아세아학회 잡지로 본 근대 한국』(전2권), 한국학중앙연구원 출판부, 2019.

이영미, 「그리피스(1843~1928)의 한국인식과 동아시아」, 인하대 박사논문, 2015.

_____, 「한국을 연구한 초기 개신교 '선교사 겸 학자'들」, 『한국기독교와 역사』 54호, 한국기독교역사연구소, 2021.

이유재, 「식민지 조선에서 분도회의 지식 생산과 교육」, 『교회사연구』 33호, 한국교회사연구소, 2009.

이은정·이영석, 「독일 한국학의 성립과 발전」, 『독일어문학』 17-2호, 한국독일어문학회, 2009.

조선혜, 『매티 노블의 선교 생활, 1892~1934』, 한국기독교역사연구소, 2020.

조현범, 「분도회 선교사들의 한국문화 연구」, 『교회사연구』 33호, 한국교회사연구소, 2009.

한철호, 「헐버트의 만국평화회의 활동과 한미관계」, 『한국독립운동사연구』 29호, 독립기념관 한국독립운동사연구소, 2007.

홍미숙, 「안드레아스 에카르트의 『조선미술사』에 관한 연구」, 명지대 박사논문, 2019.

Earl H. Pritchard, "The Foundations of the Association for Asian Studies, 1928~48", *The Journal of Asian Studies*, Volume 22 Issue 4, 1963.

Rev. Paul G. Mooney, "From Fenloe to Chung'gang-jin", *Newslink : The Magazine of the Church of Ireland United Dioceses of Limerick, Killaloe & Ardfert*, October 2014.

# 안드레아스 에카르트의 한국학 연구와 성과[*]

홍미숙

.......................................

## 1. 시작하며 – 에카르트가 심취하였던 한국학 연구

안드레아스 에카르트Andreas Eckardt, 옥낙안(玉樂安), 1884~1974[1]는 20세기 초 독일에서 한국학의 기틀을 세운 학자이다. 그는 한국어와 문법, 한글과 한자, 문화와 문학, 교육, 종교와 철학, 음악과 미술 등 한국학의 전반적 인 분야를 세계사적인 관점으로 고찰하였고 학문적인 성과를 이루었다.[2]

---

[*]   이 논문은 홍미숙, 『안드레아스 에카르트의 『조선미술사』에 관한 연구』(명지대 박사논 문, 2019)의 일부를 수정·보완하였다.

[1]   에카르트는(Eckardt)는 자신의 이름을 안드레아스(Andreas) 또는 안드레(Andre) 두 가지로 사용하였다. 이 부분에 대하여 에카르트의 제자이며 한글 학자인 알브레히트 후 배(Albrecht Huwe, 허배 : 1950~) 박사께 2020년 7월 17일 이메일을 통해 문의 하였으 며 다음과 같은 답을 받았다. 에카르트는 안드레아스(Andreas)라는 이름을 수도사로 활 동할 기간인 1928년 말까지 사용하였으며 귀속한 후부터는 안드레(Andre)라는 이름을 사용하였다. 또한 에카르트의 고향인 바이에른주(Bayern)에서는 Andre가 Andreas의 애칭으로도 사용된다고도 알려주었다. 허 배 박사는 때로는 학자들이 에카르트의 이름 을 프랑스 형식인 André로 사용하는데 이것은 틀린 것이라고 지적해 주었다.

[2]   이은정·이영석, 「독일 한국학의 성립과 발전」, 『독일어문학』 45권, 2009, 280쪽.

에카르트의 연구를 전반적으로 살펴볼 때 다음과 같은 시각을 찾아볼 수 있다. 첫째, 한국은 오랜 역사를 지닌 독립적인 국가이다. 둘째, 한국은 중국이나 일본과는 다르며 독자적인 높은 경지의 문화와 예술을 지닌 나라이다. 셋째, 한국은 고대부터 일본에 문화와 예술을 전달해주었다. 이러한 시각과 주장은 그가 발표한 한국학의 모든 분야에서 일관성 있게 나타난다.

1909년 독일 상트 오틸리엔 연합회Kongregation von Sankt Ottilien 수도사 신분으로 한국에 입국한 에카르트는 20여 년간 한국인을 위한 교육자로서 활동하였으며 동시에 한국학의 전반적인 분야를 연구하고 조사하였다.[3] 한국은 당시 일제 강점기의 혼란스러운 시기를 지나고 있었다. 특히 일본 정부가 자국의 학자를 동원하여 한국문화와 예술의 독립성을 부정하는 연구를 정책적으로 지원하였던 시기이기도 하다. 일본학자들은 한국의 모든 문화와 예술은 중국의 것을 모방하였으므로 독립적이지 못하다는 주장을 일괄적으로 펼쳤다. 그러나 같은 시기 한국학을 연구했던 에카르트는 일본학자들의 주장과는 정반대의 관점으로 한국학 연구에 임하였음을 그의 연구 결과로 확인할 수 있다. 에카르트는 한국의 역사, 문화와 예술에 대한 존중심이 있었다. 한국인의 특성까지 깊이 이해한 후 입체적이며 통합적인 연구를 결과물로 남겨주었다. 에카르트는 20세기 초 유럽에서 처음으로 한국학의 기초를 다진 선구자였기에 한국학 연구와 성과는 더욱 큰 의미를 지닌다. 그러나 아쉽게도 현재까지 에카르트의 한

탐험가 · 외교관 · 선교사

---

3    '성 베네딕도회 상트 오틸리엔 연합회'는 Kongregation von Sankt Ottilien O.S.B의 한국 공식 명칭이다. 이 명칭은 한국 왜관 수도원의 오윤교 아브라함 신부님으로부터 2020년 6월 9일 이메일로 전달받았다. 따라서 이 글에서는 '상트 오틸리엔 연합회'로 호칭하겠다.

국학 성과에 대한 연구는 충분히 조명을 받지 못한 상황이다.

현재까지 에카르트 연구를 집중적으로 분석하여 발표된 학위논문은 2편에 불과하다. 2019년 홍미숙 박사논문인 「안드레아스 에카르트의 『조선미술사』에 관한 연구」가 있으며 2020년 공경의 석사논문으로 「20세기 초 독일인 선교사 안드레 에카르트의 한국문화 인식 연구-《조선어교제문전》·《조선, 지극히 아름다운 나라》를 중심으로」가 있을 뿐이다. 에카르트와 직접적으로 관련된 단행본 1권과 부분적으로 조명한 단행본 7권이 있다. 에카르트 연구를 간접적으로 다룬 연구보고서 3편 그리고 국내 학술논문은 25편 정도가 있다.[4] 에카르트의 한국학 연구를 다룬 연구는 이은정·이영석, 「독일 한국학의 성립과 발전」, 조현범의 『한말 일제하 천주교 선교사들의 문화선교활동과 조선 연구』에서 볼 수 있다. 분야별 연구로는 권영필이 에카르트의 조선미술사 통사를 번역함과 동시에 다수의 논문으로 에카르트가 본 조선미술을 미학적으로 풀어내고자 하였다.[5] 조효임은 「에카르트와 〈코리아심포니〉」 논문을 통해 에카르트의 조선음악 연구를 깊이 있게 조명하였다. 최석희는 에카르트의 민담 번역에 대한 연구와 진상범은 에카르트의 『조선문학사』를 분석하였다.[6]

---

4   이 정보는 2021년 6월 27일 RISS를 통해 에카르트의 한국학 연구와 직접적으로 연관된 연구만을 모은 수치이다.

5   조현범, 『한말 일제하 천주교 선교사들의 문화선교활동과 조선연구』, 한국연구재단, 2002; Andreas Eckardt, 권영필 역, 『에카르트의 조선미술사』, 열화당, 2003; 권영필, 「안드레아스 에카르트(Andreas Eckardt)의 미술사관」, 『미술사학보』 5, 1992.12, 531쪽; 권영필, 『미적 상상력과 미술사학』, 문예출판사, 2000, 71~112쪽이 있다. 또한 유준영, 「20세기 초 Nobert Webber의 한국미술품 수집과 비평」, 『미술사학보』 제9회, 1996.12, 33~59쪽; 윤세진, 「두 개의 미술사, 하나의 시선-『에카르트의 조선미술사』」, 세끼노 타다시, 『조선미술사』, 『창작과 비평』 123호, 창비, 2004.여름 등이 있다.

6   조효임, 「안드레 에카르트와 「코리아심포니」」, 『음악과 민족』 8, 1994, 102·118쪽; 최석희, 「한국문학의 독일어 번역-한국민담을 중심으로」, 『헤세연구』 13, 한국헤세

연구자는 20세기 초부터 시작된 에카르트의 한국학 연구와 성과를 분야별로 재조명해보겠다. 한국학 분야 중 특히 한국미술과 음악, 한글, 한국어와 문법, 문학사와 한국문화를 자세히 살펴보며 에카르트가 몰두하였던 한국학 연구에 대한 의미와 중요성을 다시 한 번 주목해 보고자 한다.

## 2. 안드레아스 에카르트의 생애와 상트 오틸리엔 연합회의 한국 활동

### 1) 안드레아스 에카르트의 생애

에카르트의 생애는 크게 세 시기로 나눌 수 있다. 첫 번째 시기는 1884년부터 1909년까지로 에카르트가 독일에서 태어나서부터 25세 성인이 될 때까지이다. 두 번째 시기는 25세가 되었던 1909년부터 44세인 1928년 말까지 한국에서 상트 오틸리엔 연합회의 수도사 신분으로 20여 년 동안 활동한 기간이다. 그리고 세 번째 시기는 44세인 1928년 말 에카르트는 독일로 귀국하였고 귀속한 후 90세가 되던 1974년까지 한국학 학자로 활동한 시기로 나누어 볼 수 있다.

독일 뮌헨대학에서 에카르트는 철학, 종교학, 문화, 과학, 미술사, 고고학, 인류학과 여러 언어 등 다양한 분야를 공부하였고 1905년 졸업하였다. 대학을 졸업 한 후 상트 오틸리엔 연합회로 들어갔으며 1909년에 수도사 서품을 받았다. 수도사 서품을 받은 에카르트는 1909년 12월 28일

학회, 2005; 진상범, 『한·독문학의 비교문학적 연구』, 박이정, 2012.

상트 오틸리엔 연합회 수도사 신분으로서 한국으로 파견되었다. 그리고 한국에서 1928년 말까지 20여 년간 한국인을 위한 교육자로서 왕성히 활동하였고 동시에 학자로서 한국학에 대한 모든 분야를 연구하는데 몰두하였다. 1928년 말 에카르트는 독일로 귀국하였고 귀속하였다. 귀속 후 그는 한국학 학자로서 1974년 생애를 마무리 할 때 까지 한국학을 알리기 위한 활동을 멈추지 않았다. 에카르트가 독일에서 한국학의 초석을 다지기 위한 활동과 성과는 100편이 넘는 논문과 저서를 통해 확인할 수 있다. 그 중 일부는 〈표 3〉에서 확인할 수 있다.

## 2) 상트 오틸리엔 연합회의 한국 진출 목적과 활동

세계 천주교사에서 한국은 매우 중요한 의미를 갖는 나라 중 하나이다. 그 이유는 한국으로 천주교 선교사가 파견되지 않은 상태에서 자생적으로 천주교가 발원한 유례없는 나라이기 때문이다. 한국 천주교인들은 청나라 선교회를 통해 한국에 신부를 파견해 줄 것을 먼저 요청하였다. 한국 천주교인의 요청에 응하여 1835년 프랑스 소속 선교회인 파리외방전교회La Societe des Missions-Etrangeres de Paris가 한국에 공식적으로 파견되었다. 그리고 파리외방전교회는 1909년까지 한국에서 유일한 천주교 선교사로 활동하였다.[7]

---

7   파리외방전교회(La Societe des Missions-Etrangeres de Paris)는 세 번째로 들어온 프랑스 소속 선교사들 이었다. 그들은 1835년부터 1909년까지 한국의 유일한 선교사들이었으며 1909년 독일의 성 오틸리엔 베네딕도회 선교사들이 입국하였다. 1923년에는 미국의 메리놀회 선교사들이, 1933년에는 아이랜드계 골롬반회 선교사들이 입국하기 시작하였다. 1962년에는 멕시코계 과달루페회 선교사들이 진출함으로써 현재 4개의 외방선교회의 선교사들이 한국에서 활동하고 있다. 최석우, 「재한 천주교 선교사의 한국관과 선교정책」, 『한국교회사 탐구』 II, 1991, 340~341쪽.

파리외방전교회 조선교구장이었던 뮈텔Gustave Charles Marie Mutel, 민덕효, 1854~1933 주교는 천주교 핍박이 끝난 후 1899년 고종과 교민조약을 체결하였다. 교민조약 후 한국 천주교인을 위해 고등교육 과정을 지도할 수 있는 고학력 학자와 기술학교를 운영할 수 있는 교육자들의 필요성이 대두되었다. 뮈텔 주교는 교육자를 구하고자 1908년 초부터 6개월 동안 일본과 유럽에 있는 천주교 수도원을 찾아다니며 한국으로 수도사들을 파견해주기를 요청하였으나 모두 거절당했다.[8] 그러던 중 로마 베네딕토회의 힐데브란트Hildebrand de Hemptinne, 1849~1913 원장으로부터 독일에 있는 상트 오틸리엔 연합회에서는 교육자 파견이 가능할 수도 있다는 정보를 얻은 후 상트 오틸리엔 연합회로 서신을 먼저 보냈고, 답장을 받기도 전에 수도원으로 직접 찾아갔다. 당시 상트 오틸리엔 연합회에서도 한국으로 수도사를 파견할 수 없다는 답장을 뮈텔 주교에게 보낸 후였다. 그러나 상트 오틸리엔 수도원으로 무작정 찾아온 뮈텔 주교는 노르베르트 베버Norbert Weber, 1870~1956 총원장과 면담을 통해 한국 천주교인들이 고등교육과 기술교육이 절실히 필요한 상황을 설명하였으며 수도사 파견을 간곡히 요청하였다.[9]

배버 총원장은 뮈텔 주교와 면담 후 그의 요청을 수락하였고 1909년 2월 25일 보니파시오 사우어Bonifatius Sauer, 1877~1950 수도사와 도미니코 엔쇼프Dominikus Enshoff, 1868~1939 수도사를 선발대로 한국에 파견하였다.[10] 이들을 통해 한국에서 천주교 교육자 양성의 필요성을 재차 확인한

---

8    Johannes Mahr, 「"어머니의 누룩" 한국과 중국 만주 지역의 베네딕도 선교사들 1909-1954년」, 『교회사연구』 33, 2009, 40~41쪽.
9    선지훈, 「'선교 베네딕도회'의 한국 진출과 선교 활동」, 『한국교회사연구』 29, 2007, 77~78쪽.

후 베버 총원장은 1909년 12월 28일 에카르트를 위시한 4명의 수도사들을 1차로 한국에 파견하기 시작하였다. 이어 베버 총원장도 1911년 한국을 방문하였고 독일 귀국 후 1915년 『고요한 아침의 나라*Im Lande Der Morgenstille Reise-Erinnerungen an Korea*』를 출판하였다.[11] 저서를 통해 베버는 "한국인들의 교육열은 우리의 소망과 일치한다"고 서술함으로서 상트 오틸리엔 연합회 수도사들이 한국 파견의 목적이 교육 활동을 위함이었음을 분명히 보여준다.[12]

상트 오틸리엔 연합회 수도사들에게도 한국 진출에는 큰 의미가 있었다. 그 이유는 상트 오틸리엔 연합회가 창립된 목적과 이념을 한국에서 처음으로 실현시킬 수 있었기 때문이다. 상트 오틸리엔 연합회는 1884년 안드레아스 암라인Andreas Amrhein, 1844~1927 신부에 의해 13번째 베네딕토회로 창설되었다. 암라인 신부가 설계한 상트 오틸리엔 연합회는 새로운 선교지역을 개척하는 것이 목적이 아니었다. 그들은 문화적인 교육 활동을 통해 기존에 있는 천주교 교구를 지원하는 것을 목표로 삼았다. 한국의 경우 상트 오틸리엔 연합회가 기존에 있는 파리외방전교회를 교육으로서 지원하게 되는 것이다. 상트 오틸리엔 연합회의 수도사들은 주로 의사, 예술가, 교육자, 과학자를 비롯하여 수공업 학교와 농업학교를 운영할 수 있는 전문가들로 형성되었다.[13] 이들 수도사에게는 수도원에서의

---

10 사우어 신부는 1909년에 한국에 도착한 후 1950년 북한 정권에 의해 순교할 때까지 한국에서 활동했다.
11 이 책의 독일 원래 제목은 Norbert Weber, *Im Lande Der Morgenstille Reise-Einnerungen an Korea*(Herdersche Verlagshandlung, 1915)고 2012년 번역되어 출판되었다. 박일영·장정란 역, 『고요한 아침의 나라』(분도출판사, 2012), 이 글에서는 『고요한 아침의 나라』로 칭하겠다.
12 홍미숙, 「안드레아스 에카르트의 『조선미술사』에 관한 연구」, 명지대 박사논문, 2019, 8~9쪽.

공동체 생활, 교육자로서 활동과 더불어 각자 자신의 전공 분야에 관련된 연구도 활발히 하는 것도 매우 중요시 되었다.

한국에서 상트 오틸리엔 연합회의 활동은 크게 세 시기로 나눌 수 있다. 첫 번째는 1909년~1927년까지 서울 백동수도원에서 활동한 시기이다.[14] 두 번째 시기는 1927부터 1946년 연길수도원과 1949년 덕원수도원이 각각 북한정부에 의해 폐쇄되고 1952년 수도사들이 순교할 때까지이다.[15] 그리고 세 번째는 1952년 북한 정부를 피해 살아남은 한국 수도사들이 대구 주교관에 모여 왜관수도원을 건립하고 공동생활을 시작한 시기일 것이다.[16]

1909년 한국으로 진출한 상트 오틸리엔 연합회 수도사들의 목적은 한국 천주교인들을 교육하여 중산층으로 끌어올리고자 하는 것이었다.[17] 한국인을 위한 교육 활동을 통해 한국인의 삶을 윤택하게 만들며 동시에 수도원에서 수도사들은 자신의 전공 분야 연구 활동을 병행할 수 있는 토대를 만들기 위해 백동수도원을 건립하였다. 한국 입국 직후 그들은 서울 백동(현 혜화동)에 부지를 매입하여 백동수도원과 두 학교 설립을 병행하였다. 기술학교인 숭공학교崇工學校는 수도원보다 1년 앞선 1910년 9월 백

---

13  백 플라치도(Placidius Berger), 「한국에서의 초기 베네딕도회의 선교방침」, 『한국교회사논문집』 I(1984), 773쪽; 홍미숙, 위의 글, 6쪽.

14  상트 오틸리엔 연합회는 1920년부터 함경도 교구를 위한 이전 준비를 시작하였다. 1927년까지 백동수도원에서 일부 수도사들은 활동을 계속되었다.

15  홍미숙, 「안드레아스 에카르트의 『조선미술사』에 관한 연구」, 10쪽; 최석우, 앞의 글, 360~361쪽; Johannes Mahr, 앞의 글, 46~47쪽.

16  백동수도원, 원산수도원, 덕원수도원 등 여러 곳에서 에카르트와 많은 상트 오틸리엔 연합회 선교사들이 유기적인 활동을 펼쳤다. 이 논문에서는 주로 에카르트의 활동을 조명하였음을 밝힌다.

17  성 오틸리엔 수도사들의 활동으로 천주교 중산층이 양성되었고 이 중산층이 마침내 천주교회를 산골에서 도시로 옮겨오는 역할을 하였다. Johannes Mahr, 앞의 글, 42쪽.

동수도원 부지 내에 건립되었다. 한국인 교육자를 배출하기 위한 사범대학교인 숭신학교崇信學校도 1911년 9월 16일 완공되었다.

백동수도원에 기술학교와 사범대학교를 설립한 후 수도사들은 수도원 중심으로 교육자와 연구자로서의 활동을 본격적으로 할 수 있었다. 상트 오틸리엔 연합회의 백동수도원은 매주 독특했다. 한편으로는 교육활동을 훌륭히 하는 동시에 또 한편으로는 기술학교를 통하여 사업체를 활발히 운영하게 되었다. 숭공학교에는 대·소목공부, 재차부, 자물쇠 제작부, 정밀 금속부, 페인트부, 양봉부, 제단부와 인쇄부 등의 교육과정이 있었다. 숭공학교는 기능 교육 외에 제도, 한문, 일본어, 미술, 수학, 교리 교육 등 이론교육도 병행하였다.

숭공학교를 졸업한 학생들은 2년 동안 유급 조수로 수도원에서 일한 후 독립해 자신의 사업을 운영하였다.[18] 상트 오틸리엔 연합회 수도사들의 계획은 숭공학교를 기술만 가르치는 기술학교가 아닌 사업과 영업도 함께 가르치는 독일식 영업학교Gewerbeschule로 기획하였다. 견습생과 숙련공을 거쳐 장인을 배출하며 이들을 중심으로 가톨릭 중산층을 형성하고자 하였다.[19] 그들의 계획은 곧 결실을 보기 시작하였다. 당시 목공소와 재차부의 명성은 높았고 재차부 앞에는 차를 수리하기 위하여 대기하는 차들이 많아지는 진풍경이 벌어지기도 하였다. 수도원에서 운영하는 기술학교는 당시 사회에 광범위한 영향을 끼쳤으며 1923년 6월 30일 원산

---

18  그때 그들에겐 그들 보수의 반이 지불되었는데, 그 나머지 반은 2년의 기능사 기간을 마칠 때 까지 저축되었다. 이는 그들이 나중에 자립할 수 있는 작은 밑천이 될 수 있도록 했던 것이다. 선지훈, 「'선교 베네딕도회'의 한국진출과 선교활동」, 『교회사연구』 29, 2007, 각주 59 재인용.

19  이유재, 「식민지 조선에서 분도회의 지식 생산과 교육」, 『한국교회사연구』 제33집, 2009, 270쪽.

〈그림 1〉 화학, 조선어문전 교과서, 독일 상트 오틸리엔 수도원 선교박물관 소장. 홍미숙 촬영

교구로 이주를 위하여 폐교될 때까지 465명의 유능한 한국인 장인들이 배출되었다.[20]

사범대학인 숭신학교는 1911년 9월 16일에 개교하였다. 그들의 목적은 천주교 교육관 바탕 위에 유능한 한국인 교사를 육성하기 위함이었다. 에카르트가 교장을 맡았으며 교육과정에는 종교학, 교육학, 한국어, 일본어, 세계사, 수학, 과학, 음악, 미술, 체육 등의 교과목이 포함되었다.[21] 에

---

20　Johannes Mahr, 앞의 글, 46쪽; 홍미숙, 「안드레아스 에카르트의 『조선미술사』에 관한 연구」, 주석 18 재인용. 숭공학교는 성 베네딕도회 회원들이 1920년부터 1927년 동안 새로운 선교지역인 함경북도를 주로 하는 원산교구로 이주 하기위해 1923년을 마지막 수업으로 폐교되었다. 서울역사박물관, 『동소문별곡』, 서울역사박물관, 2014, 47~54쪽 참조.

21　오윤교(아브라함 신부, 성 베네딕도 왜관 수도원), 「성 베네딕도 서울 백동 수도원과 그 후 수도원들의 수도생활과 선교 활동」, 『동소문별곡』, 서울역사박물관, 2014, 143쪽.

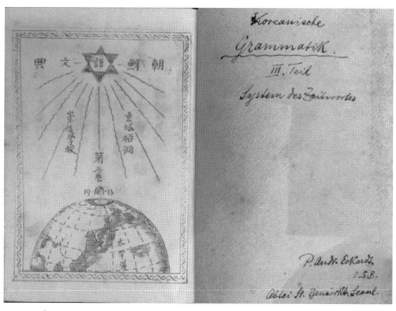

〈그림 2〉『조선어문전』 교과서, 1913년, 독일 상트 오틸리엔 수도원 선교박물관 소장, 홍미숙 촬영

카르트는 숭신학교에서 한국어, 한국어 문법, 미술, 그리고 물리학과 화학을 가르쳤다. 과학 교육 과정을 위해 에카르트는 물리학과, 화학 교과서를 각3권씩 한국어로 번역하여 교재로 사용하였다.[22](〈그림 1〉) 한국 학생들에게 한국어 문법을 가르치기 위해 1913년에는 『조선어문전』을 에카르트가 직접 집필한 후 등사하여 교재로 사용하였다.[23](〈그림 2〉) 에카르트는 이 문법책을 기본으로 1923년 인쇄본인 『조선어교제문전 koreanische Gramatatik』을 독일어로 정식 출판하였다. 이 저서는 최초 독일어로 출판된 한국어 문법

22  이 교과서들은 현재 독일 상트 오틸리엔 연합회 수도원 선교박물관에 소장되어있다.
23  Andreas Eckardt, *koreanische Gramatatik*, 1913. 1913년의 『조선어문전』을 기본으로 에카르트는 1923년 한국에 문법책 1권과 별책부록의 『조선어 교제문전, 조선어교제』를 독일 하이델베르그에서 출판하였다. Andreas Eckardt, *koreanische Gramatatik*, Heidelberg : Julius Groos, 1923.

LEHRBÜCHER
METHODE GASPEY-OTTO-SAUER

ECKARDT
KOREANISCHE
KONVERSATIONS-GRAMMATIK.

JULIUS GROOS, HEIDELBERG.

〈그림 3〉『조선어문전』, 1923년, 독일 상트 오틸리엔 수도원 선교박물관 소장. 홍미숙 촬영

책이다.(〈그림 3〉)

그러나 숭신학교는 1913년 폐교되었다. 폐교 이유는 지원자가 없다는 것이었으나 근본적으로는 사범교육을 독점하려는 조선 총독부의 교육 정책과 관계가 있었다. 특히 상트 오틸리엔 연합회 수도사들이 한국인과 한국문화에 대해 친밀감을 갖고 있음을 인지하였으므로 그들을 경계하며 위험하다고 판단했던 것으로 추정할 수 있다.[24] 상트 오틸리엔 연합회 수도사들은 입국 시점인 1909년부터 한일합병을 직접 목격하였고 일본 정부와 한국인을 동시에 상대해야 하는 민감한 상황 속에서 활동을 시작하였다. 이에 더하여 제1차 세계대전 시기 독일은 일본의 적국이었다. 상트 오틸리엔 연합회 독일인 수도사들은 '비전투원 포로'로 일본 정부의 관리 대상이 되었다. '비전투원 포로'로 낙인이 찍혔던 수도사들은 한국인들이 겪고 있었던 시대적 비극에 동질감을 느꼈으리라 충분히 생각할 수 있다.

한편 상트 오틸리엔 연합회를 이끌었던 베버 총원장의 신념은 한국의 문화와 전통, 그리고 한국 고유의 종교와 신앙에 대한 존중심을 갖춘 자세로 문화선교 활동에 임하는 것이었다. 그리고 베버와 동일한 신념은 모

---

**24** Albrecht Huwe, Rebecca Santelmann 영역, "Andre Eckardt-eine biographische Skizze", 『동서문화의 만남』(청암 권혁만교수회갑 논문집), 1987, 589쪽.

든 상트 오틸리엔 연합회 수도사들의 행보로도 증명이 된다. 수도사들은 한국인들의 교육을 담당하는 한편 한국의 다양한 분야를 연구하였으며 저술 활동과 더불어 한국 풍습과 문화를 담은 사진과 기록 영화를 제작하였다.[25] 베버 총원장 역시 수도사인 동시에 인류문화학자였으며 화가였다. 베버와 에카르트는 동료 학자로서도 서로 도움을 주었다. 베버가 한국을 방문하였을 당시 에카르트와 많은 문화 행사에 함께 참여하였음을 그들의 저서에서 찾아 볼 수 있다. 베버가 상트 오틸리엔 연합회 선교박물관에 한국관을 개관할 목적으로 한국유물을 수집하기 시작하였을 당시에도 에카르트는 베버의 조언자 역할을 하였으며 한국유물 수집에 도움을 준 것을 선교박물관 기록에서 확인할 수 있다.[26] 그리고 베버 총원장은 에카르트가 한국학을 연구할 수 있도록 전폭적으로 지원하며 한국학 학자로 거듭날 수 있게 도와준 매우 중요한 인물이다.

## 3. 에카르트가 펼친 한국학 연구와 성과

베버 총원장과 동료 수도사들의 지원에 힘입어 에카르트는 한국에서 20여 년 동안 수도사와 교육자로서 활동하는 동시에 한국학을 심도 있게 연구할 수 있었다. 에카르트가 한국학의 전 분야를 아우르며 연구할 수 있었던 배경에는 당시 세계 문화 예술을 선도하였던 독일에서 받은 교육

---

25  박일영, 「노르베르트 베버의 한국 선교정책 연구」, 『종교연구』 67, 2012, 116쪽; 홍미숙, 「노르베르트 베버가 본 금강산」, 『제3회 강원학대회』 I, 2020, 187쪽.
26  자세한 내용은 홍미숙, 「안드레아스 에카르트의 『조선미술사』에 관한 연구」, 제 III장 에카르트의 한국미술품 수집과 한국미술사관 참조.

이 기본이 되었다. 에카르트는 독일 뮌헨대학에서 철학, 종교학, 문화, 과학, 미술사, 고고학, 인류학, 언어 등 다양한 분야를 공부하였다. 또한 그는 독일어, 라틴어, 영어, 그리스어, 일본어, 한국어 등의 언어와 한자에도 능통하였다.

에카르트가 일생을 통해 독일에서 한국학의 기틀을 세울 수 있었던 근원은 한국인과 함께한 생활 속에서 한국의 민속, 종교, 문화와 예술을 직접 경험하며 한국학의 본질을 이해한 것에 있다. 이러한 직접적인 체득을 통해 에카르트는 한국학을 입체적으로 볼 수 있었고 동시에 융합적인 관점으로 접근할 수 있는 계기를 마련해 주었다. 또한 에카르트가 한국학을 원활히 연구할 수 있었던 중요한 요인으로는 한국어와 한글을 자유롭게 사용할 수 있었던 것과 풍부한 한자 지식을 갖춘 데 있다. 그는 한글, 한국어와 문법, 문학, 교육, 종교, 미술, 음악 등 한국학의 모든 분야에 통달하였고 100여 편이 넘는 논문과 저서 등을 성과물로 남겼다. 중요한 것은 에카르트의 한국학 연구는 동시대 일본 학자들과는 달리 중국을 넘어 세계적인 관점으로 고찰하고 있다는 점이다. 이에 더하여 한국학의 세분화된 분야별 연구에서 한결같은 공통적인 결과를 도출했다. 그것은 한국문화를 중국과 일본과는 다른 독자적인 문화로 인정함으로서 한국문화예술의 가치를 높이 평가하였다는 것이다.[27]

1928년 말 독일로 귀국한 에카르트는 수도사의 길을 떠나 학자로서 한국학을 알리고자 하였다. 당시 독일은 물론 유럽의 여러 나라에도 한국학에 관련된 연구 자료는 거의 없었다. 유럽인들에게 한국은 중국이나 일본

27    김필영, 「문화적 경계를 넘어서 – 한국의 독일 선교사 · 독일의 한국학자 안드레 에카르트」, 『한국연구제단(NRF)』, 2018, 7쪽.

의 아류로 치부되었고 관심 밖이기
도 하였다. 이러한 상황 속에서 에카
르트는 세상을 떠나기까지 한국학을
알리고자 고군분투했다. 수많은 저
서와 논문을 출판하였고 학술 발표
와 라디오 방송을 통해 한국학을 알
렸다. 그리고 뮌헨대학에서는 이미
륵의 뒤를 이어 한국학 교수로서 한
국어와 한글을 널리 알렸다. 따라서
독일의 한국학 성립과 발전은 에카
르트로부터 비롯되며 그를 한국학의
중요한 출발점으로 볼 수 있다.[28]

〈그림 4〉『조선미술사』독일어본, 1929, Andreas
Eckardt, *Geschichte Der Koreanischen Kunst*.

### 1) 한국미술 – 세계 최초로 출판된 한국미술사 통사

1928년 말 독일로 귀국한 직후 에카르트는 한국미술사 통사를 독일어
와 영어로 출판하였다. 1929년 독일에서 출판된『조선미술사*Geschichte Der
Koreanischen*』는 세계 최초 한국미술사 통사이다.(〈그림 4〉) 또한 *History of
Korean Art*를 출판하며 영어권에 속한 사람들에게도 한국미술의 존재를
알렸다. 에카르트가『조선미술사』를 출판하기 전 한국미술사는 한국 학
자들에 의해 부분적으로만 연구되었고 유럽에도 한국미술사 전체를 아우
르는 자료는 존재하지 않았다.[29] 따라서 1909년부터 시작된 에카르트의

---

28  이은정·이영석, 「독일 한국학의 성립과 발전」, 『독일어문학』 45권, 2009, 280쪽.
29  에카르트 이전 한국학자와 유럽학자들에 의한 한국미술 연구는 홍미숙, 「안드레아스

안드레아스 에카르트의 한국학 연구와 성과

한국미술 연구 성과로 1929년 한국미술사 통사를 출판한 것은 무無에서 유有를 창조한 것과 같은 중요한 의미를 갖고 있다.[30]

에카르트가『조선미술사』를 출판하였던 시기 한국은 일제 강점기를 지나고 있었고 세계인들에게 한국은 일본의 일부로 인식되었다. 일본정부는 한국문화와 예술을 말살시키기 위한 정책으로 한국문화재와 유물을 훼손시켰고 자국 학자를 동원해 한국미술은 독립적이지 못하며 모두 중국미술의 아류인 것으로 규정하고 정립해 나아갔다. 이러한 시점에 에카르트가 일본학자들과는 정반대인 관점으로 서술한『조선미술사』를 유럽에 소개한 점을 눈여겨 보아야한다.『조선미술사』를 통해 에카르트는 한국은 독립적인 나라이며 문화와 예술이 높은 경지에 있을 뿐만 아니라 동아시아 미술에도 당당한 지분이 있다는 것을 주장하였다. 더불어 한국은 고대 시기부터 일본에 문화와 예술을 전해주었다는 것도 거듭 상기시켰다.

『조선미술사』를 통해 에카르트는 한국미술을 건축, 조각과 불탑미술, 불교조각, 회화, 도자기와 공예로 나누었고 각 분야 안에서 시대별로 보이는 특징, 양식과 미학을 찾고자 하였다. 고구려고분 연구 부분은 회화와 건축으로 구분하여 자신이 참여하여 찾아낸 연구 결과를 잘 보여준다. 저서에는 500점이 넘는 도판이 삽입되어있는데, 도판 자료는 에카르트가 유물을 실견한 후 직접 그린 스케치와 수채화 그리고 동료 수도사들과 함께 촬영한 사진 자료들이 주를 이룬다. 특히 한국미술사 연구 중에서 석조미술과 공예예술은 회화나 도자기 분야보다 상대적으로 조명을 받지 못하였다. 그러나 에카르트는 1929년 이미『조선미술사』를 통해 공예예

에카르트의『조선미술사』에 관한 연구」, 46~50쪽 참조.
30    홍미숙, 「안드레아스 에카르트의『조선미술사』에 관한 연구」, 56쪽.

술을 청동 작품, 금은세공, 칠 세공, 목조, 의복과 자수 등으로 세분화시켜 조명하였다. 석조미술도 석탑, 다층탑, 승탑, 비석, 석등과 왕릉에서 보이는 석상 등으로 구분하며 깊이 있는 연구를 보여주었다는 점에서 특별하다.

도자기 부분에서 에카르트는 삼국시대 도기부터 조선시대까지 조명하였다. 즉 삼국시대 도기, 고려청자, 조선시대의 분청자, 청화백자와 백자 등을 다양한 도자기 도판과 함께 소개하였다. 저서에서 에카르트는 한국 도자기에 대해 소개와 설명에 그치지 않고 역사적으로 임진왜란과 연결된 조선도공과 일본도자기의 영향관계도 언급하였다. 에카르트는 일본도자기의 원류가 조선 도공에 의한 것을 알리고자 도자기 뒷부분에 "조선도자기가 일본에 미친 영향"으로 분리하여 조명하였다. 에카르트는 조선도공의 원류를 찾기 위한 노력으로 일본을 직접 방문하였고 조선도공에 의해 세워진 일본 도자기 생산지 12곳을 조사하였다. 자신이 방문하였던 12 도자기 생산 지역에서 조선도공에 대한 기록을 상세히 조사하였고 그 내용을 저서에 포함시키었다. 에카르트가 방문한 일

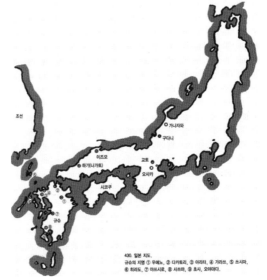

430. 일본 지도.
규슈의 지명 ① 무에노, ② 다카토리, ③ 아라타, ④ 가라쓰, ⑤ 쓰시마,
⑥ 히라도, ⑦ 야쓰시로, ⑧ 사쓰마, ⑨ 효사, 오야마다.

〈그림 5〉 에카르트가 방문한 12곳의 일본 도자기 생산지역, 에카르트 그림, Andreas Eckardt, 권영필 역, 『에카르트의 조선미술사』, 325쪽.

본도자기 생산지와 도자기명은 다음과 같다.[31](〈그림 5〉)

〈표 1〉 에카르트가 방문하였던 일본 도자기 생산지역

| | 지역 | 도자기 명 |
|---|---|---|
| 1 | 교토(京都) | 아메야(飴屋) 또는 라쿠야키(楽焼) 도자기 |
| 2 | 혼슈(本州) 야마구치현 | 나가토 도자기 |
| 3 | 혼슈 시마네 현 | 이즈모 도자기 |
| 4 | 규슈(九州) 후쿠오카 현 | 아가노(上野) 도자기 |
| 5 | 규슈 구마모토 현 | 야쓰시로야키(八代焼) 도자기 |
| 6 | 규슈 후쿠오카현 | 다카토리야키(高取焼) 도자기 |
| 7 | 규슈 사가 현 | 가라쓰(唐津) 도자기 |
| 8 | 규슈 사가현 | 아리타(有田) 도자기 |
| 9 | 나가사키 현 | 히라도(平戸島) 도자기 |
| 10 | 가고시마 현 | 사쓰마(薩摩焼) 도자기 |
| 11 | 가고시마 현 | 오야마다(小山田) 도자기 |
| 12 | 나가사키 현 쓰시마 섬 (対馬, 대마도) | 수사 도자기 |

자신이 방문하고 조사한 연구 결과를 토대로 에카르트는 역사적으로 일본에게 많은 부를 안겨주었던 일본도자기의 원류가 조선 도공이었다는 점을 저서를 통해 거듭 강조하였다. 그리고 당시에도 많은 조선 도공의 후예가 일본 도자기를 생산하고 있다는 점도 확인시켜주었다. 이에 더하여 에카르트는 한국미술을 연구하는 한국 학자들은 도자기를 포함하여 일본에 남아있는 한국미술에 대한 연구를 꼭 해야만 한다는 화두를 1929년에 남겨주었다.

에카르트는 한국미술을 연구함에 있어 중국을 넘어 중앙아시아 더 나

---

31    자세한 내용은 홍미숙, 「안드레아스 에카르트의 『조선미술사』에 관한 연구」를 참조.

아가서는 유럽까지 확대하였으며 동아시아미술, 그리고 세계미술 속에서 한국미술에 대한 위치를 학문적으로 풀어나간 것으로 평가할 수 있다. 한국미술과 중앙아시아 예술의 연결고리를 찾기 위해 에카르트는 20세기 초 유럽에서 연구된 동양미술관련 연구 자료를 적극적으로 참고하였다. 그리고 당시 중앙아시아 탐험가와 연구자들과 직접 교류하며, 새로운 정보와 연구 자료를 섭렵하였다. 특히 독일학자인 르 코그Albert von Le Coq, 1860~1930, 스웨덴 학자인 스벤 헤딘Sven Anders Hedin, 1865~1952 그리고 독일인 학자 필히너Filchner, Wilhelm, 1877~1957와 개인적으로 교류를 하였으며, 자신의 연구에 도움이 되었다고 고백하였다.[32]

한국미술을 중국을 넘어 중앙아시아로 넓힌 것을 고구려고분 연구로 찾아 볼 수 있다. 에카르트는 고구려고분 건축의 천장 양식과 중앙아시아 건축 천장 양식에서 연결고리를 찾아내었다. 그리고 이러한 에카르트의 주장은 최근 이루어진 한국연구자들의 연구 결과로도 뒷받침되고 있다. 에카르트는 고구려고분의 천정부분, 쌍영총이나 강서대묘의 천장부분에서 중앙아시아 건축 양식과 연결 지었다. 이러한 고분의 천장 형식은 아프카니스탄과 그 주변 농가에서도 흔히 볼 수 있는 형식이라고도 강조하였다.[33] 정석배는 2017년 저서를 통해 고구려고분의 천장 부분에서 평행고임천장과 삼각고임천장 그리고 팔각고임천장이 유라시아 대륙의 폭넓은 지역에서 관찰된다는 결과를 얻었으며, 고구려의 고임식 천장이 서역의 문화와 관련 있다고도 판단하였다. 삼각고임 천장은 인도-파키스탄-네팔의 지역에서도 발견된다고 하였다. 그리고 이러한 천장은 중앙아

32  Andreas Eckardt, 이기숙 역, 『조선, 지극히 아름다운 나라』, 살림, 2010, 66~67쪽 참조.
33  Andreas Eckardt, 권영필 역, 앞의 책, 94쪽.

시아 지역 중 아프카니스탄에 집중 분포되어있는 것으로 보았는데 이는 에카르트의 주장과 일치한다.[34]

이러하듯 에카르트가 고구려고분에 대한 깊이 있는 연구 결과를 보일 수 있었던 것은 그가 다수의 낙랑 고분과 고구려고분 발굴에 참여하였기 때문이다. 당시 일본정부는 에카르트가 당시 세계미술사를 주도하던 독일 뮌헨대학에서 근현대적 방식으로 고고학과 미술사를 공부하였고 학자의 자질을 갖춘 것을 인지한 상태이었다. 제1차 세계대전 당시 에카르트는 일본의 적국 출신이었으며 '비전투원 포로' 신분이었다. 그러나 일본정부는 일본학자들에게 근현대적인 미술사와 고고학 발굴 방법을 전수시키려는 목적으로 에카르트에게 고분 발굴 현장에 참여해 주기를 요청하였다. 그 결과 에카르트는 낙랑과 고구려고분 발굴에 참여하였고 고분 발굴 자료와 내용을 독일에 논문으로 소개도하였다.

특히 1926년 독일 『동아시아지Ostasiatische zeitschrift』에 논문 기고를 통하여 고구려 강서대묘의 고분벽화 존재를 유럽에 최초로 알리기도 하였다.[35] 고구려고분을 발굴할 당시 에카르트는 현장에서 본 벽화와 고분 건축 등 많은 스케치와 수채화 그림으로 그려 자료를 모았고 자신의 그림을 저서 도판으로도 사용하였다. 그리고 연구자는 고구려고분 연구를 살펴보는 과정에서 에카르트의 그림이 『조선고적도보朝鮮古蹟圖譜』에도 포함되

---

34  고구려고분 건축과 중앙아시아 건축에 대한 연구내용은 홍미숙, 앞의 글, 2019, 4장 한국의 고분 참조; 홍미숙, 「안드레아스 에카르트의 고구려고분 연구와 성과-강서대묘와 쌍영총을 중심으로」, 『미술사학연구회』 52(2019); 성석배 외 8인, 『한국문화 원류와 알타이 신문화 벨트』 2, 한국학중앙연구원 출판부, 2017, 8~20쪽.

35  에카르트는 강서대묘와 중묘 고분벽화를 유럽에 최초로 알렸다. Andreas Eckardt, "Das Große Grab König Yangwon's : Ein Beitrag zur koreanischen Kunstgeschichte", in : Ostasiatische zeitschrift, Neue Folge, 13, Berlin und Leijpzig : Ostasiatische zeitschrift, 1926.

었다는 매우 중요한 사실을 밝혀낼 수 있었다. 에카르트는 우현리 강서대묘·중묘·소묘 발굴 현장에서 벽화 장식부분을 수채화로 그린 후 저서 도판으로 사용하였고 동일한 그림이 『조선고적도보』에도 실렸다는 사실을 독일어와 영어판 저서에 명시하였다. 영어판인 *History of Korean Art*의 도판 Plate III에는 다음과 같은 내용이 있다. "Ornaments in the U-hyunnni tombs(Kokuryo), From a water-colour sketch by the author(cp. further the Chosen Kofun-heki-kwa-shifu)." 즉 "고구려 우현리 고분에서 저자가 수채화로 그린 그림(『조선고적도보』에 동일한 그림이 삽입되었다)"는 내용이다. 에카르트가 언급한 '우현리 고분벽화 장식부분'을 『조선고적도보』 제2권, No.642·643·644에서 확인할 수 있다. 이 새로운 사실이 중요한 점은 현재까지 에카르트가 『조선미술사』에 삽입한 도판, 특히 고구려고분 그림들은 모두 『조선고적도보』 또는 일본 학자들의 것을 사용하였다는 인식을 완전히 뒤집는 일이기 때문이다.[36] 또한 에카르트는 조선총독부 박물관과 이왕가박물관 설립에도 참여하여 한국 전 시기의 유물을 다양하게 접하며 자료를 모을 수 있었다. 이러한 다양한 경험들을 통해 에카르트는 한국미술의 본질을 보다 깊이 이해할 수 있었고 한국미술의 특징과 미학을 찾아낼 수 있었다.

한국 불교미술을 연구하기 위해 에카르트는 한국에서 생활하던 20여 년 동안 전국에 분포된 한국불교 유물을 찾아다니며 실견하고 조사하였

---

[36] Andreas Eckardt, *History of Korean Art,* London : Edward Goldston, 1929, Plate III. 한국어 번역본의 도판에는 『조선고적도보』에 동일한 그림이 삽입되었다는 설명이 생략되었다. 에카르트는 회고록에도 『조선고적도보』에 동일한 그림이 삽입되었다는 내용을 남겼다. Andreas Eckardt, 이기숙 역, 앞의 책, 117~118쪽; 에카르트의 고구려 고분에 관한 연구는 홍미숙, 「안드레아스 에카르트의 고구려고분 연구와 성과-강서대묘와 쌍영총을 중심으로」, 『미술사학연구회』 52, 미술사학회, 2019, 13~14쪽 참조.

다. 자신이 천주교 수도사이었음에도 불구하고 불교미술을 연구하기 위해서 한반도에 있는 사찰을 300여 곳 넘게 방문하였으며 자료를 모아 불교예술을 탐구하였다. 특히 금강산은 두 번씩이나 방문하였고 유점사에서는 며칠씩 머무르며 불교미술을 연구하였다. 그리고 20세기 초 에카르트가 남긴 유점사에 관련된 기록은 현존하지 않는 유점사를 연구할 수 있는 귀한 자료가 되고 있다. 에카르트는 불교미술 안에서 건축, 회화, 와 불상을 분리하여 조명하였으며 공예와 석조미술은 장을 나누어 상세한 연구 결과를 보여준다.

『조선미술사』에서 석조미술 연구가 중요한 것은 당시 회화나 도자기에 비해서 상대적으로 조명을 받지 못하였던 석조미술의 중요성을 알린 것이다. 에카르트는 한반도 전역을 다니며 실견하고 조사한 수백기의 석조미술을 석탑, 승탑, 석등과 비석으로 구분하여 조명하였다. 그 중 50기가 넘는 스케치와 사진을 도판으로 삽입하여 소개하였다. 더욱이 중요한 것은 고려시대 석탑과 신라시대 석탑 지붕에서 나타나는 특성을 분석하였고, 그림으로 그려 두 시대 석탑의 차이점을 보여주었다. 이에 더하여 현존하지 않는 신라와 고려시대 건축물의 지붕 형식과 신라와 고려시대 석탑 지붕과의 유사성의 가능성도 유추하는 노력도 보여준다. 이것은 새로운 각도에서 석탑을 바라보는 방법이며, 선구적인 시각임에는 틀림이 없다. 에카르트는 방대한 양의 석조미술을 현장 조사와 문헌을 통해 양식과 특성을 시기별로 구분하고 분석한 연구를 보여주고자 하였다.[37] 또한 예

---

37  Andreas Eckardt, 권영필 역, 앞의 책, 111쪽. 고유섭은 1932년 1월 「조선탑파(韓國塔婆) 개설」을 경성제국대학 법문학부에서 간행한 학술잡지인 『신흥(新興)』에 발표로 시작되었다. 그리고 고유섭이 집필한 탑파관련 논문은 모두 11편이 있다.

술적으로 뛰어난 석탑과 승탑을 분리하여 조명하였으며, 승탑과 함께 현존하는 비석이나 옛 문헌 조사를 통하여 승탑의 주인에 대한 분석까지도 하고자 하였다. 석등 부분도 많은 관심을 보였으며 깊이 있는 연구 성과를 보여주는 데 사찰에 현존하는 석등과 왕릉에 세워진 석등의 양식과 특성까지도 조명하고 있다. 따라서 에카르트의 석조미술 연구는 한국의 초기 석조미술의 개론서로 보아도 손색이 없다는 결론을 내릴 수 있다.

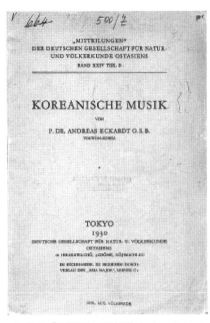

〈그림 6〉 『한국음악』, 독일어본, Andreas Eckardt, *Koreanische Musik*, 1930.

에카르트는 1929년 처음으로 한국미술사 통사인 『조선미술사』를 통해 독립적이고 우수한 한국미술을 유럽에 알리고자 하였다. 더 나아가 한국미술이 동아시아 미술사에 당당한 지분이 있다는 것을 세계미술사 관점에서 학문적으로 풀어나가고자 한 노력을 높이 평가할 수 있다.

### 2) 한국음악 ─ 세계인에게 처음 소개된 한국 가락

에카르트가 한국의 전통음악과 무용을 처음 경험하게 된 곳은 공자제례 孔子祭이었다. 그는 1910년 3월 동대문 문묘에서 시행되었던 공자제례의식에 참가하였고 그곳에서 한국 악기를 처음 보았다. 한국 전통 음악도 처음 들었으며 전통 무용도 처음 보았다. 에카르트는 "한국악기로 된 국악을 듣고 춤을 보고 들은 합창은 나의 흥미를 몹시 끌었기에 나는 한국음악의 역사적 발전을 탐구하여 후에 『한국음악』을 독일어와 영어로 출판하였다"고 회고하였다.[38]

1930년 에카르트가 독일어로 출판한 『한국음악*Koreanische Musik*』(〈그림 6〉)은 세계 최초 한국 전통 가락을 소개한 저서이다. 1931년에는 영어로도 번역하여 출판하였다. 1968년에는 『한국의 음악, 가락과 춤*Musik, Lied, Tanz in Korea*』을 통해 한국음악 부분은 보완하고 한국의 전통 무용도 함께 소개하였다.[39] 에카르트는 한국 전통음악과 무용을 일제 강점기임에도 불구하고 일본문화가 아닌 자주독립적인 한국 고유의 문화로서 유럽에 소개했다는 점에서 큰 의미를 둘 수 있다.[40]

『한국음악』에는 한국 가락 9곡과 「방아타령」을 편곡하여 피아노 반주를 붙이고 수록하였다. 1935년에는 『한국음악』을 개정하여 출판하기도 하였다. 또한 1968년 『한국음악과 춤』을 통하여 한국 무용을 처음으로 세계에 소개하기도 했다. 저서에는 총 30곡의 한국음악이 소개되었고 문묘 제례악, 종묘제례악 그리고 한국의 민요뿐 아니라 20세기 초에 불리던 신곡들도 수록되어있다. 『한국음악과 춤』 제5장에는 에카르트가 채보한 악곡이 30곡이나 수록되었고 이 악곡들은 에카르트가 말년에 작곡하여

---

38   옥낙안(Andreas Eckardt), 「제2의 조국 한국이여 빛나라!」, 『신태양』 69, 신태양사, 1958.6, 80쪽.

39   Andreas Eckardt, *Koreanische Musik*, Tokyo : Deutsche Gesellschaft fur Natur-u Volkerkunde Osanstiens, 1930; Andreas Eckardt, *Korean Music*, London : K. W. Hiersemann, 1931. Andreas Eckardt, *Musik, Lied, Tanz in Korea*, Bonn : Bouvier, 1968.

40   조효임, 「안드레 에카르트와 「코리아심포니」」, 『음악과 민족』 8, 1994, 102·118쪽.

한국에 헌정한 21번째 교향곡 〈코리아 심포니Korea-Sinfoni〉 op.21의 기본 소재가 되기도 하였다.

## 3) 에카르트가 사랑한 한글, 한국어와 문법

에카르트가 한국학 중 가장 애정을 많이 가졌던 분야는 한국어와 한글이었다. 그는 한국어와 문자의 발생부터 특성까지 모두 탐구하였다. 특히 1403년 태종시기부터 만들어진 활자 인쇄술과 1443년 세종대왕이 창조한 한글을 '문화적인 사건'으로 규명하였다. 1913년에는 독일 라이프찌히Leipzig에서 열렸던 서적 전람회에 조선시대인 1403년에 만들어진 활자를 소개하며 조선의 금속 활자 인쇄술이 요하네스 구텐베르그Johannes Gutenberg, 1397~1468보다 50여 년 앞섰다는 것을 알렸다. 1914년에는 「한국인의 언어와 글쓰기 및 인쇄 기술 발명Koreans Sprache und Schrift und Erfindung der Buchdruckerkunst」 논문에도 1443년 세종대왕의 한글 발명과 구텐베르그보다 앞선 조선의 금속 활자 인쇄술에 대한 글을 남겼다. 더 나아가 금속 활자 인쇄술은 한국역사상 가장 큰 자랑거리라고 거듭 주장하였다.[41] 또한 독일 뮌헨대학에서 이미륵의 뒤를 이어 1957년부터 세상을 떠나기 전까지 한국학 교수로서 한국어와 한글을 강의하고 제자를 배출하였다. 그리고 에카르트는 한글, 한국어와 문법과 관련된 논문과 책을 16권 이상을

---

[41] Eckardt, Andreas, "Koreans Sprache und Schrift und Erfindung der Buchdruckerkunst", *Geist des Ostens*, (München: Verlag des Ostens. 1914); Andreas Eckard(옥낙안), 「제2의 조국 한국이여 빛나라!」, 『신태양』 69, 신태양사, 1958.6, 80쪽. 에카르트가 한국학을 연구할 당시에는 고려시대 금속활자는 알려지지 않았다. 1377년 세계 최초의 고려시대의 금속활자 인쇄본인 『불조직지심체요절(佛祖直指心體要節)』은 1972년 박병선 박사에 의해 존재가 확인되었다. 현재 이 『불조직지심체요절』은 프랑스 파리국립박물관에 보관되어 있다.

§4 풀 이 씨 ( 163 )

〈그림 7〉 최현배, 『우리말본』, 정음사, 1950.　　〈그림 8〉 최현배, 『우리말본』, 163쪽.

출판하는 성과를 보여주었는데 이는 다른 분야보다 월등히 많은 분량이다.

한국학의 다른 분야와는 다르게 에카르트는 동시대 활동하였던 한국인 한글 학자들과도 활발히 교류했음을 볼 수 있다. 당시 한글 학자들도 에카르트의 한글연구를 반겼으며 그들의 저서와 논문을 통해 에카르트의 한글연구를 소개하였다. 에카르트와 교류했던 학자들 중에는 외솔 최현배1894~1970, 김윤경1894~1969과 정희준1914~? 등이 있다.

외솔 최현배는 일제 강점기 한글학자이며 조선어학회의 『조선말큰사전』 작업에 참여하였다. 1929년에는 국어의 통일된 표기법을 정리한 『우리말본』을 저술하였다. 『우리말본』의 '4. 품이 씨' 부분에서 최현배는 에카르트의 관점도 소개하였다.(〈그림 7, 8〉) 최현배는 『우리말본』에 에카르트의 한글연구를 포함시킴으로서 그의 한글연구를 인정하였고 동시대 한

260

글학자 반열에 올려놓았다.[42] 그리고 1960년 출판된 『안드레아스 에카르트 박사 75세 생일 기념 논문집』에 「고대의 한·일관계」라는 논문을 기고하였다. 이러한 정황으로 볼 때 에카르트와 최현배의 인연은 한국을 떠난 이후에도 꾸준히 이어졌음을 알 수 있다.[43]

한글학자인 최현배와 에카르트의 인연이 시작된 시점을 연구자는 경도제국대학京都帝國大學에서 일 것을 한 가능성으로 추정한다. 그 이유는 에카르트가 1923부터 1928년까지 일본 경도제국대학에서 한국을 오가며 강의를 하였는데 최현배 또한 1922년부터 1925년 동안 경동제국대학에서 유학하였고 두 사람에게 이 시기가 겹친다. 에카르트의 한국어와 한글에 대한 열정적 탐구 과정에서 최현배와 인연이 닿았을 것이고 에카르트가 독일로 귀국한 후에도 꾸준히 인연을 이어간 것을 확인할 수 있다.

1938년 1월 『조선문자급어학사』와 1948년 『나라말본』, 『중등말본』 등을 편찬한 한글연구운동가인 김윤경 또한 「한국어의 구조」라는 논문을 『안드레아스 에카르트 박사 75세 생일 기념 논문집』에 기고하여 에카르트와의 오랜 인연을 확인시켜준다.[44] 한국 근대국어 학자이자 조선시대 고어 연구가인 정희준은 1938년 「에카르트와 한글」이란 논문을 통해 에카르트의 한글 연구와 열정에 감사한 마음을 표현하였다.[45] 이러하듯 에

---

**42**   최현배, 『우리말본』, 정음사, 1962, 163쪽; 옥낙안(Andreas Eckardt), 「제2의 조국 한국이여 빛나라!」, 『신태양』 69, 1958, 79~80쪽 참조.

**43**   Tschö Hyonbä(최현배), "Beziehungen zwischen Korea und Japan in alter Zeit", *Koreanica : Festschrift Professor Dr. Andre Eckardt Zum 75. Geburtstag*, Baden·Baden : Riekel, August, Verlag August Lutzeryer, 1960, pp.23~31.

**44**   Kim Yungyong(김윤경), "Zum Aufbau der Koreanischen Sprache", *Koreanica : Festschrift Professor Dr. Andre Eckardt Zum 75. Geburtstag*, Baden·Baden : Riekel, August, Verlag August Lutzeryer, 1960, pp.61~76.

**45**   정희준, 「에카르트와 한글」, 『한글학회』 제6권 제8호, 1938.9.

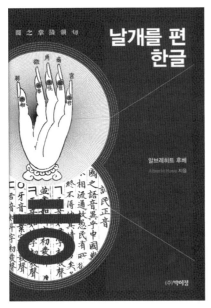
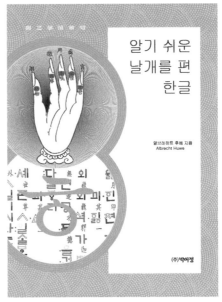

〈그림 9〉알브레히트 후베(Albrecht Huwe, 허배), 『날개를 편 한글』, 박이정, 2019.

〈그림 10〉 알브레히트 후베(Albrecht Huwe, 허배), 『알기쉬운 날개를 편 한글』, 박이정, 2021. 도판: 알브레히트 후베 제공.

카르트의 한글, 한국어와 문법연구에 대한 열정은 동시대 한국 한글학자들에게도 잘 알려져 있었을 뿐만 아니라 에카르트를 한글학자로서도 인정했음을 확인할 수 있다. 특히 에카르트가 한국어와 한글, 그리고 한국어 문법을 탐구하였던 시기는 일본정부가 식민지 정책의 일환으로 한국어와 한글을 비롯한 한국학 연구를 말살시키고자 한 시점이었다. 그럼에도 불구하고 에카르트는 끊임없이 한글, 한국어와 문법을 연구하였고 저술로도 꾸준히 연구 성과를 내었다. 한국인 한글학자들은 이러한 에카르트의 행보에 더욱 감사한 마음이 있었을 것이다.[46] 그리고 에카르트는 1957년부터 1974년 세상을 떠날 때까지 독일 뮌헨대학에서 한국학 교수로서 한국

---

46    홍미숙, 「안드레아스 에카르트의 『조선미술사』에 관한 연구」, 12~14쪽.

어와 한글에 대한 애정을 갖고 유럽 학생들에게 강의를 하였고 제자들을 배출했다는 점에 또한 큰 의미를 둘 수 있다. 그리고 현재 에카르트의 제자이며 한글 학자인 알브레히트 후베Albrecht Huwe, 허배, 1950~박사가 한국과 독일에서 왕성한 활동을 하고 있는 것도 볼 수 있다.(〈그림 9, 10〉)

에카르트는 한자에 대해 한국에서 일상생활을 할 때 평범한 한국인들과 대화를 하려면 적어도 3,000자에서 5,000자의 한자를 알아야 하고 지식인이 되려면 최소한 8,000자에서 1만 자의 한자 습득해야 한다고 생각했다. 에카르트는 한국어와 한글을 배우는 한편 한자를 배우기 위해서 서당에 찾아가 『천자문』을 배우기 시작하였고 곧 『천자문』과 『소학』을 모두 습득하였다.[47] 한국 학자들에게 공자, 맹자와 도덕경도 배웠다. 이 시기에 배운 도덕경을 바탕으로 독일 귀국 후 독일어로 『위대한 지혜의 책; 노자 Das Buch von der grossen Weisheit ; Laotse』도 번역하여 출판하였다.[48](〈그림 11〉) 그리고 한자를 열심히 숙지한 결과 에카르트의 글을 읽은 독자들은 글쓴이가 유럽인이라는 것을 모를 정도의 수준에 오르게 되었다.[49] 한자

---

47  Andreas Eckardt, 이기숙 역, 앞의 책, 86쪽.
48  Andreas Eckardt(옥낙안), 「제2의 조국 한국이여 빛나라!」, 『신태양』 69, 신태양사, 1958.6, 78쪽. 에카르트에게 노자와 도덕경을 가르친 김봉제는 1865년 서울에서 태어나 1932년에 사망하였다. 오래된 학자집안 출신인 김봉제는 사서삼경을 공부한 학자이며 에카르트에게 많은 설화도 소개해준 인물이다. 최석희, 「한국문학의 독일어 번역 ─한국민담을 중심으로」, 『헤세연구』 13, 2005, 주석27 재인용. 1950년 에카르트는 김봉제에게 배운 도덕경을 독일어로 번역하여 출판하였다. Andreas Eckard, *Das Buch von der grossen Weisheit; Laotse*, Frankfurt am Main : Verlag August Lutzeyer, 1950. 그리고 〈표 3〉에서 도덕경 관련 저술들을 참조하면 되겠다.
49  Andreas Eckardt, 이기숙 역, 앞의 책, 86~87쪽 참조. 이 주장을 뒷받침 할 수 있는 것은 에카르트가 직접 서술하여 숭신학교 학생들에게 교육하였던 『조선어문법(koreanische Gramatatik)』을 살펴보면 알 수 있다. 에카르트가 한자를 배우고자 하였던 열정을 베버의 저서 『고요한 아침의 나라』에서도 볼 수 있다. Norbert Weber, 박일영·장정란 역, 앞의 책, 281쪽, 주석 8 재인용.

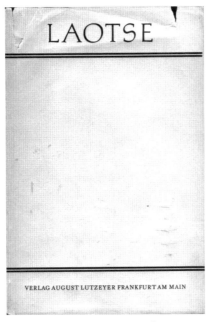

〈그림 11〉 Andreas Eckardt, *LAOTSE*, 「노자』, 1950.

연구에서 한발 더 나아가 에카르트는 원효대사의 아들인 설총薛聰, 655~?이 창안한 이두가 일본의 히라가나, 가타가나 형성에 영향을 주었다는 논리를 처음으로 만들어 내기도 하였다.[50] 에카르트는 한자를 공부한 후 1913~1914년 상트 오틸리엔 연합회에서 출판되는 선교 잡지인『표교지*Missionsblatter*』에 아동용 한자교육 교재인 천자문의 유래에 관한 설화 "Die koreanisch-chinesische Fibel"(한국-천자문 입문서)를 소개도 하였다. 이에 더하여 250개의 시구절의 천자문 중 아홉 구절도 번역하여 소개하기도 하였다.[51] 이러하듯 에카르트의 풍부한 한자 지식은 한국학을 연구함에 있어 매우 중요한 요소로 작용하였다.

### 4) 한국문학사 - 시문학과 민담

한국의 문학에 대한 포괄적인 지식을 바탕으로 1968년 에카르트는『한국

---

[50] Andreas Eckardt, *Zauber Koreanischer Poesie*, Bayerischer : Vortrag Rundfunk, 1960; 진상범,『한·독문학의 비교문학적 연구』, 박이정, 2012, 186~187쪽.

[51] Andreas Eckardt, "Die koreanisch-chinesische Fibel", *Missionsblätter* XVIII, Müchen : Missionsblätter, St. Ottilien, 1913~14), pp.172~175; 조현범, 앞의 글, 2009.12, 189쪽; 홍미숙,「안드레아스 에카르트의『조선미술사』에 관한 연구」, 15쪽.

문학사『*Geschichte der koreanischen Literatur*』를
출판하였다.(〈그림 12〉) 『한국문학사』에
서는 한국문학을 시대적인 특성과 장
르로 구분하여 소개하였고 세계문학
적인 관점에서 세심히 고찰된 것에
대해 높이 평가할 수 있다.[52] 『한국문
학사』를 통해 에카르트는 삼국시대 중
신라시대, 고려시대, 조선시대와 20세
기까지 전 시기를 분류하고 각 시대
의 본질과 개성이 다른 점을 소개하였
다. 더불어 한국은 다른 동아시아 국가
와 다르게 오랜 시간동안 각 시대가 존

〈그림 12〉 Andreas Eckardt, *Geschichte der koreanischen Literatur*, 『한국문학사』, 1968.

재하였음을 강조하였다. 신라가 1,000년, 고려 500년 그리고 조선이 500년
의 역사를 가지고 있기에 각 나라와 시대에 따라 독특한 문화적 특성을 보
인다고 지적하였다.[53]

　　한국문학사 중 시문학을 소개함에 있어 에카르트는 동아시아 문화, 시
학의 본질과 정신에 대해 충분한 이해를 바탕으로 비교 분석을 하고 있다.
동아시아에 관련된 연구와 강의를 예를 들어 보면 1950년 로마에서 '동
아시아의 사회학'이라는 주제로 강연을 하였으며 1956년에는 「일본의
예술-시」라는 논문을 학술잡지에 실었다. 1959년에는 『중국-역사와 문

---

52　Andreas Eckardt, *Geschichte der koreanischen Literatur*, Stutgart Berlin Köln Mainz :
　　W. Kohlhammer Verlag, 1968.
53　삼국시대 중 에카르트는 신라시대 문학에 집중한 것을 보이고 있다. 또한 신라시대를 논
　　함에 있어 통일신라 이전과 이후를 따로 구분하지 않고 1,000년의 신라시대로 논하였다.

화』, 1960년에는 『일본 – 역사와 문화』, 1968년에는 『베트남 – 역사와 문화』 등에 대한 저서를 출판할 만큼 동아시아 문화에 대한 해박한 지식이 있었다.[54] 그 결과 에카르트는 한국시문학을 중국의 『도덕경』 과 일본의 하이쿠의 시 형식과도 비교하고 분석할 수 있었다. 그리고 그가 내린 결론은 '한국문화는 중국과 일본과도 다른 고유한 문화이며 동아시아에서 모범으로 삼을 수 있는 문화'라는 것이다. 한국인의 생활 관습과 예술적인 창의성 면에서 중국이나 일본과 확연히 다른 점도 강조하였는데 그가 일제 강점기에 내린 이러한 결론은 현재 세계 속에서 주목받고 있는 한국의 K-문화를 통해서도 확인된다.

1960년 에카르트는 한국문화사를 소개하기 위해 독일 바이에른주 Bayern의 방송국에서 '한국시의 마력Zauber Koreannischer Poesie'라는 제목으로 강연을 하였다. 그리고 같은 해 강연을 기본으로 한 『한국시의 마력』을 출판하기도 했다.[55] 한국문화사의 이해를 돕기 위해 에카르트는 우선적으로 한국의 전반적인 역사를 『삼국사기』와 『삼국유사』 등의 역사서를 근거로 하여 소개하였다. 삼국시대의 고구려, 백제와 신라가 건립되는 과정을 소개하였고, 통일신라를 이룩한 김유신의 역할과 역사적인 배경을 조명하며 삼국이 통일된 과정을 설명하였다. 이어 고려와 조선의 역사도 조명하였다. 한국문학의 배경이 되는 역사를 소개한 후 이어 신라시대, 고려시대, 조선시대와 근현대 시대의 문학을 소개하였다. 그리고 한국의

54 Andreas Eckardt, "Kunstwerk der japan. Lyrik", *Univeritas,* 1956; Andreas Eckardt, *China : Geschichte und Kultur,* Baden-Baden : Verlagsbuchhandlung Heinrich Blömer, 1959; Andreas Eckardt, *Japan: Geschichte und Kultur,* Bonn : Baden-Baden, 1960; Andreas Eckardt, *Vietnam : Geschichte und Kultur,* Eurobuch-Verlag, 1968.
55 Andreas Eckardt, *Zauber Koreanischer Poesie,* Bayerischer : Vortrag Rundfunk, 1960.

문학사를 볼 때 시 예술은 전 시기에 걸쳐 일반 백성부터 왕까지 모든 계층에서 주목받아왔다는 결론을 내렸다.

삼국시대 중 신라시대 대표적인 문학가로 에카르트는 무열왕의 둘째아들인 김인문金仁問, 629~694, 신라 3대 문장가인 강수强首, ?~692, 최치원崔致遠, 857~?등을 꼽았다. 이들은 이태백과 두보가 활동하였고 중국시문학이 최고봉에 이르렀던 당나라에 시기에 유학하였다는 점을 상기시켰다. 특히 최치원은 18세에 당나라에서 과거에 합격하였으나 신라로 돌아와 고구려시대부터 내려오던 소설과 시를 편집하여 「사슴의 동굴」, 「아침하늘의 돌」, 「봉덕사의 종」 등 담시가 포함된 문집도 발간하였다는 것도 밝혔다. 또한 신라시대의 문학은 화랑도의 정신을 지닌 젊은이들에 의해 창작된 시문학이 주를 이룬다고 알렸다. 특히 신라 경덕왕 시대의 대표적인 화랑도 정신을 찬양하는 충담忠談의 「화랑 길보찬양」도 소개하였다.

에카르트는 한국불교 시문학의 중요성도 알렸다. 불교는 중국을 통해 4세기 한반도에 들어온 후 한반도의 많은 예술가들은 불교에서 영감을 받았다고 보았다. 그 결과 한반도에는 많은 불교사찰이 건립이 되었고 불교예술을 꽃피웠으며 불교 문학도 함께 발전하였다는 것을 밝혔다. 불교 문학 중 에카르트는 고려시대 승려인 균여均如, 923~973를 조명하였다. 균여는 15세에 불교에 입문하여 해인사에 화엄교파에 속하며 귀법사에서 입적하였다는 것과 한국 민중에게 불교시문학을 알리기 위해 「보현십원가普賢十願歌」라는 11수의 향가를 지은 것도 알렸다. 「보현십원가」의 11가지 시 속에는 부처에 대한 공경, 봉헌, 죄에 대한 뉘우침, 도덕의 찬양, 부처의 목좌Thron, 기도, 지상에서의 조화, 생명이 있는 자들을 위한 구원의 공헌을 찬양의 내용이 내포되었다는 것을 상세히 설명하였다.

고려시대를 설명하며 에카르트는 세계인에게 '고려'를 처음 알린 사람은 중국 원나라에서 활동하였던 프란치스코회Franciscan Order 소속 수도사인 루브르크W. Rubruck인 것을 밝혔다. 루브르크는 보고서에 "카울레Caule"라는 나라가 있다고 기록하였다는 것을 전했는데 "카울레"는 중국식으로 발음한 고려이다. "카울레"는 이후 Korea로 불렸다는 것도 지적하였다. 고려시대 시문학에 대해 에카르트는 한국어가 지니고 있는 언어의 울리는 음색의 요소가 조화를 잘 이룬 것이 보인다는 예리한 지적을 한 것도 매우 인상적이다. 한국인은 자연을 사랑하는 민족이며 자연에서 찾아낸 수천 가지의 색감처럼 그들은 자신의 감정을 수천 개의 시적인 언어를 통해 표현할 수 있는 재능 있는 민족이라고 덧붙였다. 더불어 고려시대에는 1150년경부터 문학의 형식이 시에서 서사문학으로 발전된 점도 밝혔다. 더불어 당나라와 송나라에서부터 전해진 유령의 이야기들도 많이 출간되었고 특히 중국적 영향을 많이 받은 『삼국지』, 『수호지』, 『서유기』, 『금병매』와 같은 작품들도 출판되었다는 점도 설명하고 있다. 고려시대 장가로는 궁정시, 민속시, 그리고 불교시로 구분 지었다. 그 중 궁정시에는 궁정의 분위기, 귀족들의 생활태도 그리고 호화찬란한 삶에 대한 희열을 담았다고 보았다. 에카르트가 본 고려시대의 민족시는 흥겹고 구전으로 내려오는 특징이 있다고 해석 하였다. 구전으로 내려온 12개의 시는 대부분 사랑을 칭송하는 정서가 포함되었다고 보았다. 또한 「청산별곡靑山別曲」과 같은 작품은 자연과 더불어 살아갈 것을 찬양하는 것이며 도교의 세계관이 잘 표출된 것으로 이해하였다. 고려가요 중에서는 「쌍화점」을 소개하며 참다운 남녀의 사랑을 예찬하며 인간의 고통은 끝이 있다는 진리를 밝히고 있다고 설명하였다. 그리고 에카르트는 신라시대와 고려시대에는

유교적 윤리가 강조되었던 조
선시대보다 문학적인 표현과
사회적 분위기도 더욱 자유로
웠던 사실까지도 지적하고 있
는 것을 볼 수 있다.[56]

조선시대에는 오랜 기간 동
안 외국의 침략을 막기 위해 외
부와 단절하였으며 그 결과 옛
풍습, 문화와 예술을 보존할 수
있었다고 보았다. 그리고 같은
이유로 서양에서 조선은 조용한
은둔의 나라로 알려지게 되었다
고 밝혔다.[57] 에카르트는 조선

〈그림 13〉 *Koreanische Märchen und Erzählungen,*
*zwischen Halla und Päktusan* 『조선민담집─한라에
서 백두산까지』. 1928.

시대 문학사를 이전 시대보다 더욱더 자세히 소개하고 있다. 조선시대의
문학이 발전할 수 있었던 역사적 배경을 세 가지 갈래로 해석하였다. 향가
의 문학이 고대 형식에서 발전되었다는 설, 장가의 시 형식에서 시 형식을
변화하지 않았다는 설, 장가의 형식에서 나와서 시 형식을 새롭게 변형하
여 발전되었다는 설도 언급할 정도로 한국 시조문학에 해박한 지식을 지
니고 있었던 것을 알 수 있다. 특히 조선의 시문학에서 중요한 주제인 '안
빈낙도安貧樂道'를 조명하며 자연으로 귀환하여 자연과 하나가 되어 행복을
추구하는 시도 소개하였다. 이와 더불어 조선시대의 금속활자 인쇄술 발

---

56    진상범, 앞의 책, 187~190쪽.
57    위의 책, 188쪽.

명, 한글 창제, 임진왜란까지의 문학, 가사문학과 시조의 융성기, 사화와 논쟁시기로 인해서 1590년에서 1884년까지의 문학에 끼친 영향, 서사문학, 시, 시의 강조, 우울한 시, 애국에 대한 시, 왕족의 시 세계, 실학의 발전과 과정, 신화의 서사예술, 소설과 단편 소설의 황금기에 대하여도 소개하였다. 1824년부터 1909년의 문학, 1909년부터 1933년까지 문학, 1933년 이후의 문학, 윤동주의 시, 김소월의 사랑을 주제로 한 시, 한용운의 불교적이며 인간적 사랑을 노래한 시를 독일어로 정확하게 번역한 것을 볼 때 에카르트는 한국문학의 본질을 총체적으로 파악하였고 그를 바탕으로 전 시기를 아우르며 소개하였다는 점이 매우 인상적이다.[58]

에카르트는 한국인의 세계관이 잘 담겨있는 민담을 입국 초기부터 수집하였고 독일어로 가장 많이 번역하고 소개한 학자이었다. 그는 1913년부터 상트 오틸리엔 연합회의 선교지인 〈표교지Missionblatter〉에 한국 민담을 꾸준히 소개하였다. 저서로 출판된 민담집은 다음과 같다. 1928년 『조선 민답집 – 한라산에서 백두산까지Koreanische Märchen und Erzählungen zwischen Halla und Päktusan』, 1950년 『오동나무 밑에서Unter dem Odong-baum, Koreanische Sagen und Mächen』, 1955년 『인삼 – 한국의 전설과 동화Die Ginsengwuzel – Koreanische Sagen Volkserzahlungen und Marchen』 등이 있다. 에카르트는 민담을 단순히 번역만 한 것이 아니라 한국민족이 얼마나 이야기를 좋아하는 민족인지를 설명하였으며 서사적 형식을 통해 상황에 대한 설명과 입체적인 해설이 곁들여져 있기에 더욱 중요하다.[59] 에카르트는 출판된 저서를 통해 자신에게 한자와 민

---

58 진상범, 앞의 책, 186~192쪽 참조; 홍미숙, 「안드레아스 에카르트의 『조선미술사』에 관한 연구」, 170~171쪽.
59 최석회, 앞의 글, 376 · 384쪽.

〈그림 14〉 Andreas Eckardt, *Koreanische Märchen und Erzählungen, zwischen Halla und Päktusan*
『조선민담집 : 한라에서 백두산까지』, 1928.

담, 전설, 동화 등을 전해준 학자들을 기록으로 남겼는데 〈표 2〉와 같다.

에카르트는 1913년부터 1914년까지 상트 오틸리엔 연합회 선교 잡지인 『표교지』에 한국 민담을 번역하여 소개하였다. 1923년 출판된 『조선어문법』에도 24편의 민담을 소개하였다. 이들 책의 내용은 대부분 신화 민담, 우화가 있고 시, 전설과 한국의 노래도 포함되어 있다. 민담의 내용은 한국인의 불교적 보은 사상과 호국 불교의 신앙을 표현한 이야기들과 유교적인 덕목을 권장하는 이야기들이 많이 포함되어 있다.[62] 특히 에카

---

60  에카르트에게 도움을 준 학자에 대한 연구는 최석희, 앞의 글, 381~382쪽, 주석 27~30 재인용; 옥낙안(Andreas Eckardt), 「제2의 조국 한국이여 빛나라!」, 『신태양』 69, 신태양사, 1958.6, 78~79쪽.

61  Norbert Weber, 박일영 · 장정란역, 앞의 책, 280~281쪽.

〈표 2〉 에카르트에게 도움을 준 한국학자[59]

| 김봉제<br>(1865~1932) | 오래된 서울 학자집안 출신, 사서삼경을 공부한 한학자로 에카르트에게 노자와 도덕경, 한자와 민담을 들려주었다. 『인삼 – 한국의 전설과 동화』에 나오는 산삼에 얽힌 8편의 이야기는 모두 김봉제가 전해준 이야기들이다. |
|---|---|
| 오창식<br>(1872~1938) | 대구 양반가에서 태어나 고서에 능했으며 시에 뛰어난 재주를 지녔다. 그는 한때 『경향신문』의 기자로 일했으며 주간지인 『잡지』에도 일했다. 에카르트에게 한국 민담, 신화를 소개해주었다. 일본어에도 능통하였으며 에카르트가 숭신학교 교장으로 있을 때 교사 세미나를 통해 에카르트에게 많은 도움을 주었다. |
| 유염조<br>(1864~1928) | 평양에서 태어났으며 한문에 능통하였고 『동아일보』에 일련의 단편을 발표한 것으로 알려졌다. 40살이란 늦은 나이에 서울에서 통역학교를 다녔으며(1904~1908), 프랑스 교사 마르테(Martel) 밑에서 프랑스어를 배워 프랑스어에 능통한 유염조는 에카르트가 한국에 온 초창기 1911년 무렵 통역관으로 많은 공을 세웠다. |
| 권계량<br>(1885~1934) | 수원에서 태어났으며 중학교 졸업 후 일본에서 고등학교를 다녔다. 그는 월간지에 여러편의 소설을 발표하였으며 에카르트에게 한국전래동화를 소개하여 주었다. 에카르트의 『오동나무 밑에서』에 수록된 우화들은 에카르트가 각지에 흩어진 한국전래동화를 모으기 시작한 1922년과 1924년에 사적으로 그의 입을 통해 들은 것이다. |
| 강도영신부<br>(1863~1929) | 1883년 말레이시아 페낭 신학교 유학 후 1892년 귀국. 1896년 사제 서품을 받은 후 수원 미리내 성당에서 34년 사목 후 1929년 선종. 에카르트에게 한자와 민담, 전설 등을 소개해 주었다. 에카르트의 저서에는 강 신부로 기록했다. 에카르트와 강신부에 대한 기록은 베버의 『고요한 아침의 나라』에서 확인할 수 있다.[61] |

르트의 민담 저서에는 한국미술을 포함시켜 독자들의 이해를 돕고 있는 점을 눈여겨 볼만 하다.

에카르트는 1928년에 『조선민담집 – 한라산에서 백두산까지*Koreanische Märchen und Erzählungen, zwischen Halla und Päktusan*』(〈그림 13〉)를 출판하였으며 모두 38편의 민담 중 신화, 동화와 우화가 대부분을 차지한다. 이 민담집에는 김홍도와 성협의 풍속화를 삽입하였고 해당 그림에 대해 설명하고 있다.(〈그림 14〉) 이로서 유럽 독자들은 조선시대 풍속화를 통해 입체적으로 한국 민담에 다가갈 수 있었다. 또한 저서 속지에는 에카르트가 그린 직접 후 삽입한 그림이 있는데 풍류를 즐기는 선비들의 모습이 담겨있다. 흥미로운 것은

---

62    진상범, 앞의 책, 170~172쪽.

이 그림에는 조선 선비들과 서양 선비들의 모습이 함께 있는 점이다. 연구자는 서양인의 모습을 한 선비는 에카르트의 자신의 모습을 투영한 것이라고 생각한다.

1950년에는 『오동나무 밑에서 Unter dem Odong-baum, Koreanische Sagen und Marchen』를 출판하였다. 이 저서에는 신화, 동화, 우화, 설화 등 총 43편이 수록되었다. 저서 표지에는 에카르트가 직접 그린 주작들이 보이며 주작의 모습은 강서대묘와 중묘에서 보이는 주작들과 일치하여 매우 흥미롭다. 강서대

〈그림 15〉 Andreas Eckardt, *Unter dem Odong-baum, Koreanische Sagen und Märchen* 『오동나무 아래에서』 표지, 1950. 에카르트 그림.

묘와 중묘 발굴에 참여하였던 에카르트가 기억에 강하게 남았던 사신도 중 주작을 모티프로 저서 표지로 사용한 점 또한 인상적이다.(〈그림 15〉)

그리고 1955년에는 『인삼 ─ 한국의 전설과 동화*Die Ginsengwurzel : Koreanische Sagen Volkserzahlungen und Marchen*』를 출판하였다.[63] 이 저서에는 김봉제에게 들은 8편의 신화, 유엽조에게 전해들은 12편의 동화, 오창식에게 들은 설

63    Andreas Eckardt, *Koreanische Märchen und Erzählungen, zwischen Halla und Päktusan*, Müchen : Missionsblätter, St. Ottilien, 1928; Andreas Eckardt, *Unter dem Odong-baum, Koreanische Sagen und Märchen*, Frankfurt/Main : Lutzeyer, 1950; Andreas Eckardt, *Die Ginsengwurzel : Koreanische Sagen Volkserzahlungen und Marchen*, Eisenach : Erich-Röth Verlag, 1955.

화 6편 등이 수록되어있다. 그리고 에카르트는 오창식의 사진을 저서 속지에 삽입하였다. 따라서 에카르트에게 도움을 주었던 학자 중 오창식을 사진으로 실견할 수 있다는 점이 매우 특별하다.

이상과 같이 에카르트는 『한국문학사』와 라디오 방송을 통해 한국문학을 독일에 적극적으로 소개하였을 뿐만 아니라 학문적으로도 규명하였다. 그 결과 에카르트는 일찍이 한국문학과 문화의 우수함을 독일 문화권에 소개함으로서 독일인들에게 한국문화와 문학에 대하여 긍정적인 인식을 남겨주었다는 점도 높이 평가해야할 부분이다.[64]

### 5) 한국문화 – 고인돌부터 경부고속도로까지

에카르트는 1960년 『한국의 역사와 문화*Korea Geschichte und Kultur*』라는 저서를 출판하여 한국의 역사와 문화를 소개하였다.[65] 그리고 1972년 『한국의 문화*Kultur der Nationen, Korea*』를 출판하여 1970년대까지의 한국을 알렸다.(〈그림 16〉) 『한국의 문화』는 총 310페이지로 구성된 저서이며 34점의 그림과 사진이 삽입되었다. 저서는 총 9장으로 나누어져 있는데 1장에는 「매우 아름다운 한국」이라는 제목으로 한국의 날씨와 산천초목, 동물과 한국에서 생산되는 광물과 수입품에 대해서 소개하였다. 2장에서는 빙하기와 홍수를 시작으로 구석기 시대의 손도끼 문화부터, 신석기, 청동기 시대의 고인돌, 유리 유물 등을 조명하였다. 그 후 한국의 역사를 고조선, 삼한시대, 삼국시대(고구려, 백제, 신라), 통일신라시대, 고려시대, 조선시대

---

**64** 진상범, 「독일에 있어서 한국민담 및 전설 독일어 번역과 창작을 통한 한국문화수용양상 고찰」, 『예술인문사용합멀티미디어논문지』 6권 1호, 2016, 409쪽.

**65** Andreas Eckardt, *Korea Geschichte und Kultur*, Baden-Baden : Verlagsbuchhandlung Heinrich Blömer, 1960.

와 20세기의 한국의 역사와 문화
예술을 소개하고 있다. 3장에는
한국인들의 생활과 문화를 다루
었는데 그 중에는 고속도로, 게임
과 스포츠, 관광 여행, 사회 문제
와 교통 문제 등이 있다. 4장과 5
장에서는 한국농업, 어업, 공장,
상업과 산업, 과수원, 삼림지와
한국에서 서식하는 야생동물 등
을 알렸다. 6장에서는 한국의 과
학과 문화를 소개하였는데 그 안
에는 한국어와 한글, 한국의 교육
제도, 문학, 신문, 신문사, 라디
오, 도덕과 철학, 천문학, 지리와

〈그림 16〉 Andreas Eckardt,
*Kultur der Nationen, Korea* 『한국의 문화』, 1970.

역사, 한약, 이두, 조선시대 금속 활자, 도자기와 미술 등이 포함되었다. 7
장에서는 한국음악과 무용을 소개하였으며 8장에서는 한국에 분포된 종
교로 도교, 유교, 샤머니즘, 개신교, 천주교, 불교, 천태교 등에 대하여 자
세히 논하고 있다. 그리고 9장은 발전된 1970년대의 대한민국을 상세히
조명하고 있다.

『한국의 문화』의 표지로는 경주 금령총에서 출토된 신라시대 유물인
'기마 인물형 도기'의 사진을 사용하였다. 한국의 문화예술을 청동시대의
북방식 고인돌부터 시작하여 1970년대까지의 기록, 그림, 사진 등을 이
용하여 유럽독자들에게 한국문화를 소개하고 있다.[66] 에카르트가 한국문

화와 역사를 고인돌부터 시작하는 것에는 매우 중요한 의미가 있다. 왜냐하면 세키노 다다시는 낙랑고분을 한국 역사와 문화의 시작점으로 규명하고 있기 때문이다. 에카르트는 일본학자와 함께 낙랑고분 발굴에 참여하였는데도 불구하고 청동기시대의 고인돌로 시작하였는데 이러한 시대구분은『조선미술사』에서도 일관되게 보여주고 있다. 이 사실을 통해 한국역사와 문화에 대한 이 두 학자의 시각 차이를 명확히 알 수 있으며 주목해 볼 필요가 있는 부분이다.

저서에 삽입된 도판에는 신라시대의 '기마 인물형 도기', '첨성대', '불국사', '석굴암 사천왕', '금제 허리띠'와 '미륵삼존불' 중 본존불의 사진 등이 삽입되었다. 백제시대 유물로는 부여에서 출토된 '귀면문전'을 고려시대는 '태조 왕건의 묘', '경천사십층석탑'과 '청자투각칠보무늬향로' 등의 사진을 포함시켰다. 조선시대의 금속활자와 세종대왕의 한글 창시를 알리며 한글의 자음과 모음을 직접 서술한 후 설명하였다. 흥미로운 것은『한국의 문화』에 에카르트가 사용한 한국문화재와 유물 사진들은 20세기 초 에카르트가 찍은 사진들이 주를 이루며,『조선미술사』도판과도 동일한 사진들을 볼 수 있다. 따라서 현재 우리가 알고 있는 유물의 소장 처와는 사뭇 다른 모습이 많다. 예를 들어 현재 '경천사십층석탑'은 국립중앙박물관 1층에 소장되어있다. 그러나 저서에 삽입된 사진에는 20세기 초의 모습으로 경복궁 근정전 앞에 위치한 '경천사십층석탑' 모습이 보이고 있어 사진 한 장으로 석탑의 역사의 흐름을 볼 수 있다.

또한 현재 국립경주박물관 소장인 신라시대 '석조미륵삼존불' 중 본존

**66**    Andreas Eckardt, *Kultur der Nationen, Korea*, Nürnberg : Glock und Lutz, 1972.

불이 있다. 저서에 삽입한 본존불의 사진은 발굴시 당시 찍은 사진이다. 그리고 발굴 당시의 사진에는 본존불의 코가 소실되지 않은 상태이나 현재 국립경주박물관 본존불의 코는 존재하지 않는다. 따라서 본존불의 코는 발굴 후 유실된 것으로 판단할 수 있겠다. 재미있는 것은 본존불의 코의 유무 상태에 따라서 본존불의 이미지가 사뭇 다르게 보인다는 점이다.

『한국의 문화』에는 서울에 위치한 불교 사찰 모습과 사찰내부의 전경도 사진 을 통해 소개하였으며, 한국불교에 대한 설명을 덧붙였다. 특히 서울 봉은사 벽화 중 은자이자 〈산신령〉[67] 그림과 '한국의 별의신'으로 설명한 실화성室火星이 쓰여 있는 그림도 삽입하여 한국의 다양한 신앙의 형태를 보여준다. 또한 불교 승려의 모습과 함께 온돌 굴뚝의 사진을 삽입하였는데, 에카르트는 한국건축에도 해박한 지식이 있으며 저서를 통해 온돌의 기능과 장점도 설명하고 있다.

한국 유물 소개 이외에 조선후기와 일제식민지시기에 활약하였던 가야금의 대가인 명완벽明完璧, 1842~1929도 소개하였다. 명완벽은 1861년 장악원전악에 임명된 후 1908년 국악사를 거쳐 1915년에는 제3대 아악사장雅樂師長을 맡은 인물이다.[68] 명완벽이 의관을 갖추고 의자에 앉은 모습과 함께 '명완벽, 한국전통 음악 연주자'로 소개하였다. 에카르트는 명완벽에게도 한국 전통 악기와 음악에 대하여 많은 가르침을 받았을 것으로 짐작할 수 있는 대목이다. 또한 한국전통 악단이 연주하는 장면을 담은 사진을 포함시켜 한국음악에 대한 이해를 돕고 있다. 1970년대 한국을 소개하기

67    〈은자도〉는 『조선미술사』의 도판 311으로도 삽입하였다. Andreas Eckardt, 권영필 역, 『에카르트의 조선미술사』, 열화당, 2003, 267쪽.
68    한국민족문화대백과, http://encykorea.aks.ac.kr/ 참조.

위해서 당시 서울도시의 발전된 모습, 궁궐 옆에 세워진 높은 빌딩, 경부 고속도로, 공장의 모습 등을 보여준다. 이 밖에도 에카르트의 『한국의 문화』 저서에는 많은 한국유물이 포함되어있어 독자들이 한 눈에 다양한 한국문화와 예술을 볼 수 있다. 에카르트는 『한국의 문화』에 삽입된 사진들의 출처를 자신이 소장하였던 사진과 더불어 한국정보부Informationsbüro Seoul, 한국국립박물관, 3명의 일본인, 한국인 2인, 독일인 2인, 상트 오틸리엔의 카니시우스 퀴겔겐Canisius Kügelgen, 구걸근, 1884~1964 수도사와 베버 총원장으로부터 제공받았다고 밝혔다.[69]

## 4. 마치며–에카르트의 한국학 연구를 탐구해야 하는 이유

이 글을 통해 연구자는 에카르트의 한국학 연구와 성과를 분야별로 자세히 조명해 보고자 하였다. 에카르트가 소속되어있던 상트 오틸리엔 연합회의 창립 목적과 그들이 추구하였던 이상을 알아보았으며 수도사들의 활동도 함께 살펴보았다. 그리고 에카르트의 한국학 연구는 각 분야별로 출판된 저서를 기초로 하여 분석해 보았다. 에카르트가 한국학 중 각별한 애정을 보였던 한글과 한국어를 배우기 위한 노력을 볼 수 있었고 그 결과 한글, 한국어와 문법 분야에서 16편이 넘는 저서와 논문을 남긴 것을 알 수 있었다. 독일 뮌헨대학교에서는 이미륵의 뒤를 이어 한국학 학자로서 한글과 한국어를 생을 마칠 때까지 강의하였던 것도 알게 되었다. 또

69    홍미숙, 「안드레아스 에카르트의 『조선미술사』에 관한 연구」, 33~34쪽.

한 다른 분야와는 달리 한국인 한글학자들과 적극적으로 소통한 정황을 찾아보았고 한국 학자들은 자신의 저서와 논문을 통해 에카르트를 동시대 한글 학자로 인정한 모습을 확인 할 수 있었다.

한국문학사 부분에서는 시문학과 민담을 집중적으로 조명하였다. 에카르트는 1960년 한국문화사를 소개하기 위해 독일 뮌헨의 바이어른주 방송국에서 '한국시의 마력'라는 제목으로 강연을 하였다. 또한 『삼국사기』와 『삼국유사』 등 한국의 역사서를 근거하여 한국시문학을 시대적인 특성과 장르를 구분하여 소개한 것을 살펴보았다. 1968년 출판된 『한국문학사』를 통해 세계문학적인 관점에서 한국문학을 세심히 고찰된 것도 조명해 보았다. 에카르트의 우수한 한국문학사 연구와 성과가 더욱 중요한 것은 이른 시기부터 독일 문화권에 한국문학과 문화를 소개함으로서 독일인들에게 긍정적인 인식을 남겨주었다는 점을 높이 평가할 수 있다.

20세기 초 당시 한국음악에 대한 정보나 자료가 전무한 상황에서 에카르트는 저서를 통해 처음으로 유럽에 소개하였다. 1930년 에카르트가 독일어로 출판한 『한국음악』은 세계 최초 한국 전통 가락을 소개한 저서이다. 1931년에는 영어로도 번역하여 출판하였다. 1968년에는 『한국의 음악, 가락과 춤』을 통해 한국음악 부분은 보완하고 한국의 전통 무용도 함께 소개한 것을 알 수 있었다. 에카르트는 한국 전통 음악과 무용을 일제강점기임에도 불구하고 일본문화가 아닌 자주독립적인 한국 고유의 문화로서 유럽에 소개하는데 중요한 의미를 부여 할 수 있다.

1929년 에카르트는 독일에서 세계 최초로 한국미술사 통사인 『조선미술사』를 출판함으로서 유럽인들에게 한국미술의 존재를 알렸다. 또한 영국에서 영어판인 *History of Korean Art*를 출판하며 독자의 폭도 넓혔다.

『조선미술사』를 통해 보여준 에카르트의 한국미술에 대한 시각은 당시 일본학자들과 정반대인 것을 알 수 있었다. 저서를 통해 한국은 독립적인 나라이며 문화와 예술은 높은 경지에 있을 뿐만 아니라 동아시아미술에도 당당한 지분이 있다는 것을 에카르트는 지속적으로 주장하였다. 고대 시기부터 한국은 일본에 문화예술을 전해주었다는 것도 저서의 전 분야에서 거듭 상기시킨 것을 볼 수 있었다.

이러하듯 에카르트는 한국학의 전 분야를 알리고자 평생 고군분투 하였다. 그리고 그가 한국학 연구를 시작한 지 100년이 넘었으나 한국학계에서 보이는 관심은 아직 충분하지 않다. 현재까지 에카르트 연구에 집중된 학위논문은 2편이며, 국내학술논문은 25편 정도이다. 그리고 에카르트의 연구에 초점을 맞춘 단행본 8권과 연구보고서는 3편 정도로 볼 수 있다. 한국미술의 경우 에카르트의 한국미술에 대한 연구보다 동시대 일본학자들의 연구가 집중적으로 조명되고 있는 것이 현실이다. 이 연구를 통해 연구자는 에카르트의 한국학 연구가 충분히 관심을 가질만한 가치가 있다는 점을 알리고자 하였다. 그리고 이 글을 시작으로 에카르트의 한국학에 대한 심도 있는 연구가 더욱 활발히 이루어지는 계기가 되기를 기대한다.

## 부록

* 안드레아스 에카르트는 천주교 관련 저서도 많이 출판하였다. 그러나 〈표 3〉에는 에카르트의 한국학 연구와 관련된 것이 주가 된다는 것을 밝힌다.

〈표 3〉

| | 저서 · 논문 · 기타 한국학 활동 | 도시 : 출판사 | 시기 |
|---|---|---|---|
| 1 | "Was die Koreaner erzählen" in *Missionsblätter*(표교지) XVI, S.165~169. 「한국 민담」 | Oberbayern : St. Ottilien, Oberbayern, Missionsverlag * '표교지'는 성 오틸리엔 수도회에서 출판하는 선교잡지이다. | 1911/ 1912 |
| 2 | Koreanische Grammatik, Choson-o mundschon(조선어문법대전, 조선어문전) * 숭신학교 교재 | Seoul : 자필 | 1913 |
| 3 | "Koreans Sprache und Schrift und Erfindung der Buchdruckerkunst" (한국인의 언어와 글쓰기 및 인쇄 기술 발명), Geist des Ostens. | München : Verlag des Ostens Geist des Osten 명칭은 '동방의 정신'이며 선교잡지이다. | 1913 |
| 4 | "Die Arche Noahs in koreanischer Überlieferung" in *Missionsblätter* XVIII, S.169~171. 「한국설화에서 보이는 노아의 방주」 (에카르트는 1913년 7월 20일부터 8월 4일까지 제주도를 방문하여 도보로 여행하며 모은 설화들을 실었다.) | Oberbayern : St. Ottilien, Oberbayern, Missionsverlag | 1913/ 1914 |
| 5 | "Die koreanisch-chinesische Fibel" in *Missionsblätter* XVIII, S.172~175. 「한국-천자문 입문서」 | Oberbayern : St. Ottilien, Oberbayern, Missionsverlag | 1913/ 1914 |
| 6 | "Koreanische Sprichwörter" in *Geist des Ostens* I, S.757~759. 「한국의 속담」 | München : Verlag des Ostens | 1913/ 1914 |
| 7 | "Der Konfuzianismus in Korea" in : *Hist. Polit. Blätter* 「한국의 유교」 | Hist. Polit. Blätter | 1914 |
| 8 | "Der Buddhismus in Korea" Geist des Ostens 「한국의 불교」 | München : Verlag des Ostens | 1915 |

| | 저서 · 논문 · 기타 한국학 활동 | 도시 : 출판사 | 시기 |
|---|---|---|---|
| 9 | "Buddhistische Reformbestrebungen in Japan" 「일본 불교개혁의 노력」 | Hist. Polit. Blätter | 1920 |
| 10 | "Die koreanische Himmelsreligion (Tschondokyo)" 「한국의 천도교」 | Weltmission (세계선교 출판) | 1921 |
| 11 | "Koreanische Volkspoesie. Gesang beim Reispflanzen", in *Der Gral* XXI, S.179~182 「한국 민속의 시」 | München : Der Gral Der Gral는 선교잡지이며 명칭은 '성배'이다. | 1922 |
| 12 | "Koreanische Poesie", in *Der Gral* XVIII, S.102~106. 「한국의 시」 | München : Der Gral | 1922 |
| 13 | "Japanische Poesie" in *Der Gral* 「일본의 시」 | München : Der Gral | 1923 |
| 14 | Koranische Konversations grammatik 『한국의 회화문법』 | Heidelberg : Julius Groos | 1923 |
| 15 | "Der Zodiakaltierkreis in der koreanischen Kunst", 「한국미술의 황도대」 | Berlin Und Leipzig : Ostasiatische zeitschrift | 1925 |
| 16 | "Das Große Grab König Yangwon's : Ein Beitrag zur koreanischen Kunstgeschichte" 「양원왕의 왕능(강서대묘)」 | Berlin Und Leipzig : Ostasiatische zeitschrift Neue Folge, 13 | 1926 |
| 17 | "Ginseng, die Wurzel der Unsterblichkei t", *P. Wilh. Schraidt-Festschrift* 「인삼, 불노장생의 뿌리」 | Wien : P. Wilh. Schraidt (기념 논문집) | 1927 |
| 18 | "Der Zodiakal-Tierkresis in der koreanischen kunst des 9. Jahrhunderts" in: *Ostasiatische zeitschrift*, Neue Folge, 14 「9세기 한국미술의 황도대」 | Berlin Und Leipzig : Ostasiatische zeitschrift Neue Folge, 14, S.189~195. | 1927/ 1928 |
| 19 | *Ursprung der Koreanischen Schrift, Deutsche Gesellschaft für Natur-und Völkerkunde Ostasiens* 『한국문자의 기원』 | Tokyo : Deutsche Gesellschaft für Natur-und Völkerkunde Ostasiens | 1928 |
| 20 | *Koreanische Märchen und Erzählungen, zwischen Halla und Päktusan,* 『한국 민담집－한라산에서 백두산까지』[70] | Oberbayern : St. Ottilien, Missionsverlag | 1928 |
| 21 | *Geschichte Der Koreanischen Kunst* 『조선미술사』 | Leipzig : K. W. Hiersemann | 1929 |
| 22 | *History Of Korean Art* 『조선미술사』 | London : Goldston | 1929 |
| 23 | *Ursprung der Koreanischen Schrift* 『한글의 원천』 | Tokyo : Deutsche Gesellschaft für Natur- u. Völkerkunde Ostasiens | 1930 |
| 24 | *Koranische Musik* 『한국음악』 | Tokyo : Deutsche Gesellschaft für Natur- u. Völkerkunde Ostasiens | 1930 |

| | 저서 · 논문 · 기타 한국학 활동 | 도시 : 출판사 | 시기 |
|---|---|---|---|
| 25 | *Korean Music*「한국음악」 | London : K. W. Hiersemann | 1931 |
| 26 | *Das Koreanische Sprach*「한국어」 | Leipzig : Mittlg. d. Ver. f. Völkerkunde | 1931 |
| 27 | "Das Korean. Schach"「한국의 장기」 | Leipzig : Mittlg. d. Ver. f. Völkerkunde | 1931 |
| 28 | "Das korean. Zahlensystem"「한국의 숫자 체계」 | Leipzig : Mittlg. d. Ver. f. Völkerkunde | 1931 |
| 29 | "Das Schulwesen in Korea"「한국의 교육제도」 Promotionsschrift, Braunschweig | Braunschweig : Promotionsschrift (안드레아스 에카르트의 브라운슈바이크 대학, 사논문). | 1931 |
| 30 | "Das Koreanische Buchstabenschrift",「한국의 문자」 | Schrifttum der Erde (땅의 성서) | 1932 |
| 31 | "Ginseng, die geheimnisvolle Heilwurzel in Fern-ost"(극동의 신비스러운 뿌리약초, 인삼), *Heil-und Gewürzpflanzen* | Heil-und Gewürzpflanzen | 1935 |
| 32 | "Quelpart, die merkwürdigste Insel Ostasiens", in : *Zeitschr. f. Erdkunde*「동아시아에서 가장 이상한 섬, 제주도」 | Zeitschr. f. Erdkunde | 1941 |
| 33 | "Zur Kulturgeschichte Koreas : Die Ginsengwurzel"「한국의 문화사－인삼뿌리」, *Univeri-tas* 학술잡지 출판. | Univeri-tas | 1943/ 1944 |
| 34 | "Sam-Ginseng in koreanischer und indogermanischer berlieferung"「한국과 인도 게르만의 전통속에서 삼-인삼」 *Forschungen und Fortschritte*, Berlin. (* 연구발표 및 진행, 베를린) | Berlin : Forschungen und Fortschritte | 1948 |
| 35 | "Zur Soziologie Ostasiens"(동아시아의 사회학), Vortrag im 14. intern. Soziologen-Kongreß in Rom (제14회 인턴의 사회학의회에서 강의, 로마) | Rome : 강연 | 1950 |
| 36 | "Das Kunstwerk der chines. Schrift(문자도 (文字圖))", in: *Universitas*(* 강연 : 대학 강연) | Universitas | 1950 |
| 37 | *Das Buch von der großen Weisheit; Laotse by Laozi*『위대한 지혜의 책－노자』 | Frankfurt am Main : Verlag August Lutzeyer | 1950 |
| 38 | *Unter dem Odong-baum, Koreanische Sagen und Märchen*『오동나무 아래서－한국의 전설과 동화』 | Frankfurt/Main : Lutzeyer, cop | 1950 |
| 39 | *Wie ich Korea erlebte*『내가 경험한 한국』 | Frankfurt/Main : Lutzeyer | 1950 |

| | 저서 · 논문 · 기타 한국학 활동 | 도시 : 출판사 | 시기 |
|---|---|---|---|
| 40 | "Die Ginsengwurzel als korean. Kulturgut" 「한국문화유산으로서의 인삼」 | Stuttgart : Jahrbuch des Lindenmuseums 슈투가르트 : 린덴 박물관 연감 | 1951 |
| 41 | "Die Bergwelt in Korea" 「한국의 산」 | Der Bergsteiger | 1953 |
| 42 | "Geist und Kultur der Koreaner" in : *Universitas* 「한국인의 정신과 문화」 | Universitas(학술잡지 출판) | 1953 |
| 43 | *Die Ginsengwurzel: Koreanische Sagen Volkserzahlungen und Marchen* 『인삼－한국의 전설과 동화』 | Eisenach: Erich-Röth Verlag. | 1955 |
| 44 | "La Leggenda Coreana sull", Origine del Genere Umano, Vortrag auf Intern. Kongreß Etnografia e Folklore del Mare, Neapel. (* 강연 : "한국의 전설", 세계민족학과 민속학 대회, 나폴리) | Neapel: Kongreß Etnografia e Folklore del Mare | 1956 |
| 45 | "Kunstwerk der japan. Lyrik"「일본의 작품-시」, in : *Universitas* 학술잡지, 출판. | Universitas | 1956 |
| 46 | "Zugeh rigkeit des Koreanischen zur indogermanischen Sprachfamilie", Vortrag im 24 「한국어의 인도게르만어족의 귀속성」, * 논문 제목과 함께 24일 강의로 기록되었다 | Munchen : Orientalisten-Kongre | 1957 |
| 47 | "Deutsche in S dkorea" 「남한에 있는 독일인」 | Übersee Rundschau | 1957 |
| 48 | *Laotse: Unvergängliche Weisheit Glauben und Wissen,* 『도덕경－불멸의 지혜 믿음과 지식』 | Nr. 18 E. Reinhardt | 1957 |
| 49 | *Laotses Gedankenwelt nach dem Tao-te King* 『노자 도덕경－사상과 세계』 | Baden-Badeb : Lutzeyer | 1957 |
| 50 | "Die mongol. Quadratschrift Paszpa im 13. Jh", in: *Zeitschrift für allgemeine Schriftkunde* 「13세기 몽골의 정사각형 Paszpa 글꼴」 | Zeitschrift für allgemeine Schriftkunde | 1958 |
| 51 | *China : Geschichte und Kultur* 『중국－역사와 문화』 | Baden-Baden : Verlagsbuchhandlung Heinrich Blömer | 1959 |
| 52 | "Gro e Wasserkraftprojekte in S dkorea" 『한국의 대규모 수력발전 사업』 | Übersee Rundschau | 1959 |
| 53 | "Entwicklungsland Korea" *Hilfe für Entwicklungsländer* 『개발도상국 한국』 | Bonn : Baden-Baden | 1960 |
| 54 | *Koreanica*(에카르트 75세 논문 헌정집) | Baden-Baden : Lutzeyer | 1960 |

| | 저서·논문·기타 한국학 활동 | 도시 : 출판사 | 시기 |
|---|---|---|---|
| 55 | *Zauber Koreanischer Poesie*<br>『한국시의 마력』 | Bayerischer : Vortrag Bayerischer Rundfunk 출판.<br>(* 강연-독일 바이어른주 방송국) | 1960 |
| 56 | *Korea Geschichte und Kultur*<br>『한국의 역사와 문화』 | Baden-Baden :<br>Verlagsbuchhandlung<br>Heinrich Blömer | 1960 |
| 57 | *Japan: Geschichte und Kultur*<br>『일본 — 역사와 문화』 | Bonn : Baden-Baden | 1960 |
| 58 | *Grammatik der koreanischen Sprache*<br>『한국어 문법』 | Heidelberg : J. Groos | 1962 |
| 59 | *Übungsbuch der koreanischen Sprache*<br>『한국어 연습문제집』 | Heidelberg : J. Groos | 1964 |
| 60 | *Grammatik der koreanischen Sprache*<br>『한국어 문법』 | Heidelberg : J. Groos | 1965 |
| 61 | *Studien zur koreanischen Sprache*<br>『한국어 연구』 | Heidelberg : J. Groos | 1965 |
| 62 | *Wörterbuch. Chinesisch-Koreanisch-Deutsch. Studienausgabe*<br>『중국어-한국어-독일어 사전』 | Heidelberg : J. Groos | 1966 |
| 63 | *Koreanisch und Indogermanisch : Untersuchungen über die Zugehörigkeit des Koreanischen zur indogermanischen Sprachfamilie*<br>『한국어와 인도-유럽어의 연관성 연구』 | Heidelberg : J. Groos | 1966 |
| 64 | *Musik, Lied, Tanz in Korea*<br>『한국의 음악, 가락과 춤』 | Bonn : Bouvier | 1968 |
| 65 | *Geschichte der Koreanischen Literatur*<br>『한국문학사』 | Stuttgart : Kohlhammer<br>Verlag Berlin, Köln Maniz | 1968 |
| 66 | *Vietnam : Geschichte und Kultur*<br>『베트남 — 역사와 문화』 | Eurobuch-Verlag | 1968 |
| 67 | "Mandschurisch und Koreanisch-ein Vergleich"(만주어와 한국어 비교),<br>*Monumenta Serica* Vol.28 | Monumenta Serica | 1969 |
| 68 | *Wörterbuch der koreanisch-deutschen Sprache*<br>『한·독 사전』 | Heidelberg : J. Groos | 1969 |
| 69 | *Koreanische Keramik* 『한국 도자기』 | H. Bouvier | 1970 |
| 70 | "Koreanisch und Japanisch-ein Vergleichin" (한국어와 일본어 비교),<br>*Nachrichten der Gesellschaft für Natur-und Völker* | Nachrichten der Gesellschaft für Natur-und Völker | 1971 |

| 저서 · 논문 · 기타 한국학 활동 | 도시 : 출판사 | 시기 |
|---|---|---|
| vol.109. | | |
| 71 *Kultur Der Nationen, Korea* 『한국의 문화』 | Nürnberg : Glock und Lutz | 1972 |
| 72 "Koreanische Lackarbeiten"(한국 옻칠), *Nachrichten der Gesellschaft für Natur- und Völker* Vol.113. | Nachrichten der Gesellschaft für Natur-und Völker | 1973 |
| 한국에 헌정한 심포니 작곡 | *평생을 통해 총 21 심포니 작곡 | |
| Sinfonie der Freundschaft〉 op.20 (우정의 심포니) | | 1973 |
| 〈Korea-Sinfoni〉 op.21 (코리아 심포니) * 말년에 작곡한 이 곡을 한국에 헌정하고 세상을 떠났다. | 안드레아스 에카르트(1884~1974) | 1974 |

70  Andreas Eckardt, 『한국 민담집−한라에서 백두산까지(*Koreanische Märchen und Erzählungen, zwischen Halla und Päktusan*)』, Oberbayern : St. Ottilien, Oberbayern, Missionsverlag, 1928. 이 저서에 대한 출판연도는 1928년과 1929년과 후배 박사는 1931년으로 보고 있다. 연구자는 이 책을 구입하여 확인한 결과 『조선미술사』 같이 머리말에 "덕원"에서 쓴 것으로 표기되어있으나 출판날짜가 기록되어있지 않다. 하지만 『한국 민담집, 한라에서 백두산까지』가 성 오틸리엔 수도회에서 출판한 것으로 보아 1928년 말 에카르트 독일 입국 직후 출간한 것으로 보인다. 『조선미술사』에서 이 책에 수록된 김홍도의 〈지붕이기〉를 예를 들고 있어 『조선미술사』보다 이른 시기인 1928년 말로 추정하고 논지를 진행하였다.

## 참고문헌

단행본

국외소재문화재재단,『독일 상트 오틸리엔수도원 선교박물관 소장 한국문화재』, 2019.

고유섭,『조선미술사(총론편·각론편)』, 열화당, 2007.

권영필,『미적 상상력과 미술사학』, 문예출판사, 2000.

김시덕 외,『독일 쌍트 오틸리언 수도원 선교박물관 한국 관련 소장품 정리 지원 사업 결과보고서』, 국립민속박물관, 2009.

서울역사박물관,『동소문별곡』, 2014.

＿＿＿＿＿＿＿＿＿＿,『성 베네딕도 상트 오틸리엔 수도원 소장 서울사진』, 2014.

세키노 다다시, 심우성 역,『조선미술사』, 동문선, 2003.

정석배 외,『한국문화 원류와 알타이 신문화 벨트』2, 한국학중앙연구원 출판부, 2017.

최현배,『우리말본』, 정음사, 1955.

한국교회사연구소 편,『원산교구 연대기』, 한국교회사연구소, 1991.


논문

김영자,「독일 상트 오틸리엔 선교분도수도원 소장 한국사진 자료에 대해서」,『성 베네딕도회 상트 오틸리엔 수도원 소장 서울사진』, 서울역사박물관, 2014.

김필영,「문화적 경계를 넘어서－한국의 독일 선교사·독일의 한국학자 안드레 에카르트」,『한국연구재단(NRF)』, 2018.

박일영,「독일인 선교사가 본 20세기 초 한국의 민속」,『비교민속학』51, 비교민속학회, 2013.

＿＿＿＿,「노르베르트 베버의 한국 선교정책 연구」,『종교연구』67, 한국종교학회, 2012.

＿＿＿＿,「한국샤머니즘에 대한 외국인선교사들의 대응태도연구－파리외방전교회와 성 베네딕도회 오틸리에 연합회를 중심으로」,『한국무속학』21, 한국무속학회, 2010.

백 플라치도(Placidius Berger, O. S. B.),「한국에서의 초기 베네딕도회의 선교방침」,『한국교회사논문집』I, 한국교회사연구소, 1984.

선지훈,「'선교 베네딕도회'의 한국진출과 선교활동」,『교회사연구』29, 한국교회사연구소, 2007.

옥낙안(Andreas Eckardt), 「제2의 조국 한국이여 빛나라!」, 『신태양』 69, 신태양사, 1958.

이유재, 「식민지 조선에서 분도회의 지식 생산과 교육」, 『교회사연구』 33, 한국교회사연구소, 2009.

이은정·이영석, 「독일 한국학의 성립과 발전」, 『독일어문학』 45, 한국독일어문학회, 2009.

조효임, 「안드레 에카르트와 「코리아심포니」」, 『음악과 민족』 8, 민족음악학회, 1994.

진상범, 『한·독문학의 비교문학적 연구』, 박이정, 2012.

_____, 「독일에 있어서 한국민담 및 전설 독일어 번역과 창작을 통한 한국문화수용양상 고찰」, 『예술인문사융합멀티미디어논문지』 6권1호, 인문사회과학기술융합학회, 2016.

최석우, 「재한 천주교 선교사의 한국관과 선교정책」, 『한국교회사 탐구』 II, 한국교회사연구소, 1991.

최석희, 「한국문학의 독일어 번역－한국민담을 중심으로」, 『헤세연구』 13, 한국헤세학회, 2005.

홍미숙, 「안드레아스 에카르트의 『조선미술사』에 관한 연구」, 명지대 박사논문, 2019.

_____, 「안드레아스 에카르트의 고구려고분 연구와 성과－강서대묘와 쌍영총을 중심으로」, 『미술사학연구회』 52, 미술사학회, 2019.

_____, 「노르베르트 베버가 본 금강산」, 『제3회 강원학대회』 I, 강원연구원 강원학연구센터, 2020.

황인규, 「북한지역 고구려와 발해의 불교사찰」, 『불교연구』 51, 한국불교연구원, 2019.


Albrecht Huwe, Rebecca Santelmann 영역, "Andre Eckardt-eine biographische Skizze(Andre Eckardt－A biographical sketch)", 『동서문화의 만남』(청암 권혁만교수회갑 논문집), 서울 : 보성문화사, 1987.

Andreas Eckardt, 권영필 역, 『에카르트의 조선미술사』, 열화당, 2003.

_____, 이기숙 역, 『조선, 지극히 아름다운 나라』, 살림, 2010.

_____, A history of Korean art, London : Edward Goldston, 1929.

Norbert Weber, 박일영·장정란 역, 『고요한 아침의 나라』, 분도출판사, 2012.

Tschö Hyonba(최현배), "Beziehungen zwischen Korea und Japan in alter Zeit, Riekel, August", Koreanica : Festschrift Professor Dr. Andre Eckardt Zum 75. Geburtstag, Verlag August Lutzeryer·Baden·Baden, 1960.

# 미국 '제1세대 한국학자'의
## 해방 전후 한국인식

조지 맥아피 맥큔의 *Korea Today*를 중심으로

김서연

---

## 1. 태평양전쟁 전후 미국 한국학의 흐름과 맥큔

이 글은 조지 맥아피 맥큔George M. McCune, 1908~1948의 저서 *Korea Today*에 나타난 그의 한국인식을 다룬다. 맥큔은 평양 숭실전문학교 교장을 지낸 선교사 윤산온尹山溫, George Shannon McCune, 1873~1941의 자녀로, 유소년기를 한국에서 보낸 후 미국에서 한국 관련 연구로 박사학위를 취득했다. 이후 그는 학문적 전문성을 바탕으로 태평양전쟁기 미국 정부 기관의 한국 전문가로 채용되었고, 대한정책의 결정자는 아니었으나 실무자로서 재미한인들과 교류하며 한국 관련 정보를 수집·분석했다. 종전 후 그는 미국 버클리대학에서 한국 관련 강좌를 개설하고 저술들을 발행하며 미국 학계에 '제1세대 한국학자'로서 정착하고자 했다.

전후 미국의 지역연구Area Studies에서 한국에 대한 흥미는 다른 동북아

국가와 비교했을 때 확실히 낮았다. 미국의 연구자들은 줄곧 미군정의 점령정책과 냉전의 전개에 따른 한국의 상황 변동에 관심을 가졌지만 그것이 곧 한국학의 학문적 기반 구축과 직결되지는 않았다. 충분한 자금과 인력이 투입되어야 유지 가능한 지역연구에서 한국학의 자리는 필연적으로 협소했다. 그러나 맥큔은 학계에서 적극적으로 활동하며 한국학자로서의 자신의 고유한 영역을 확보하려 노력했고, 그 꾸준한 학문적 시도의 결산이 *Korea Today*다.

맥큔은 1947년 *Korea Today*의 초고를 완성했으나 출판하지 못하고 이듬해 사망하였고, 그의 부인 이블린 맥큔Evelyn B. McCune과 동료 아서 그레이Arthur L. Grey가 일부 내용을 보완·수정해 1950년 간행하였다.[1]

*Korea Today*는 '한국 전문가'가 집필한 최초의 영문 한국 연구서이다. 따라서 이 책의 특징과 의의를 분석하는 작업은 전후 미국 학계의 한국학 동향을 의미 있게 그려내는 데 기여하리라 생각된다.

맥큔과 같이 한국 경험이 있는 미국 지식인들의 한국인식은 전쟁 전 미국의 극동학자들과는 다른 결을 지니고 있다. 이는 전쟁 중 그들이 작성한 보고서와 서한에도 나타나는데, 기본적으로 한국인들에 대한 심정적 지지·이해가 동반되었다. 특히 맥큔은 미국의 세계 헤게모니 확대라는 전후의 보편적 흐름에 자연스럽게 순응했지만, 한국인들이 가장 만족하는 선택지를 제시하려는 욕구 역시 분명히 드러냈다. '미국의 영향력 확대'와 '한국인들의 이익'이 늘 같은 방향을 향하지는 않았는데, 이 때 맥큔의 비판이 미국의 정책을 향한다는 점은 주목할만하다. 따라서 *Korea*

---

1    McCune, George M, *Korea Today*, Cambridge : Harvard University Press, 1950, p.vii.

*Today*에 기술된 맥큔의 논지를 통해 전후 '제1세대 한국학자'의 시각의 단면을 볼 수 있을 것이다.

국내외를 막론하고 *Korea Today*를 중심 주제로 다루거나, 그 내용을 상세하게 고찰한 연구는 굉장히 소략하다. 이는 책의 가치와는 별개로, 저자 맥큔에 대한 인지도가 그의 이른 사망으로 인해 낮았기 때문으로 추정된다. *Korea Today*를 비롯한 맥큔의 저술들은 전후 미국에서 지역연구의 발전 혹은 미국 한국학의 형성·발전 과정을 설명하는 맥락에서 부분적으로 인용되었다. 고정휴2004·김경일2003·김점숙2005·조지형2002의 연구가 대표적이다.[2] 그러나 *Korea Today*에 대한 총체적 분석은 진행된 바 없으며, 맥큔의 생애와 활동을 포괄적으로 연구한 안종철2004·2009·양기선1985·김서연2016[3]의 연구에서도 역시 *Korea Today*의 분석은 이루어지지 못하였다.

따라서 이 글은 *Korea Today*의 내용 분석을 통해 맥큔의 한국인식과 그 특징을 살피는 것을 목적으로 한다. 이를 위해 2장에서는 맥큔이 전후 학계에서 한국학자로서 보인 활동을 배경적 차원에서 서술하고, 3장에서 본격적으로 *Korea Today*의 저술 동기 및 핵심 사료, 내용을 살펴 맥큔의 한국인식을 분석할 것이다. 4장에서는 *Korea Today*가 미국 학계에서 한국

---

2　고정휴, 「A. J. 그라즈단제브와 《현대한국》」, 『한국사연구』 126, 2004; 김경일, 「한국학의 기원과 계보」, 『사회와 역사』 4, 2003; 김점숙, 「해방 이후 미국 지식인의 한국인식」, 『역사와 현실』 58, 2005; 조지형, 「미국에서의 한국학의 흐름과 전망」, 『미국사연구』 15, 2002.

3　An, Jong-Chol, "Making Korea Distinct : George M. McCune and His Korean Studies", *Seoul, Journal of Korean Studies* 17, 2004; 안종철, 「미국 제도권 한국학의 탄생과 미국의 대한인식 – 조지 M, 맥큔을 중심으로」, 『세계 속의 한국사』, 태학사, 2009; 김서연, 「조지 맥아피 맥큔(George McAfee McCune)의 생애와 한국 연구」, 『한국사연구』 181, 2018.

학 도서로서 갖는 사학사적 위상을 검증하겠다. 이 과정에서 전후 미국 제도권 학계에서 한국학이 점유한 위치 및 그 특수성이 더 잘 드러나리라 기대한다.

이 글에서 이용한 핵심 1차 사료들은 *Korea Today*[1950]를 비롯한 하와이 대학교 한국학연구소 소장 자료들인 McCune-Becker Collection, George McAfee McCune Papers, Box 19 · 20 · 29 · 33 · 38과 Unclassified Collection, Donated by Heather Thompson, Box 4이다.

## 2. 전후 시기 맥큔의 한국 관련 활동

태평양전쟁기 맥큔은 OSS · 극동국에서 근무하며 재미한인과 해당 기관을 연결하고 정보를 수집했다. 그는 한국문제의 중요성을 감안할 때 한국 전문가의 수가 적다고 생각했다. 실제로 전쟁기 맥큔과 같이 채용되었던 선교사 자녀 윔스Clarence N. Weems Jr.나 그의 동생 섀넌Shannon B. McCune 등 몇몇 인물들을 제외하고는 국무부에서 한국 · 한국인들과 교섭할 수 있는 인력이 상당히 부족했다. 미국의 정책 결정자들에게 한국문제는 중요한 문제가 아니었고, 따라서 한국 관련 부서 · 인력에 투자가 적었다. 맥큔 역시도 이러한 상황을 충분히 인식하고 있었다. 그런데도 그가 종전 후 한국 전문가를 육성하고자 한 이유는, 한국에 무관심하거나 모호한 전략을 취하는 미국의 태도가 한국에 대한 종합적인 이해가 낮은 데서 비롯되었을 가능성이 크다고 판단했기 때문이다. 궁극적으로 맥큔은 한국에 대한 인식 부족이 전후 아시아에서 미국의 이해관계를 훼손할 것을 우려했다.[4]

맥큔은 국무부 극동국이 한국문제 전문가를 양성하는 프로그램을 개설하기를 희망했다. 그는 국무부 극동국장 파아Charles B. Fahs[5]와 일본·한국 경제부서 담당자 마틴Edwin M. Martin에게 서한을 보내 해당 계획을 제안했다. 그러나 이 계획은 "한국문제에 관심이 있는 사람들이 있을 수는 있겠으나, 현재 국무부에는 맥큔의 장기적 기획을 받아들일 만한 자리나 여유가 없다"라는 이유로 반려되었다.[6] 미국의 전후 구상에서 한국이 차지하는 낮은 비중을 짐작할 수 있는 답변이었다.

한편 전쟁 시기 미국의 고등교육기관에서 근무하던 인력들은 전쟁 수행에 대거 투입되었고, 이 과정에서 대학을 기반으로 하는 언어·지역연구 프로그램들이 생성되었다.[7] 그중 많은 수는 종전 후 사라졌으나, 학계와 학술 재단은 해당 프로그램들을 전후 미국의 헤게모니를 확대하는 데 활용하고자 했다.[8] 그러나 앞서 언급했듯이 모든 프로그램에 대한 지원이 동등하지는 않았다. 한국에 대한 수요는 중국·일본과 비교했을 때 인지도·관심·전공자 수에서 현격한 차이가 있었다.[9] 지역연구의 위계를 볼 수 있는 단적인 예는 1945년 록펠러재단이 주관한 인문학 전후장학금Postwar

---

4    October 2, "Korea and American Policy", 1943, 국가보훈처, 『OSS(Office of Strategic Service) 재미한인자료』 上, 2005, 22쪽.

5    찰스 파아(Charles B. Fahs, 1908~1980)는 노스웨스턴 대학에서 정치외교학으로 박사학위를 받았으며, 주 관심사는 극동지역이었다. 그는 1934년부터 1936년까지 도쿄와 교토의 제국대학에서 각각 1년씩 머무르며 일본어를 공부하였고, 태평양전쟁이 발발하자 COI 극동국에 채용되어 1945년 극동국장에 부임하였다. 이후 캘리포니아 포모나 칼리지에 재직했다.

6    "George McCune to Edwin Martin(Department of State)"(1946.3.16.); "Martin to McCune"(1946.3.27), 국사편찬위원회, 『駐韓美軍政治顧問文書』 19, 1994, 39~42쪽; "Fahs to McCune"(1946.4.9), GMM Papers, Box 33.

7    김경일, 앞의 글, 1996, 233쪽.

8    김점숙, 앞의 글, 2005, 153쪽.

9    김왕배, 「'은둔의 왕국' – 한국학의 맹아와 선구자들」, 『정신문화연구』 22, 1999, 10쪽.

Fellowship 수여자 명단이다. 선정된 15명 중 한·중·일 전공자의 비율은 각각 1명·8명·2명이었다.[10] 즉 11명 중 1명만이 한국 전공자였다는 것인데, 그나마 이는 록펠러재단이 전쟁 중 중동·아시아지역 언어교육 부문에서 한국어 강좌를 개설하지 않았다는 점을 고려하면 고무적인 결과였다.

〈표 1〉 맥큔의 버클리대학 강좌 개설 기록(1946~1948)[11]

| 학기 | 강좌번호 | 강좌명 |
|---|---|---|
| 1946년 가을 (1946.9~1947.2) | History 192A | 극동외교사(Far Eastern Diplomatic History) |
| | History 292B | 한국사(Korean History) |
| 1947년 봄 (1947.2~1947.6) | History 192B | 극동외교사(Far Eastern Diplomatic History) |
| | History 292B | ?(한국사 강좌로 추정) |
| | History 197B | 한국사(Korean History) |
| 1947년 가을 (1947.9~1948.2) | History 192A | 극동외교사(Far Eastern Diplomatic History) |
| | History 197A | 한국사(Korean History) |
| 1948년 봄 (1948.2~1948.6) | ? | 한국 세미나(Korea Seminar) |

### 1) 미국 대학 내 최초의 한국사 강좌 개설

한국 전공자로서의 특성을 살리기 쉽지 않은 학문적 환경에서 맥큔의 모교 버클리대학이 새로운 기회를 제공했다. 1946년 버클리대학은 맥큔을 극동학 전임강사로 초빙했다.[12] 맥큔은 극동외교사·한국사의 두 강좌

---

10  "The Rockefeller Foundation—Postwar Fellowships in Humanities awarded in 1945", Unclassified Collection, Box 4.

11  출전 : 〈University of California Calendar, 1947~1948〉, Unclassified Collection, Donated by Heather Thompson, Box 4; 〈McCune's History Courses at UC Berkeley〉〈McCune Courses at UC Berkeley〉, McCune-Becker Collection, George McAfee McCune Papers, Box 38 참조.

12  "Deutsch of Berkeley to McCune"(1946.4.18), GMM Papers, Box 33. 버클리대학교는 전후 극동 언어 및 극동 관련 교육과정 및 심화 학위과정을 제공하는 학교 중 하나

를 맡아 강의했고, 강좌는 그의 사망 직전 학기인 1948년 봄학기까지 개설되었다.

당시 학생들이 동아시아에 보인 높은 흥미를 반영하듯, 1946년 가을에 개설한 극동외교사의 수강 신청 인원은 50명에 달했다. 극동외교사는 1947년 봄학기에도 55명이 신청할 정도로 인기가 높았다.[13] 강좌의 중심 내용은 일본 제국주의가 극동에서 어떻게 세력을 획득했는지에 초점을 맞췄다. 맥큔은 ① 조선과 일본, 청이 각각 19C 후반~20C 초반 서구열강의 통상 요구 및 침투에 대응한 방법 ② 일본의 중국 침략과 만주국 건설, 일본의 세력 팽창 ③ 일본의 조선 침략과 조선 병합, 당시 조선 정부의 외교 방법 등을 강의했다.[14] 이 중 ②번 주제는 맥큔의 석사논문[15]과 일맥상통했다.

한국사 강좌는 1946년 가을학기에 18명의 학생이 수강했다. 절대적으로 높은 숫자는 아니었으나, 강좌의 지속적 개설로 보아 일정 수 이상의 수강생들이 안정적으로 존재했으리라는 추론이 가능하다.

1946년 가을의 수강생들은 다양한 배경을 가지고 있었다. 일부는 대학

---

였다. Cameron, Meribeth E., "Far Eastern Studies in the United States", *Far Eastern Quarterly* 7, 1948, p.133.

13  〈History 192B〉(1947.4), McCune-Becker Collection, GMM Papers, Box 38.

14  〈Far Eastern Diplomatic History—Assignment Sheet No. 3〉(1946.11); 〈History 192A—Second Midterm Examination〉(1946.12.17); 〈Far Eastern Diplomatic History—Assignment Sheet No.1〉(1947.9); 〈History 192A—Far Eastern Diplomatic History—First Midterm Examination〉(1946.11.5); 〈Far Eastern Diplomatic History—Assignment Sheet No.2〉(1947.10), GMM Papers, Box 38.

15  McCune, George M, *Manchuria as an Agent in Japan's Rise to Dominance in Asia(1931-1935)*, Occidental College, 1936. 맥큔은 1930년대 일본의 팽창정책과 이를 촉진했던 일본인의 심리를 역사·문화적으로 고찰하려 시도했다. 비록 그가 규명하고자 했던 '일본인의 정신세계'에 관한 주장 대부분은 기존 연구와 크게 다르지 않지만, 당시 일본이 내세우던 '아시아주의'라는 개념은 국내의 팽창욕구를 합리화하기 위한 수단임을 지적했다.

원생이었는데, 한국학, 적어도 한국 관련 전공이 전문 연구인력들의 관심을 끌었음을 시사한다. 또 일부는 1945년 이후 한국 방문 경험이 있는 학생들이었다. 다른 일부는 일본어와 한국어 구사가 가능했다. 학생들이 한국뿐만 아니라 한국어에 대한 어학적 흥미를 느꼈던 것으로 보인다. 맥큔 역시 한국어 강습을 병행하고자 했다. 그는 강사 부임 전 버클리 측과 한국어 집중 강좌 개설을 논의한 끝에 최종 승인을 받았고, 적어도 1946년 가을학기에는 한국인 강사와 함께 한국어를 가르쳤다.[16]

'한국 세미나'를 제외하고 한국사 강좌는 3학기 동안 4번 개설되었다. 1947년 봄학기에 개설된 'History 292B' 강좌명이 명확하지 않지만, 1946년 가을학기 강좌번호로 미루어보아 이 강좌 역시 한국사 혹은 한국사 관련 강좌로 생각된다. 극동외교사보다 한국사가 포괄하는 시기가 더 넓었는데, 이는 물론 맥큔이 한국사 전공자였기 때문이었다. 그는 1947년 봄학기 강좌에서는 한국의 고대사부터 조선사까지를 분야별로 나눠 강의했다.[17] 맥큔은 이를 위해 한국의 역사를 연대별/역사서별/특성별로 요약한 자료를 제작했고, 한국의 도자기 등 문화예술작품을 시기별로 구분해 소개하는 표를 만들기도 했다.[18] 1947년 봄학기에는 일제의 조선 침략 과정, 국권 피탈 과정, 일제하 한국인들의 독립운동을 주로 다뤘다.[19]

한국사 강좌는 1948년에 일종의 심화 과정으로 발전했다. 1948년 봄

16    〈McCune to Graves〉(1946.10.18), Unclassified Collection, Box 4. 6명의 학생이 한국어 강좌를 신청하였고, 담당 교수는 맥큔, 한국인 강사는 'Mr. Lee'였다.

17    〈List of Suggested Topics for Special Study〉; 〈Reading Assignment〉, GMM Papers, Box 29.

18    〈Early Korean History〉; 〈Table for Korean Art〉, GMM Papers, Box 38. 전자의 분량은 30쪽 가까이에 달한다. 한국 미술에 관한 표는 한국복식사를 전공한 부인 이블린의 도움이 있었으리라 추정된다.

19    〈List of Suggested Topics for Special Study〉, GMM Papers, Box 29.

학기 '한국 세미나'는 한국의 정치·경제·사회·문화를 망라해 몇 가지 주제를 놓고 학생들이 자유롭게 토론하는 방식으로 진행됐다.[20] 앞서 언급했듯 강좌의 단독 개설 및 강의 방식의 변동은 한국사 강좌의 고정적 수요를 나타낸다.

### 2) 한국 관련 저술기고

맥큔은 종전 후 한국 관련 저술 활동에도 주력했다. 한국 정세에 대한 평론이나 한국을 소개하는 소논문 등이 주를 이루었다. 그는 특히 1946~47년 사이에는 거의 한 달에 한 번꼴로 학술지에 투고했다. 빈번한 투고는 당시 미국의 극동학 연구자들에게서 나타나는 보편적 양상이었다. 지역연구가 당시 미국 정부의 정책과 밀접히 연관되어 있어, 연구의 초점도 한국에서 '현재 일어나고 있는 상황'을 서술하려는 경향이 존재했기 때문이다.[21] 따라서 투고되는 주제도 변모하는 한국 상황에 따라 빠르게 바뀌었다.

맥큔도 이러한 흐름에 맞춰 다양한 주제로 많은 글을 투고했다. 한국의 급격한 정국 변화에 영향을 미친 미국의 정책을 비판하는 논조의 저술들이었다.[22] 그는 저술을 통해 한국의 동향에 대한 미국인들의 관심을 환기하고, 한국문제에 대한 여론을 조성하고자 했다.[23]

---

**20**   〈Korea Seminar-Spring Semester, 1948〉; 〈Korea Seminar〉, GMM Papers, Box 38.
**21**   김점숙, 앞의 글, 2005, 168쪽.
**22**   McCune, "Russian Policy in Korea : 1895~1898", *FES*(1945.9); "The Essential Unity of the Korean Economy", *Korean Economic Digest* 3(1946); "Cities and Towns of Korea"·"Gold Mining in Korea", *The Voice of Korea* 3(1946); "Occupation Politics in Korea", *FES*(1946.2); "Korea : The First Year of Liberation", *PA*(1947.3); "Post-War Government and Politics of Korea", *The Journal of Politics* 9(1947); "The Korean Situation", *FES*(1948.9); "Recent Political Developments in Korea", *India Quarterly* 4(1948).
**23**   김점숙, 앞의 글, 164~165쪽.

종전 후 맥큔은 이미 책을 쓸 기회가 있었다. 1945년 9월 미국학술원 American Council of Learned Societies이 지역연구의 다양화를 모색하는 측면에서 맥큔에게 한국과 관련된 간단한 책을 내자고 제안한 것이다. 가제는 "한국 지역연구 기초 가이드Introductory Guide to the Study of Korean Area"였다.[24] 당시 맥큔은 국무부 일본과의 한국 담당(Country Specialist)이었다. 그는 의욕적으로 이 제안에 호응했다.[25] 그러나 이후 서한 교환의 지체 및 예산 축소로 작업 진행이 지연되었다.[26] 이후 진행 상황을 살펴볼수 없는 것으로 미루어볼 때, 책자 출판 계획은 무산된 것으로 추정된다. 미국학술원이 얇은 책을 간행하는 예산조차 빠듯하게 조정한 사실은, 지역연구에서 한국학의 위상이 낮았음을 방증한다. 맥큔은 1년 뒤인 1947년 태평양문제연구회IPR의 제10차 태평양회의에서 자료로 활용된 소책자를 간행했다. Korea's postwar political problems(한국의 전후 정치적 제문제)라는 제목의 56쪽 분량의 글이었다.[27] 후술하겠으나, *Korea Today*의 12장(분단된 한국, Divided Korea)의 내용은 해당 책자 내용을 개정·심화한 것이다. 이 밖에 학술지에 기고한 다양한 글 역시 세부적인 수정을 거쳐 *Korea Today*에 포함되었다.

한편 맥큔은 조·미 수교와 관련한 자료집 형식의 책을 발간했다.[28] 책

---

24  "Graves to McCune"(1945.9.29), Unclassified Collection, Box 4.

25  "McCune to Graves"(1945.10.16), Unclassified Collection, Box 4.

26  "Graves to McCune"(1946.3.16); "Graves to McCune"(1946.7.14); "McCune to Graves"(1946.7.5); "McCune to Graves"(1946.11.20), Unclassified Collection, Box 4. 학술원 담당자는 맥큔에게 '예산 축소외는 별개로 일단 계속 집필해달라'고 부탁했다.

27  고정휴, 「미국의 남·북한 정부수립에 대한 인식 – 태평양문제연구회(IPR)과 그 기관지를 중심으로」, 『사총』 67, 2008, 108~109쪽.

28  McCune, George M.·Harrison, John A., *Korean-American relations : documents pertaining to, the Far Eastern diplomacy of the United States Vol.1 The initial period,*

은 그의 사후인 1951년에 간행되었는데 정확한 탈고 연도는 알 수 없다. 그는 주한 미국공사관이 소장한 주요 외교문서 중 수교 이후 3년간1883~ 1886의 문서들을 선별해 엮었다. 맥큔은 미국 외교관들이 청의 영향력이 강화되는 와중에 조선의 독립을 유지하려고 노력했으나, 결국 그 시도는 주한미국공사 대리 포크G. C. Foulk의 사임과 본국 송환1886으로 실패했다 고 설명했다.[29] 주된 이유는 남북전쟁 이후 미 국무부의 역량이 극동 외교 에 영향을 미칠만한 방침을 마련하기에는 역부족이었기 때문이었다. 맥큔 은 한국에 파견된 외교관들이 비효율적인 지침, 혹은 때로 아예 지침이 부 재한 상황에서 근무했다고 그 원인을 분석했다.[30] 한국에 대한 미국의 정 책적 준비 부족을 비판하는 맥큔의 기조는 *Korea Today*에서 해방 후 미국 의 대한정책을 평가할 때도 적용되었다.

한국에 대한 맥큔의 지식·전문성, 그리고 전쟁 전후 한국과 관련된 그 의 적극적 학술 활동은 1940년대 미국 제도권 학계가 지역연구에 보인 관 심과 맞물렸다. 특히 맥큔이 *Korea Today*를 집필하던 1947~1948년은 미 국의 고등교육기관들이 극동지역과 연관된 프로그램 혹은 기관을 증설하 던 시기와 일치한다.[31] 즉 *Korea Today*의 집필 및 출판은 단지 맥큔의 개인 적 연구 경력뿐만 아니라 당시의 시대적 상황과도 밀접한 관련이 있었다.

*1883-1886*, Berkeley : University of California Press, 1951.
29  Ibid., p.19.
30  Ibid., p.2.
31  Cameron, Meribeth E, p.128.

## 3. *Korea Today*에 나타난 맥큔의 한국인식

### 1) 저술 동기 및 사료

*Korea Today*를 쓰게 된 이유에 대해 맥큔은 크게 세 가지를 들고 있다. 첫째, 현재 한국의 상황에 대해 정확한 정보를 얻는 것과 선입견 없는 해석이 어렵다는 점을 들었다. 둘째, 주요한 사실들을 드러내는 핵심 사료에 접근이 힘들며, 현재 분단으로 이념·세력이 충돌하고 있는 상황에서 사건들에 대한 객관적 분석이 거의 불가능하다는 것이었다. 마지막으로 그는 단순히 한반도에서 미국·소련의 활동을 설명하는 것을 넘어 한국인들이 전환기에 이뤄낸 발전을 명확히 보여주고자 *Korea Today*를 쓰게 되었다고 밝혔다.[32]

맥큔은 한국문제를 연구할 필요성을 논하며 우선 미국의 한국에 대한 정책적 책임을 강조했다. 그는 미국이 한국을 책임지는 문제를 여태껏 "무시, 회피, 비난" 해왔으나 명백히 한국문제에 막대한 책임이 있음을 지적했다. 전후 한국에 대한 미국의 책임을 인지시키고 주의를 환기하고자 한 맥큔의 일관적인 문제의식이 드러난다.

*Korea Today*는 전근대 시기부터의 한국 역사를 서술한 후 이를 기반으로 현재 한국 상황을 분석하는 개설서의 성격을 띠었다. 책은 정치/경제의 두 부분으로 나누어 각 항목에서 남한과 북한의 동향을 개별적으로 서술했다. 총 13장으로 구성되어 있으며, 앞의 2장에서는 한국의 역사적 배경 및 식민지 시기를 다뤘다. 3장과 4장은 38선 분할과 이후 미·소의 점

---

**32**　*Korea Today*, pp.ix~x.

령정책을, 5장은 미국의 점령정책, 6~8장은 미군정의 경제정책과 남한의 농업, 산업, 금융 등을 개괄했다. 9장은 소련의 점령정책, 10장과 11장은 소련의 계획경제에 대해 언급한다. 12장과 13장은 남북한 단독정부 수립 이후 각국의 변동과 분단된 한국의 미래를 전망하고 자신의 견해를 피력하고 있다.

전체적으로 남한의 상황과 미군정의 정책 분석이 서술에서 상당한 부분을 차지했다. 맥큔이 접근 가능한 사료 대부분은 미국과 남한의 자료였기 때문이었다. 그는 미국·남한의 자료는 공공기관 자료·개인 회고록 등을 다양하게 이용했다. 군정청 월간보고, 국무부와 육군이 생산한 보고서, 미국 내 한인단체들의 간행물 등 자료 활용 범위도 넓었다. 반면 소련·북한 사료의 이용은 극히 제한적이었다. 소련 점령지역에서의 자료수집이 어려워 자료량은 필연적으로 불균형했다. 맥큔이 활용할 수 있는 자료는 언론인들의 보도 혹은 북한 주둔 소련 민정청 자료, 또는 소련과 관련한 북한의 일부 출간물 외에는 없었다.[33] 책의 구조상 남·북한의 대칭적 분석이 이루어져야 했지만, 사료의 부족으로 내용이 다소 불균형해진 점은 '미국 지식인'으로서 맥큔이 마주한 한계였다.

전근대사 서술 부분에는 주로 일본 자료를 활용했다. 통계자료를 제외하고는 조선총독부·조선사편수회가 간행한 『朝鮮史大系』, 『朝鮮史』 등 관찬사료가 중심이 되었다. 맥큔이 접근할 수 있는 자료들이 공관 자료 이외에는 희박했기 때문으로 추정된다.[34] 부록은 총 3부분으로 구성되어 있는데, 한국의 외교관계와 관련된 문서 중 맥큔이 선별한 자료들, 한국

---

33    *Korea Today*, p.xi
34    맥큔이 인용한 일본 사료의 편중성에 대한 비판은 김서연, 앞의 글, 2018, 260쪽 참고.

인구수에 대한 메모, 그리고 도표 자료이다. 그는 줄곧 한국과 관련된 자신의 저술에는 상당한 양의 참고문헌과 부록을 첨부했는데, 후학들에게 풍부한 자료를 남기기 위함이었다. 이는 앞서 맥퀸이 이야기한 책의 집필 목적과 연결된다.

### 2) 전근대~식민지 시기 - 일제 식민통치의 유산 비판

맥퀸은 식민지 시기 이전 역사를 과거와 현재의 대립 구도로 설명하였다. 이 시각 자체는 과거 선교사 출신 미국인들의 견해와 유사하다.[35] 맥퀸은 "부패한 지배층과 건강한 민중"으로 한국 사회를 둘로 분리했다. 그는 한국 정치의 폐단은 조선 중기의 당파싸움이 낳은 분열이 조선 말기까지 이어졌기 때문이라고 생각했다.[36] 또 전제적 정부체제와 정부의 부패가 민중이 민주주의를 경험할 기회를 빼앗아 한국의 발전을 저해한다고 주장했다.[37]

그는 한국은 온화한 기후와 비옥한 토양으로 인해 농사가 수월하고[38] 훌륭한 문화유산이 많아 조선 초·중기에 이르기까지 놀라운 문화적 발전을 이뤄냈지만,[39] 개항기에 들어서며 정치적 퇴보로 이러한 긍정적 특성들이 급격히 쇠락했다고 지적했다.

전통시대에서 현대로의 전환기에, 한국 정치에서 두드러진 것은 세 가지

---

35 이수기, 「1880년대 한국을 방문한 미국 선교사들의 한국인식」, 『역사문화연구』 55, 2015, 106쪽.
36 *Korea Today*, p.14.
37 Ibid., p.19.
38 Ibid., p.10.
39 Ibid., p.11.

중요한 영향력들이었다. (1) 정부의 나약함에도 불구하고 한국인들을 외세의 지배에 광적으로 저항하게끔 이끌었던, 한국인들을 하나의 단일적 요소로 결집시킨 강력한 역사적·문화적 유대관계. (2) 사회와 정치기구에 만연하여 개혁을 방해했던 극단적 보수주의와 당파성. (3) 주권의 제한이라기보다는 독립성 유지의 안전장치로 여겨진 중국과의 전통적 유대관계. 위의 세 영향력들은 합병 이전 한국정치의 두드러진 성격이었다.

한국에는 뛰어난 정부를 갖고 문화적 성취를 이뤄낸 기간들이 많이 있었으나, 서양의 국제질서에 적응하려고 한 19세기 말에 조선은 분열의 나락으로 떨어졌다. 훨씬 전부터 조정에서 받아들인 유교적 원칙들은, 부패하고 비효율적이며 비유동적인 정부라는 극단적인 결말로 나아갔다. 전제적인 규칙들로 인해 백성들 사이에서 지도력은 성장할 수 없었고, 따라서 백성들은 반동적이고 당파적인 관료들로 구성된 정부에 참여할 수 없었다. 일반인들이 민주적 특권을 실행할 수 있는 것은 단지 작은 마을이나 가족의 사회적인 범위 내에서뿐이었다.[40]

맥쿤은 위와 같은 정치적 낙후가 한국의 경제 발전도 가로막는다고 주장했다. 원래 조선에는 유럽의 자본주의와 같이 '크고 영향력 있는' 상인계급의 성장 및 발전 가능성이 있었으나, 유교적이고 전제적인 정부가 경제적 유동성을 방해한다는 것이었다.

---

40　Ibid., pp.14~15.

정치적 부패와 퇴폐는 경제적 발전을 저해했다. 경제적 부와 경제행위의 수단은 오래전 무력해진 귀족인 양반이나 땅을 소유한 지주들이 가지고 있었다. 한국인 대부분은 토지에 종속된 사실상의 농노 상태였다. 절대주의 체제와 숨이 막힐 정도의 세금들, 강제적 징수, 사유재산의 극단적 불안정성을 동반한 급격한 제도변화는, 중세의 경제체제로부터 진화해온 유럽 자본주의처럼 꽤 크고 영향력 있는 상인계급의 성장을 성공적으로 방지했다.[41]

한국 정치의 분열성을 강조하는 맥큔의 주장은 일본 식민사관의 흐름과 맞닿는다. 앞서 언급했듯 맥큔이 참고한 자료 대부분은 동경제대 – 경성제대 – 조선사편수회 – 조선사학회 – 청구학회의 '관학아카데미즘'적 연결고리로 이어져 있다.[42] 당시 맥큔이 관학아카데미즘의 실체를 제대로 파악하고 있었다고 보기는 어렵다. 그러나 한국에 관한 배경지식을 체계적·객관적으로 얻기 쉽지 않았으므로, '한국 전문가'로서 맥큔의 역량은 이 부분에서 뚜렷한 시대적 한계를 지닌다.

중요한 점은 맥큔이 위와 같은 평가를 한국인의 기질 혹은 특성과 관련짓지 않았다는 것이다. 헐버트·언더우드·알렌 등 선교사 출신으로 한국에 장기 거주한 미국인들은 그들의 체류 경험을 바탕으로 한국인의 잠재력이나 계몽 가능성에 대해 긍정적으로 전망했다. 그러나 이들의 평가는 한국인의 성품이나 특징에 대한 일반화를 동반했다.[43] 또 다른 나라 국민을 기준 삼아 '상대적으로 봐도 능력이 부족하지 않다'라는 점에 품평의

---

41  *Korea Today*, p.19.
42  김종준, 『식민사학과 민족사학의 관학아카데미즘』, 소명출판, 2013, 26~27쪽.
43  이수기, 앞의 글, 99·105·112쪽. 예를 들어 알렌은 한국인들이 절약심이 없다고 하였고, 헐버트는 한국인이 흥분을 잘하는 성격이라고 기술했다.

기준을 두었다. 이는 선교사라는 직업에서 오는 우월주의적 사고방식이었다.

맥큔은 한국 정치의 낙후성이 '능력의 부족·부재'가 아닌 '경험 부족'에 있음을 분명히 했으며, 한국인의 특질을 그 어떤 기준에서도 단정 짓거나 평가하지 않았다. 바로 이 지점에서 그의 한국인식은 소위 이전 서구인들의 인식과 뚜렷한 차별성을 지닌다. 맥큔에게 한국인은 자신이 우세한 위치에서 평가할 대상이 아니었다. 맥큔의 한국 경험의 깊이를 짐작할 수 있는 부분이다. 유년기를 한국에서 보낸 '선교사 2세'로서의 가계적 특수성이 작용했으리라 생각한다. 그는 한국인이 아니었지만, 결코 스스로 한국에서 '이방인'이라고 느낀 적이 없었다.[44] 이는 친한·반한의 구분을 뛰어넘는, 맥큔과 같은 인물들이 가지는 다층적 정체성을 시사한다.

맥큔은 한국 정치의 미성숙에는 일본 식민통치의 책임도 있다고 주장했다. 그는 "한국인들은 언론자유, 참정권, 대의 정부 등 서구 민주주의의 정상적인 활동에 대한 경험이 없었다"라고 썼다.[45] 맥큔은 일본이 독립하려는 한국인들의 의지·열망을 파괴하지는 못했지만 원래 존재했던 당파주의를 심화시켜 독립운동 진영을 분열시키고 한국인의 정치적 책임감을 약화하는 데에는 성공했다고 평가하였다.[46] 그러나 식민지배가 종식된 후 한국인들의 가능성에 대해서는 역시 긍정적으로 전망했다. 이는 조선인의 문맹률이 아주 낮았다는 데 기인한다.

---

44    E-mail Interview with Heather McCune Thompson(2015.8.23). 헤더 톰슨은 맥큔의 차녀로, 이메일 인터뷰에서 "부모님(맥큔과 이블린)은 스스로 미국인으로서와 한국인으로서의 정체성을 똑같이 느끼지 않았을까 생각"한다고 전했다.
45    *Korea Today*, p.27.
46    Ibid., p.28.

황국의 신민으로서 조선인들을 교육하고 조선적 정체성을 없애려고 한 일본의 정책은 "완벽히 실패"했는데, 이는 조선어 사용 금지를 위시한 일본의 교육정책에도 불구하고 절반이 넘는 한국인들이 한국어를 읽고 쓸 줄 알았기 때문이다.[47]

식민지 경제의 착취성도 맥큔의 주요 비판 대상이었다. 그는 일본이 남긴 경제적 유산은 "일본의 전쟁 수행을 위한 예속적" 경제체제이며, 한국인의 경제적 독립은 정치적 독립보다 어려울 것이라고 지적했다.[48] 즉 식민지배가 한국과 한국인들에게 명백히 수탈적이라고 정의한 것이다. 그는 일본의 공업 성장과 쌀 조달 등을 위해 한반도가 활용된 것은 한국인들을 경제적으로 차별하고 소외시켰다고 비판했다.[49] 맥큔은 일본의 지배 당시 자본투자가 늘어난 것 등은 민족경제의 구성과는 관계가 없다고 단언했다.[50] 맥큔의 시각에서 식민통치는 단지 한국인들을 행복한 삶에서 완전히 유리시킨 것뿐이었다.[51] 그는 일본의 산업발전으로 경제적 혜택을 본 것은 극소수뿐이며,[52] "한국은 식민통치의 목표를 공유하지도 않았고 혜택의 대상이 되지도 않았다"라고 평가했다.[53] 같은 맥락에서 그는 식민통치가 남긴 것은 생산구조의 완벽한 붕괴와 극심한 기아였다고 비판했다.[54]

식민통치 이익이 귀속되는 주체가 한국이 아니라 일본이었다는 맥큔의

---

47    *Korea Today*, p.27.
48    Ibid., p.40.
49    Ibid., p.29.
50    Ibid., pp.22~23.
51    Ibid., p.31.
52    Ibid., p.29.
53    Ibid., p.37.
54    Ibid., p.40.

견해는 사회주의 경제학자였던 그라즈단제브의 주장과도 그 맥을 같이 한다.[55] 아울러 맥큔의 주장은 추후 1980년대 라이샤워를 필두로 형성되어 미국 한국학을 지배한 '근대화론'[56]과도 일련의 거리가 있었다. 라이샤워는 한국의 근대를 전근대와 단절시키고 철저하게 '외부의 충격'에 의해서만 가능하다고 전제했는데, 이 분석은 일본과 한국의 역사적 맥락을 고려하지 않고 같은 틀을 적용했다는 비판을 피할 수 없다. 근대화론이 맥큔의 사망 이후 논의되었다는 시대적 차이를 굳이 고려하지 않아도, 식민통치를 보는 맥큔과 라이샤워의 시각이 달랐던 핵심적 이유는 물론 한국에 대해 그들이 느끼는 심리적 거리감이나 이해도에 현격한 차이가 존재했기 때문이다.

### 3) 한반도에 수립될 정치체제 구상

맥큔은 해방 후 한국에서 수립되어야 할 정부 형태는 반드시 미국과 같은 자유민주주의 정치체제여야 한다고 전제했다. 앞서 언급했듯 맥큔은 미국이 남한에서 신임을 잃을 것을 굉장히 우려했다. 특히 맥큔은 소련이 한반도의 이해관계에 개입한 이래 대한정책에서 미국이 저지르는 '실패'가 동아시아에서 미국의 이익을 축소한다고 지적했다.

그는 소련의 사회주의 체제를 부정적으로 인식함과 동시에, '한국인의 지지'를 미국의 한반도 이해관계 확보에 중요한 요소로 꼽았다. 이는 당시

---

55  Grajdanzev, Andrew J., 이기백 역, 『韓國現代史論』, 일조각, 1973, 47쪽.
56  장세진, 「라이샤워(Edwin O. Reischauer), 동아시아, '권력/지식'의 테크놀로지-전후 미국의 지역연구와 한국학의 배치」, 『상허학보』 36, 2012, 101쪽; 홍순권, 「미국 역사학계의 한국근현대사 연구 실태와 연구 경향-일제시기의 식민국가 인식을 중심으로」, 『한국민족운동사연구』 31, 2002, 281쪽.

대한정책의 집행 주체인 군정의 방향과는 전면적으로 대치됐다. 따라서 맥큔의 시각에서 군정의 정책이 실패로 얼룩져 보임은 당연한 흐름이었다.

　맥큔은 먼저 미군정이 해방 이후 남한 정치기구들의 신임을 얻지 못했다고 지적했다.[57] 해방으로 획득한 정치적 의사 표현의 자유로 남한에는 각종 정당이 난립하여 혼란스러웠다. 한국인들은 미·소 점령체제를 불신하기는 했으나 개별 정치단체들은 은근히 미군정의 신임을 바라고 있었다.[58] 미군정은 명목상 중립을 유지했지만, 1945년 12월 모스크바3상회의 결정 이후 신탁통치 지지 여부를 둘러싸고 혼란이 있을 때 미군정이 선택한 세력은 이승만이 이끄는 우파 정당인 한국민주당이었다.[59] 이는 인민공화국을 지지하던 대중의 선호와는 거리가 먼 것이었고, 미군정은 몇 주 후 "미국의 인기가 사상 최저 수준에 이르렀다는" 보도를 들어야만 했다.[60] 맥큔은 전쟁기 재미한인 독립운동세력과 교섭할 때에도 이승만에 대해 부정적인 의견을 견지했던 바 있다. 맥큔은 이승만이 한국에 세력 기반이 부족할 뿐만 아니라[61] '분열을 일으키는 데 매우 적극적'이어서 한국인들의 신임을 얻기에 부적합하다고 평가했다.[62] 그가 보기에 미군정의 이승만 선택은 비합리적이었다.

　또 맥큔은 미군정이 남한에서 공산주의운동을 과도하게 탄압함으로써

---

57　*Korea Today*, p.47.
58　Ibid., p.49.
59　Ibid., p.50.
60　Ibid., p.51.
61　〈Note on Conversation Wednesday evening at home, with Yi Chimook〉 (1942.06.03), GMM Papers, Box 19.
62　〈Comment on report from San Francisco Office, March 27, 1943, "Progress of the Free Korean Movement" by Clarance N. Weems, Jr.〉(1943.3.31), GMM Papers, Box 20.

중도파들의 지지를 잃을 위기에 처했다고 비판했다. 우익세력에 대한 미군정의 전면적 지지와 공산주의자·공산주의운동에 대한 전면적 탄압은 남한 경찰과 청년단체의 비인륜적 잔혹 행위를 방조하는 것이기도 했다.[63] 맥큔은 1947년 7월 여운형 암살을 기점으로 8~10월에 이르는 기간 동안 경찰과 우익청년단체의 위법행위가 꾸준히 있었으나, '테러리즘 반대는 거리낌 없이 말하던' 미군정이 정작 우익단체의 소요에는 개입하지 않았다고 지적했다. 맥큔은 이러한 정책이 민주적 요소들을 모호하게 만들어 중간파들이 공산 진영으로 이탈하게 될 가능성을 걱정했다.[64]

중간파에 대한 맥큔의 긍정적 평가는 좌우합작운동과 과도입법위원 관련 서술에서 더 명확해진다. 그는 비록 과도입법의원이 결과적으로 실패했으나 한국인들은 이를 통해 자신들의 고유한 정부를 수립할 수 있는 발언권을 얻었으며, 과도입법위원 활동을 통해 한국의 애국자 중도파들이 역량을 나타낼 수 있었다고 긍정적으로 서술했다.[65] OSS에서 한인통합을 목적으로 한인들과 교섭했던 맥큔의 경험은 극단적인 좌·우 세력보다는 중간파에 심정적 지지를 보내게 했다.

한편 맥큔은 한반도에 궁극적으로 미국식 자유민주주의가 수립되어야 한다는 신념을 견지했다. 이런 점에서 그는 기본적으로 미국 자유주의 지식인으로서 사고했다. 맥큔은 소련 체제를 고도의 선전술로 인식했다. 그는 소련이 인민위원회를 위시해 한국인을 내세우고 실권을 주는 것처럼 보여도 결국 배후에서 인민위원회를 조종한다고 비판했다.[66] 아울러 북한

---

63    *Korea Today*, p.87.
64    Ibid., p.88.
65    Ibid., p.84.
66    Ibid., p.52.

거주민들이 소련 지배에 늘 만족하는 것처럼 보일 수 있으나 이는 단지 소련과 그 꼭두각시 지지 세력의 선전 때문이라고 했다.[67]

맥큔은 남한에서 우익세력이 영향력은 더 클지 몰라도, 대중이 '혁명적 농업·산업개혁을 주장하는' 좌익세력에 압도적으로 높은 지지를 보내는 점을 정확히 짚었다.[68] 때문에 맥큔은 미·소의 3년 분할점령은 한반도에 내린 재앙이라고 썼다. 맥큔은 단순히 38선이 한국인들의 동질성을 파괴하고 있다는 점에서 '재앙'이라는 단어를 사용하지는 않았다.[69] 그는 분할점령이 남한 경제에 미치는 치명적 악영향을 걱정했다. 그는 미군정의 경제정책, 특히 미곡수집이 전면적 실패를 거뒀다는 것을 지적하며 "농민들이 땅에 대한 압박을 버리게끔 하는" 산업화를 달성해야 경제 발전이 가능하다고 분석했다.[70] 그러나 분단상황에서 유기적인 산업화는 구조적으로 어려웠으므로, 맥큔의 임시적 결론은 현재 어떤 개혁도 농촌 생활 수준 향상에 크게 이바지할 수 없다는 것이었다. 그는 남북한 모두 정상적 생활 수준의 달성을 위해서는 반드시 경제적 통합이 필요하다고 주장했다.[71] 한반도가 궁극적으로 자본주의 도입 후 산업국가로의 전환을 도모해야만 한다는 맥큔의 주장에서 그의 '미국 제도권 지식인'다운 모습을 볼 수 있다.

이러한 맥락에서 맥큔은 당연하게도 북한에서 진행되는 토지국유화나 토지분배 정책에 부정적이었다. 그는 국유화가 근본적으로 인민의 생산

67    Ibid., p.3·6.
68    Ibid., p.90.
69    Ibid., p.52.
70    Ibid., p.139.
71    Ibid., p.56.

의욕을 낮추며 '사적 재산권'을 침해한다고 주장했다.[72] '북한에서 농민들이 토지를 분배받은 후 내야 하는 세금이 이전 소작료와 거의 비슷한 비율인 것으로 추산되지만 자료를 확보하지 못해 명확히 말할 수 없다'라는 말이 맥큔의 입장을 잘 설명한다.[73] 토지국유화에 대한 맥큔의 회의적 인식은 과거 그가 그라즈단제브의 『현대한국』에 관해 쓴 서평에서부터 일관적으로 나타났다. 맥큔은 그라즈단제브가 한국 경제 발전 방향으로 제시한 '협동체적 국가'(토지와 공장은 국가가 소유, 경영은 농민·노동자 중심의 협동조합에 위임) 구상이 종합적으로 설득력이 부족하다고 비판했다.[74] 그는 조선인들이 식민지 시기 일본 통치 아래서 운영되었던 협동조합에 보인 반응을 충분히 고려하지 않았다고 지적했다.[75]

즉 한반도에 수립될 체제에 대한 맥큔의 사고는 이상적 정치·경제체제란 미국식 자유민주주의와 자본주의에 한정되었으며, 이 지점에서 그는 전형적인 미국 제도권 지식인의 면모를 보였다.

### 4) 한국의 미래에 대한 이상적 전망

*Korea Today*가 집필된 시점에서는 이미 사실상 남북한 양측에서 단정 수립 움직임이 활발하게 진행 중이었다. 1948년 8월과 9월 남한과 북한에 각각 정부가 수립되었다. 맥큔은 국제정세를 고려할 때, 미·소는 한국을 둘러싼 분위기를 악화시키지 않는 쪽으로 행동하리라고 예측했다.[76]

---

72  Ibid., p.189.
73  Ibid., p.207.
74  McCune, "Review : Modern Korea by Andrew J. Grajdanzev", *PA*, 1945.3, p.104.
75  *Korea Today*, p.129.
76  Ibid., p.271.

맥큔은 이 지점에서 미국 정책의 실패를 지적했다. 그의 시각에서 소위 '현상 유지' 정책은 기본적으로 1945년 미국이 전혀 준비되어있지 않은 상태에서 즉흥적으로 남한에 진주함으로써 비롯되었기 때문이었다. 맥큔은 '35년 동안 정치적으로 죽었던 국가에서 실행 가능한 민주주의를 일구려면 점령군의 준비보다 훨씬 많은 것이 필요했다'라고 하면서, 이것은 비단 점령군의 정책 부재를 의미할 뿐만 아니라 미국 정부의 한국에 대한 정책 부재라고 비판했다.[77]

맥큔의 근본적 우려는 한반도의 분단상태가 영구히 고착되는 데 있었다. 그가 생각하는 최악의 상황은 전쟁이었다. 맥큔은 38선이 '피로 물든 내전'을 거쳐야만 해소되고, 소련의 압박이 완화되지 않거나 일본이 재건될 경우 한국인들의 독립 기회는 이미 소실된 것이나 마찬가지라고 예견했다.[78] 한국전쟁은 맥큔 사후 발발하였으나, 단독정부 수립이 기정사실로 되는 시점에서 그는 이미 한반도에 닥쳐올 미래를 은연중에 예감했다.

하지만 맥큔은 한국의 이상적 미래에 대한 전망을 포기하지 않았다. 그의 최종 희망은 통일국가 결성이었다. 맥큔은 한국인들에게서 위기를 극복할 역량을 보았다. 한국인들에게는 충분한 책임감이 있고, 스스로 결점을 알고 어려움을 헤쳐나가려고 분투하고 있고, 아울러 근대국가로 이행하기 위한 경제적 긴축정책에 대해서도 인지하고 있다는 것이었다. 따라서 그는 남북한의 적대감이 깊음에도 불구하고 정국이 타개되리라고 전망했다. 또 미소관계의 개선이 있으면 한국은 그 무대가 됨으로써 분단을 해소할 수 있다고 설명했다.

77  Ibid., p.269.
78  Ibid., p.7.

맥큔의 통일 전망은 미국의 이해관계가 한국에서 확대되기를 원하는 미국의 정책과 대척점에 있었다. 실제로 1947년 한국문제가 UN으로 이관된 이후 실질적으로 남북한의 통일 가능성은 극히 희박했다. 또 앞서 언급했듯 맥큔도 전쟁의 가능성을 고려하고 있었다. 그런데도 그가 통일을 강조한 이유는 모든 역경에도 불구하고 통일이 되면 한국인들이 '결정적으로 행복해질 것'이라는 확신이 있었기 때문이다. 그는 한국인들은 애국심이 높으므로 통일에 대한 열망과 행동을 멈추지 않으리라고 전망했다.[79] '한국인들의 행복'을 염두에 두고 있었다는 점에서 그의 한국인들에 대한 심정적 공감과 투사의 일면을 살펴볼 수 있다.

*Korea Today*에 나타난 맥큔의 한국인식의 특징을 요약하면 다음과 같다. 첫째, 맥큔은 전후 미국 제도권 학계의 지식인으로서 그 역할에 충실했다. 그는 미국 체제의 우수함이나 미국의 동아시아 헤게모니 확보에 있어 소련의 팽창 혹은 체제 확장을 경계했고, 소련 체제를 적극적으로 비판했다. 둘째, 한국인들의 행복이나 만족도를 고려하는 맥큔의 경향에서 '유년기 한국 경험'의 특수성이 드러난다. 한국·한국인들에 대한 맥큔의 높은 수준의 이해도는 기존 한국에 체류했던 미국 선교사들과 확연히 구별되는 질적 차이를 부여했다. 앞에서 언급했듯 이는 단순히 '친한파'라는 기존 분석 틀에 맥큔을 포함하는 것에서 더 나아가 맥큔처럼 유년기 한국 경험을 보유한 인물들과 그들의 정체성을 보다 명확히 규정하는 심층적 분석이 필요함을 시사한다.

---

79　Ibid., p.272.

## 4. 미국 학계에서 *Korea Today*의 의의

*Korea Today*는 크게 3가지 의의가 있다. 첫째로 한국에 관한 관심이 저조한 시기에 발간되어 사람들의 흥미를 제고시켰으며, 한국학 연구의 공백을 메웠다. *Korea Today*가 출간된 1950년 5월은 남한 단독정부가 수립부터 한국전쟁 발발까지의 시기였다. 맥큔이 사망한 지 2년이 지난 이 시기 한반도는 남북한 단독정부 수립으로 완전히 냉전체제에 편입되었다. 해방정국처럼 급격한 정세 변화가 사라졌기 때문에, 미국 사회 전반에서 한국에 관한 관심이 전반적으로 낮았다. 당대 극동 연구자들이 주로 투고하던 *Far Eastern Quarterly* · *Far Eastern Survey* · *Pacific Affairs*에도 1948년 9월부터 1950년 11월까지 기고가 없었다는 점이 이를 방증한다.[80] 또 버클리대학은 맥큔이 강의하던 한국어 · 한국사 강좌를 중단했고, 미국 대학에서는 이후 1952년 하버드대학교 한국학센터 수립 전까지 한국 관련 강좌를 개설한 바 없다. 이 역시 한국에 대한 흥미 저하를 보여주는 또 다른 요소이다.

이렇듯 한국학에 대한 수요나 그와 관련한 투고가 많이 없는 시점에서 *Korea Today*가 간행되었다. 맥큔은 상기한 *Korea's postwar political problems*를 발간하면서 IPR과 본격적 인연을 맺었고, 이후 국제연구프로그램의 하나로 *Korea Today*를 집필했다. 미국의 지역연구에서 한국이 갖는 위상은 시기를 불문하고 높지 못했기 때문에, IPR의 연구 지원 혹은 출판 제안은 당시 동아시아 연구자들에게 있어 안정적이고 명망 있는 후원이었다.

---

80　김점숙, 앞의 글, 2005, 164~165쪽.

맥큔도 IPR의 학문적 명성과 권위를 누릴 수 있었다. 일단 IPR의 이름으로 출간된 저술은 저자의 주장에 대한 일반 대중의 신뢰를 높이는 하나의 기제였다. 또 한국 관련 저술이 극히 저조했던 1950년임에도 불구하고 *Korea Today*의 출판을 학술서적 발행에 위상이 높았던 하버드대 출판부가 담당했다는 사실은, 맥큔의 전문성과 학술단체로서의 IPR의 권위, 그리고 *Korea Today*의 의의 모두를 입증하는 것이었다.

둘째로 사료의 활용·검증 측면에서 '한국 전문가가 쓴 역사 개론서'라는 위상을 공고히 했다. 이는 IPR이 편찬한 또 다른 한국 관련 학술도서 그라즈단제브의 『현대한국』과 비교하면 확연히 나타난다. 그라즈단제브의 경우 경제학 석사학위 소지자였다. 따라서 『현대한국』에도 많은 통계자료가 삽입되었다. 그라즈단제브는 조선총독부·일본 정부가 편찬한 관찬사료를 이용하였는데, 『朝鮮施政年報』를 비롯하여 『朝鮮年鑑』, 『朝鮮金融組合年鑑』, 『朝鮮經濟年報』 등에 게시된 통계가 주요 자료이다. 또 이훈구의 『한국에서의 토지 이용과 농촌경제』1936, 일본 경제학자들의 조선경제 전문서적이 활용되었다. 한국의 역사나 대외관계 관련 서적도 참고문헌에 포함되어 있긴 하나, 핵심 사료는 아니었다. 이는 『현대한국』이 갖는 결정적인 한계였다. 한국어를 구사하지 못했고 한문 사료를 해독할 수 없던 그라즈단제브는 번역된 저서에 의존할 수밖에 없었으므로 오로지 특정 자료에만 접근할 수 있었다. 따라서 사실에 대한 교차검증이 불가능했다.[81] 물론 『현대한국』이 기본적 사실관계를 고려하지 않은 책이라

---

81  그라즈단제브도 서문에서 한계를 인정하였다. 그는 "조선총독부가 진실을 은폐하기 위하여 애쓰고 있고, 일본 보고서의 외국 반출은 불가능하다"라고 하며 "한국에 관한 최근의 저서가 없다"고 언급했는데 여기서 그라즈단제브가 한국어 사료를 해독할 수 없었음을 알 수 있다. Grajdanzev, Andrew J., 이기백 역, 앞의 책, 1973, 5쪽.

는 평가는 비약이겠으나, 다만 자료적 측면에서 『현대한국』을 역사 개론서라고 칭하기에는 한계가 뚜렷하다. 반면 한국어에 유창했던 맥큔은 한국어 사료를 해독·이해할 수 있었고, 따라서 활용할 수 있는 자료의 범위가 기본적으로 그라즈단제브보다 넓었다. 맥큔 자신도 *Korea Today*를 개설서이자 자료집의 성격이 강하다고 판단했다. 연구자들은 전쟁 발발 이후 한국에 투영된 소련의 정책이나 의도를 이해하는 지표로서 *Korea Today*의 의의를 평가하기도 했지만, 기본적으로 *Korea Today*를 '근본적으로 한국에 대한 역사적 배경을 서술한 책'으로 인식했다.[82] 역사학자이자 위스콘신대학교 총장을 역임한 프레드 해링턴Fred H. Harrington은 *Korea Today*를 "훌륭한 개설서이자 자료집"이라고 평가했다.[83]

마지막으로 *Korea Today*의 집필로 인해 미국 한국학의 출발 시점이 앞당겨진다는 점이다. 1940년대 후반~1950년대 초반 한국학 연구에서 나타나는 공백기 때문에, 기존 연구들 대부분은 한국학의 시작 시점을 1950년대 중반~1960년대 초반으로 설정하였다. 그러나 *Korea Today*의 출판과 맥큔이라는 한국 전문가의 존재는 한국학의 출발점이 종전 직후임을 짐작게 하는 요소가 된다.

이 밖에 *Korea Today*의 사학사적 의의를 더 자세히 도출하기 위해서는 정확한 판매 부수 및 배포 현황을 파악해야 심층적 분석이 가능하리라 생각한다. 현재까지 확인할 수 있는 정보는 *Korea Today*가 하버드대 출판부 외

---

82  Eulau, Heinz, "Review : Korea Today by George M. McCune", *The Antioch Review* Vol. 10, No.3, p.426.

83  Harrington, Fred H. "Review : *Korea Today*", *FEQ*, 951.8, p.402. 프레드 해링턴은 한국에서 '開化期의 韓美關係 : 알렌 博士의 活動을 中心으로'로 번역된 *God, Mammon, and the Japanese : Dr. Horace N. Allen and Korean-American Relations, 1884-1905*의 저자이다.

에 영국의 Allen & Unwin 출판사에서도 1950년 간행되었다는 점이다.[84] 아직 정보가 충분히 확보되지 않았으므로 이는 차후의 과제로 삼겠다.


## 5. *Korea Today* – '제1세대 한국학자'의 첫 한국사 개설서

이 글에서는 *Korea Today*에 나타난 조지 맥아피 맥큔의 한국인식을 고찰했다. 이를 위해 전후 맥큔이 미국 고등교육기관에서 한국 관련 강좌를 개설한 것에 주목했다. 또 맥큔이 한국과 관련한 저술들을 활발히 기고한 사실을 다뤄, 그가 *Korea Today*를 집필하기 이전에도 태평양전쟁 종료 후 한국학을 미국 학계에 정착시키려고 꾸준한 학문적 노력을 기울였음을 확인했다.

*Korea Today*는 전후 미국의 한국학도 중국학·일본학에 비견되는 전문성과 전문 인력을 보유했음을 보여주는 하나의 지표가 되었다. 아울러 '한국 전문가'로서의 맥큔의 역량은 *Korea Today*가 학술서적으로 확실히 자리매김하는 발판을 제공했다. 전후 맥큔이 보유한 한국에 대한 전문성과 *Korea Today*의 간행 시점·내용·의의를 종합적으로 고려할 때, *Korea Today*는 '제1세대 한국학자가 집필한 첫 한국사 개설서'의 수식어를 달기에 부족함이 없다.

맥큔의 한국인식은 미국 제도권 지식인의 사고와 한국·한국인에 대한 심정적 동조가 혼재되어있는 다층적 면모를 보인다. 맥큔의 한국인식의

---

84    McCune, George M, *Korea Today*, London : Allen & Unwin, 1950.

특수성이 유년기 한국 경험에서 나온다는 점으로 미루어보아, 맥퀸과 유사한 경험이 있는 다른 '제1세대 한국학자'들의 한국인식도 함께 살펴봐야 더욱 포괄적 분석이 가능하리라 생각한다. 여기에는 '제1세대 한국학자'에 포함되는 인물들을 분류한 뒤 그들의 활동과 한국인식을 면밀하게 분석하는 작업이 필요하다. 이를 통해 궁극적으로 미국 한국학의 계보를 거시적으로 검토할 수 있기를 희망한다. 이는 후속 연구에서 보완할 문제로 둔다.

한국·한국인들에 대한 맥큔의 지식과 경험이 깊이 있게 축적되는 데가장 큰 역할을 한 것은 그가 유년기의 일부분을 한국에서 보냈다는 사실이었다. 그 영향으로 맥큔의 가족들 역시 한국 연구에 몸담았거나 한국인들과 활발히 교류했다. 이에 간략하게나마 한국 연구에 기여한 맥큔의 가족들에 대해 소개하고자 한다.

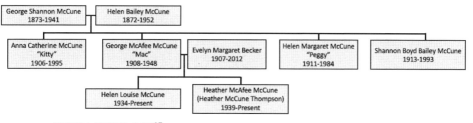

조지 맥아피 맥큔의 가계도[85]

### 1) 조지 섀넌 맥큔George Shannon McCune, 윤산온, 1873~1941

가계도의 인물들 중 가장 친숙한 인물은 맥큔의 아버지인 조지 섀넌 맥큔(한국명 윤산온)으로, 숭실전문학교의 교장을 지내며 신사참배를 거부하다 조선에서 추방된 대표적 '친한파 선교사'로 알려져 있다. 그는 대한민국 정부 수립 후 독립유공자 건국공로훈장에 추서된 바 있다. 그는 1905년 미국 북장로교 교육선교사로서 한국어 교육을 받은 뒤 한국으로 파견

---

85   출전 : Heather McAfee McCune Thompson·Darlene McAfee Blackwood, *A daughter's journey: birth to marrige : the story of Evelyn Becker McCune, Arthur L. Becker, her father and George McAfee McCune, her husband.* Lulu.com, 2006, pp.160~163 참조.

되었다. 초기 평양 숭실학교와 교회에서 사역활동을 진행했고, 이후 평안
북도 선천에 소재한 신성중학 교장을 역임했다.[86]

당시 평양과 선천을 비롯한 서북지역은 기독교 민족운동의 영향력이
강했던 지역을 경계하던 조선총독부의 요시찰대상이었기 때문에, 이 시
기 윤산온의 활동은 필연적으로 한국 민족운동의 큰 사건들과 관련되었
다. 이 중 1911년 데라우치 총독 암살 모의 미수 사건은 조선인들이 윤산
온에게 좋은 인상을 가지게 된 계기가 되었다. 암살 모의 혐의로 윤산온
을 포함하여 그가 교장으로 있던 신성중학의 많은 학생들이 기소되었는
데, 공판에서 그는 학생들을 변호하고 학생들의 결백을 주장하는 편지를
미국 해외선교본부에 발송하는 등 적극적으로 행동했다.[87] 결과적으로 학
생들 중 99명은 제1심에서 무죄 판결을 받고 석방되었으며 이를 통해 윤
산온은 조선인들에게 호감을 얻게 되었다. 그러나 총독부는 이후 1919년
3·1운동이 일어나자 헌병경찰을 통해 윤산온의 집을 수색하는 등 그를
집중적으로 감시했다.[88]

또한 윤산온은 신성중학 교사직에 있을 때부터 우수한 학생들의 미국
유학을 주선했는데, 이는 그가 숭실중학 및 숭실전문의 교장직1928~1936
을 수행할 때도 계속되었다.[89] 1941년 그의 사망 후에는 아들들이 그 일

86  안종철, 2005, 「윤산온의 교육선교 활동과 신사참배문제」, 『한국기독교와 역사』 25호,
    77~78쪽.
87  윤경로, 2012, 『105인사건과 신민회 연구』, 한성대 출판부, 144~145쪽.
88  Shannon McCune, *The Mansei Movement, March 1, 1919*, Center for Korean
    Studies, University of Hawaii, 1976, p.5.
89  신성중학에서 윤산온이 미국으로 유학 보낸 대표적 인물이 용재(庸齋) 백낙준(1895~
    1985)이다. 섀넌 맥큔이 "한국의 형제(Korean Brother)"라고 부른 그는 윤산온과 개
    인적 교류가 가장 많았던 학생들 중 한 명이었다. 백낙준의 영어 이름인 "George"는
    윤산온의 본명에서 따온 것이다.

을 대신했다.

조선에서 추방된 후 미국으로 돌아온 윤산온은 한인유학생들이 간행하던 *The Korean Student Bulletin*의 자문위원으로 활동하며 한국인들과 교류를 지속했다. 그는 두 아들 조지(맥큔)와 섀넌과 함께 한국의 기후와 지형, 역사 등 한국 관련 정보를 제공하는 소책자 *Research Monographs on Korea*를 집필 간행하기도 했다. 책자는 윤산온이 사망한 후에도 계속 발간되었다.

윤산온의 삶의 궤적과 그가 한국·한국인들에 보인 우호적 태도는 자녀들에게도 이어져 내려왔고, 특히 병으로 인해 한국 체류 기간이 짧았던 맥큔이 미국에 거주하면서도 한국과의 깊은 인연을 지속할 수 있었던 원동력을 부여했다.

### 2) 섀넌 맥큔Shannon Boyd Bailey Mccune, 1913~1993

윤산온의 막내아들로 출생한 섀넌은 대학 진학 전까지 한국에서 수학했다. 그는 오하이오 우스터대학College of Wooster에서 지리학 학사, 시러큐대학교Syracuse University에서 지리학 석사학위를 받았고 1939년 클라크대학교Clark University에서 지리학 박사학위를 취득했다.[90] 이후 섀넌은 오하이오주립대학교Ohio State University에서 교편을 잡다 태평양전쟁이 발발하자 경제전쟁청BEW에서 근무하며 인도·스리랑카·중국 등에서 정보장교로 일했다. 1950~1951년에는 ECA경제협조처의 극동 프로그램과Far East Program Division의 부과장Deputy Director으로 재직했다.[91]

---

90 Norton Ginsburg, "Shannon McCune 1913~1993", *Annals of the Association of American Geographers* Vol 84. No.3, 1994, p.493.

91 〈American Foreign Policy in Korea by Shannon McCune〉, (1956.08.13), Deichelmann, M. K. Maj. Gen., 미공군역사연구소(AFHRA) 소장자료.

전후 그는 콜게이트대학교Colgate University 및 매사추세츠 앰허스트대학교University of Massachusetts Amherst 등, 고등교육기관의 학과장 및 교장으로 재직했다. 1962~1964년에는 류큐제도의 첫 민간인 행정관으로 복무하기도 했다. 이후 1979년 은퇴할 때까지 플로리다대학교University of Florida에서 지리학을 강의했다.

새넌은 맥큔만큼이나 한국 연구에 있어 전문성을 갖고 있는 학자로, 한국의 지리 및 기후와 관련하여 세 권의 저서를 집필했다.[92] 그는 주로 자신이 제작한 도표, 지도, 지형도 및 사진과 같은 자료를 활용했는데, 그가 만든 자료들은 한국지리학의 중요한 자산이 되었다고 평가받는다.[93] 또한 그 역시 한국·한국인을 애정 어린 시선으로 바라보았다. 그는 "한국에서 태어나고 자란 나는 한국은 아름다운 땅에 호감가고 성격 좋은 사람들이 사는 나라라는 일종의 편견을 갖고 있다"라고 서술했다.[94]

평생 동안 한국 연구에 헌신한 새넌은 1982년 한미 수교 100주년 기념식에서 훈장을 수여받았다.[95] 새넌 맥큔의 한국 연구에 대해서는 후속 연구에서 더 자세히 다루고자 한다.

### 3) 이블린 맥큔Evelyn Becker McCune, 1907~2012

이블린 맥큔은 미 감리교 선교사이며 연희전문학교의 교장을 지낸 아서

---

92    Shannon McCune, *Korea's Heritage : A Regional and Social Geography*, Rutland, Vermont : Charles E. Tuttle Company, 1956; Shannon McCune, *Korea : Land of Broken Calm*, Van Nostrand : Asia Library Series, 1966; Shannon McCune, *Views of the Geography of Korea, 1935-1960*, Seoul : Korean Research Center. 1980.
93    Ginsburg, "Shannon McCune", 1994, p.495.
94    Shannon McCune, *Korea's Heritage*, 1994, p.vii.
95    Ibid.

베커Arthur L, Becker, 1879~1978의 딸이다. 평양에서 태어났으며 베커가 연희전문의 교장을 맡게 됨에 따라 1914년에 서울로 거주지를 옮겨 서울외국인학교에서 수학한 후 1926년 졸업했다. 이후 버클리대학교UC Berkeley에서 영문학과 미술을 전공한 후 다시 서울로 돌아와 서울외국인학교의 교사가 되었다.[96] 당시 숭실학교에서 영어를 가르치던 맥큔을 만나 결혼했다.

태평양전쟁기 이블린 또한 미국 정부기관에 채용되었는데, 그는 미 육군지도국Army map service에서 근무하며 한국의 철도 현황 및 한국의 주요 군사 지점을 조사하여 미군지도국에 공급하였다. 전쟁기 미국이 보유한 지도는 전부 이렇게 수집되었다.[97]

1948년 맥큔이 사망한 후 이블린은 그가 버클리대학에서 강의하던 한국학 강좌를 잠시 맡았고, 버클리대학에서 석사학위를 취득하였다.

한국전쟁이 일어난 뒤 그는 캘리포니아에서 워싱턴 D.C.로 이주해 2년 동안 미 의회도서관 동양자료실Orientalia의 한국 부서 담당자를 지냈다. 이 시기 이블린은 맥큔의 유작이었던 *Korea Today*를 수정 및 출판한다.[98] 그는 의원들에게 "한국이 어디 있는 나라이며 왜 한국의 운명에 관심을 가져야 하는지" 역설하는 데 대부분의 시간을 보냈다고 한다.[99]

1952년 전쟁 중 이블린은 제2차 세계대전 및 한국전쟁기 소실된 문화

---

**96** 〈Profile for Evelyn McCune by Evelyn McCune〉, Unclassified Collection, Donated by Heather Thompson, Box 2.

**97** "Evelyn Becker McCune, 1907-2012" http://cksnews.manoa.hawaii.edu/wp/author/mem/

**98** 맥큔은 태평양문제연구회 연구의 일환으로 *A Short History of Korea*(가제)의 초고를 남겨놓고 사망했는데, IPR 관계자는 이블린이 해당 책을 마무리해주기를 바랐지만 출판되지 않았다. George M. McCune, *Korea Today*, Cambridge : Harvard University Press, 1950, p.viii.

**99** "Evelyn Becker McCune-obituary" https://www.dignitymemorial.com/obituaries/merced-ca/evelyn-mccune-5161674

재들과 저서들을 찾기 위해 한국으로 투입되었는데, 이는 한국 미술에 조예가 깊었던 그의 식견이 고려된 결정이었다. 이블린 역시 한국어에 능통했고 교류 중이던 한국인들이 많았기 때문에, 많은 문화재들을 되찾을 수 있었다. 1년 뒤인 53년 그는 다시 유엔한국재건단UNKRA의 연락관으로 근무하며 한국과 일본에서 버클리대학이 진행하는 해외 프로그램의 일환으로 동양 미술과 극동 역사를 강의했다.[100]

이블린은 1956년 미국으로 돌아와 캘리포니아의 디아블로밸리대학 Diablo Valley College에 20년간 재직하다 은퇴했다. 재직 중 그는 국무부의 요청으로 북한 관련 연구를 수행한 적 있다.

이블린의 가장 큰 관심사는 한국미술사 및 한국복식사였는데, 그는 *The Arts of Korea*[101]라는 제목의 저서를 출판하였다. 이 책은 미국에서 한국 예술을 주제로 다룬 최초의 책이었다. 이 저서는 단순히 한국 예술의 연대기만을 소개한 것이 아니라, 실제 유물 및 의상 관련 자료를 바탕으로 그 특징과 역사적 의미를 탐구한 책이었다. 또 다른 저서는 *The Inner Art : Korean Screens*[102]으로, 저술을 위해 이블린은 한국에 와서 현장 답사를 진행했다. 이 책은 한국어로 번역되어 『한국의 병풍』[103]이란 제목으로 출판된 바 있다. 이블린은 섀넌과 마찬가지로 1982년 한미수교 100주년 기념식에서 훈장을 받았다.

---

100  Ibid.
101  Evelyn McCune, The Arts of Korea : An Illustrated History, Charles E. Tuttle, 1962.
102  Evelyn McCune, *The Inner Art : Korean Screens*, Asian Humanities Pr. 1983.
103  이블린 맥큔, 김서영 역, 『한국의 병풍』, 보진재, 1983.

## 참고문헌

McCune-Becker Collection, George McAfee McCune Papers, Box 19 · 20 · 29 · 33 · 38.
Unclassified Collection, Donated by Heather Thompson, Box 4.

국가보훈처, 『OSS(Office of Strategic Service) 재미한인자료』 上, 2005.
국사편찬위원회, 『駐韓美軍政治顧問文書』 19, 1994,

김종준, 『식민사학과 민족사학의 관학아카데미즘』, 소명출판, 2013.
안종철, 『미국 선교사와 한미관계, 1931~1948』, 한국기독교역사연구소, 2010.

Henderson, Gregory, 이종삼 · 박행웅 역, 『소용돌이의 한국정치』, 한울아카데미, 2013.
Reischauer, Edwin O., 이광섭 역, 『일본근대화론』, 소화, 1997.
Grajdanzev, Andrew J., 이기백 역, 『韓國現代史論』, 일조각, 1973.

McCune, George M, *Manchuria as an Agent in Japan's Rise to Dominance in Asia*(1931~ 1935), Occidental College, 1936.
_____, *Korean Relations with China and Japan*, 1800~1864, University of California, 1941.
_____, *Korea Today*, Cambridge : Harvard University Press, 1950.
_____ · Harrison, John A., "Korean-American Relations : Documents Pertaining to the Far", *Eastern Diplomacy of the United States Vol.1. The Initial Period, 1883-1886*, Berkeley : University of California Press, 1951.

고정휴, 「미국의 남 · 북한 정부수립에 대한 인식 - 태평양문제연구회(IPR)과 그 기관 지를 중심으로」, 『사총』 67, 2008.
_____, 「A. J. 그라즈단제브와 《현대한국》」, 『한국사연구』 126, 2004.
김경일, 「한국학의 기원과 계보」, 『사회와 역사』 4, 2003.
김서연, 「조지 맥아피 맥큔(George McAfee McCune)의 생애와 한국 연구」, 『한국사

　　　　연구』161, 2018.

김왕배, 「'은둔의 왕국'─한국학의 맹아와 선구자들」, 『정신문화연구』 22, 1999.

김점숙, 「해방 이후 미국 지식인의 한국인식」, 『역사와 현실』 58, 2005.

안종철, 「미국 제도권 한국학의 탄생과 미국의 대한인식─조지 M. 맥큔을 중심으로」, 『세계 속의 한국사』, 태학사, 2009.

이수기, 「1880년대 한국을 방문한 미국 선교사들의 한국인식」, 『역사문화연구』 55, 2015.

장세진, 「라이샤워(Edwin O. Reischauer), 동아시아, '권력/지식'의 테크놀로지─전후 미국의 지역연구와 한국학의 배치」, 『상허학보』 36, 2012.

조지형, 「미국에서의 한국학의 흐름과 전망」, 『미국사연구』 15, 2002.

홍순권, 「미국 역사학계의 한국근현대사 연구 실태와 연구 경향 : 일제시기의 식민국가 인식을 중심으로」, 『한국민족운동사연구』 31, 2002.

An, Jong-Chol, "Making Korea Distinct : George M. McCune and His Korean Studies", *Seoul Journal of Korean Studies* 17, 2004.

Cameron, Meribeth E, "Far Eastern Studies in the United States", *Far Eastern Quarterly* 7, 1948.

Eulau, Heinz, "Review : Korea Today by George M. McCune", *The Antioch Review* Vol. 10, No.3,

Harrington, Fred H. "Review : Korea Today", *Far Eastern Quarterly*, 1951.8.

부록

하와이대학 한국학연구소(CKS) 소장자료

⟨Profile for Evelyn McCune by Evelyn McCune⟩, Unclassified Collection, Donated by Heather Thompson, Box 2.

미공군역사연구소(AFHRA) 소장자료

⟨American Foreign Policy in Korea by Shannon McCune⟩(1956.08.13), Deichelmann, M. K. Maj. Gen.

안종철, 「윤산온의 교육선교 활동과 신사참배문세」, 『한국기독교와 역사』 25호, 2005.

윤경로, 『105인사건과 신민회 연구』, 한성대 출판부, 2012.
이블린 맥큔, 김서영 역, 『한국의 병풍』, 보진재, 1983.

Evelyn McCune, *The Arts of Korea : An Illustrated History*, Charles E. Tuttle, 1962.
_____, *The Inner Art : Korean Screens*, Asian Humanities Pr., 1983.
Shannon McCune, *Korea's Heritage : A Regional and Social Geography*, Rutland, Vermont : Charles E. Tuttle Company, 1956.
_____, *Korea : Land of Broken Calm*, Van Nostrand : Asia Library Series, 1966.
_____, *The Mansei Movement, March 1, 1919*, Center for Korean Studies, University of Hawaii, 1976.
_____, *Views of the Geography of Korea, 1935-1960*, Seoul : Korean Research Center. 1980.

Norton Ginsburg, "Shannon McCune 1913-1993", *Annals of the Association of American Geographers* Vol 84. No.3, 1994

"Evelyn Becker McCune-obituary" https://www.dignitymemorial.com/obituaries/merced-ca/evelyn-mccune-5161674
"Evelyn Becker McCune, 1907-2012" http://cksnews.manoa.hawaii.edu/wp/author/mem/